मल्हार

(संग्राम-सिंधु गाथा द्वितीय खंड)

मल्हार

(संग्राम-सिंधु गाथा द्वितीय खंड)

विवेक कुमार

हिन्द युग्म

ISBN : 978-93-87464-60-5

प्रकाशक :
हिन्द-युग्म
सी-31, सेक्टर-20, नोएडा (उ.प्र.)-201301
फ़ोन- 0120-4374046

मुद्रक : थॉमसन प्रेस

पहला संस्करण : जून 2019
दूसरा संस्करण : अक्टूबर 2019
चौथा संस्करण : अक्टूबर 2024

मूल्य : ₹299

Malhaar: Sangram Sindhu Gatha Bhaag 2
(A novel by Vivek Kumar)

Published By
Hind Yugm
C-31, Sector-20, Noida (UP)-201301
Phone- 0120-4374046
Email- sampadak@hindyugm.com
Website- www.hindyugm.com

First Edition: June 2019
Second Edition: Oct 2019
Fourth Edition: Oct 2024
Price : ₹299

अध्याय

मृत्युदंड	9
अर्थला वापसी	17
सत्तू और रविदास	39
दक्षान की योजना	47
रक और यौधेय	52
श्रेष्ठी लिक्ष्वी	56
अप्रत्यक्ष षड्यंत्र	73
लाल रहस्य	83
व्यापार ज्ञान	95
व्यापार-संघ की बैठक	103
मारंग और जाबाल	108
कालयवन	113
अनाथालय	117
कारागार	125
मुंद्रा का ठग	151
काष्ठ-शिल्पी बिंदा	156
मुंद्रा का राजकुमार	163
असुर-अधिकृत क्षेत्र	180
दो लड़ाके	194
जल-दस्यु संधि	206
ऊसर	224
हास्य नाटक	231
अज्ञात अट्टहास	238
पितामह त्रेता	247

संथार
संस्थापिका- दनु माता
दक्षान, उरी
दारा (सेनाध्यक्ष)
धीरा (पुत्र)
अंगरक्षक (कुमास, गूजर)
अगिन जाति
(गू)
अर्थला
सिंहनाद (सेनाध्यक्ष)
(शातयु, एकांश, निकुंज)
कुंतल (उपसेनाध्यक्ष)
धाता-पंचम, वसुंधरा
(राजकुमारी धरा)
विधान, सत्तू
बसंत, मयूरी
(काका सुमेरु, काकी कंसा)
अमरखंड
कुलपति इंद्रजीत
(इंद्राणी)
कुंडार
अयोध्या
रविदास, सुदेष्णा
मुंद्रा
सम्राट जयभद्र
प्रसेनजित (सम्राट के भाई)
वासुकी (असुर राजदूत)
राजकुमार यज्ञ, राजकुमारी नर्मदा

मृत्युदंड

उड़ता हुआ विधान राजधानी के उत्तरी द्वार से दूर बहने वाली नदी के तट पर कूदा। यह वही नदी थी, जिसके जलमार्ग से होकर वह राजधानी पहुँचा था। पश्चिम की ओर जा रही नदी कुछ दूर बढ़कर उत्तर-पूर्व की ओर मुड़ गई थी। फिर दनु बाँस की सीमा रेखा पारकर अगिन क्षेत्र को चीरते हुए अर्थला में प्रवेश कर एक अन्य नदी की शाखा बन जाती थी। संथार और अर्थला के बीच यही एकमात्र व्यापारिक मार्ग था।

नदी तट का यह भाग व्यावसायिक कार्यों के लिए आरक्षित था। अतः भीड़-भाड़ कम थी। जिन लोगों ने उसे आकाश से कूदते देखा; भौचक्के होकर सहम गए।

विधान ने भूमि कटोरा बनाने की प्रक्रिया दोहराई और पुनः उछल गया। हवा में उसका शरीर थरथरा रहा था और धनंजय पर पकड़ ढीली होने की आशंका भी हो रही थी। इस बार नदी को पारकर उड़ता हुआ सूखी घास के समतल मैदान में कूदा। इतनी दूर से नदी-तट पर खड़ीं नौकाएँ किसी बिंदु की भाँति दिख रही थीं।

साँस खींचकर पुनः उछाल ली। ऊँचाई पर पहुँचकर कौतूहलवश दृष्टि नीचे गई, तो अधिकांश भूमि प्राणी विहीन एवं तृण रहित बंजर दिखी। दृष्टि सीधी की, तो सूर्य चौंध मार रहा था।

धनंजय द्वारा बताए गए पूर्व नियोजित मार्ग के अनुसार दनु बाँस की उत्तर-पूर्व सीमा राजधानी से कुछ कोसों की ही थी। पाँच अन्य उछालों के पश्चात् वह मध्यम ऊँचाई के वृक्षों वाले वन में कूदा। वन सघन नहीं था। वृक्ष दूर-दूर फैले हुए थे। यहाँ से दनु बाँस की पंक्तिबद्ध सीमा-रेखा की झलक मिलने लगी। विधान ने अनुमान लगाया कि आठ से दस उछालों में वहाँ पहुँचा जा सकता है, परंतु ऊर्जा-गाँठों में बची ऊर्जा के लिए यह कार्य कठिन होगा। इसके अतिरिक्त शरीर का कंपन इतना बढ़ गया था कि रविदास और धनंजय को पकड़े रखना दुष्कर हो रहा था। उसने दोनों को नीचे रखा तथा गू को भी पीठ से उतारा। गला और होंठ दोनों सूख रहे थे, जल की कोई व्यवस्था नहीं थी। वह वहीं समीप के एक छायादार वृक्ष के नीचे बैठ गया और ध्यान केंद्रित कर यौगिक अभ्यास करने लगा।

चौथाई घड़ी के अभ्यास से शरीर के कंपन कुछ स्थिर हुए। समय कम था। वह उठा और गू को पुनः पीठ पर बाँधने लगा, तभी उसे आभास हुआ कि कोई पीछे है। चोर दृष्टि से पीछे देखने पर शुष्क पवन के झोंकों से हिलती-डुलती नुकीली वनस्पतियों के सिवाय कुछ नहीं मिला। भागते व्यक्ति का स्वाभाविक भ्रम जानकर उसने अधिक ध्यान नहीं दिया। शीघ्रता से धनंजय और रविदास को उठाया और पुनः उछाल ली।

आगे की समस्त उछालें पथरीली बंजर भूमि पर लेता हुआ वह आगे बढ़ता रहा। सभी उछालें सामान्य थीं, नौवीं उछाल अधिक ऊँची नहीं हो पाई तथा ऊँचाई से उतरते समय शरीर इतना तेज काँपा कि धनंजय छूटते-छूटते बचे। धरती पर कूदते ही उस पर भी मूर्च्छा छाने लगी।

सिर को झटककर तथा मन में हुंकार भर उसने स्वयं को उत्साहित करने का पूर्ण प्रयत्न किया। अविलंब पुनः उछाल ली। टूटती इच्छाशक्ति से ली गई इस कठिन उछाल के बाद वह दनु बाँसों के ठीक सामने पहुँचा। आँखें मिचमिचाकर काले बाँसों की ऊँचाई का अनुमान लगाया और फिर धीरे से नेत्र बंद कर लिए। शरीर में रह-रहकर आंतरिक झटके लग रहे थे

तथा ऊर्जा-गाँठों की ऊर्जा भी न्यूनतम स्तर पर चली गई थी। उसने लंबी-लंबी दस बारह साँसें खींचकर स्वयं को शांत किया।

वह किसी प्रकार यह अंतिम उछाल पूरी कर दानव-सीमा लाँघ जाय, फिर यदि अगिन क्षेत्र में वह मूर्च्छित भी हो गया, तो गू की उपस्थिति कुछ तो सुरक्षा प्रदान करेगी—ऐसा विचार कर विधान ने अपने नेत्र खोले। दोनों हाथों की सवारियों को कसकर जकड़ा और संपूर्ण शक्ति एकत्र कर भूमि कटोरे के द्वारा अंतिम उछाल ली।

सिरों से आपस में रगड़ खाते दनु बाँसों के ऊपर से होता हुआ वह अगिन क्षेत्र के आकाश में पहुँचा। इसी के साथ मस्तिष्क पर मूर्च्छा का आक्रमण पूरे जोरों पर आ गया। बंद होते नेत्रों ने नीचे की धरती देखने का प्रयास असफल कर दिया। अगले कुछ क्षणों में अधिकतम ऊँचाई प्राप्त करने के पश्चात् वह नीचे उतरने लगा। मूर्च्छा को पराजित करने के लिए उसने अपने होंठों पर दाँत गड़ा रखे थे। फिर भी निचुड़ी शक्ति वाली देह अब और अधिक प्रतिरोध नहीं कर पा रही थी। उसे लगा वह एक अंतहीन गहराई वाले अँधेरे कुएँ में गिर रहा है। निरंतर गिरता ही जा रहा है। और तभी कुएँ के तल से एक तेज अट्टहास सुनाई पड़ा। फिर सब कुछ काला हो गया। नीचे पहुँचते ही चेतना पूरी तरह लुप्त हो गई।

धम्म्...

लंबी-लंबी घास वाली नम भूमि पर धनंजय और रविदास हाथ से छूट कर छितरा गए। विधान स्वयं गू को लिए मुँह के बल गिरा।

न जाने कितने समय पश्चात् धनंजय की चेतना को कुछ बल मिला। लगा कोई उनका शरीर हिला रहा है। स्वतः खुलने का प्रयास कर रहे नेत्रों से धुँधलका दृश्य दिखा। किंतु चेतना में इतना संज्ञान नहीं था कि कुछ समझ सकें। बार-बार धुँधला रही दृष्टि से देखा कि एक व्यक्ति उनके वस्त्रों की जाँच-पड़ताल कर रहा है। उस व्यक्ति ने उनकी कमर-पट्टिका टटोलकर उसमें भरी सामग्री बाहर निकाला, देखा और पुनः रख दिया। फिर उन्हें छोड़कर अन्य तीनों की ओर गया तथा बारी-बारी से तीनों की सतही जाँच की। कुछ क्षणों के लिए धनंजय की दृष्टि पूरी तरह धुँधलाई। जब पुनः स्पष्ट हुई, तो वह व्यक्ति विधान और गू को दाएँ कंधे पर तथा रविदास

को बाएँ कंधे पर लादकर उनकी ओर बढ़ रहा था।

गौरवर्णी मजबूत देह वाले उस व्यक्ति ने धनंजय को भी रविदास के साथ बाएँ कंधे पर उठाया। फिर दो क्षणों की स्थिरता के पश्चात् भूमि पर दायाँ पाँव पटका। एक हल्के ऊर्जा विस्फोट के साथ वह पूर्व की ओर आकाश में उछल गया। उछाल से उत्पन्न हुए झटके से धनंजय पुनः संज्ञा शून्य हो गए।

चार सवारियों को लेकर वह व्यक्ति पूर्व की ओर उछलता जा रहा था। ऊँची उछाल लेने के लिए उसे विधान की भाँति भूमि कटोरा बनाने की आवश्यकता नहीं पड़ रही थी। छोटे-बड़े वृक्षों, दलदलों, गड्ढों तथा कंटीली वनस्पतियों युक्त मैदानों के ऊपर से उछलता हुआ वह अगिन क्षेत्र को पारकर अर्थला के समीपवर्ती वन में कूदा। कुछ अन्य उछालों के पश्चात् वह वन के बाहरी छोर पर पहुँचा। उसने कंधे की सवारियों को धीरे से नीचे उतारकर रखा। फिर चारों ओर एक सतर्क दृष्टि डाली और जैसे ही आगे बढ़ने के लिए पग बढ़ाया; धनंजय ने उसके दाएँ पाँव में अपना हाथ अटका दिया। उनका हाथ उस व्यक्ति के पैर में पहने स्वर्ण कड़े पर पड़ा। पेट के बल पड़े धनंजय बड़ी कठिनाई से सिर उठाकर बोल पाए- "क...कौन?"

व्यक्ति चुप रहा, कुछ न बोला। एक हल्के झटके से अपना पाँव छुड़ाया और आगे बढ़ गया। आठ पग ही बढ़ा होगा कि धनंजय का स्वर पुनः फूटा- "क...कौन...?"

इस बार व्यक्ति ठिठका, दो क्षणों के मौन के पश्चात् शांत स्वर में संक्षिप्त उत्तर दिया- "मातरम।"

दानव राजमहल के मुख्य द्वार के सामने चौराहे के बीच बनी वीथिका पर कमर से मटकी टिकाए स्त्री की मूर्ति स्थापित थी। वीथिका पर्याप्त चौड़ी थी। उसी पर काठ के एक साधारण आसन पर दक्षान भावहीन-सा बैठा था। सामने ही तीस हाथ की दूरी पर लकड़ी का एक अस्थायी मंच बनाया गया था, जिस पर उरी को मृत्युदंड देने के लिए मुख पर सफेद रंग पोते एक वधिक खड़ा था। वीथिका और मंच को घेरते हुए बाँसों की एक

वृत्ताकार बाड़ लगाई गई थी। उस बाड़ में आने-जाने के लिए एकमात्र मार्ग राजभवन के मुख्य द्वार की ओर से खोला गया था।

बाड़ के चारों ओर भारी जन-सैलाब शोर मचाता हुआ उपस्थित था। कुछ दनुमाता की जय-जयकार कर रहे थे और कुछ महामहिम की। शाप-प्रलय-महामारी-कष्ट जैसे अस्पष्ट शब्द भी बीच-बीच में सुनाई पड़ जाते थे। इसके अलावा 'एक असुर की दनुमाता में क्या श्रद्धा...' यह वाक्य भी कहीं-कहीं से बोले जा रहे रहे थे। वधमंच के ठीक पीछे खड़ी स्त्रियाँ राजमहिषी के नाम पर विलाप कर रही थीं। भीड़ बड़ी थी, किंतु नियंत्रण में थी। अत: बाड़ों पर खड़े प्रहरियों को लोगों पर कोई विशेष अनुशासन नहीं लादना पड़ रहा था।

वीथिका पर बैठा दक्षान सपाट भाव से भीड़ पर दृष्टिपात कर रहा था। प्रधानमंत्री दाईं ओर खड़े थे और धीरा बाईं ओर। दारा वहाँ उपस्थित नहीं था। दोपहर की चिलचिलाती धूप थी, अन्यथा दोगुनी भीड़ जमा होती।

कुछ क्षणों उपरांत सैनिकों के घेरे में नयनिका सहित चार अन्य परिचारिकाओं के साथ राजभवन के द्वार पर उरी प्रकट हुई। उन्हें देखते ही शोर तीव्र हो गया। परिचारिकाएँ रो रही थीं और नयनिका जड़-सी बनी हुई थी। साज-शृंगार विहीन, खुले केशों वाली उरी पूरी तरह विक्षिप्त थी। प्रतीत हो रहा था मानो स्वयं चल नहीं रही, अपितु अर्द्धमूर्च्छित अवस्था में दो परिचारिकाओं द्वारा घसीटा जा रहा हो। भीड़ का स्वर तीव्र होता जा रहा था। दक्षान ने आसन पर बैठे-बैठे ही पीछे मुड़कर उरी को राजभवन की सीढ़ियाँ उतरते देखा। दाँत भींचे, जबड़ा कसा, और सीधे होकर पुनः भावहीन हो गया।

भीड़ में कुछ उन्मादी लोगों ने फेंकने के लिए कंकड़-पत्थर उठा रखे थे। पर साहस न हुआ, मुट्ठी में ही दबाकर रह गए। विलाप करती परिचारिकाएँ उरी को लेकर धीरे-धीरे मंच तक पहुँचीं। संज्ञा-शून्य सी उरी की गरदन कभी इधर झूलती तो कभी उधर। नयनिका भी पत्थर-सी स्तंभित थी, उसका शरीर यंत्रवत् चल रहा था। उरी को लेकर वही मंच पर चढ़ी। मंच पर चढ़ते ही जन-समुदाय में तेज कोलाहल हुआ। दनुमाता की जय-जयकार जोरों से होने लगी। अपनी राजमहिषी की ऐसी दयनीय अवस्था

देखकर कइयों को ग्लानि हुई। दबे स्वर में क्षमादान के भी शब्द उठे।

दक्षान उरी पर अपलक दृष्टि जमाए हुए था। धीरा शांत था, पर प्रधानमंत्री थोड़े विचलित लग रहे थे। उन्होंने चोर दृष्टि से दक्षान के भाव पढ़ने का प्रयास किया, परंतु असफल रहे।

मंच पर खड़े वधिक को फरसा संभालते देख स्त्रियों का समूह भयंकर रुदन पर आ गया। वधिक दक्षान के संकेत की प्रतीक्षा कर रहा था। भीड़ भी दक्षान का मुँह देख रही थी।

तभी राजमहल के द्वार को पार करता हुआ एक युवक आया और वीथिका तथा मंच के बीच खड़ा हो गया। आते ही दोनों हाथ ऊपर उठाकर दक्षान से विनती की–

"महामहिम! अनर्थ न करें... राजमहिषी अवध्य हैं।"

जन समुदाय क्षणभर में शांत हो गया। अधिकांश लोग उस युवक को पहचानते थे। वह राजवैद्य का पटशिष्य पारद था। दक्षान ने उसे प्रश्नवाचक दृष्टि से देखा पर कुछ बोला नहीं। दक्षान को शांत देखकर प्रधानमंत्री ही वीथिका से उतरकर पारद के समीप पहुँचे। पारद ने अत्यंत मंद स्वर में प्रधानमंत्री को कुछ बताया। बात सुनकर प्रधानमंत्री कुछ क्षणों तक उसे एकटक घूरते रहे। फिर शंकालु स्वर में पूछे, "अभी तक कहाँ थे?"

"राजवैद्य के साथ तीन दिनों से बाहर था। अभी आध घड़ी पहले ही राजधानी पहुँचा हूँ। हमें आशा थी कि महामहिम को ज्ञात होगा।" पारद ने धीमे स्वर में सहज उत्तर दिया।

प्रधानमंत्री की शंका का समाधान नहीं हुआ, किंतु कुछ न बोले। फिर स्वयं को सामान्य करते हुए ऊँचे स्वर में दक्षान से संबोधित हुए–

"महामहिम! राजमहिषी अभी गर्भ से हैं। दनु–संहिता के अनुसार किसी भी गर्भवती को संतान जन्म के समय तक दंड नहीं दिया जा सकता। अतः प्रसूतिकाल तक दंड विलंबित कर दिया जाए।"

दक्षान ने विचित्र दृष्टि से पारद और प्रधानमंत्री को बारी–बारी से घूरा, फिर भौहें सिकोड़कर पुनः उरी पर केंद्रित हो गया।

भीड़ में खुसर–फुसर प्रारंभ हो गई। कंकड़ उठा रखे उत्पाती लोगों में से कुछ ने प्रतिवाद किया– "हमें नहीं ज्ञात कि ऐसा कुछ संहिता में है।"

बोलने वाले भीड़ में धँसकर खड़े थे। इतने दूर थे कि उनके मुख पहचाने नहीं जा सकते थे। बस स्वर ही पहुँच पा रहे थे।

दक्षान ने कहने वालों की दिशा में एक उड़ती दृष्टि डाली और कुछ न बोला। प्रधानमंत्री को लगा कि उन्हें ही स्थिति संभालनी होगी। उन्होंने धीरा को नेत्र संकेत किए। धीरा ने अपनी चौड़ी फलक वाली तलवार म्यान से खींच ली। प्रधानमंत्री कड़े शब्दों में भीड़ से बोले- "अपनी अज्ञानता के लिए तुम स्वयं दोषी हो। जिसकी भी दनु-संहिता में श्रद्धा घटी हो, वह प्रस्तुत हो... दानव सत्ता उसका ज्ञान बढ़ाकर उचित सत्कार करेगी।"

प्रधानमंत्री ने त्योरी चढ़ाकर एक गहरी दृष्टि पूरी भीड़ पर डाली। भुनभुनाने के कुछ स्वर हुए। फिर सब शांत हो गया।

दक्षान अभी भी भौहें सिकोड़े उरी को अपलक देख रहा था। नथुने फुलाकर लंबी साँस छोड़ी और उठकर खड़ा हो गया।

मृत्युदंड टाल दिया गया था।

आधी घड़ी पश्चात् राजभवन के एक व्यक्तिगत कक्ष में दक्षान, धीरा और पारद उपस्थित थे। पारद विश्वास दिलाते हुए बोल रहा था-

"आप निश्चिंत रहें, महामहिम! बात खुलने की न कोई संभावना है और न ही कोई अवसर आएगा। आप राजमहिषी को चांदा भेजने का आदेश दें। वहाँ से सूचना की एक रेखा भी बाहर नहीं जा पाएगी।"

चांदा दानवों की एक अन्य राजधानी थी, जो पश्चिमी क्षेत्रों पर नियंत्रण रखने के लिए दक्षान के पितामह महामहिम त्रेता ने स्थापित की थी। चांदा मात्र कहने के लिए राजधानी थी। वहाँ की जनसंख्या नगण्य थी और प्रशासनिक कार्यों से अधिक शोध कार्य अधिक होते थे। शोध कार्यों के कारण वहाँ की सुरक्षा उच्चतम स्तर की थी।

दक्षान ने कुछ क्षणों तक अपने आसन के हत्थे सहलाए, फिर भेदक दृष्टि से देखते हुए पूछा- "घर में कितने सदस्य हैं?"

पारद की देह में सिहरन दौड़ गई। जानता था, यह प्रश्न नहीं, अप्रत्यक्ष चेतावनी है। धीरे से उत्तर दिया- "माँ, दो भाई और एक बहिन।"

"चांदा जाने की व्यवस्था करो। तुम्हारे परिवार का कल्याण हम

देखेंगे,'' आसन से पीठ चिपकाते हुए दक्षान बोला।

''जैसी आज्ञा!'' पारद ने सिर झुकाकर प्रणाम किया और कक्ष से बाहर निकल गया। जाते समय वह स्पष्ट अनुभव कर रहा था कि राजपरिवारों के भेद में कितना भार होता है।

अर्थला वापसी

विधान की आँख खुली। पीठ को चर्म बिछी काठ की शय्या का अनुभव हुआ। नेत्र इधर-उधर घूमे तो ज्ञात हुआ कि पत्थरों के एक कक्ष में है। ऊपरी रोशनदानों से मंद-मंद प्रकाश आ रहा था। घोड़ों के टापों की ध्वनि सुनाई पड़ी, तो दृष्टि स्वयं ही द्वार की ओर मुड़ी। किवाड़ रहित द्वार पैरों की सीध में ही था। बाहर धूप में कुछ सैनिक और अश्वारोही चलते-फिरते दिखे। वेश-भूषा जानी-पहचानी लगी। कुछ ही क्षणों में स्मरण आया कि अर्थला के सैनिक हैं। इसी के साथ उसकी चेतना पूरी तरह लौटने लगी। पिछली समस्त घटनाओं के चित्र घूमना प्रारंभ हो गए। क्रमबद्धता से सब कुछ स्मरणपट पर आया। अंतिम चित्र अगिन क्षेत्र में भूमि से टकराने का था। मन में तत्काल प्रश्न कौंधा, "वह यहाँ कैसे पहुँचा? दूसरे कहाँ हैं?"

झटके के साथ उठने का प्रयास किया, तो शरीर को तीव्र पीड़ा हुई। उठने का प्रयास छोड़कर दाईं करवट लेनी चाही, पर दाईं पसलियों ने दर्द दिया। अत: सीधा होकर बाईं करवट ले ली। करवट लेते ही धनंजय दिखे। पीढ़े पर बैठे मानो उसी के उठने की प्रतीक्षा कर रहे थे। विधान से दृष्टि

टकराते ही उनकी सहज मुस्कान बढ़ गई। पीढ़े को खींचकर विधान के निकट आ गए।

विधान ने ध्यान से देखा। धनंजय की दोनों बाँहों, छातियों और माथे पर पट्टियाँ बँधी थीं। दाईं बाँह का कोई घाव अभी तक पूरी तरह सूखा नहीं था, जिसके रक्तस्राव ने पट्टियों पर लाल रंग का एक बड़ा धब्बा छोड़ दिया था। उनकी दाढ़ी-मूँछें भी साफ थीं। विधान के हाथ स्वत: ही अपनी दाढ़ी को टटोलने के लिए गए। उसकी भी हटा दी गई थीं।

धनंजय उसकी बाँह और माथे को छूकर ताप की जाँच करते हुए बोले, "दो दिन पश्चात् उठे हो।"

धनंजय की मुस्कान की छूत से वह भी थोड़ा मुस्कुराया और उत्तर जानते हुए भी प्रश्न किया, "छावनी में हैं?"

"हाँ! सीमावर्ती छावनी है। जहाँ पहुँचना था, अंत में वहीं पहुँचे।"

विधान की दृष्टि दूसरों को खोजने के लिए इधर-उधर घूमी। धनंजय उसका प्रश्न भाँप गए। बोले, "रविदास स्वस्थ है, ठोस व्यक्ति है। सबसे पहले वही उठा। शरीर पर कुछ खरोंचें हैं, किंतु घाव एक भी नहीं। और गू ....।" गू का नाम लेकर धनंजय कुछ पल रुक गए।

विधान की दृष्टि धनंजय पर टिक गई। धनंजय सहजता से ही बोले, "गू को तुम्हारा सिर चाहिए।"

विधान के नेत्र एकदम से सिकुड़ गए। मुँह पर घोर आश्चर्य आ बैठा। धनंजय पर दृष्टि और भी गड़ा दी।

धनंजय ने विस्तार से बताया- "गू हमारी भाषा टूटी-फूटी ही जानता है। आधे हमारे और आधे अपनी भाषा के शब्द मिला-जुलाकर बात करता है। उसकी बातों का जितना सार समझ सका, उसके अनुसार वह अगिन के एक गण के मुखिया का पुत्र है। दो पूर्णिमा पश्चात् उसके गण में नया नायक चुना जाने वाला है। कइयों के साथ वह भी प्रबल दावेदार था। नायक के चुनाव में प्रतियोगी और उसका रीछ दूसरे प्रतियोगियों एवं उनके रीछों से लड़ते हैं। किंतु तुमने पहले ही उसका रीछ मार डाला। गण के मुखिया के परिवार में किसी व्यक्ति के रीछ का शत्रुओं द्वारा मारा जाना शक्तिहीनता का परिचायक माना जाता है। अगिन की परंपरा के अनुसार

गू के पिता ने उसे गण से बहिष्कृत कर दिया। अब उसका गण उसे तभी स्वीकार करेगा, जब वह रीछ को मारने वाले शत्रु को पराजित कर उसका सिर प्रस्तुत करे...।''

विधान को विचित्र लगा। धनंजय से दृष्टि हटकर कहीं और भटकने लगी।

धनंजय कह रहे थे- ''...अथवा...''

'अथवा' शब्द सुनते ही विधान की भटकती दृष्टि झट से धनंजय पर पुनः आ चिपकी।

''...अथवा वह दस वयस्क रीछ पकड़कर प्रस्तुत करे।''

दूसरा विकल्प सुनकर विधान को अच्छा लगा। मन में गू के रीछ के प्रति थोड़ा पश्चाताप भी उठा। एक दीर्घ श्वास के पश्चात् पूछा, ''वह दानव देश में कैसे प्रकट हुआ?''

धनंजय मधुर हास्य के साथ बोले, ''सब मुझसे ही पूछ लोगे, तो उससे बात करने के लिए तुम्हारे पास क्या शेष रहेगा!''

''क्या मैं उसकी भाषा समझ पाऊँगा?'' विधान ने थोड़ा आश्चर्य दिखाया।

''उसके शब्दों पर ध्यान लगाओगे, तो बहुत सीमा तक समझ में आ जाएगा।''

''आप बता दीजिए,'' विधान ने अनुरोध किया। ''पता नहीं मैं उसकी बातों का ठीक-ठाक कितना अर्थ समझ पाऊँ और क्या पता वह मेरा सिर काटने का अवसर देख रहा हो।''

धनंजय हँसे, ''नहीं, नहीं! जंगली जाति का होते हुए भी वह सरल हृदय का है।''

''सरल हृदय!'' विधान ने नेत्र फैलाकर आश्चर्य दिखाया।

''भेंटकर स्वयं देख लेना,'' धनंजय बोले।

''हाँ! अब कौतूहल जाग गया है। किंतु अभी आप मेरा उत्तर देने की कृपा करें।'' विधान ने पुनः अनुरोध किया।

धनंजय पीढ़े पर अपनी बैठक बदले और बताने लगे-

''रीछ पकड़ने के अभियान पर निकलने से पहले परंपरा के अनुसार

वह दनुमाता की कृपा लेने समाधिस्थल पर आया था। संयोग से हम भी वहाँ उपस्थित थे। तुम्हें देखते ही उसे लगा कि दनुमाता की अनुकंपा से तुम उसे मिल गए। दस रीछ पकड़ने जैसे दु:साध्य कार्य की तुलना में तुम्हारा सिर काटना उसे अधिक सरल लगा। हमें संकट में देखकर उसने सोचा कि यदि तुम वहाँ मारे गए अथवा पकड़े गए, तो तुम्हें पराजित करने का अवसर नहीं मिलेगा। अत: दनुमाता के संकेत को आदेश मानकर वह हमारी सहायता के लिए कूद पड़ा था।''

''ओह!'' विधान के मुख से निकला, ''सहायता की, वह भी प्राण लेने के उद्देश्य से! वास्तव में सरल हृदय है।''

धनंजय खुलकर हँसे। बोले, ''उद्देश्य तो उसका यही था। कल जब उसकी मूर्च्छा टूटी, तो खूब बड़बड़ाया और एक सैनिक से भाला छीनकर इसी कक्ष में बैठकर तुम्हारे उठने की प्रतीक्षा कर रहा था। बहुत समझाने पर माना। अब वह तुम्हारे प्राणों के पीछे नहीं है। मैंने वचन दिया है कि रीछ पकड़ने में तुम उसकी सहायता करोगे।''

''अवश्य करूँगा,'' विधान ने प्रसन्नतापूर्वक समर्थन दिया, ''किंतु दस रीछ पकड़ने में न जाने कितने माह लग जाएँ।''

''यह चिंता बाद में करेंगे। अभी तुम्हारे लेप सूखकर कड़े हो रहे हैं। मैं वैद्य को भेजता हूँ,'' कहकर धनंजय खड़े हो गए।

धनंजय के खड़े होते ही विधान को सबसे महत्वपूर्ण प्रश्न स्मरण हुआ। पूछा, ''मैं अगिन क्षेत्र तक ही अपनी चेतना संभाल सका था, हम यहाँ कैसे पहुँचे?''

धनंजय के मुख पर एकाएक गांभीर्य छा गया। कुछ पल सोचकर बोले, ''मैं स्वयं असमंजस में हूँ। मात्र इतना समझ लो कि एक हितैषी हमें अगिन क्षेत्र से सटे अर्थला के वनों में छोड़ गया। वहाँ से यह छावनी कुछ ही दूर है। दैनिक निगरानी करने गए एक सैन्य दल को हम प्राप्त हुए। वे हमें यहाँ सुरक्षित ले आए।''

विधान के मुख पर प्रश्नवाचक भाव बना ही रहा। धनंजय थोड़ा समझाने के भाव में बोले– ''मुझे पूर्ण स्पष्ट नहीं है कि वह हितैषी कौन था। किंतु प्रतीत होता है कि कुछ ऐसा घटित हो रहा है अथवा होने वाला है

जिसके विषय में हमें भनक तक नहीं। सोचता हूँ, महर्षि गौतम से अतिशीघ्र भेंट कर आऊँ।''

''क्या पुरातन इतिहास से संबंधित विषय है?'' विधान ने पूछा।

''संभव है,'' धनंजय अनिश्चितता से उत्तर दिए।

विधान को लेटकर बात करना अच्छा नहीं लग रहा था। धीरे से हाथ के बल उठकर बैठ गया। उठते समय पीड़ा हुई, किंतु एकबार बैठ जाने के पश्चात् दर्द स्थिर हो गया।

धनंजय अपनी कमर पट्टिका पर हाथ फेरते हुए बोले- ''मैं शक्ति-कुंडलों को अपने साथ ले जा रहा हूँ। परंपराधीशों से कुछ आवश्यक परीक्षण कराने के पश्चात् तुम्हें सौपूँगा।''

''आप आज ही अकेले प्रस्थान करेंगे?'' विधान अनुमान लगाते हुए पूछा।

''हाँ! तुम्हारे उठने की प्रतीक्षा कर रहा था, अन्यथा प्रातः ही निकल जाता।''

तभी कक्ष के द्वार पर प्रकाश कुछ कम हुआ। किसी व्यक्ति के आकर खड़े हो जाने से कक्ष में प्रवेश करने वाला प्रकाश अवरुद्ध हो रहा था।

''मार्ग में छोड़कर विलुप्त हो जाना इसका पुराना आचरण है,'' कहते हुए रविदास उन दोनों के समीप पहुँचा, ''तुम विश्राम करो महाबली! यह तो बीहड़ों में कूदता-फाँदता और कीचड़, नालों में स्नान करता हुआ जाएगा। कल प्रातः मेरे साथ यात्रा आरंभ करना, पुष्प सज्जित मार्गों से ले चलूँगा। अर्थला की वास्तविक हरियाली उधर ही देखने को मिलती है। मार्ग में मूसर नाम का अतिसुंदर ग्राम मिलेगा। वहाँ श्वेत खरहों का नर्म माँस खिलाऊँगा।''

''क्षमा करें! आप भूल रहे हैं कि मैं माँसाहार नहीं करता,'' विधान बोला।

''तो क्या हुआ! तुम वहाँ के फल ही चबा लेना,'' कहकर रविदास जोर से हँसा।

धनंजय शीघ्रता में थे। वे जानते थे कि अवसर मिलने पर रविदास इधर-उधर की बातें खूब मन लगाकर करता है। उन्होंने दोनों को कुछ

समझाया। विशेषकर विधान को कि वह अपनी दाढ़ी-मूँछें इतनी न बढ़ने दे कि संथार में देखा गया उसका रूप किसी भी प्रकार पुनर्प्रकट हो, क्योंकि पूर्ण आशंका थी कि समाधिस्थल पर उपस्थित संथार के गुप्तचर सिद्धिधारक की खोज में जंबूद्वीप अवश्य आएँगे। आने वाले युद्ध से पहले वे यथासंभव विधान की पहचान गुप्त रखना चाहते थे। कुछ अन्य बातें बताकर उन्होंने दोनों से विदा ली।

धनंजय के जाने के पश्चात् रविदास वहीं पीढ़े पर बैठ गया और विधान को पुराने यात्रा-वृत्तांत सुनाने लगा। सारी यात्रा-कहानियाँ रविदास के बचपन की थीं, जब वह मुंद्रा के एक राजपुरुष का दास हुआ करता था। विधान को सुनने में बहुत चाव आया। बैलों, भैसों, गधों और मृगों सहित न जाने किन-किन पशुओं की सवारी रविदास ने कर रखी थी। मुंद्रा के सुंदर वनों, झीलों और वहाँ के प्रतिबंधित क्षेत्रों के वर्णन के पश्चात् अंतिम वृत्तांत हिमालय पर स्थित यतियों के राज्य श्वेत खंड की यात्रा का था। वह यात्रा पूरी नहीं हो सकी थी। रविदास ने उसके एक मार्ग का वर्णन किया, जो दुर्लभ पुष्पों वाले वृक्षों के घने वन से होकर जाता था और जहाँ उसने पारदर्शी सर्प देखा था। विधान को स्थूल का ध्यान आ गया।

मनोरंजक घटनाओं को सुनाकर रविदास खुलकर हँसता और उसकी पीठ पर एक हाथ भी जमा देता। डेढ़ घड़ी पश्चात् जब लेप बदलने के लिए एक वैद्य आया, तब तक वह विधान की पीठ चार बार ठोंक चुका था।

नया लेप लगते ही विधान को तीव्र निद्रा आने लगी। रविदास उसे विश्राम करने को कहकर चला गया।

विधान की निद्रा तीन घड़ी पश्चात् टूटी। शरीर को थोड़ा कष्ट था, किंतु मन में स्फूर्ति थी। उठते ही शय्या के निकट मिट्टी के कटोरे में ढककर रखा गुड़ खाया और मटकी से जल पिया। छाछ पीने की तीव्र इच्छा हुई, किंतु वहाँ थी नहीं। एक बार सोचा कि प्रहरी को आवाज देकर मँगा ले। फिर विचार आया कि वह सैन्य छावनी में बैठा है, यहाँ ऐसी व्यक्तिगत माँग उचित नहीं।

वह खड़ा हुआ, धोती ठीक की और कक्ष के बाहर निकल गया। उठने

और चलने से शरीर पर लगे लेप के टुकड़े, जो पुनः सूख गए थे, झड़कर गिरने लगे। कक्ष के द्वार पर एक प्रहरी भाला लिए तनकर खड़ा था। विधान के बाहर आते ही उसने एक पूरी दृष्टि ऊपर से नीचे तक उस पर डाली। लेपों के झड़ने से दृश्यमान हो रहे उसके घाव-चिह्नों को ध्यान से देखा और पुनः सीधा तन गया।

विधान के सामने एक खुला मैदान था, जिसमें कुछ सैन्य दल भालों के साथ युद्धक अभ्यास कर रहे थे। मैदान के बाईं व दाईं ओर आपस में सटे कक्षों की शृंखलाएँ थीं। उन शृंखलाओं के पीछे से कुछ ऊँचे कक्ष झाँकते से दिखे। मैदान में ठीक सामने अंतिम छोर पर उपसेनाध्यक्ष कुंतल थे। वे पच्चीस-तीस सैनिकों की कतारबद्ध टुकड़ी को संबोधित कर रहे थे। दानव देश के अभियान के विषय में जानने वाले वही एकमात्र बाहरी व्यक्ति थे।

बाईं ओर, एक निम्न ऊँचाई का हरी घास से ढका पठार दिखा, जिसकी लगभग समतल चोटी के पीछे से घर लौटता सूर्य नारंगी किरणें फेंक रहा था। हृदय ने सूर्यास्त की सुंदरता बटोरने के लिए उसके पगों को सहज ही पठार की ओर बढ़ा दिया।

यह स्थान जहाँ इस समय विधान उपस्थित था, पश्चिम में अर्थला की अंतिम छावनी थी। दिखने में यह भले ही सैन्य छावनी प्रतीत होती हो, किंतु राजकीय अभिलेखों में यह व्यापारिक जाँच-चौकी के नाम से अंकित थी। यहाँ उपस्थित सैन्य टुकड़ी व्यापारियों और वस्तुओं की दस्युओं से सुरक्षा के लिए थी।

संपूर्ण जंबूद्वीप में दानवों के साथ व्यापार प्रतिबंधित था। किंतु दानवों के पास एक ऐसी वस्तु थी, जो दुर्लभ में भी दुर्लभतम थी—विस्फोटक चूर्ण।

विस्फोटक चूर्ण की निर्माण-कला देवों के अतिरिक्त मात्र दानवों के पास थी। इस एकाधिकार का उन्होंने भरपूर लाभ उठाया। दानवों ने तस्करी के माध्यम से जंबूद्वीप के दक्षिणी राज्यों को विस्फोटक चूर्ण बेचना प्रारंभ कर दिया, विशेषकर अर्थला के शत्रु राज्यों को। इन चूर्णों से बने अस्त्र-शस्त्रों ने अर्थला के विरोधियों का दुस्साहस बढ़ा दिया और

युद्धों में अचानक से भारी असंतुलन पैदा हो गया। कई युद्धों में अर्थला दुर्घटनाग्रस्त होते-होते बची। अंत में शक्ति-संतुलन साधने के लिए अर्थला ने अमरखंड से आज्ञा लेकर दानवों के साथ विस्फोटक चूर्ण का व्यापार प्रारंभ कर दिया। बदले में संथार को अर्थला से अन्न भंडार प्राप्त होने लगे। कुछ वर्षों के सामान्य और विश्वसनीय व्यापारिक वातावरण ने चमड़े की वस्तुओं को भी व्यापार में जोड़ दिया। संथार के रीछ चर्म की माँग अर्थला और आस-पास के राज्यों में खूब थी।

संथार की राजधानी के बाहर बहने वाली नदी, जो अगिन क्षेत्र को पार कर अर्थला में प्रवेश करती थी, पूरे जंबूद्वीप का दानवों के साथ एकमात्र औपचारिक व्यापारिक मार्ग था। इसी नदी के तट के समीप यह छावनी स्थापित थी।

शृंखलाबद्ध कक्षों को पारकर लगभग पचास हाथ आगे बढ़ने पर दाईं ओर मैदान के किनारे वाले कक्षों की शृंखला प्रारंभ हो जाती थी। सीधे जा रहे विधान का ध्यान उन कक्ष-शृंखलाओं के पीछे से आ रही घोड़ों की हिनहिनाहट ने खींचा। बढ़कर देखा तो वहाँ चार काले घोड़े चर रहे थे और एक घोड़े को गू अपने हाथों से घास खिला रहा था। गू के केश काटकर छोटे कर दिए गए थे और वेशभूषा भी बदली हुई थी। प्रथम दृष्ट्या किसी को भी पहचानने में कठिनाई होती। घोड़ों को खिलाते हुए उसके हाव-भाव पर कौतूहल मिश्रित प्रसन्नता छाई हुई थी। मानो किसी बच्चे को खेलने के लिए एक नया खिलौना मिल गया हो।

घोड़े को सहलाने और धरती से घास नोंचकर खिलाने में गू इतना मगन था कि उसे विधान की उपस्थिति का भान ही नहीं हुआ। विधान ने सोचा कि चुपचाप आगे बढ़ जाए, किंतु दो पग बढ़ाते ही गू की दृष्टि में आ गया। विधान को देखते ही वह एकदम शांत हो गया। विधान ने मुस्कुराकर शिष्टाचार दिखाने का प्रयास किया, पर गू ने कोई प्रतिक्रिया नहीं दी। मुख पर ठंडा भाव बना रहा। जिस घोड़े को वह खिला रहा था, वह हिनहिनाकर दूसरी ओर चला गया। गू की विचित्र दृष्टि से विधान थोड़ा असहज हो गया। कुछ वार्तालाप आरंभ करने के लिए बिना कुछ सोचे बोला, ‘‘तुम्हारे रीछ के लिए मुझे दुःख है। हम दोनों मिलकर बीसों रीछ पकड़ लेंगे।’’

गू अभी भी एकटक रहा।

विधान ने सोचा कि अभी सही अवसर नहीं है। वह सीधे टीले पर चला गया। टीले की सपाट चोटी पर छोटे-बड़े ढेरों पत्थर बिखरे हुए थे। शायद कभी कोई संरचना रही हो, जो अब अपना अंतिम आकार भी खो चुकी थी। एक कम बेडौल पत्थर खोजकर विधान उस पर बैठ गया।

सवितानारायण को पूरी तरह डूबने में अभी आध घड़ी बची थी। आकाश में काले मेघों का समूह चढ़ता दिखा। संभव है, कल वर्षा हो।

सामने हल्की ढलान लेते हुए विस्तृत मैदानी भाग था, जिसके बीच में संथार की ओर जाने वाली नदी चाँदी की एक पट्टी समान लग रही थी। इस टीले से नदी दूर थी, फिर भी उसके दोनों किनारों के चौड़े पाटों पर बनी जाँच-चौकियाँ स्पष्ट दीख रही थीं। चौकियों पर पीले व लाल वस्त्र पहने जाँच अधिकारियों के साथ पूरा सैनिक दल कार्यरत था। वस्तुओं की निर्धारित गुणवत्ता और मात्रा की जाँच के साथ, उनको यह भी सुनिश्चित करना था कि आयात की वस्तुओं की आड़ में मादक पदार्थों का प्रवेश न हो।

मध्यम आकार की दो व्यापारिक नौकाएँ जाँच के लिए चौकी पर आगे-पीछे लगी हुई थीं। एक अन्य नौका संथार की ओर जा रही थी। उस पर लदा अन्न भंडार दो मंजिला भवन जितना ऊँचा था।

इस व्यापारिक नदी का नाम दुग्धमेखला था। अर्थला के ऐतिहासिक अभिलेखों के अनुसार यह कोई प्राकृतिक नदी नहीं थी। इसे कई छोटी-छोटी नदियों को जोड़-तोड़कर तथा खुदाई करके कृत्रिम रूप से धाता-प्रथम के शासन काल में निकाला गया था।

नदी के जल से नमी लेकर बह रही पवन की शीतलता का आनंद, विधान आँख मूँदकर ले रहा था। सत्तू, माँ, काका, काकी, बसंत, मयूरी, रागा, इंद्राणी और अमरखंड सभी को उसने याद किया। मन में खिल रहे फूल के काल्पनिक चित्र पूरी तरह बनने ही वाले थे कि पदचापों की हल्की आहट से नेत्र खुल गए। मुड़कर पीछे देखा, तो गू हरे रंग का एक बड़ा फल कंधे पर लादकर उसकी ओर आ रहा था। आते ही उसने विधान के बगल वाले पत्थर पर फल को पटक दिया। पत्थर से टकराते ही फल टुकड़े-टुकड़े हो गया और अंदर का कुछ रस उछलकर विधान के मुख व शरीर

पर पड़ा। यह फल विधान ने पहली बार देखा था। कुछ-कुछ खरबूजे जैसा था, पर गूदा जामुनी रंग का था।

गू ने बिखरे टुकड़ों में से एक बड़ा टुकड़ा उठाकर विधान को दिया। फिर एक अन्य बड़ा टुकड़ा स्वयं के लिए छाँटा और विधान के ठीक सामने वाले पत्थर पर बैठ गया। किंतु जिस तेजी से वह बैठा था, उससे दुगुनी तेजी से खड़ा हो गया। पत्थर पर्याप्त नुकीला था। विधान को हँसी आ गई, पर झट से मुँह में फल ठूँस लिया। गू ने कोई विशेष प्रतिक्रिया नहीं की और घास पर बैठ गया।

जब गू ने अपना टुकड़ा पूरा खा लिया, तब विधान से कुछ कहा। उसकी बात सुनकर विधान सन्न रह गया। मन ही मन सोचा। आखिर किस आधार पर धनंजय ने कहा था कि वह गू की भाषा समझ लेगा। विधान की चुप्पी और मुख के भाव देखकर गू को अपनी भूल का भान हुआ कि उसे शुद्ध रूप से अपनी भाषा नहीं बोलनी चाहिए थी।

वह पुनः कुछ बोला। इस बार विधान को कुछ शब्द समझ में आए। मितणा, छेमा और खांगणा। 'मितणा' का अर्थ मित्र निकाला। 'छेमा' का अर्थ क्षमा निकाला और 'खांगणा' का कोई अर्थ ही नहीं निकला।

विधान ने हाँमी में सिर हिलाया। मानो उसकी बात समझ रहा हो और फल खाने में लगा रहा। सोचा, जब तक मुँह में फल भरा रहेगा, उसके बोलने का अवसर आएगा ही नहीं।

इसके पश्चात् गू ही बोलता रहा। हाथों से तरह-तरह के संकेत कर अपनी बात स्पष्ट समझाने का पूरा प्रयास करता रहा। अब वह कई शब्दों को साफ उच्चारित कर रहा था। व्याकरण आगे-पीछे हो जाता था, पर विधान भाव का अनुमान लगा लेता।

किसी बात को बताते हुए गू उत्तेजित हो गया। नखों को दिखाकर ऐसी विचित्र ध्वनियाँ निकाली कि विधान को लगा कि कहीं नकोट न ले।

जिस घोड़े को गू घास खिला रहा था, वह चरते हुए टीले पर चढ़ आया। घोड़े को देखते ही गू उठकर उसके पास गया और उसकी नर्म बालों वाली गर्दन को सहलाता हुआ पूरी प्रसन्नता से कुछ बताने लगा। विधान, गू के मुख की प्रसन्नता देखने में इतना खोया रहा कि उसके द्वारा बोले शब्दों

पर ध्यान नहीं दे सका। बात समझ में नहीं आई, किंतु यह समझ आया कि गू अपने रीछ के साथ इसी प्रकार आत्मीय रहा होगा।

घोड़े को भली-भाँति पुचकार कर गू अपने स्थान पर लौट आया। फल के छोटे-बड़े सभी टुकड़े बीन-बीनकर खा लेने के बाद विधान भी बोलने लगा। वह गू को सत्तू के विषय में बता रहा था। संदेह था कि गू शायद ही सही अर्थ समझ सके, क्योंकि संभव है कि मानवीय संबंधों की संरचना और संबंधों के बीच का जुड़ाव गू के समाज में भिन्न हो। फिर भी कुछ वार्तालाप चलता रहे, इसलिए बताता रहा।

गू पूरे उत्साह और ध्यान से सुन रहा था। बीच-बीच में विधान द्वारा बोले गए किसी शब्द को उच्चारित करने का पूरा प्रयत्न करता।

अँधेरा होने तक, एक-दूसरे की बात को पूरी तरह समझे बिना, दोनों बड़बड़ाते रहे। जब वे टीले से उठे, तब मेघों ने गर्जना कर अपना उद्देश्य प्रकट कर दिया।

अगले दिन मेघों से घिरे प्रातःकाल, विधान अपना कलेवा समाप्त कर गू और रविदास की प्रतीक्षा कर रहा था। राजधानी लौटने के लिए रथ की व्यवस्था थी। किंतु गू उस घोड़े को भी साथ ले चलने का अनुरोध कर रहा था, जिसे पिछले दिन वह घास खिला रहा था। पहले जब गू ने विधान से कहा, तब विधान ने अर्थ लगाया कि वह घोड़े को काटकर खाने की बात कर रहा है। विधान उसे समझाने लगा कि जब खाने की अन्य सामग्री उपलब्ध है, तो ऐसी अनुचित माँग नहीं करते और एक सैन्य अश्व को प्रशिक्षित करने में वर्ष भर लग जाते हैं। गू खीझ के साथ नख दिखाकर बड़बड़ाया। बगल बैठकर कलेवा कर रहे रविदास ने स्पष्ट किया कि गू घोड़े को साथ ले जाना चाहता है।

फिर रविदास ने उप सेनाध्यक्ष कुंतल से औपचारिक आज्ञा प्राप्त कर ली। इस समय गू और रविदास उस घोड़े पर काठी कस रहे थे और विधान मैदान के बाहरी छोर पर बैठा उपसेनाध्यक्ष द्वारा दिया जा रहा प्रशिक्षण देख रहा था।

ठिगने कद के कुंतल मजबूत साँड़ सदृश दिख रहे थे। पाँच पंक्तियों में

खड़े तीस सैनिकों को वे अपने भारी स्वर में एक सेनानायक की विशेषताएँ समझा रहे थे। पूरी बातें तो नहीं पर कुछ बातें- जो तेज स्वर में थीं- विधान को सुनाईं पड़ीं। वे कह रहे थे- परिवार हो या सेना, आदेश के अधिकार के एकत्व की भली-भाँति रक्षा होनी चाहिए।

विधान को याद आया; एक बार सत्तू ने उपसेनाध्यक्ष के विषय में बताया था कि वे प्रत्येक बात में सेना के साथ परिवार को भी सम्मिलित करते हैं। उप सेनाध्यक्ष के लिए परिवार भी सेना की भाँति एक संघटन है।

विधान को ज्यादा देर सुनने का अवसर नहीं मिला। गू और रविदास रथ की ओर जाते दिखे। वह भी उठकर चला। गू का रथ पर चढ़ने का पहला अनुभव था। कौतूहल और प्रसन्नता उसके मुख से टपक रही थी। चढ़ते ही सीधे जाकर सारथी के पीछे खड़ा हो गया। विधान और रविदास भी चढ़े। तीनों ने साधारण सैनिकों का भेष बना रखा था। दो अन्य घुड़सवार भी साथ थे। उनमें से एक घुड़सवार गू के घोड़े पर था।

उनके चढ़ते ही सारथी ने रथ हाँक दिया। आगे रथ और पीछे घुड़सवार। देखने वाले को प्रतीत होता कि किसी राजकीय कार्य से जा रहे हैं।

पिछली रात्रि बादलों ने रुक-रुककर जल बरसाया था। अभी भी बूँदा-बाँदी चल रही थी। भूमि नम थी और कहीं-कहीं कीचड़ भी था। अतः रथ तेज गति से नहीं भगाया जा सकता था।

बारिश ने वृक्षों और वनस्पतियों पर जमी धूल को धो-पोंछ दिया था, जिससे चारों ओर हरीतिमा बढ़ी हुई लग रही थी। बादलों के पीछे छिपे सूर्य का कुछ अता-पता नहीं था। वायु इतनी शीतल हो गई थी कि शीत-ऋतु के आगमन की घोषणा करती प्रतीत हो रही थी। गीली धरती से उठ रही सोंध ने यात्रा के उस दिन को और भी सुखद बना दिया था।

उनका मार्ग दुग्धमेखला नदी के समानांतर था। यह व्यापारिक मार्ग खूब चौड़ा बनाया गया था, कि चार रथ अगल-बगल होकर गुजर सकें। मार्ग में छकड़ों और बैलगाड़ियों पर सामान लादे सार्थवाहकों के कई दल मिले। ऊँचे कद और अत्यंत लंबी सींगों वाले ऐसे बैल विधान ने पहली बार देखे थे। उनकी सींगों को विभिन्न रंगों से रंगकर रंग-बिरंगा बना दिया गया था। गू उन बैलों को देखकर तरह-तरह की ध्वनियाँ निकालता। विधान

को आश्चर्य हुआ, जब बैलों ने भी रंभाकर गू को प्रतिक्रिया दी।

रथ दौड़ता रहा। बाईं ओर दुग्धमेखला थी और दाईं ओर ऊँचे-नीचे मैदान। यदा-कदा वन भी पड़ जाते थे। दुग्धमेखला के बहते जल की कल-कल मधुर संगीत के समान लगातार सुनाई दे रही थी। कभी-कभी कोई नौका जाती हुई दिख जाती। कोई सामान से भरी हुई, तो कोई एकदम खाली। एक नौका ऐसी दिखी, जो पूरी तरह फूलों से सजी हुई थी। उस पर दर्जनों स्त्री-पुरुष स्वच्छ वस्त्र पहनकर बैठे मंगल-गीत गा रहे थे। उनके बीच में एक स्त्री नवजात शिशु को गोद लिए बैठी थी। अन्य स्त्रियाँ गाते हुए नदी में मछलियों के लिए दाने फेंक रही थीं।

रविदास ने बताया कि ये मूसर ग्राम के लोग हैं। दुग्ध-मेखला के किनारे बसे ग्रामों में मूसर सबसे बड़ा है। वहाँ दो सौ से भी अधिक घर हैं। वहाँ की परंपरा के अनुसार जब भी कोई शिशु जन्म लेता है, तो उसके भार के बराबर दाने मछलियों को खिलाए जाते हैं।

रविदास ने मूसर के विषय में और भी बातें बताई- मूसर के लोग मुख्यत: पुष्पों की खेती करते हैं, जिसे व्यापारी सुगंधित इत्र, रंग और दीप तैल बनाने हेतु क्रय करते हैं। उत्सवों पर समीपवर्ती नगरों में सजावट के लिए भी खूब माँग रहती है। मूसर मात्र कहने के लिए ग्राम है, वहाँ की स्वच्छता और व्यवस्था किसी नगर से कम नहीं। ग्राम के अंदर ही हाट-बाजार और पण्यशालाएँ हैं। सुंदर और व्यवस्थित होने के कारण अधिकांश व्यापारी अपनी यात्रा का ठहराव मूसर में ही करते हैं और वहाँ मिलने वाला खरहे का माँस...आहा! इतना स्वादिष्ट कि पूरे अर्थला में कहीं न मिले। तुम तो खाते नहीं महाबली, पर इस गूगू की जिह्वा अवश्य तृप्त हो जाएगी... मैं और गूगू...।''

तभी मेघ कड़के और हो रही बूँदा-बाँदी रिमझिम वर्षा में बदल गई।

''यहाँ से निकटवर्ती ग्राम कितनी दूर है?'' रविदास ने सारथी से पूछा।

''समीप है। आगे से दाईं ओर जो मार्ग कट रहा है, उसी ओर थोड़ी दूर पर। वर्षा तीव्र होने से पहले ही पहुँच जाएँगे।''

''ठीक है। शीघ्रता से चलो। वर्षा तक वहीं रुकेंगे।''

सारथी ने गति बढ़ाई। मुख्य मार्ग छोड़कर दायाँ मोड़ लिया और ऊँची सरपतों के बीच से एक कच्चे मार्ग पर रथ दौड़ता हुआ कुछ ही देर में ग्राम के बाहरी छोर तक पहुँच गया। सरपतों के समाप्त होते ही खेत थे। खेतों के पार झोपड़े।

आगे का मार्ग खेतों के बीच से था। अत्यधिक कीचड़ देखकर रविदास ने सारथी को एक वृक्ष के नीचे खड़ा करने को कहा और विधान तथा गू को लेकर पैदल ही आगे बढ़ गया।

वर्षा की बूँदें मोटी होने लगी थीं। काले बादलों ने अंधकार-सा छा दिया था। मार्ग पारकर घरों तक पहुँचते-पहुँचते उनके पैर कीचड़ से सन गए। ग्राम बड़ा नहीं था। सारे घर एक ही स्थान पर गोलाई में बसे थे। एक नीमवृक्ष के नीचे कुआँ दिखा। तीनों वहीं कीचड़ धोने में लग गए। सर्वप्रथम रविदास ने धोया और किसी घर में रुकने की व्यवस्था करने चला गया।

कोई ग्रामवासी नहीं दिखा। शायद वर्षा के कारण घरों के अंदर होंगे। थोड़ा आगे बढ़ने पर एक बूढ़ा मिला। वह झोपड़े के बाहर निकले हुए छज्जे के नीचे सिकुड़कर बैठा चिलम पी रहा था। रविदास पास पहुँचा और विनम्रता से बोला-

''बाबा! चौकी से आया हूँ। राजधानी जा रहा हूँ। वर्षा तक यहीं रुकूँगा। क्या आपके यहाँ ठहरकर विश्राम कर लूँ।''

बूढ़ा आँखें गड़ाकर रविदास को घूरने लगा। कुछ क्षणों तक पहचानने के असफल प्रयास के बाद बोला-

''कुछ जाने-पहचाने लगते हो। क्या पहले भी यहाँ आए हो?''

''कहीं मैं राजा रविदास जैसा तो नहीं दिख रहा?'' रविदास ने चुहुल किया।

''हाँ...!'' बूढ़े को जैसे स्मरण हुआ, 'वैसे ही दिख रहे हो। पिछले वर्ष पशु-मेले में राजधानी गया था, वहीं देखा था उसे। तुम्हारी तो कद-काठी भी वैसी ही है। कोई भी मूर्ख बन जाए।''

''सभी कहते हैं बाबा! यह तो राजा रविदास का सौभाग्य है, जो उन्होंने मेरा जैसा रूप पाया,'' रविदास फिर विनोदपूर्वक बोला।

बूढ़ा चकित हुआ। घूरकर देखा, फिर हँसने लगा। अधिक नहीं हँस पाया, खाँसी आ गई। पूरी तरह खाँसने के बाद बोला, ''सत्य कहा। तुम से अधिक राजा का सौभाग्य था, तभी तो उसे राज्य प्राप्त हुआ। आओ बैठो।'' अपने बगल बैठने का संकेत करते हुए, ''चिलम पिओगे?''

''नहीं बाबा! चिलम नहीं पीता। बस थोड़ा विश्राम करूँगा। रथ के हिचकोले थकान चढ़ा देते हैं।''

''जा। अंदर से खाट उठा ला,'' कहकर बूढ़ा पुनः चिलम पीने में जुट गया।

रविदास झोपड़े में घुसा। अंदर तीन खाटें दिखीं। एक कोने में छोटे-बड़े कई कच्चे घड़े और मिट्टी के बर्तन रखे हुए थे।

रविदास एक खाट उठाकर बाहर ले आया। बिछाते हुए पूछा-''बाबा! क्या घड़े बनाने का कार्य करते हो?''

''पूरा गाँव यही कार्य करता है। तभी तो यह कुम्हार गाँव कहलाता है।'' चिलम का धुआँ उगलते हुए बूढ़े ने कहा।

''मेरे साथ वाले सैनिक के पिता भी कुंभकार थे।''

''उसके पिता अवश्य ही इसी गाँव के रहे होंगे। क्या नाम है उसके पिता का?''

''नाम तो मुझे ज्ञात नहीं। किंतु वे कुंडार के थे।''

''कहीं का कुंभकार हो, सभी के पुरखे यहीं जन्मे थे। मेरा दादा बताता था। कभी इस गाँव में पूरे पाँच सौ घर थे, मूसर से भी अधिक। आजीविका के लिए सब धीरे-धीरे दूसरे राज्यों में चले गए। संसार का प्रत्येक कुंभकार इसी गाँव की धरती का है,'' बूढ़े ने गर्व से बताया।

''संसार तो बहुत बड़ा है, बाबा!'' रविदास ने विनोदपूर्ण प्रतिवाद किया।

''मेरा दादा झूठ नहीं बोलता था। उसने कहा है, तो यही सत्य होगा।''

वर्षा पूरे जोरों पर आ गई। इधर-उधर दृष्टि दौड़ाते हुए रविदास पूछा-''कोई दीख नहीं रहा। सभी घर में घुसे हुए हैं क्या?''

''घर में कोई नहीं घुसा है... आधे से अधिक कल घड़े बेचने मूसर

चले गए और जो बचे थे, वे मेरे पोते को पकड़कर वापस लाने गए हैं,'' बूढ़ा चिलम नीचे रखते हुए थोड़े दुःखी स्वर में बोला।

''कहाँ भाग गया वह? क्या तुमने उसे जोरदार डपट लगा दी थी?''

''न जाने क्या हुआ उसे? आज प्रातः स्नान कर लौटते हुए चिल्लाने लगा कि उसने एक मनुष्य को उड़ते हुए देखा। जब किसी ने विश्वास नहीं किया, तो अकेले ही उसकी खोज में वन चला गया। पूरा वन बाघ और लकड़बग्घों से भरा हुआ है। सभी उसी की खोज में गए हैं। इस वर्षा में न जाने कौन कहाँ अटका पड़ा होगा।''

रविदास सावधान हुआ। पर मुख पर सामान्य भाव रखते हुए बोला, ''कोई विशाल पक्षी रहा होगा। किस ओर उड़ते देखा था?''

''उत्तर की ओर कह रहा था,'' बूढ़ा पुनः चिलम पीने लगा।

रविदास कुछ देर सोचता रहा।

विधान और गू अपने पाँव और जूते धो चुके थे। झोपड़ों के छज्जों के नीचे से होते हुए वे भी वहाँ पहुँचे।

रविदास ने परिचय कराया, ''बाबा! मेरे साथी हैं। इन्हीं की प्रतीक्षा कर रहा था। कुछ भोजन मिल जाता, तो बड़ी कृपा होती।''

''चूल्हे के पास देख लो। जो बचा हो खा लो। मैं अभी सोऊँगा,'' बूढ़े ने चिलम बुझाई। पीछे से एक धोती निकाली, बिछाया और उनकी ओर पीठ कर लेट गया।

विधान भोजन के लिए अंदर गया। बुझे चूल्हे पर चढ़ी हाँड़ी में झाँका। सब समाप्त था। एक घड़े में देखा। ऊपर तक छाछ भरा था। मन प्रसन्न हुआ। इधर-उधर ढूँढ़ने पर थोड़े कच्चे अनाज, मक्के के भुट्टे, गुड़, ईख और कुछ फल मिले।

विधान ने चूल्हा जलाकर भुट्टों को आग में डाल दिया और ईख, गुड़, छाछ तथा फल उठाकर बाहर ले आया।

ईख गू के लिए नई वस्तु थी। दाँतों से छीलना और फिर चूसना उसे उलझाऊ लगा। थोड़े से प्रयास के बाद ईख रख दी। भुने भुट्टे उसे अधिक अच्छे लगे। चार भुट्टे चबाकर गुड़ खाया और फिर विधान के साथ पेटभर छाछ पिया।

बूढ़ा लेटते ही खर्राटे लेने लगा था। मूसलाधार वर्षा बहुत शोर मचा रही थी। मेघों की दशा देखकर लगा कि वर्षा दो घड़ी से पहले नहीं रुकेगी।

भोजन कर गू और विधान भी विश्राम के लिए भूमि पर लेट गए। विधान गू के विषय में सोच रहा था। गू उसे सत्तू जैसा लगा। नये संसार को देखने का कौतूहल, वर्तमान का रोमांच लेना, नई चीजें सीखने की इच्छा, पारदर्शी हृदय। और कितनी सरलता से उसने अपना प्रतिशोध त्याग दिया। उसने गू से उसका रीछरूपी प्रिय छीन लिया था। उसे अपने गण से बहिष्कृत कर दिया गया। जिस व्यक्ति के कारण उसे कष्ट उठाना पड़ा, वह उसी के साथ हँस-बोल रहा है, जबकि वह स्वयं वर्षों तक प्रतिशोध में झुलसता रहा था। प्रतिशोध में झुलसकर उसने क्या पाया एक दग्ध हृदय...संकीर्णता, घुटन... और अंधकार। प्रतिशोध त्यागकर गू ने क्या पाया? सहजता, विस्तार, रोमांच, नये संबंध या अप्रत्यक्ष रूप से और भी बहुत कुछ। विषय, मात्र प्रतिशोध त्यागने का नहीं है, अपितु एक दुर्भावना त्यागने का है। जो हृदय को मलिन कर आंतरिक और बाह्य दोनों दृष्टि को धुँधला कर देती है। फिर मनुष्य को संकीर्णता के कारागार में कैद कर घोंटती रहती है।

गरिष्ठ भोजन कर चिंतन-मनन सदैव निद्रा को आमंत्रण देता है। निद्रा ने आमंत्रण स्वीकार किया और आकर विधान को धीरे से सुला दिया।

रविदास को छोड़कर सभी सो गए। वर्षा तीन घड़ी तक चली। जब कुछ थमने लगी, रविदास ने दोनों को जगाया। दोनों ने उठकर अपने वस्त्र झाड़े और पुनः छाछ पिया। बूढ़ा अभी भी खर्राटे ले रहा था।

गू कुछ कहने लगा। हर बार की भाँति विधान उल्टा-पुल्टा अर्थ निकाल रहा था, किंतु रविदास अधिकांश बातें समझकर उत्तर भी दे रहा था। विधान को आश्चर्य हुआ कि रविदास और धनंजय गू की भाषा को इतनी सरलता से कैसे समझ लेते हैं। धनंजय ने तो गू के विषय में इतने विस्तार से बताया था, मानो उन्हें स्पष्ट रूप से गू की भाषा आती हो। जबकि वह स्वयं मात्र अनुमानों के आधार पर कुछ अर्थ निकाल पाता है। जब विधान ने इस विषय में रविदास से पूछा, तब उसने बताया, "वह इसलिए महाबली! क्योंकि

रुद्रबाला की भाषा गूगू की भाषा से बहुत मेल खाती है।''

''रुद्रबाला? गरुड़ों वाली?''

''हाँ! रुद्रबाला को लोग दैत्यबाला भी कहते हैं।''

''मुझे ज्ञात है। किंतु क्या वह वास्तव में दैत्य हैं?''

''नागवंश में आज भी कई दैत्य बचे हैं। रुद्रबाला उन्हीं में से हैं। दैत्य भाषा उसे परंपरा में मिली है। मैंने और धनंजय ने रुद्रबाला से ही थोड़ी-बहुत सीखी है। हमारे अतिरिक्त सेनाध्यक्ष सिंहनाद, वसुंधरा, कुलपति इंद्रजीत सहित कुछ अन्य लोगों को भी आती है। बोलना अत्यंत कठिन है, किंतु समझने में सरलता होती है। गूगू अपनी भाषा में कुछ हमारे शब्द भी मिलाकर बात कर रहा है। तभी समझ पा रहा हूँ। शुद्ध रूप में अपनी भाषा बोलेगा, तब मेरे लिए भी दुष्कर हो जाएगा।''

खौं... खौं... खौं..., बूढ़े के खाँसने की आवाज हुई। बूढ़ा धीरे से उठा और दोनों पाँव सिकोड़कर बैठ गया। एक बार इधर-उधर दृष्टि दौड़ाई, फिर शांत होकर दूर कहीं देखने लगा।

''बाबा, वर्षा थमने ही वाली है। हम चलते हैं। अगली चौकी पहुँचने में अँधेरा चढ़ जाएगा।'' रविदास ने खाट से उठते हुए कहा।

बूढ़े ने उदास भाव से रविदास को देखा और प्रतिक्रियाहीन रहा। उसे अपने पोते की घोर चिंता सता रही थी।

विधान और गू ने उठकर अपनी धोतियाँ कसीं। फिर बचे हुए फल, गुड़ और छाछ का घड़ा उठाकर अंदर रखा। ईख रविदास को बहुत प्रिय थी। अंत तक उसने एक भी नहीं छोड़ी थी।

बूढ़े को धन्यवाद ज्ञापित कर तथा उसके पोते के लिए ढाढस बँधाकर वे रथ पर लौट आए। आते हुए पैर पुनः कीचड़ से लथपथ हो गए। वहीं समीप एक छोटे गड्ढे में भरे बरसाती जल से उन्होंने पाँव धोया और रथ पर चढ़कर मुख्य मार्ग पर आ गए।

रथ निरंतर दो घड़ी तक चलता रहा। मार्ग एकदम खाली मिला। वर्षा के कारण व्यापारी दलों ने ठहरने का निश्चय किया था। एक घड़ी और चलने के पश्चात् दुग्ध-मेखला के उस पार मूसर ग्राम दिखा। रविदास की इच्छा मूसर में कुछ देर ठहरने की थी। किंतु पहले ही तीन घड़ी का समय

नष्ट हो चुका था, अतः रुका नहीं। रथ अगली चौकी के लिए दौड़ पड़ा।

संध्या से थोड़ा पहले, जब सूर्य पर लालिमा चढ़ने की तैयारी कर रही थी, मूसर के उत्तर में डेढ़ कोस दूर, एक घने वन में, एक व्यक्ति मात्र लगोंट में बैठा, अपनी दोनों जँघाओं के घावों पर औषधीय लेप लगा रहा था। यद्यपि घाव कई दिन पुराना और लगभग सूख चुका था, तथापि किसी प्रकार के संक्रमण से बचने के लिए उसने कुछ दिन और लेप लगाने का निश्चय किया।

समीप ही उसके वस्त्र, कुछ सामान और एक टूटी तलवार रखी हुई थी।

उसने घावों पर लेप लगाकर पत्तियों से ढका और एक श्वेत स्वच्छ वस्त्र से कसकर बाँध दिया। कुछ दूर चलकर देखा कि कहीं चलने-फिरने में ढीला न हो जाए। जब संतुष्ट हो गया, तब अपने सामान के पास पहुँचा और टूटी तलवार उठा ली।

तलवार में मात्र आठ अंगुल का फलक बचा था। इस खंडित तलवार की मूठ सामान्य से थोड़ी भिन्न थी। लंबी और मोटी मूठ के अग्रभाग पर एक बेलनाकार संरचना थी, जो दीखने में मूठ का ही एक भाग प्रतीत होती थी। यह छोटा बेलन अपनी धुरी पर स्वतंत्र रूप से घूम सकता था।

व्यक्ति ने मूठ का अंतिम सिरा अपनी ओर किया और नखों से खुरचने लगा। कुछ प्रयासों के पश्चात् एक चपटे ढक्कन जैसा टुकड़ा निकालने में सफल हुआ। अब मूठ के अंदर का खोखलापन स्पष्ट रूप से देखा जा सकता था। उसने मूठ को हथेली पर ठोंका, जैसे मूठ के अंदर की किसी वस्तु को बाहर निकालना चाहता हो। कुछ आघातों के बाद दो चिकने पत्थर निकले। व्यक्ति ने आँखों के एकदम निकट लाकर दोनों पत्थरों की सूक्ष्मता से जाँच की और सावधानी से एक सूखे पत्ते पर सुरक्षित रख दिया। फिर सामने ही एक पाकड़ वृक्ष के नीचे छोटा-सा गड्ढा खोदकर टूटी तलवार दबा दी। हाथ झाड़ा। अपने सामान के पास वापस पहुँचा, वस्त्रों को गठरी-सा मोड़कर तकिया बनाया और उस पर सिर रखकर लेट गया। कुछ देर आकाश की ओर घूरता रहा, फिर नेत्र बंद कर लिए। यह वही व्यक्ति था, जिसने धनंजय को 'मातरम' कहकर अपना परिचय दिया था।

उसे नेत्र मूँदे चार क्षण हुए होंगे कि किसी आभास से एकदम से खुल गए। वह झटके से उठकर खड़ा हुआ और चौकन्ना होकर चारों ओर देखने लगा। अंत में दाईं ओर दृष्टि गड़ा दी। सब कुछ सामान्य था, फिर भी आँखें जमाए रखा। कुछ देर बाद ऊँची वनस्पतियों तथा वृक्षों के पीछे से किसी की झलक मिलने लगी। आकृति जब थोड़ा समीप आई, तब स्पष्ट हुआ। उसी के जैसा कद-काठी और गौर वर्ण का एक व्यक्ति मंथर गति से आ रहा था। उसके नैन-नक्श तीखे तथा ऊँचे माथे वाला सिर गंजा एवं पूर्ण चिकना था। इतना चिकना कि प्रकाश परावर्तित हो रहा था। शांत भाव लिए वह गंजा धीरे-धीरे उसकी ओर बढ़ रहा था। उसकी आत्मविश्वास से भरी चाल में दृढ़ता थी जो किसी को भी प्रभावित कर सकती थी।

लंगोट वाला सतर्क होकर सुरक्षात्मक मुद्रा में आ गया। वह इस आगंतुक को अच्छे से पहचानता था।

दस हाथ तक समीप पहुँचने पर आगंतुक धीरे से मुस्कुराया और वहीं पर उखड़कर गिरे एक वृक्ष के तने पर, जो लगभग आधा सड़ चुका था और हरी काई से ढका हुआ था, बैठ गया। बोला- ''निश्चिंत रहो यौधेय! मैं आकस्मिक प्रहार नहीं करूँगा। तुम मेरे वचन की सत्यता से परिचित हो। मेरा कथन झूठा नहीं होता।''

लंगोट में खड़े यौधेय ने मुद्रा ढीली की, किंतु सतर्कता बनाए रखी।

आगंतुक बोला- ''मैंने तुम्हारा और अटारी का युद्ध देखा। कठिन युद्ध था। देखकर अनुमान लग गया कि दानवों ने यवनों को कैसे परास्त किया होगा। किंतु कितने अपमान की बात है, कि अटारी ने तुम्हारे शस्त्र छीन लिए और तुम्हारी असि तोड़ दी। तुमने तो हंसों का मान गिरा दिया यौधेय! खाली हाथ तुम मुझसे अपने प्राण कैसे बचा पाओगे?''

न चाहते हुए भी यौधेय के स्वर में थोड़ा उपालंभ आ गया। बोला, ''यह जानते हुए कि तुम एक असफल प्रयोग हो रक! तुम्हें अपनी शक्ति पर इतना अहं क्यों है?''

''ओह! असफल प्रयोग!'' रक ने मुस्कान दिखाई, ''जैसे काण तुम लोगों का असफल प्रयोग था, किंतु काण की भाँति मुझे त्यागा नहीं गया।''

यौधेय को आश्चर्य हुआ, किंतु मुख पर वह भाव आने नहीं दिया। रक भाँप गया।

''चकित मत हो। हमें भली-भाँति ज्ञात है कि काण के पीछे किसका हाथ था।''

यौधेय ने पूर्ण सहज होने का भाव दिखाया और समीप ही एक पत्थर को पीढ़ा बनाकर बैठ गया। कहा, ''तुम्हारे जैसे हत्यारे को, आज नहीं तो कल, त्यागना निश्चित है।''

''नहीं यौधेय! मुझे हत्यारा मत कहो।'' रक ने ऐसे प्रतिवाद किया मानो बात हृदय को लग गई हो, ''मैं तो मात्र अपनी भूमिका निभा रहा हूँ। तुम्हारी अपनी भूमिका है, मेरी अपनी। तुम अपनी भूमिका निभाओ, तो योद्धा और मैं अपनी निभाऊँ, तो हत्यारा?''

''अपने कार्यों के लिए निर्दोषों का निःसंकोच प्राण हरने वाला पापी हत्यारा ही होता है, रक। भूमिका की आड़ लेकर तुम अपने कृत्यों को सही नहीं ठहरा सकते। इस सत्य को तुम स्वीकार क्यों नहीं कर लेते कि तुम्हें रक्त बहाने में आनंद आता है और अपनी भूमिका की आड़ में तुम इस आनंद की पूर्ति करते रहते हो! इतने निकृष्ट कर्म करके क्या तुम्हें विधाता का तनिक भी भय नहीं लगता! अथवा अब तुम स्वयं को ही विधाता समझने लगे हो?''

रक उठकर खड़ा हुआ। दोनों हाथ पीछे बाँधकर वहीं तने के आगे पदचारी करने लगा। बोला, ''लोग मुझसे भय खाकर मुझे पापी कहते हैं और विधाता से भय खाकर उसकी स्तुति करते हैं। क्या तुम्हें नहीं लगता यह दोहरापन है?'' फिर कुछ देर आकाश की ओर देखकर बोला- ''विधाता! विधाता मनुष्य की कल्पना की सबसे महान् कृति है, यौधेय! इसकी रचना में मनुष्य ने भय, लोभ, भक्ति, कामना, प्राप्ति, क्षमा, शुद्धता, पवित्रता और समर्पण जैसी, न जाने कितनी भावनात्मक विशेषताओं का प्रयोग किया है। किसी ने भय से उसके अस्तित्व को स्वीकारा है, तो किसी ने मोक्ष-प्राप्ति के लोभ से। किसी ने अपने शत्रुओं का नाश करने की शक्ति कामना के लिए, तो किसी ने रोग मुक्ति की कामना के लिए। यहाँ तक कि बुद्धिजीवियों ने भी समाज को बाँधने वाली कड़ी के रूप में इस

विधाता रूपी चिह्न का खूब प्रयोग किया है। अपने प्रत्येक अनुत्तरित प्रश्न के लिए मनुष्य विधाता नाम के प्रतीक की ओर देखता है, प्रत्येक कामना के लिए, प्रत्येक लोभ के लिए, प्रत्येक प्राप्ति के लिए, प्रत्येक मुक्ति के लिए, असंख्य विशेषताओं को समाहित कर बने विधाता नाम के इस महान् विराट प्रतीक की ओर संपूर्ण मनुष्य जाति ने अपनी दृष्टि केंद्रित कर इसमें असीमित ऊर्जा भर दी है। इसी महान ऊर्जा की वैभवपूर्ण धमक ने उसे सर्वशक्तिमान, सर्वज्ञ और सर्वव्यापी की पदवी दिलाई है... और हम..''

''...मुझे यह सब बातें क्यों बताते रहते हो? रक!'' यौधेय ने बीच में टोका, ''तुम वर्षों से मेरे पीछे हो। यदि तुम स्वयं को इतना ही शक्तिवान् मानते हो, तो आज तक मेरे प्राण क्यों नहीं ले पाए?''

रक पदचारी छोड़कर ठहर गया, ''तुम भले ही मुझे अपना शत्रु समझो, यौधेय! किंतु मैं तुम्हें अपना सहयात्री मानता हूँ। मात्र इतना अंतर है कि तुम आगे चलते हो और मैं तुम्हारे पीछे। रही बात तुम्हारे प्राण लेने की... वह तो मेरी इच्छा पर है।''

''पुन: प्रयास कर देख लो,'' यौधेय ने चुनौती दी।

किसी कुशल अभिनेता की भाँति रक के मुख का भाव क्षण भर में बदल गया। अभी तक सहज दिख रहीं आँखों में शिकारी चमक आ गई। दोनों बाँहें फैलाकर लंबी मुस्कान के साथ बोला, ''तुम्हें तो घाव खाने की लत लग गई है।''

यौधेय भी बाँहें फैलाकर युद्ध के लिए प्रस्तुत हो गया।

मूसर के उत्तरी छोर के एक घर के बाहर कुछ किशोर युवक कुएँ के पास बैठकर आपस में हँसी-ठट्ठा कर रहे थे। उनमें से कइयों को हल्के धमाके की ध्वनि सुनाई पड़ी। जब उन्होंने औरों को बताया, तो सभी ने ध्यान लगाया। इस बार स्पष्ट ध्वनि थी। कुएँ का जल भी थर्राया। कुछ देर बाद आकाश में सैकड़ों पक्षियों का झुंड उत्तरी वन से पलायन करता दिखा।

सत्तू और रविदास

छावनी छोड़े तीन दिन से अधिक हो गया था। राजधानी की हाथ फैलाए मूर्तियाँ दीखना प्रारंभ हो गई थीं। वहाँ पहुँचने में एक घड़ी और लगेगी। संध्या का लाल सूर्य ताप खोकर भी सुंदर लग रहा था।

रथ सामान्य गति पर था। गू किसी पर्यटक की भाँति इधर-उधर देखने में व्यस्त था और रविदास ईख चूसने में। पिछले दिन एक गाँव से रविदास ने ईखें तोड़कर रथ में भर ली थीं।

विधान को दानव देश से लौटने के बाद स्वयं में कुछ विचित्र अनुभव हो रहा था। क्या परिवर्तन हुआ है, यह उसे स्पष्ट नहीं था। किंतु पिछले चार दिनों से एक बार भी वह दुःस्वप्न नहीं आया, जिसमें सत्तू और माँ के वक्ष में भाला धँस जाता था। अन्यथा पिछले कई वर्षों से यह स्वप्न प्रत्येक दूसरे दिन किसी-न-किसी रूप में अवश्य आता था। इसके अतिरिक्त हृदय गति कभी-कभी असामान्य-सी लगती थी तथा शरीर का ताप भी अनियमित रूप से एकाएक घट-बढ़ जाता।

विधान को अपना माथा और बाँह छूकर ताप जाँचते देख रविदास ने

नेत्रों से ही प्रश्न किया।

"कुछ नहीं...थोड़ी थकान लग रही।" विधान ने उत्तर दिया।

"बस पहुँच ही गए... फिर विश्राम ही विश्राम," रविदास ने आकर उसकी पीठ ठोंकी।

"एक छोटा अनुरोध है।" विधान धीरे स्वर में बोला।

"अनुरोध कैसा महाबली! आज्ञा करें... कहिए तो आपके चरण स्पर्श कर लूँ," रविदास गंभीरता दिखाते हुए बोला।

विधान हँसा, "नहीं! नहीं! चरण तक मत पहुँचिए। मैंने पहले भी बताया था कि मेरा भाई सत्तू आपका बहुत बड़ा प्रशंसक है। अभी आप उपस्थित हैं और समय भी है। घर चलकर उसे दर्शन दे दें—मात्र इतना अनुरोध है।"

"आज्ञा का पालन होगा, महाबली!" रविदास ने सिर झुकाकर स्वीकार किया। विधान मुस्कराया। गू आँखें फाड़कर विशाल मूर्तियों को देख रहा था। दनुबाँस जैसी प्राकृतिक विशालता के बीच रहने वाला मनुष्य, मानव निर्मित विशालता को देखकर आश्चर्यचकित था।

घर पहुँचते-पहुँचते सूर्य पूरी तरह डूब गया। अँधेरा भी छाने लगा था। विधान ने रथ को घर से थोड़ा पहले ही रुकवा लिया। वह सत्तू के सामने एकाएक रविदास को प्रस्तुत कर चौंकाना चाहता था।

रथ से उतरकर गू और रविदास के साथ वह दो पग ही चला था कि घर के अंदर से सत्तू का तेज स्वर सुनाई पड़ा।

"...और सम्राट के आदेश पर खचाखच भरी भीड़ के सम्मुख चतुष्पथ पर दासपुत्र के हाथ-पैरों को लौह श्रृंखलाओं से बाँध दिया गया... सैनिकों ने..."

रविदास के पग ठिठक गए। हाथ बढ़ाकर विधान और गू को भी आगे बढ़ने से रोक दिया। वह रुककर अपने विषय में फैली कहानियाँ सुनना चाहता था।

अंदर कक्ष में शतायु, एकांश, निकुंज और काकी को सत्तू खड़े होकर पूर्ण अभिनय के साथ वृत्तांत सुना रहा था। विधान, सत्तू का यह नाट्य सैकड़ों बार देख चुका था। शतायु और निकुंज भी सत्तू के मुख से कई बार

यह कथा सुन चुके थे। एकांश ने नहीं सुना था, अतः अवसर पाकर आज सत्तू पुनः सुना रहा था। सत्तू उन्हें वही कथा सुना रहा था, जो उसने एक मेले में, कठपुतली के खेल में वर्षों पूर्व सुना था।

रविदास द्वार के समीप दीवार से चिपककर सुन रहा था।

"...सैनिक निरंतर डंडे बरसा रहे थे, किंतु वह वीर टूटा नहीं... उसने पीठ सीधी की और तपते सूर्य की ओर उँगली दिखाकर गर्जनापूर्ण घोषणा की... मैं किसी सम्राट का दास नहीं हूँ... मैं मात्र रवि का दास हूँ। मैं रविदास हूँ। यह कहकर उस बलवान ने अपने दोनों हाथों को जोर से झटका और लौह शृंखलाएँ टूटकर छिन्न-भिन्न हो गईं। दोनों हाथ मुक्त होने के पश्चात् पैरों की भी शृंखलाएँ खींचकर तोड़ डाली। यह दृश्य देखकर सैनिक भयभीत ..."

"पर सत्तू! क्या हाथों से खींचकर लौह शृंखलाएँ तोड़ना संभव है? मुझे यह थोड़ा अटपटा लग रहा है।" एकांश ने बीच में ही टोका।

"मैं भी यही प्रश्न करना चाहता था।" शतायु ने भी एकांश के प्रश्न का समर्थन किया।

"अं..म..म्... कह तो तुम ठीक रहे हो," सत्तू सोचते हुए बोला, "किंतु ग्रंथों में कई योद्धाओं का वर्णन है, जो अमानवीय रूप से बलशाली थे। वर्तमान में ही दानवों का एक सेनाध्यक्ष था, जो वृक्ष उखाड़ लेता था। कुछ गारा या पारा जैसा नाम था। ...अं...म...हाँ! स्मरण आया... दारा नाम था... ।"

"कहानी को मनोरंजक बनाने के लिए लौह शृंखलाओं वाली घटना जोड़ दी गई होगी।" शतायु ने अपना अनुमान बताया।

"नहीं। यह घटना सत्य है।" सत्तू दृढ़ता से बोला, "लौह शृंखलाएँ टूटते कई लोगों ने देखा था। वित्त मंत्री विश्वरथ... जिनके घर मैं इतिहास का अध्ययन करने जाता हूँ, उन्होंने स्वयं अपनी आँखों से देखा था। इसके अतिरिक्त मैंने ग्रंथालय के ग्रंथों में भी इस घटना को अच्छे से पढ़ा है। वहाँ भी यही कथा है। किंतु मुझे लगता है कि इसके पीछे का सत्य कुछ और भी हो सकता है।"

शतायु, निकुंज, और एकांश ने सत्तू की ओर दृष्टि गड़ाई। काकी कंसा

को भी रुचि जाग गई। वे मटके में मथनी से दही मथ रही थीं। उनके हाथ रुक गए।

सत्तू अपनी ठुड्डी खुजलाते हुए बोला, "...जितना मैंने ग्रंथों में वर्णित इतिहास पढ़ा है, उसके अनुसार अयोध्या के सभी दास लोहार थे। शस्त्र बनाने और लौह संबंधी अधिकांश कार्य दास ही किया करते थे। जब वीर रविदास ने क्रांति छेड़ी, बहुत कम दासों ने उनका साथ दिया था, किंतु साथ न देने वाले दास भी गुप-चुप माध्यमों से सहयोग किया करते थे। मुझे यह समझ आता है कि लोहारों ने उस समय की अधिकांश लौह शृंखलाओं के लौह में अशुद्धियाँ मिलाकर शृंखलाओं को पहले से ही दुर्बल निर्मित किया होगा। ...क्योंकि लौह शृंखलाओं का उपयोग बंदियों को बाँधने के अतिरिक्त बहुत कम कार्यों में होता था। क्रांति नेता या क्रांतिकारियों के पकड़े जाने पर यह दुर्बल लौह शृंखलाएँ उन्हें भाग निकलने में भारी सुविधा देतीं ...और अंत में वीर रविदास ने इस सुविधा का लाभ उठाते हुए अपनी बुद्धिमत्ता का प्रयोग कर खड़ी भीड़ के सम्मुख एक बलशाली का प्रदर्शन कर क्रांति में ऊर्जा भर दी थी...।"

वहाँ बैठे सभी लोग मुख पर प्रश्न-चिह्न बनाकर एकटक सत्तू का मुँह ताक रहे थे।

"यह मेरा अनुमान मात्र है।" सत्तू उन्हें समझाते हुए बोला, "वीर रविदास के स्थान पर यदि मैं होता, तो आपातकाल के लिए कुछ इसी प्रकार की योजना बनाता...।"

घर के बाहर कान लगाकर खड़े रविदास के शरीर में सिहरन दौड़ गई। घोर विस्मय हुआ। मात्र कुछ सूचनाओं के आधार पर मूल घटना के इतना समीप पहुँचना कैसे संभव है। इतनी दूर की गणना करना साधारण बुद्धि का कार्य नहीं है। यह मात्र संयोग है, अथवा यह युवक वास्तव में तीव्र मेधा वाला है।

विधान पीछे खड़ा था, अन्यथा रविदास की आँखों का आश्चर्य स्पष्ट देखता। रविदास को इस मेधावी को देखने की तीव्र लालसा जागी। वह बढ़कर द्वार पर खड़ा हो गया। आहट मिलने से सत्तू मुड़ा। सोचा मयूरी भाभी लौटी होंगी। किंतु द्वार पर कोई ऊर्जावान् पुरुष खड़ा था। वह पुरुष

मुख पर मंद मुस्कान लिए उसे ही देख रहा था। सत्तू पहचानने का प्रयास करने लगा।

"राजा रविदास!" काकी कंसा चौंककर बोलीं। सत्तू की आँखें तत्काल फैल गईं। कुछ समझा नहीं। कपोत की भाँति बारी-बारी से काकी और रविदास को देखने लगा। तभी पीछे से हँसते हुए विधान प्रकट हुआ, "जिनकी वीर-गाथाएँ तू हर समय सुनाता रहता है, उनके दर्शन के पश्चात् भी अभी तक उनके चरणों को स्पर्श नहीं किया!"

विधान को देखकर और उसकी बात सुनकर सत्तू आनंदित हो गया। मुख दमक उठा। तत्काल भूमि पर लेटकर दंडवत् प्रणाम किया। भक्तिभाव से बोला, "आपके दर्शन मात्र से मैं भी आपके समान वीर हो गया।"

"हा! हा! हा!" रविदास ने हँसते हुए उसे उठाया, "चरणों में पड़े रहोगे, तो समानता कैसे करोगे?"

उठते ही सत्तू ने रविदास को कसकर पकड़ लिया और उसकी छाती पर अपना सिर रगड़ने लगा। रविदास क्षण भर के लिए चौंक गया। विधान ठहाका मारकर हँसा, "घबराइए मत... इसका प्रेम-प्रदर्शन ऐसा ही होता है।

मन भर सिर रगड़ने के पश्चात् ही सत्तू ने रविदास को छोड़ा। फिर मयूरी के कक्ष से एक सुंदर पीढ़ा उठा लाया और रविदास को बिठाया। काकी कंसा भी पूरे उत्साह में आ गईं। निकुंज को बुलाकर विभिन्न प्रकार के फल, खाँड़ और छाछ रविदास के सामने रखवाए। खाने-पीने के विषय में रविदास कभी किसी को मना नहीं करता था। शतायु और एकांश को भी अच्छा लग रहा था।

"तो अंततः तुमने लौह शृंखलाओं का सत्य ढूँढ़ निकाला!" रविदास फल खाता हुआ मुस्कराकर बोला।

सत्तू थोड़ा खिसिया गया। सिर खुजलाते हुए धीरे से बोला, "वह तो यूँ ही एक नई कथा गढ़ रहा था," फिर जैसे कुछ याद आया। भागकर पीछे वाले कक्ष में गया और कुछ चित्र उठा लाया।

एक चित्र खोलकर दिखाया। चित्र में रविदास के लौह शृंखलाएँ तोड़ने का काल्पनिक दृश्य था। मुख तो स्पष्ट नहीं था, किंतु चित्र की सूक्ष्मता और रंग-संयोजन देखकर रविदास के मन में प्रशंसा का भाव उठा। हाथ-पैर

सहित शरीर के सारे अंग सही अनुपात में बनाए गए थे।

"इसे चित्रकारी, इतिहास और सूचनाएँ जुटाने में विशेष रुचि है," विधान ने प्रेमपूर्वक सत्तू का सिर सहलाकर प्रशंसा की। फिर सत्तू ने एक अन्य चित्र उठाकर दिखाया। यह चित्र एक वृक्ष के तने का था। तने में छिद्र था और छिद्र से एक गौरैया झाँक रही थी। रंगों के अद्‍भुत् प्रयोग से पूरा चित्र सजीव प्रतीत होता था।

इसके पश्चात् सत्तू क्रम से सारे चित्र खोलकर दिखाने लगा। इसी बीच विधान को गू का ध्यान आया। वह बाहर ही रह गया क्या? ऐसा सोचकर घर के बाहर निकला, तो उसे अनुपस्थित पाया। विधान हकबका कर इधर-उधर देखा। फिर ध्यान आया कि आते समय मार्ग में पड़ने वाली दुकानों को देखकर गू उत्साहित होकर कुछ बड़बड़ा रहा था। उन्हें लाने वाला रथ वहीं खड़ा था। सारथी से पूछा, तो उसने हाट की ओर संकेत किया। विधान लगभग दौड़ते हुए हाट की ओर गया।

संयोग से गू अधिक दूर नहीं गया था। मार्ग में खड़ा होकर बाहर से ही दुकानों की साज-सज्जा देख रहा था। उल्काओं के प्रकाश में सब कुछ जगमग था। दानव-देश के हाट-बाजार उसने देखे थे, किंतु यहाँ की दुकानें भिन्न थीं। लोगों में भी रूप-रंग की बहुत भिन्नता थी।

पीछे से विधान पहुँचा। वह गू को पकड़कर ले जाना चाहता था। किंतु गू दुकानों की ओर उँगलियाँ दिखाकर जोर-जोर से बोलने लगा। विधान को स्वयं ही उसे पूरा हाट घुमाना अधिक उचित जान पड़ा, अन्यथा क्या पता रात्रि में उठकर अकेले ही नगर-भ्रमण करने निकल पड़े।

इधर सत्तू रविदास को कुछ बोलने का अवसर ही नहीं दे रहा था। निरंतर कुछ न कुछ बताता जा रहा था। वह बता रहा था कि एक बार उसने ग्रंथालय में बैठकर सुबह से रात्रि घिरने तक देवों के इतिहास का अध्ययन किया। और ऐसा मात्र एक दिन नहीं, अविराम बारह दिनों तक किया। देवों के अतिरिक्त असुर, दानवों और यवनों के इतिहास सहित प्राचीन युद्ध-शास्त्र को भी अच्छे से पढ़ा। काव्य और पुराने नाटक भी पढ़े। धाता-प्रथम के ऊपर लिखा गया नाटक उसे बहुत पसंद आया। प्रेरित होकर उसने भी एक छोटा नाटक लिखा है।

उसने आगे बताया, दिन-रात निरंतर और कम प्रकाश में पढ़ने के कारण आठवें दिन उसकी आँखों के चारों ओर काले घेरे बन गए थे। फिर मयूरी भाभी की सलाह पर उसने घृतकुमारी का गूदा लगाया। दो दिन में ही आँखें टनाटन हो गईं। यह सुनकर रविदास खूब हँसा।

हाट में विधान, गू को शीघ्रता से सारी दुकानें दिखाता हुआ बढ़ रहा था। लोगों की रंग-बिरंगी पगड़ियाँ गू को बहुत अधिक आकर्षित कर रही थीं। जिस दुकान पर पगड़ियाँ टँगी दिखतीं, रुककर बड़ी देर तक निहारता। अंत में विधान ने चार रंगों के कपड़े एक-साथ उमेठकर बनाई गई एक पगड़ी क्रय करके गू को पहना दी। थैली साथ लेकर नहीं आया था, सुमेरु का परिचय देकर उधार लेनी पड़ी। विधान को गू, सत्तू से भी अधिक कौतूहल वाला लगा। कुछ दूर और दिखाकर घर के लिए लौट पड़ा।

घर में सत्तू, रविदास को रागा के विषय में बता रहा था। रविदास ने भी बताया कि उसने रागा को अर्थ महल में एक बार देखा था, जब मयूरी उसे प्रशिक्षित कर रही थी।

पूरे वार्तालाप के समय काकी कंसा ने रविदास के सामने खाने के लिए जो कुछ रखवाया, रविदास ने सब समाप्त कर दिया।

सत्तू के हो-हल्ले के बीच विधान, गू के साथ घर में घुसा। सत्तू ने देखते ही समझ लिया कि कोई जंगली है। गू सपाट भाव से सभी को देख रहा था। विधान ने आगे बढ़कर एक सामान्य परिचय कराया। मात्र नाम और देश बताया।

तभी रविदास चलने के लिए उठा। वह गू को भी साथ ले जाना चाहता था, किंतु विधान ने गू को अपने साथ रखने का अनुरोध किया। इस पर रविदास ने उसे समझाया कि गू अगिन के एक प्रमुख गण के मुखिया परिवार से संबंधित है। अगिन से राजनैतिक संपर्क बनाने का यह अच्छा अवसर मिला है। धनंजय, गू को राजकीय अतिथि की भाँति रखना चाहते हैं। अर्थ महल में रुद्रबाला, गू की भाषा को अच्छे से समझ लेंगी। और संभव है वे गू को यहाँ की भाषा भी सिखा सकें। इसके अतिरिक्त युद्धक पशुओं के प्रशिक्षण में गू, रूद्रबाला की सहायता कर सकता है। अतः अर्थ महल उसके लिए अधिक उचित स्थान रहेगा।

विधान को राजनैतिक विषयों में कोई विशेष रुचि नहीं थी। रविदास की बात समझते हुए भी उसने कुछ दिनों के लिए गू को अपने साथ रखने के लिए मना लिया।

रविदास, विधान की पीठ ठोंककर चला गया। जाते समय उसने मुड़कर एक बार पुनः सत्तू को ऊपर से नीचे तक भली-भाँति देखा।

दक्षान की योजना

धनंजय को प्रतीक्षा करते हुए आठ दिन बीत गए थे। अर्थमहल में अपने कक्ष में विचरण करते हुए थोड़ा व्याकुल लग रहे थे। उन्होंने रविदास को भी अयोध्या जाने नहीं दिया था। जब से लौटे थे, सारा ध्यान-चिंतन दानव देश की ओर केंद्रित था। जो कुछ उन्होंने दानव देश में किया, दानवों की ओर से कुछ-न-कुछ प्रतिक्रिया अवश्य आनी चाहिए थी। किंतु आठ दिन बीतने के बाद भी तनिक भी हलचल न होने से, धनंजय को बहुत खटक रहा था। दानवों की ओर से आरोप-पत्र आना तो दूर, दुग्ध-मेखला का व्यापारिक मार्ग तक नहीं बंद किया गया।

संदेश वाहक गरुड़ों द्वारा धनंजय को दानव देश की सूचनाएँ निरंतर मिल रही थीं। इतने दिनों में मात्र यही उल्लेखनीय घटना घटी थी कि प्रजा की माँग पर राजमहिषी को मृत्युदंड दिया जाना था, किंतु गर्भावस्था ज्ञात होने पर मृत्युदंड को प्रसूतिकाल तक टालकर किसी अज्ञात स्थान पर भेज दिया गया। इसके पश्चात् दानव राजसभा में अर्थला के संबंध में चर्चा तक नहीं हुई।

घड़ी भर चहलकदमी करते-करते जब पाँव थकने लगे, तो गवाक्ष पर जाकर खड़े हो गए। बाहर उद्यान का दृश्य देखने लगे। कुछ ही देर देख पाए, मन पुनः समीकरणों में उलझ गया।

इस बार धनंजय को अपनी एक त्रुटि समझ आई। वे अभी तक दानव-देश अर्थात् दानव राजसभा के अनुसार सोच रहे थे। वास्तव में उन्हें मुख्य नियंत्रणकर्ता दक्षान को ध्यान में रखकर सोचना चाहिए क्योंकि संथार अब वह दानव देश नहीं रहा, जिसे वहाँ की राजसभा चलाया करती थी। अब सारा नियंत्रण दक्षान के हाथों में था। महामहिम का पद धारण करने के बाद से अब तक सारा प्रशासन दक्षान ने अपनी इच्छानुसार ही चलाया था।

धनंजय का सारा मनन दक्षान के व्यक्तित्व पर केंद्रित हो गया। जितनी सूचनाएँ उनके पास उपलब्ध थीं, उन समस्त बातों पर ध्यान से सोचा। कुछ मुख्य बिंदुओं पर अधिक ध्यान गया—दक्षान बुद्धि से प्रखर है। उर्वरा भूमि के लिए वह पहले से ही अर्थला पर दृष्टि गड़ाए बैठा हुआ था। दानव देश में यह भ्रांति खूब फैली है कि उसकी प्राचीन मान्यताओं में कोई विशेष श्रद्धा नहीं। और वह युद्ध कौशल में किसी सेनाध्यक्ष की भाँति पूर्ण अनुभवी एवं पूर्ण कुशल है। अवसर पड़ने पर असंभव प्रतीत होने वाले माध्यमों और मार्गों को भी चुनने में नहीं झिझकता।

धनंजय, दक्षान के व्यक्तित्व का विस्तृत विश्लेषण करते रहे। फिर गुप्तचरों द्वारा दी गई पिछले कई माह की सूचनाओं को क्रम से स्मरण करने लगे। सुविधा के लिए एक पीढ़े पर बैठकर कुछ-कुछ लिखते भी रहे।

दो घड़ी के बुद्धि व्यायाम के पश्चात् एक-दो सूचनाओं पर ध्यान बार-बार जा रहा था—पहला, दक्षान के महामहिम बनने के दो माह बाद सूचना आई थी कि वह जल-दस्युओं के संपर्क में है। जल-दस्युओं के साथ दानव राजसत्ता का अप्रत्यक्ष संबंध बहुत पुराना था। एक ओर जहाँ दानवों और यवनों के बीच सीमा पर छुटपुट संघर्ष होता ही रहता था, वहीं दानव-व्यापारी गुप्त रूप से जल-दस्युओं के माध्यम से यवन-व्यापारियों के साथ मदिरा तथा मादक मसालों का क्रय-विक्रय किया करते थे।

इन जल-दस्युओं का मुख्य कार्य सामान से लदे व्यापारी जलपोतों को लूटना और धमकाकर मोटा धन वसूलना था। असुरों तथा पश्चिमी देशों के

व्यापारी-जलपोत इनके मुख्य शिकार थे।

सागर को अलंघ्य मानने की प्राचीन परंपरा के कारण दानव-सत्ता सागर में जलयान नहीं चला सकती थी। अतः एक व्यापार-कड़ी के रूप में जल-दस्युओं को राजसत्ता की ओर से अप्रत्यक्ष सहयोग मिला रहता था। किंतु यह प्रथम बार हुआ था, कि जल-दस्युओं का कोई नेता राजभवन में देखा गया हो। धनंजय का मस्तिष्क इसी बिंदु पर बार-बार घूम रहा था- क्या दक्षान सागर में आधिकारिक रूप से व्यापारिक-जलयान चलाने जा रहा है अथवा नौ-सेना बनाना चाहता है, क्योंकि वह महामहिम बनने से पहले भी राजसभा में नौसेना बनाने का प्रस्ताव कई बार रख चुका था। किंतु जो प्रजा अपने अंधविश्वास के कारण अपनी ही राजमहिषी के लिए मृत्युदंड की माँग करती है, उसके सम्मुख प्राचीन परंपरा को तोड़ना असंभव के समान है। असंभव ? असंभव ? ...यह शब्द धनंजय के मस्तिष्क में कई बार गूँजा। यही असंभव तो दक्षान के व्यक्तित्व का सबसे प्रखर पक्ष है। इसी असंभव के बीच से मार्ग बनाने में दानवों का यह नया महामहिम अत्यंत निपुण है।

धनंजय को कुछ सूझा। व्यग्रता में पीढ़े से उठकर पुनः गवाक्ष पर खड़े हो गए। ध्यान दूसरी सूचना पर केंद्रित किया—दक्षान ने पचास सहस्र ढालों के लिए असुरों से व्यापार समझौता किया था। असुरों से ढालों का क्रय करना सामान्य बात है। अपनी सेना के जीर्णोद्धार के लिए प्रत्येक देश नये अस्त्र-शस्त्र क्रय करता ही रहता है। अब तक आधी ढालें संथार में पहुँच भी चुकी थीं। किंतु विशेष बात यह थी कि जिन जलयानों पर यह ढालें लद कर आई थीं, वे लौटी नहीं। वे संथार के पश्चिमी बंदरगाहों पर अभी भी खड़ी हैं और राजकीय सेना की सुरक्षा में हैं।

धनंजय को बहुत से सूत्र हाथ लगने लगे। कक्ष में चहलकदमी करते हुए आगे-पीछे की कई घटनाओं और सूचनाओं को आपस में जोड़ा। अंत में जब सारे समीकरण जुड़ गए, तो माथे पर एक बल पड़ गया। दक्षान की संभावित योजना का एक काल्पनिक चित्र आँखों के आगे तैरने लगा।

धनंजय ने सारे समीकरणों को पुनः जाँचा, वही निष्कर्ष निकला। उन्होंने लंबी-लंबी साँसें खींचकर स्वयं को स्थिर किया और घड़े से ठंडा

जल पिया।

अब दक्षान की योजना से हटकर अपनी योजना पर सोचने का समय था। यदि दानव देश उनके पूर्वानुमान के अनुसार व्यवहार करता, तो उसके लिए योजना पहले ही बना रखी थी। किंतु इन नए समीकरणों से पुनर्विचार करना पड़ेगा।

बहुत गूढ़ चिंतन-मनन के पश्चात् धनंजय को यह समझ आया कि पूर्व योजना को परिवर्तित करने की आवश्यकता नहीं है, कुछ छोटे-मोटे परिवर्तन और कुछ नए चरण जोड़ने से एक नई योजना बन जाएगी।

जोड़-घटाकर और कई बार जाँचकर पूरी योजना बनाने के पश्चात् धनंजय ने कुछ सामान उठाया और वसुंधरा से मिलने चल दिए।

दोपहर बीते तीन घड़ी हो चुकी थी। वसुंधरा के कक्ष में घुसते ही धनंजय ने दृष्टि घुमाकर रुद्रबाला को खोजा और दो कुंडल तथा एक पत्र उनके हाथों में थमा दिया।

''इन कुंडलों की जाँच हो गई है... विधान को सौंप देना और कहना, इन कुंडलों के साथ अविलंब अभ्यास प्रारंभ कर दे... और इन पत्रों को ऊषाखंड भिजवा देना।''

''बहुत शीघ्रता में हैं... कोई विशेष बात?'' पर्यंक पर लेटी वसुंधरा ने पूछा। पिछले दो दिनों से स्वास्थ्य ठीक नहीं होने के कारण आज रुद्रबाला ने बलपूर्वक वसुंधरा को पूर्ण विश्राम कराया था।

धनंजय जाकर पर्यंक पर बैठे। पूर्ण गंभीरता से बोले, ''दानव अर्थला पर नहीं, सौराष्ट्र पर आक्रमण करेंगे।''

''नागवंश पर!'' वसुंधरा विस्मय से उठकर बैठ गई।

''हाँ! उनकी योजना सागर मार्ग से सौराष्ट्र पर आक्रमण कर जंबूद्वीप में प्रवेश करने की है।''

''क्या सागर लाँघना उनके लिए संभव है?'' वसुंधरा अभी भी आश्चर्य में थी।

धनंजय ने अपने सारे समीकरण तथा गणनाएँ समझाईं और एक संभावित भविष्य की झलक वसुंधरा और रुद्रबाला दोनों को दिखाई।

सारी बात सुनकर वसुंधरा चुप रही। धनंजय उसे बिना सूचित किए

दानव-देश के अभियान पर चले गए थे। यदि उसे पहले ज्ञात होता, तो इस संकट के अवसर पर एक नया दानव-संकट पालने के लिए कभी नहीं जाने देती। इसके अतिरिक्त मात्र तीन लोग इतने बड़े अभियान पर जाएँ, वह सोच भी नहीं सकती थी। यह तो अनावश्यक संकट मोल लेने जैसा था।

धनंजय, वसुंधरा को अच्छी प्रकार समझते थे। संभवतः इसीलिए उन्होंने बिना सूचित किए यह अभियान किया था। रक्त-गंगा संग्राम में सहस्त्रबाहु काण के व्यवहार से वसुंधरा आज तक कुपित थी। सिद्धिधारक को एक बड़ी शक्ति मानते हुए भी वह मन से सिद्धिधारक को उतना महत्व नहीं देती थी।

किंतु धनंजय सिद्धिधारक की अलौकिक शक्ति को अच्छे से समझ रहे थे। वे मात्र मुंद्रा-संकट को ही नहीं, अपितु भेड़ाक्षों सहित कई अन्य आगामी संकटों को भी देख रहे थे। स्थिति कोई भी होती, वे कुंडल लेने अवश्य जाते। जंबूद्वीप के लिए सिद्धिधारक की शक्ति अवश्यंभावी थी। इसके अतिरिक्त वे दानव देश का अभियान करते या न करते, दक्षान तो पहले से ही सौराष्ट्र के रास्ते जंबूद्वीप में प्रवेश करने की योजना बना रहा था, उन्होंने तो बस उसे एक उपयुक्त कारण दे दिया।

रक्त और यौधेय

अगल-बगल खड़े वृक्षों के बीच से एक कच्चा मार्ग गया था। मार्ग की दशा देखकर लगता था, कि कई दिनों से कोई वाहन नहीं गुजरा। मार्ग पर वृक्षों के पत्ते गिरकर सड़ने भी लगे थे। कहीं-कहीं झाड़ियाँ भी उग आई थीं।

यह स्थान कभी व्यापारिक मार्ग की पहचान रखता था, किंतु वर्षों से प्रयोग न होने के कारण अब वन का ही एक अंग बन गया था। मुख्य मार्ग से आस-पास के गाँवों तक पहुँचने के लिए यह एक छोटा व्यापारिक मार्ग था। शीघ्रता के फेर में यदा-कदा कोई व्यापारी इस मार्ग का प्रयोग कर लिया करता था। किंतु दस्युओं ने इस बीहड़ स्थान पर ऐसा आतंक मचाया कि अब किसी का इस ओर आने का साहस नहीं होता था।

डूबते सूर्य की लालिमा में एक हृष्ट-पुष्ट लंबा व्यक्ति अपने माथे को क्रोध से सिकोड़े आ रहा था। वह अगल-बगल के वातावरण पर सूक्ष्मता से दृष्टि डाल रहा था। इस व्यक्ति का गंजा सिर इतना चिकना था कि मानो एक रोयाँ भी कभी न उगा हो।

गंजे व्यक्ति का क्रोध बढ़ गया। जोर से चिल्लाया, ''यौधेय! भयभीत

मूषक! हर बार छलावा देकर भाग निकलता है... कापुरुष! थोड़ा भी पुरुषत्व बचा हो, तो सामने आ... ।''

रक जोर से चिल्लाया था। आवाज दूर तक गई। वृक्षों के कुछ पक्षी उड़ गए और कुछ ऊपर से ही झाँके। रक की चिकनी खोपड़ी उन्हें भी आकर्षित कर रही थी।

इसी प्रकार बड़बड़ाते हुए वह आगे निकल गया। कुछ दूर चलने के पश्चात् एक पोखरा दिखा। मार्ग छोड़कर पोखरे पर गया और झुककर जल पीने लगा। पीते समय उसे कुछ लोगों के आने का आभास हुआ। मुख के भाव नहीं बदले। चुपचाप पीता रहा।

पीकर उठा, तो पीछे दस-बारह लोग खड़े दिखे। उनके शरीर पर कई परतों वाले मोटे वस्त्र थे, जो मैले-कुचैले और कहीं-कहीं से फटे भी थे। हाथों में वृक्ष काटने वाले कुल्हाड़े और बरछे थे। एक के कंधे पर मरा हुआ खरहा लटक रहा था। सभी की ललचाई दृष्टि बार-बार रक के हाथ और पैरों के कुंडलों पर जा रही थी।

''आस-पास मेरे जैसे किसी व्यक्ति को देखा है?'' रक ने जल पीने के बाद धोती से हाथ पोंछते हुए सहज भाव से पूछा।

सभी ने एक-दूसरे का मुँह देखा। फिर एक, जिसके दोनों हाथ में कुल्हाड़े थे, ने आगे बढ़कर कुटिल मुस्कान के साथ कहा, ''हमारा दुर्भाग्य, जो तुम्हारे जैसा नहीं देखा। कहीं बाहर से आए हो ?''

''सीमावर्ती गाँव कितनी दूर है ?'' रक ने पुनः सहज भाव से प्रश्न किया।

''अपने हाथ-पैर के कुंडल हमें सौंप दो... हम स्वयं तुम्हें छोड़ आएँगे,'' कुल्हाड़े पर पकड़ मजबूत बनाते हुए वही व्यक्ति पुनः बोला।

रक उनके बीच से होता हुआ आगे बढ़ने लगा। शांति से बोला, ''मैं स्वयं चला जाऊँगा।''

सभी ने उसे घेर लिया और बरछे की नोंक आगे कर दी। बीच में खड़े रक ने एक आह भरी। एक तिरस्कारपूर्ण दृष्टि सभी पर डाली। फिर धीरे से बोला, ''आज वास्तव में तुम्हारा दुर्भाग्य है।''

अभी तक शांत खड़े वृक्षों के पत्ते खड़खड़ाने लगे। लगा, एकाएक बयार चल पड़ी। कुछ ही क्षणों में बयार के झोंकों की बाढ़-सी आ गई।

जैसे, आँधी आने वाली है। दोपहर में हुई रिमझिम वर्षा से भूमि अभी तक नम थी। अतः अधिक धूल नहीं उड़ी। किंतु भूमि पर गिरे पत्ते और तिनके उड़ने लगे।

घेराबंदी किए लोगों ने एक-दूसरे का मुँह ताका। रक के नेत्रों में भयाक्रांत कर देने वाली क्रूरता जाग गई थी।

वृक्ष पर बैठी एक गिलहरी, जो यह सब देख रही थी, तेज बयार के झोंकों से भयभीत होकर वह तने में बने अपने छिद्ररूपी घर में घुसकर दुबक गई।

पत्तियों की खड़खड़ाहट तीव्र होती चली गई। गिलहरी अपने छिद्र में दुबकी रही। कई धमाके हुए, जो पत्तियों के शोर में अस्पष्ट थे। कुछ टूटने और गिरने की ध्वनि गिलहरी ने कई बार सुनी। फिर धीरे-धीरे हवा शांत पड़ने लगी। कुछ देर में जब पूरी तरह स्थिर हो गई, तब गिलहरी ने साहस कर छिद्र से बाहर झाँका। नीचे कई मनुष्यों के क्षत-विक्षत मृत शरीर पड़े थे। टूटे कुल्हाड़े और बरछे, शवों से बह रहे रक्त में सन गए थे। वीभत्सता देखकर या किसी अन्य कारण से गिलहरी पुनः दुबक गई।

रक अब वहाँ उपस्थित नहीं था।

विशाल मूर्तियों के पैरों तले फैली अर्थला की विस्तृत राजधानी के मार्गों पर सामान्य दिनों से कुछ अधिक भीड़ थी। अस्त्र-शस्त्र से लदी बैलगाड़ियों तथा घोड़ागाड़ियों का आवागमन बहुत बढ़ गया था। चढ़ आए युद्ध की आशंका से उपजा भय लोगों के वार्तालाप में स्पष्ट दीख रहा था। कौन राज्य सहयोगी है, कौन विश्वासघात करेगा और सम्राट जयभद्र की शक्ति में कितनी वृद्धि हुई है—यह विषय अधिक उठ रहे थे।

दैनिक उपयोग की अत्यंत महत्वपूर्ण सामग्रियों को छोड़कर अन्य सभी वस्तुओं का व्यापार मंदा हो गया था। कलाकृतियों और मिष्ठान्न जैसी दुकानों पर कोई झाँक भी नहीं रहा था।

पश्चिमी छोर की एक पांथशाला से यौधेय निकला। वह कई दिनों से यहीं ठहरा हुआ था। थोड़ा धीरे-धीरे चल रहा था। जँघाओं का घाव, रक से लड़ते समय पुनः खुल गया था। औषधि की खोज में हाट पहुँचा। कुछ

देर ढूँढ़ने पर जड़ी-बूटियों का एक विक्रेता मिल गया।

जड़ी-बूटियाँ लेकर यौधेय पांथशाला लौट गया। अपने कक्ष में प्रवेश कर अंदर पहुँचा ही था कि किसी आभास से शरीर में एक सर्द लहर दौड़ गई। तत्काल पीछे मुड़ा। द्वार पर मुस्कुराते हुए रक खड़ा था। यौधेय के पैर स्वयं ही दो पग पीछे हो गए।

''उस मातरम के लिए कितना घाव खाओगे यौधेय!'' रक हँसकर बोला और दोनों हाथ छाती के सामने बाँधकर द्वार से टेक लेकर खड़ा हो गया। पुनः बोला, ''क्या तुम स्वस्थ नहीं हो? ...राजधानी में प्रवेश करते ही तुम्हारे ऊर्जा-चिह्न बड़ी सरलता से प्राप्त हो गए।''

यौधेय ने तत्काल सुरक्षात्मक मुद्रा बनाई। क्षण भर में कक्ष के अंदर की हवा तीव्र गति से घूमने लगी। दीवारों पर खूँटी से टँगे वस्त्र और दोनों की धोतियाँ फड़फड़ा उठीं।

रक अप्रभावित रहा। तिरस्कारपूर्ण कहा, ''तुम भी अद्‍भुत् ढोंगी हो यौधेय! जब देखो, लड़ने के लिए मुट्‍ठियाँ तान लेते हो। फिर अवसर पाकर भाग खड़े होते हो। क्या तुम्हारे ही जैसे कापुरुषों के बल पर मातरम इतना उछलता है।''

यौधेय ने कोई उत्तर नहीं दिया। कक्ष में घूम रही हवा की गति बढ़ गई। खूँटी पर फड़फड़ाते वस्त्र अपनी अटक छुड़ाने को व्याकुल से हो गए।

रक द्वार का टेक छोड़कर सीधा खड़ा हुआ। उपालंभ देते हुए बोला, ''देह घावों से भरी हुई है। ऊर्जा का रिसाव भी हो रहा... फिर भी लड़ने के लिए उत्कंठित हो! शक्तिहीन शत्रु से लड़ने में मुझे कोई आनंद नहीं आता। आज तो जा रहा हूँ, किंतु अगली भेंट अंतिम होगी।'' कहकर रक ने पीठ फेर ली। एक पग चलकर ठहर गया। फिर गर्दन पीछे मोड़कर तिरछी मुस्कान के साथ बोला, ''क्या तुम्हें यहाँ किसी अन्य के ऊर्जा-चिह्न का भान नहीं हुआ? हा!..हा!..हा!.. तुम वास्तव में शक्तिहीन हो गए, यौधेय!''

रक चला गया। दौड़ रही साँसों को यौधेय ने नियंत्रित किया। कक्ष की हवा धीरे से शांत हो गई। खूँटी के वस्त्र पुनः निर्जीव से लटक गए।

श्रेष्ठी लिक्ष्वी

दोपहर होने वाली थी, किंतु मेघों ने आकाश पर ऐसा अधिकार जमा रखा था कि सूर्य किरणों को अपना अस्तित्व बचाने के लिए संघर्ष करना पड़ रहा था। काजी प्रदेश के इस पहाड़ी क्षेत्र में लगभग पूरे वर्ष वर्षा होती रहती थी।

यह स्थान असुर राजधानी मल्हार से चार दिन की दूरी पर था। यहाँ के हरे-भरे ऊँचे-नीचे पहाड़ों पर असुरों का संभ्रांत वर्ग रहा करता था। संभ्रांत वर्ग के वृद्ध अपने जीवन के अंतिम क्षणों को यहाँ के सुहाने मौसम में बिताना अधिक पसंद करते थे।

इन्हीं पहाड़ों में एक मध्यम ऊँचाई वाले पहाड़ की तलहटी पर एक पथरीली सड़क थी। इस सड़क पर चार रथ एक कतार में तेजी से भागे जा रहे थे। सभी रथों पर चार-चार कवचधारी सैनिक पूरे अस्त्र-शस्त्र और चौकन्नी दृष्टि के साथ उपस्थित थे। रथों पर संदूकों तथा भांडों के रूप में ढेरों सामान लदा हुआ था।

आगे से तीसरा रथ अपेक्षाकृत कुछ बड़ा था। इस पर चार सैनिकों के

अतिरिक्त एक अन्य व्यक्ति भी उपस्थित था। अड़तीस वर्ष की वय वाला यह व्यक्ति अपनी वेशभूषा से विशिष्ट प्रतीत होता था। हिलते-डुलते रथ पर दोनों हाथ पीछे बाँधकर जिस सरलता से यह व्यक्ति संतुलित खड़ा था, वह किसी कलाकारी से कम नहीं थी।

यद्यपि अन्य असुर सैनिकों की भाँति इसके भी शरीर की संपूर्ण त्वचा काले रंग से पुती थी, तथापि उसके मुख पर एक सौम्यता छायी हुई थी। वह अन्य सैनिकों की भाँति चौकन्ना नहीं था। सामने कहीं दूर दृष्टि टिकाए वह कुछ सोच रहा था। काले मेघों की बार-बार होने वाली गर्जना भी उसका ध्यान नहीं तोड़ पा रही थी। कहीं दूर हो रही वर्षा से नमी लेकर बह रही ठंडी पवन जब उसके मुख से टकराती, तो वह उसके चिंतन संसार को और भी गहरा बना देती। आस-पास की स्वच्छ हरियाली और भूरे रंग के पथरीले मार्ग के दोनों ओर यूँ ही उग आए छोटे-छोटे सफेद पहाड़ी फूलों को वह नहीं देख पा रहा था।

दौड़ते रथ शीघ्र ही पहाड़ी की चढ़ान सीमा तक पहुँच गए। रथों की गति एकाएक कम होने पर व्यक्ति का ध्यान टूटा। दृष्टि आकाश की ओर उठी। मेघों का तांडव कभी भी प्रारंभ हो सकता था। जिस प्रकार बिजलियाँ मेघों के बीच उपद्रव मचा रही थीं, मूसलाधार वर्षा होने की प्रबल संभावना थी। फिर भी यहाँ के मेघ विश्वसनीय नहीं थे। कभी-कभी डरा-धमकाकर बिना वर्षा किए ही चले जाते थे।

चारों रथ चढ़ान पर आ गए। गति पहले से धीमी हो गई। चाहकर भी वे घुमावदार पहाड़ी मार्गों पर तेज नहीं चल सकते थे। गंतव्य दूर नहीं था। आशा थी, समय रहते पहुँच जाएँगे।

आधा मार्ग पार करते ही बूँदें गिरनी प्रारंभ हो गईं। विशिष्ट व्यक्ति का भाव सामान्य बना रहा, किंतु सैनिकों को थोड़ी चिंता होने लगी। यह चिंता तब और बढ़ गई, जब आगे का मोड़ मुड़ते ही रथों को रुक जाना पड़ा।

सामने मार्ग पर छोटे-बड़े पत्थरों का ऊँचा मलबा पड़ा हुआ था। सबसे बड़ा पत्थर एक घोड़े जितना बड़ा था। संभवत: किसी ताजा भूस्खलन के कारण यह मलबा गिरा होगा—ऐसा सभी ने अनुमान लगाया। पहाड़ी मार्गों पर यह होता ही रहता था।

एक तरफ पर्वत की ऊँची खड़ी चट्टान और दूसरी ओर खाई। मलबा हटाए बिना आगे जाना संभव नहीं था।

सैनिकों को किसी निर्देश की आवश्यकता नहीं थी। सारथी सहित सभी सैनिक अपने-अपने रथों से तत्काल उतरे और मलबा हटाने में जुट गए।

तीसरे रथ पर अकेला खड़ा विशिष्ट व्यक्ति अभी भी शांत था, किंतु आँखों में कुछ सतर्कता आ गई थी।

यह पहाड़ी मार्ग मात्र एक रथ जितना ही चौड़ा था। यदि रथ पर खड़े-खड़े बाईं ओर झाँका जाए, तो नीचे की खाई स्पष्ट देखी जा सकती थी।

रथों की छतरियों पर मेघों की बूँदें टप्प्-टप्प् बजा रही थीं। चारों ओर अपनी सतर्क दृष्टि दौड़ाते हुए व्यक्ति यह सोच रहा था कि यदि समय से अवरोध नहीं हटा और मूसलाधार वर्षा प्रारंभ हो गई, तो कहाँ आड़ ली जाए।

'पट्ट्'

विशिष्ट व्यक्ति के रथ के दो सफेद घोड़ों में से बाएँ घोड़े की पीठ पर, आकाश से एक गेहुँआ सर्प गिरा। व्यक्ति की भौहें सिकुड़ गईं।

'पट्ट्'...! 'पट्ट्'! 'पट्ट्'! 'पट्ट्'! 'पट्ट्'...!

इस बार तीन सर्प दाएँ घोड़े पर तथा दो सर्प छतरी पर गिरे। फिर तो मानो सर्प-वर्षा ही प्रारंभ हो गई। आगे-पीछे सभी रथों पर सर्प गिरने लगे।

सर्प रथों की छतरियों से टपककर रथ के अंदर गिरने लगे और भूमि के सर्पों ने घोड़ों के पैरों से लिपटना प्रारंभ कर दिया।

शरीर पर रेंगते सर्पों से भयभीत घोड़े हिनहिनाकर बिदकने लगे। सैनिक रथों से साठ पग दूर मलबा हटा रहे थे। जब उन्होंने यह दृश्य देखा, तो भय और आश्चर्य से मुँह खुला रह गया।

ऊपर हवा में हल्की धुँध टँगी हुई थी। अतः सर्प कहाँ से आ रहे, यह नहीं दिखा। बस ऐसा लगा कि सर्प धुँध से गिर रहे हैं।

सर्पों ने कई घोड़ों पर अपने दाँत गड़ा दिए। विशिष्ट व्यक्ति के बाएँ घोड़े पर भी तीन सर्पों ने अपने दाँत धँसा रखे थे। किनारे पर खड़ा वह घोड़ा इतनी जोर से बिदक रहा था कि किसी भी क्षण रथ सहित खाई में

चला जाता।

सैनिकों की दृष्टि उस हिचकोले खाते रथ की ओर गई। सभी एक स्वर में चीखे- "श्रेष्ठी!"

जिस विशिष्ट व्यक्ति को उन सभी ने 'श्रेष्ठी' कहकर पुकारा था, वह कई बार रथ से कूदने की सोच चुका था, किंतु आगे-पीछे हर स्थान पर सर्पों को रेंगता देखकर रथ पर ही रुका रहा। वह अपनी तलवार से रथ के अंदर गिर आए सर्पों को शीघ्रता से उठाकर बाहर फेंक रहा था।

एक सैनिक ने वर्तमान स्थिति देखकर त्वरित निर्णय लिया। अपने बगल खड़े साथी का भाला लिया और बढ़कर सबसे आगे आया। फिर पूरी शक्ति से भाला खींच मारा।

हवा को चीरता भाला आगे के दो रथों के बगल से होता हुआ श्रेष्ठी के बाएँ घोड़े के सीने में उतर गया। भाले में प्रचंड आवेग था। घोड़े के कई महत्वपूर्ण अंग बिंध गए। घोड़े का बिदकना क्षणभर में रुक गया। दो क्षण निस्तेज-सा ठहरा रहा, फिर प्राणहीन हो गिर पड़ा।

घोड़े के गिरते ही रथ असंतुलित हो कर बाईं ओर थोड़ा टेढ़ा हो गया। श्रेष्ठी ने दूसरे घोड़े की स्थिति देखी। दस से अधिक सर्पों ने पीठ और गरदन पर अपने दंश गड़ा रखे थे।

श्रेष्ठी ने रथ में रखा एक भाला उठाया और पूरी शक्ति से घोड़े की पीठ में धँसा दिया। सर्पविष से पहले ही अधमरा घोड़ा अब पूरी तरह मर गया। दो-तीन हिनहिनाहट के पश्चात् वह भी पीड़ा मुक्त हो गया। रथ अब पूरी तरह शांत और संतुलित था।

सर्प-वर्षा अंतिम अवस्था में थी। इक्का-दुक्का ही सर्प गिर रहे थे। कुछ क्षणों पश्चात् पूरी तरह रुक गई। रथों के आगे-पीछे और नीचे सभी स्थानों पर सर्प-सेना रेंग रही थी। काले, भूरे, पीले, चितकबरे और पट्टियों वाले न जाने कितनी प्रजातियों के सर्प वहाँ उपस्थित थे। श्रेष्ठी पूरी फुर्ती से अपने रथ पर चढ़ आए सर्पों को तलवार से हटा रहा था। सभी सर्प स्पष्ट रूप से क्रोधित लग रहे थे। कुछ बड़े सर्पों ने छोटे सर्पों को निगलना भी प्रारंभ कर दिया।

सैनिक भी अपने भालों और तलवारों की नोंक से सर्पों को हटाते और

मारते हुए आगे वाले रथ की ओर बढ़ रहे थे। वे रथ पर रखीं उल्काएँ प्राप्त करना चाहते थे। एक बार उल्काएँ जल जाएँ, तो सर्पों को भगाना सरल हो जाएगा। श्रेष्ठी भी उल्काएँ जलाना चाहता था, किंतु अवसर ही नहीं मिल पा रहा था।

तभी भयंकर गर्जना के साथ बिजली कड़की। एक बार नहीं, पाँच-छः बार कड़की। ऐसे प्राकृतिक प्रकोपों से जीव-जंतु बहुत घबराते हैं। सर्प-सेना भी विचलित हुई। शरण पाने के लिए अधिकांश सर्प खाई की ओर उगी झाड़ियों की ओर जाने लगे।

बूँदा-बाँदी तेज हो गई। श्रेष्ठी ने राहत की साँस ली। अधिकतर सर्प मार्ग से हट चुके थे। अधिक क्षण नहीं बीते होंगे कि दुर्भाग्य ने एक नया दाँव खेल दिया। श्रेष्ठी के पीछे खड़े रथ के एक घोड़े के खुर से एक बड़े सर्प की पूँछ कुचल गई। प्रतिक्रिया स्वरूप क्रोधित सर्प घोड़े के पैर से लिपट कर दंश पर दंश मारने लगा।

घोड़ा बुरी तरह छटपटाया। आव न ताव देख पूरी शक्ति से दौड़ पड़ा। खिंचाव मिलने से रथ का दूसरा घोड़ा भी दौड़ पड़ा।

श्रेष्ठी उस समय रथ से उतरने ही जा रहा था। तभी पिछले रथ को अपनी ओर आते देखा। घोड़े सिर झटकते हुए आए और किसी तूफान की भाँति श्रेष्ठी के रथ से टकराए। रथ भयंकर रूप से डगमगाया। श्रेष्ठी भी संतुलन खोकर पीछे गिरा। आगे बढ़ने की हड़बड़ाहट में दोनों घोड़े श्रेष्ठी के रथ पर ही चढ़ने का प्रयास करने लगे। रथ को डोलता देख श्रेष्ठी ने निर्णय लेने में देर नहीं की। रथ पर रखे एक संदूक पर चढ़कर आगे की ओर कूद गया। वह अपने रथ के मरे घोड़े के बाईं ओर मुँह के बल गिरा। एक ओर मृत घोड़ा और दूसरी ओर खाई। करवट तक की कोई जगह नहीं।

रथ के डोलने से घोड़ों की घबराहट चरम पर पहुँच गई। बायाँ घोड़ा जब श्रेष्ठी के रथ पर चढ़ने में असफल रहा, तो बाईं ओर किनारे से आगे बढ़ने का प्रयत्न करने लगा। बूँदा-बाँदी से गीली हो चुकी मिट्टी पर खुर फिसला और आगे के दोनों पैर खाई में लटक गए। घोड़ा क्षणभर ही लटका होगा कि पूरा शरीर पेट के बल खाई में सरकने लगा। इसी के साथ पिछला

रथ भी खाई की ओर टेढ़ा हो गया। दूसरे घोड़े की वल्गा श्रेष्ठी के रथ में कहीं अटक गई थी। श्रेष्ठी का रथ भी खाई की ओर खिंचने लगा। यह दृश्य देखकर सैनिक पूरी शक्ति से चीखे- "श्रेष्ठी!"

श्रेष्ठी लगभग उठकर खड़ा हो चुका था। सैनिकों की चेतावनी सुनते ही पूरी शक्ति से दौड़ पड़ा।

श्रेष्ठी के वह स्थान छोड़ते ही उसके बगल वाला मृत घोड़ा खिंचा और दो रथ खाई में पलटते दिखे। कुछ क्षणों बाद खाई से दो हल्के धमाके सुनाई पड़े।

वर्षा तीव्र हो गई। अधिकांश सर्प मार्ग छोड़कर खाई के किनारे वाली वनस्पतियों में लुप्त हो चुके थे। बचे-खुचे सर्पों से बचता हुआ श्रेष्ठी सैनिकों के पास पहुँचा। इससे पहले कि सैनिक कुछ बोलते, श्रेष्ठी ही बोला- "मैं ठीक हूँ। शीघ्रता से उल्काएँ जलाओ और सभी अश्वों को रथों से अलग करो।"

सैनिक थोड़े भयभीत थे, किंतु श्रेष्ठी का शांत भाव देखकर कुछ सामान्य हुए। सैनिकों का यह दल पिछले आठ वर्षों से श्रेष्ठी के साथ था। इस प्रकार की न जाने कितनी प्राणघातक दुर्घटनाओं में उन्होंने श्रेष्ठी को विचलित होते कभी नहीं देखा। संकट कैसा भी हो, भय, उत्तेजना, क्रोध, और घबराहट श्रेष्ठी को स्पर्श भी नहीं कर पाते थे।

वर्षा और भी तीव्र हो गई। मेघ लगातार गरज रहे थे। एक सैनिक रथ की छतरी उतार लाया। छतरी के नीचे श्रेष्ठी अपने हाथ पीछे बाँधकर खड़ा हुआ। फिर उल्काएँ जलाई गईं। सैनिकों ने घोड़ों को रथों से अलग कर दिया। दो घोड़ों पर विषदंत के चिह्न थे और शेष दो सुरक्षित थे।

"संकेत बाण छोड़ दो," श्रेष्ठी ने संकेत दिया।

सैनिकों ने तूरीण से सीटी वाले बाण निकालकर धनुष पर चढ़ा लिए। आकाश की ओर छोड़ने ही वाले ही थे कि श्रेष्ठी ने रोक दिया, "ठहरो! मेघों की गर्जना समाप्त हो जाए, तब छोड़ना।"

सैनिकों ने बाण उतार लिया और मलबा हटाने में जुट गए।

वर्षा पूरे एक घड़ी तक चली, फिर हल्की फुहार के रूप में बची। अब तक इतना अवरोध हट चुका था कि घोड़े निकल सकें।

सैनिकों ने आठ संकेत बाण एक साथ छोड़े। सीटियों की तेज गूँज से पहाड़ प्रतिध्वनित हो उठे।

एक घोड़े पर श्रेष्ठी बैठा और दूसरे पर एक अन्य सैनिक। मलबे के बीच से घोड़े निकालते हुए दोनों आगे बढ़ गए। बाकी बचे सैनिकों को सहायता की प्रतीक्षा करनी थी।

मार्ग पथरीला था। वर्षा के कारण मार्ग के दलदली होने की समस्या नहीं थी। अतः घोड़े पूरी कुशलता से दौड़ रहे थे।

आध घड़ी चले होंगे कि सामने से चालीस घुड़सवारों का सहायता दल आता दिखा। जब सहायता दल समीप पहुँचा, तब श्रेष्ठी के साथ वाला सैनिक आगे आया और दल के नायक को घटना से अवगत कराया।

बीस घुड़सवार श्रेष्ठी के बचे हुए सैनिकों की सहायता के लिए गए और दस सैनिक उस संभावित स्थान की ओर भेजे गए, जहाँ से सर्प फेंके जा सकते थे। शेष दस सैनिकों के साथ श्रेष्ठी अपने गंतव्य की ओर चल दिया। मार्ग में श्रेष्ठी ने सहायता दल के नायक को निर्देश दिया कि वह इस घटना के विषय में किसी को भी सूचित न करे और यदि कोई आरोपी पकड़ा जाय, तो सीधे मल्हार लाकर उसे ही सौंपा जाय। दलनायक ने सिर हिलाकर हामी भरी।

चौथाई घड़ी की यात्रा के बाद वे पहाड़ की चोटी पर पहुँचे। यहाँ लकड़ी और बाँसों से बने पचास-साठ घर थे। सभी घर छतवाले गलियारों के माध्यम से आपस में जुड़े थे। इन सभी घरों को एक साथ घेरते हुए लकड़ी के लट्ठों से बनी छह हाथ ऊँची बाड़ थी और अंदर प्रवेश के लिए इतना ही ऊँचा लकड़ी का एक मुख्य द्वार।

यद्यपि इस स्थान पर किसी शत्रु के आक्रमण का कोई भय नहीं था, तथापि वन्य पशुओं से अपने पशुधन की रक्षा के लिए बाड़ लगाना आवश्यक था।

श्रेष्ठी पूरे दल के साथ मुख्य द्वार से प्रवेश किया। वह घोड़े से उतरा और सीधे स्नानागार चला गया।

वहाँ के एक कक्ष में एक वृद्धा शय्या पर तकिया से टेक लेकर अधलेटी थी। कक्ष में वृद्धा के अतिरिक्त दो अन्य परिचारिकाएँ भी थीं। एक पाँव दबा रही थी और दूसरी बेर जैसे किसी जंगली फल के छिलके उतारकर वृद्धा को पकड़ा रही थी।

वृद्धा आँखें मूँदकर पूरे आनंद से फल खा रही थी। मुख के भाव से संतुष्टि स्पष्ट देखी जा सकती थी। तभी एक अन्य परिचारिका पूरे उल्लास से भागते हुए कक्ष में आई, "श्रेष्ठी लिक्ष्वी आए हैं।"

वृद्धा के मुख से आनंद और संतुष्टि के भाव उड़ गए। त्यौरी चढ़ाकर परिचारिका को घूरा। परिचारिका सकुचाई। उसका भी उल्लास उड़ गया। धीरे से बोली– "लिक्ष्वी आए हैं।"

वृद्धा की त्यौरी और चढ़ी। परिचारिका का चेहरा पूरी तरह उतर गया। अत्यंत मंद स्वर में बोली– "लिक्ष्वी आया है।"

वृद्धा का क्रोधपूर्ण मुख सामान्य हुआ और एक विचित्र-सी संतुष्टि का भाव छा गया। परिचारिका सिर झुकाकर चली गई।

स्नान कर, स्वच्छ वस्त्र पहन लिक्ष्वी सीधे वृद्धा के कक्ष में आया। अभिवादन किया और एक पीढ़े पर बैठ गया। दोनों परिचारिकाएँ उठकर बाहर चली गईं।

"बड़ी माँ! स्वास्थ्य कैसा है?" लिक्ष्वी ने आत्मीयता से पूछा।

"जैसा था, वैसा है। किसी के पूछने से सुधर या बिगड़ नहीं जाएगा," वृद्धा रुखाई से बोली। "...मेरी सामग्री लाया है? या फिर से कोई नया बहाना प्रस्तुत करेगा?"

लिक्ष्वी थोड़ा अचकचाया, "बहाना तो नहीं है... किंतु... मार्ग में... एक... एक छोटी दुर्घटना घट गई। आधा सामान नष्ट हो गया...।"

"नष्ट हो गया?" वृद्धा का मुख क्रोध से विकृत होने लगा, "नष्ट हो गया? या तेरी चुड़ैल माँ ने लाने ही नहीं दिया?"

लिक्ष्वी आहत हुआ, "बड़ी माँ! ऐसा क्यों कहती हो?"

"मात्र मेरा ही सामान नष्ट हुआ... शेष सुरक्षित है...वाह!" वृद्धा के स्वर में घृणा मिश्रित थी।

"नहीं, बड़ी माँ! पिताजी और चाचा का भी आधा सामान नष्ट हो

गया। मल्हार लौटते ही भिजवा दूँगा,'' लिक्ष्वी ने संयत स्वर में बताने का प्रयास किया।

वृद्धा लिक्ष्वी को तिरस्कार की दृष्टि से घूरती रही, कुछ देर बाद रोआंसी जैसी हो गई। रुँधे कंठ से बोली- ''तू और तेरी माँ...'' लिक्ष्वी ने जैसे ही यह वाक्य सुना, समझ गया, फिर वही पुरानी बात। विषय कोई भी चल रहा हो, बड़ी माँ इस विषय को खींच ही लाती हैं।

वृद्धा कातर स्वर में बोली, ''तुम दोनों ने मिलकर मेरी संतानों को मार डाला... किसी... किसी प्रकार मैंने छोटे को बचाकर राजधानी के बाहर भेजा, तो तुमने पीछा करके उसका भी गला रेत दिया।'' वृद्धा के नेत्रों से आँसुओं की धार बह निकली। पिछले दस वर्षों में लिक्ष्वी यह बातें अनगिनत बार सुन चुका था।

वृद्धा में मानो कोई तोता समाया हो, जो हर बार लिक्ष्वी को देखते ही रटना प्रारंभ कर देता था। वृद्धा के मुख पर क्रोध, छटपटाहट, ईर्ष्या, और प्रतिशोध सारे भाव एक साथ आ गए। लिक्ष्वी पीढ़ा सरकाकर शय्या के समीप आया और वृद्धा के दोनों पैर पकड़कर दुःख पूर्ण वाणी में बोला, ''बड़ी माँ! इस भ्रम के साथ कब तक जिओगी?''

''भ्रम... ?'' वृद्धा की आँखें भभक उठीं। चीखकर बोली, ''भ्रम है, तो दूर कर....चल दूर कर! चल जीवित कर मेरी संतानों को!''

लिक्ष्वी बोलना चाहा, ''बड़ी माँ! ऐसा...''

वृद्धा ने झिड़क दिया, ''दूर हट!''

लिक्ष्वी ने पैर नहीं छोड़ा। वृद्धा का क्रोध चरम पर आ गया। खींचकर एक लात लिक्ष्वी की छाती पर मारा। लिक्ष्वी पीढ़े पर डगमगाया। शक्तिहीन पैरों से चोट शरीर पर नहीं सीधे हृदय पर लगी। हृदय डूब गया। आज तक वृद्धा ने लिक्ष्वी पर जिह्वा का ही प्रहार किया था, किंतु इस प्रकार का अपमानजनक प्रहार पहली बार हुआ था।

भर्राये कंठ से बड़ी माँ का पैर पकड़कर पुनः प्रयास किया।

''बड़ी...बड़ी माँ! शांत हो जाओ...।''

वृद्धा ने पुनः लात मारी। लिक्ष्वी की नाक पर पड़ा। पर लिक्ष्वी ने पुनः पकड़ा। पुनः प्रहार।

वृद्धा जोर से चीखती हुई लिक्ष्वी पर निरंतर पाद प्रहार करती रही। लिक्ष्वी की छाती, कंधों, नाक, मुँह, गला, सभी अंगों पर प्रहार पड़ा। वृद्धा की घृणा मुख पर प्रत्यक्ष थी।

वृद्धा की चीत्कार सुनकर कई परिचारिकाएँ कक्ष के बाहर एकत्र हो गईं, किंतु अंदर जाने का साहस किसी में नहीं आया।

पाद प्रहार करते-करते जब वृद्धा हाँफ गई, तब रुकी। शरीर काँप रहा था और साँसें भयंकर गति पर थीं। कुछ क्षण शांत रहने के पश्चात् जब कुछ साँस बंधी, तब तकिया खींचकर लिक्ष्वी के मुँह पर मारा। चीखकर बोली, ''दूर हो जा मेरी दृष्टि से... तुझे मृत्यु कब आएगी!''

भारी मन से लिक्ष्वी खड़ा हुआ। तकिया उठाई और वृद्धा के सिर के नीचे लगाकर कक्ष से बाहर चला गया। कक्ष के बाहर लिक्ष्वी को देखते ही परिचारिकाओं ने सिर झुका लिया। रुंधे कंठ के साथ लिक्ष्वी चुपचाप अपनी राह चला गया।

वृद्धा के कक्ष से सौ पग दूर एक अन्य विशिष्ट कक्ष था। इस कक्ष के पीछे एक सुंदर उद्यान था। यह उद्यान चोटी की कगार पर स्थित था। विभिन्न प्रकार के रंग-बिरंगे पुष्पों और गंध वाली घास से यहाँ की हवा सुवासित थी। उद्यान के बीच छप्परों वाला एक मंडप था। मंडप अगल-बगल से पूरी तरह खुला था।

मंडप के नीचे एक चौड़े पीढ़े पर एक वृद्ध व्यक्ति बैठा था। लंबे-चौड़े शरीर वाले अठासी वर्षीय इस व्यक्ति के बूढ़े नेत्रों में अनुभव और गर्व एक साथ देखा जा सकता था।

यह व्यक्ति लिक्ष्वी का पिता और असुर देश का सबसे बड़ा व्यापारी मारंग था। यदि ठीक-ठीक कहा जाए, तो मारंग से बड़ा व्यापारी पूरे जंबूद्वीप और दानव-देश में भी नहीं था। मारंग के व्यापार साम्राज्य की कीर्ति पूरे संसार में फैली हुई थी। दानव तथा यवन देश सहित पश्चिम के हर छोटे-बड़े देश के साथ मारंग के व्यापारिक संबंध थे।

मारंग की सात पत्नियाँ थीं। लिक्ष्वी सातवीं पत्नी का पुत्र था। मारंग ने सातवाँ विवाह परिस्थितिवश अनिच्छा से किया था। वह लिक्ष्वी को

तनिक भी पसंद नहीं करता था। मारंग को अपनी दूसरी पत्नी के प्रथम पुत्र से अगाध प्रेम था। वह उसे बहुत प्रतिभाशाली मानता था और अपने उत्तराधिकारी के रूप में देखता था। किंतु सत्तर वर्ष की अवस्था होते-होते उसके सारे पुत्र राजनैतिक षड्यंत्र और व्यापारिक संघर्ष में मारे गए। मात्र लिक्ष्वी बचा।

न चाहते हुए भी मारंग को अंत में लिक्ष्वी को ही अपना उत्तराधिकारी घोषित करना पड़ा। लिक्ष्वी के उत्तराधिकारी बनने से अन्य असुर व्यापारी अप्रसन्न हो गए। भ्रांति उड़ी कि उत्तराधिकारी बनने के लिए लिक्ष्वी ने ही अपने भाइयों की हत्या करवाई है। सत्य क्या है, यह तो इतिहास ही जानता था। किंतु कइयों के मुँह से सुनने के बाद मारंग को भी थोड़ी शंका होने लगी थी।

मारंग अच्छी तरह जानता था कि अन्य व्यापारी, विशेषकर उसके बाद का सबसे बड़ा व्यापारी जाबाल, उसके उत्तराधिकार विहीन व्यापार-साम्राज्य पर घात लगाए बैठा है। जीते जी वह अपनी संपत्ति किसी और के अधिकार में कैसे देख सकता था। अत: लिक्ष्वी ही उसका अंतिम विकल्प था।

व्यापार की बागडोर संभालते ही लिक्ष्वी ने ऐसे करतब दिखलाना प्रारंभ किया कि लोगों के मुँह खुले रह गए। व्यापार संभालने के पाँच वर्ष के भीतर ही लिक्ष्वी ने एक असंभव कार्य कर दिखाया—उसने असुर व्यापार संघ की स्थापना की और श्रेष्ठी का पद ग्रहण किया।

यह वह असंभव कार्य था जिसे पूरा करने के लिए मारंग वर्षों तक संघर्षरत रहा। असुर व्यापार संघ तीन सौ वर्ष पूर्व पिछले देवासुर-संग्राम के समय भंग कर दिया गया था। व्यापार संघ की उद्‌दंडता के कारण उस संग्राम में असुरों को भारी हानि हुई थी और संग्राम के पश्चात् राजसत्ता का तख्ता-पलट होते-होते बचा।

वर्तमान में मारंग के व्यापक प्रभाव से असुर राजपरिवार भयभीत रहता था। ऐसे में राजसत्ता से व्यापार संघ बनाने की अनुमति प्राप्त करना असंभव था। लिक्ष्वी ने उसी असंभव कार्य को पाँच वर्ष के अंदर ही संभव कर दिखाया था।

व्यापार संघ की स्थापना के एक वर्ष पूर्व ही मारंग ने व्यापार जगत् से संन्यास ले लिया था और जीवन के अंतिम क्षणों को शांति से बिताने के लिए इन सदाबहार पर्वतों पर आ गया। सातों पत्नियों में मात्र दूसरी पत्नी और लिक्ष्वी की माँ ही जीवित बची थीं। लिक्ष्वी की माँ का स्वास्थ्य जर्जर हो चुका था। वह लिक्ष्वी के साथ राजधानी में रहती थी और दूसरी पत्नी-जिससे लिक्ष्वी अभी मिला था, मारंग के साथ थी।

लिक्ष्वी की अप्रत्याशित उन्नति देखकर अब मारंग भी प्रसन्न रहने लगा था। किंतु अपने अन्य पुत्रों की हत्या के संदर्भ में कहीं-न-कहीं अभी भी कुछ रोष बचा हुआ था। अपनी दूसरी पत्नी के पुत्र के विषय में सोचकर आज भी उसके अंदर उबाल आ जाता था।

काण युग का यह सबसे प्रख्यात व्यक्ति आजकल अपना अधिकांश समय इसी उद्यान में बिता रहा था। पुष्पों से संबंधित ग्रंथ पढ़ना और फुलवारी में जुटे रहना, पिछले डेढ़ वर्षों से मारंग की यही दिनचर्या थी। इस उद्यान में किसी अन्य को हाथ लगाने की तनिक भी अनुमति नहीं थी। मारंग अकेले ही इस फुलवारी को संभालता था।

पीढ़े पर शांत बैठा मारंग किसी भूतपर्व सेनाध्यक्ष जैसी आभा दे रहा था। मजबूत और बड़ा शरीर होने के कारण दीखने में योद्धा श्रेणी का प्रतीत होता था।

उद्यान में मारंग के पीठ पीछे लिक्ष्वी प्रकट हुआ। बड़ी माँ से भेंट हुए एक घड़ी बीत चुकी थी। अब वह स्वस्थ था। धीमी गति से चलता हुआ आया और पिता को प्रणाम कर बगल में बैठ गया।

''संकेत बाण क्यों छोड़ना पड़ा?'' मारंग ने लिक्ष्वी के बैठते ही प्रश्न किया।

''कुछ विशेष नहीं... एक छोटी दुर्घटना हो गई थी,'' लिक्ष्वी ने सामान्य-सा उत्तर दिया

''कैसी दुर्घटना?''

''...भूस्खलन के कारण मार्ग टूटकर संकरा हो गया था। मेरा रथ चौड़ा था। पार नहीं जा सकता था। अतः उतरकर आगे के मार्ग का निरीक्षण करने चला गया। तभी मेघ गरजे। न जाने क्यों मेरे रथ के घोड़े बिदक

गए और दौड़ पड़े। संकरे मार्ग पर रथ के पहिये को भूमि नहीं मिली और पूरा रथ खाई में पलट गया।'' लिक्ष्वी ने धाराप्रवाह मनगढंत कहानी सुना दी। यद्यपि इस कहानी में कई गलतियाँ थीं, फिर भी अभी टालने के लिए इतना पर्याप्त था।

मारंग ने मुड़कर लिक्ष्वी को पूरा निहारा। कोहनी पर जाकर दृष्टि रुक गई। मारंग ने भौहें सिकोड़कर पूछा- ''दुर्घटना छोटी थी, तो हाथ कैसे छिल गए?''

''इधर-उधर में कहीं लग गया होगा...,'' लिक्ष्वी ने सहज उत्तर दिया।

मारंग को अंदर-ही-अंदर क्रोध आ गया। कुछ देर कुछ न बोला। इधर-उधर के कयास लगाता रहा। मन में जाबाल का चित्र सबसे पहले आया।

अपने स्वभाव के अनुसार मितभाषी लिक्ष्वी भी चुप रहा।

छोटी-छोटी रंग-बिरंगी चिड़ियों का झुंड कोलाहल करता हुआ आया और मंडप के चारों ओर फैलकर यत्र-तत्र पड़े दानों को चुगने लगा। उसी समय कहीं से पवन का एक झोंका आया। घास से टकराते ही एक गंध पूरे उद्यान में फैल गई।

जैसे ही इस मनभावन गंध ने मारंग की नासिका में प्रवेश किया, वह अपने क्रोध संसार से बाहर आ गया। कुछ देर में मुख के भाव सामान्य हो गए। पूछा, ''पौधे लाया है?''

लिक्ष्वी ने धीरे से गरदन मोड़कर अपने पिता को देखा। मुस्कुराकर बोला, ''लाया हूँ। इस बार एक नई प्रजाति के भी मिल गए।''

''नई प्रजाति? कहाँ से प्राप्त हुआ?'' मारंग के मुख पर भी मुस्कान आ गई। वाणी थोड़ी उल्लासमय हो गई।

''लंबी लताओं वाले पुष्प हैं। एक ही लता में तीन भिन्न-भिन्न रंगों के पुष्प खिलते हैं। और विशिष्ट बात यह है कि उनकी गंध भी भिन्न-भिन्न है।'' लिक्ष्वी ने प्रसन्नता से बताया।

''कौन लाया था? वही एक आँख वाला यवन?''

''नहीं! वह नहीं लाया था। उस यवन व्यापारी के साथ एक नया

व्यापारी आया था। एंडर जैसा कुछ विचित्र नाम था। अभी बाईस वर्ष का नवयुवक ही है।''

''ओह! तीन वर्ष पश्चात् कोई नया यवन व्यापारी आया है।'' मारंग ने आश्चर्य दिखाया।

''हाँ! शीत ऋतु के पश्चात् कुछ अन्य व्यापारियों के भी आने की बात कह रहा था।''

''अच्छा है, आते रहें।''

लिक्ष्वी अपने पिता को व्यापार और राजधानी मल्हार की महत्वपूर्ण घटनाएँ बताता रहा। राजपरिवार से संबंधित बातों पर मारंग के कान चौकन्ने हो जाते।

कुछ देर पश्चात् एक परिचारिका दोनों के लिए दो प्यालों में काढ़ा रखकर चली गई।

लिक्ष्वी ने प्याला उठाया। काढ़े की वाष्प सर्पिलाकार रूप में उठकर विलीन हो रही थी। एक घूँट पीकर थोड़ा हिचकिचाते हुए बोला, ''प्रभा... आने की जिद्द कर रही थी।''

''नहीं!'' मारंग क्षणभर में कुपित हो गया। स्पष्ट रूप से नकार दिया। तेज स्वर में पूरे रोष के साथ बोला, ''अपना अनाथालय अपने पास रख। यहाँ लाने की आवश्यकता नहीं।''

लिक्ष्वी के होंठ काँप गए, ''अधिक... अधिक समय नहीं बचा है, उसके पास।''

''तेरे कानों में मैल जमा है, या एक बार में बात बुद्धि में घुस नहीं रही।'' मारंग पुनः चिल्लाया। अंदर दबे रोष ने अतीत के दुःखद दृश्यों को क्षणभर में आँखों के सामने नचा दिया। क्रोध और चढ़ आया। स्वर तेज होता चला गया, ''...तुझे कब से अपनों की मृत्यु का दुःख होने लगा। सगों की मृत्यु देखने का तो तुझे पुराना अभ्यास है। जहाँ इतने परिजनों की शव-यात्राएँ हुईं, वहाँ एक और सही... ।''

इन चार वाक्यों में ही मारंग की साँसें फूल गईं।

लिक्ष्वी अपने पिता के साथ ऐसे कठोर वार्तालाप का अभ्यस्त था। इस बार भी नेत्रों की नमी रोकने में सफल रहा। दृष्टि दूर पर्वत शृंखलाओं पर

कहीं टिका ली।

कुछ देर बाद जब मारंग की साँसें थोड़ी संभली, तब उसे लगा कि आवेग में कुछ अधिक बोल गया।

चौथाई घड़ी तक दोनों में कोई नहीं बोला। एक गाढ़ा सन्नाटा छाया रहा। न पक्षियों का कलरव सुनाई पड़ा और न पवन का झोंका आया। मानो प्रकृति को भी इस गंभीरता का भान हो।

अंत में लिक्ष्वी ने ही विषयांतर करते हुए वातावरण के भारीपन को तोड़ा, ''अवसर मिले तो किसी दिन मल्हार का भ्रमण करने आ जाएँ। पिछले आठ माह में तीन नये हाट खुले हैं।''

''...मैं यहीं प्रसन्न हूँ। राजधानी में शरीर काला करना पड़ता है। यहाँ उस रंग-रोगन से मुक्ति है।'' मारंग ने अनमना कर कहा।

''शरीर रंगना अब उतना आवश्यक नहीं रहा। पिछले कई वर्षों से राजधानी में वर्ण-प्रथा धीरे-धीरे कम होती जा रही है। राजपरिवार के ही कई सदस्यों ने रंग लगाना छोड़ दिया है।'' लिक्ष्वी समझाने के भाव में बोला।

''...ठीक है, देखूँगा।'' मारंग ने बात टालनी चाही। ''आजकल तेरी बहन की क्या दशा है?''

लिक्ष्वी के आगे अपनी ममेरी बहन उरी का चेहरा आ गया। उरी के ब्याह के बाद मात्र दो बार ही भेंट हो पाई थी। लिक्ष्वी जब भी उरी के बारे में सोचता, मन में दया और गर्व दोनों भाव एक साथ आते।

''दानव देश में कुछ उथल-पुथल हुई है, किंतु अभी तक स्पष्ट सूचना नहीं मिली है।'' लिक्ष्वी ने संक्षिप्त उत्तर दिया।

मारंग पिछले वर्ष संथार का दौरा करने वाला था। किंतु दारा के कारावास से बाहर आने की सूचना मिलते ही रुक गया।

तभी पीछे से एक खरखराती आवाज आई, ''हा! हा! हा!..भतीजे!...मेरी औषधि लाया या नहीं?''

लिक्ष्वी सोच ही रहा था कि इस आवाज का स्वामी अभी तक प्रकट क्यों नहीं हुआ। अन्यथा हर बार यहाँ पहुँचने पर सर्वप्रथम इसी व्यक्ति से भेंट होती थी।

अस्सी वर्षीय एक दुबला-पतला लंबा व्यक्ति तेज पगों से चलता हुआ आकर दोनों के सम्मुख बैठ गया।

यह वासुकी का पिता वज्जी था। लिक्ष्वी इसे चाचा कहता था। वज्जी मारंग का घनिष्ठ मित्र और परिवारजन के समान था। मुंद्रा में अपना कार्यकाल पूर्ण कर वज्जी, मारंग के साथ यहाँ जीवन बिता रहा था। मदिरापान और लंबी निद्रा यही दो इसके प्रिय कार्य थे।

वज्जी ने लिक्ष्वी को स्पष्ट बता रखा था कि वह मरने से पहले संसार की हर प्रकार की मदिरा का स्वाद चखना चाहता है। अतः वह जब भी यहाँ आए, कोई नई मदिरा अवश्य लाए।

लिक्ष्वी के लिए यह बहुत भारी कार्य था। एक तो मदिरा में उसकी कोई रुचि नहीं थी, दूसरा हर माह एक नई मदिरा कहाँ से प्राप्त हो। फिर भी वह यथासंभव यवन और दानव व्यापारियों से मँगा लेता था।

वज्जी के अत्यधिक मदिरापान पर मारंग उसे बहुत भला-बुरा कहता था। जब मारंग ने उसे कई बार सार्वजनिक स्थल पर भी डाँट लगाई, तो वज्जी ने थोड़ा सम्मान बचाने के लिए मदिरा को औषधि कहना प्रारंभ कर दिया। इस कुतर्क पर मारंग ने उसे और भी जमकर सुना दिया था।

''हाँ चाचा! इस बार यवन देश की है,'' लिक्ष्वी बोला।

वज्जी की मुस्कान कानों तक खिंच गई। सामने रखा मारंग के काढ़े का प्याला उठाया और पूरा पी गया।

मारंग गुर्राया, ''अगली बार इस बुड्ढे की मदिरा में विष मिला देना।''

''जैसी आपकी आज्ञा,'' लिक्ष्वी गंभीर भाव में पूर्ण आज्ञाकारिता से बोला।

वज्जी मुँह खोले दोनों को देखता रहा।

फिर तीनों जोर से हँसे।

कुछ देर सामान्य बातचीत कर लिक्ष्वी वहाँ से चला गया और एक परिचारिका के हाथों वज्जी की मदिरा भिजवाई।

मारंग और वज्जी दोनों ने यवन मदिरा का जमकर पान किया। पुरानी स्मृतियों को खँगालकर एक पुराने शत्रु का नाम निकाला और मदिरा पीते

हुए उस शत्रु को असंख्य गालियों से विभूषित कर दिया।

वे दोनों जोर से अट्टहास करते और नई-नई गालियों का अविष्कार करते।

दो घड़ी पश्चात् दोनों रुके। मारंग कुछ भावुक था। भारीपन से बोला, ''वज्जी! मैंने संसार में सब कुछ प्राप्त कर लिया। फिर शांति क्यों नहीं प्राप्त हुई?''

''हूँ? दिन-रात खुरपी चलाकर भी नहीं प्राप्त हुई? हा! हा! हा!..''

वज्जी हँसता रहा। किंतु मारंग गंभीर था।

अप्रत्यक्ष षड्यंत्र

अगले दिन प्रातः सूर्योदय के ठीक पहले लिक्ष्वी अकेला ही उद्यान में खड़ा था। वह उद्यान की बाड़ वाली झाड़ियों के पास था। उद्यान कगार पर स्थित था। अतः बाड़ के पास खड़ा होने पर नीचे दूर तक फैली घाटियाँ स्पष्ट दिखाई पड़ती थीं। सूर्योदय का जो दृश्य यहाँ के पहाड़ों से दिखता था, वह पूरे असुर देश में अन्यत्र संभव नहीं था।

अंधकार अभी भी घिरा हुआ था। आकाश में तेज चमक रहे कुछ तारों से आकाश के स्वच्छ होने का संकेत मिल रहा था। रात्रि में तेज पवन ने मेघों को खदेड़ दिया होगा।

देह को आनंदित करने वाली ठंडी बयार चल रही थी। वातावरण शांत था, फिर भी कभी-कभी कहीं से कोई पक्षी बोल देता था।

दोनों हाथ पीछे बाँधकर खड़ा लिक्ष्वी सुदूर पर्वत शृंखलाओं की चोटियों पर दृष्टि गड़ाए हुए था। एक चोटी के पीछे प्रकाश की आभा उत्पन्न हुई। लगा चोटी के पीछे कोई प्रकाश-पुंज छिपा बैठा है। आभा धीरे-धीरे प्रखर होती गई। आभा जितनी प्रखर होती, चोटी के आस-पास

के काले आकाश पर उतनी ही नीलिमा चढ़ती जाती।

नीलिमा कुछ दूर तक ही चढ़ पाई होगी कि चोटी के पीछे से एक पीली चिंगारी प्रस्फुटित हुई। प्रकट होते ही मानो चिंगारी में ध्वनिहीन विस्फोट हुआ। पीली किरणें चारों दिशाओं में दौड़ पड़ी। इन किरणों में इतनी सामर्थ्य नहीं थी कि आकाश की कालिमा पर कुछ प्रभाव डाल पातीं, किंतु इतनी तेजवान अवश्य थीं कि लिक्ष्वी को अपनी आँखें सिकोड़ने पर विवश कर सकें।

यह दृश्य मात्र दो क्षण रहा होगा कि चोटी के पीछे से एक पीला वृत्त उदय होने लगा। चिंगारी वृत्त में समा गई। पीले वृत्त की बाहरी आकृति-रेखाएँ नंगी आँखों से स्पष्ट देखी जा सकती थीं। किंतु यह क्षण-मात्र के लिए ही संभव था। अगले पल पुनः किरणों का विस्फोट हुआ। इसी के साथ उदयाचल सूर्य अपने महातेज पर आ गया।

इस चौंधियाते प्रकाश में लिक्ष्वी को अपनी आँखें और सिकोड़नी पड़ गईं। पेड़-पौधे, भूमि, लिक्ष्वी, जीव-जंतु, कक्ष की बाहरी दीवारें, सभी पर पीला रंग चढ़ने लगा।

लिक्ष्वी की सिकुड़ी आँखों के सामने ही वृत्त चोटी के पीछे से उठता हुआ, थोड़ा ऊपर हवा में टँग गया। सूर्य के उठने की यह क्रिया मात्र कुछ ही क्षणों में हुई थी। इन आठ-दस क्षणों में आस-पास की हर वस्तु हल्दी जैसे गाढ़े पीले रंग में रंग गई। लिक्ष्वी की सफेद धोती भी पीली हो गई। संपूर्ण वातावरण मानो पीले सागर में परिवर्तित हो गया हो।

लिक्ष्वी ने एक लंबी साँस खींची। फेफड़े उद्यान की सुगंध से भर गए। मुख पर पड़ रहा हल्दी प्रकाश उसकी कांति और शांति दोनों बढ़ा रहा था। पिछले दिन का दुःख वह बीती रात्रि के अंधकार में ही विलीन कर चुका था। इस नये प्रकाश में वह स्वस्थ और स्वच्छ था। मुख पर एक मंद मुस्कान आई।

इस अद्भुत गाढ़े पीले समुद्र को देख पाना मात्र दस-पंद्रह क्षणों के लिए ही संभव था। इसके पश्चात् किरणों का पीलापन कम होता चला गया।

सूर्य शनैः-शनैः जितना ऊपर चढ़ता, आकाश की कालिमा सूर्य के

प्रभामंडल से उतनी ही दूर भाग जाती।

लिक्ष्वी आध घड़ी तक सूर्य किरणों का सेवन करता रहा, फिर ओस वाली घास पर नंगे पाँव चलता हुआ उद्यान के बाहर चला गया।

एक घड़ी पश्चात् मुख्य द्वार से चार रथ निकले। इन चार नए रथों के साथ लिक्ष्वी राजधानी मल्हार लौट रहा था। वह तीसरे रथ पर किसी कुशल नट की भाँति दोनों हाथ पीछे बाँधे खड़ा था।

भूस्खलन का अवरोध पिछले दिन ही हटा दिया गया था। निर्बाध रूप से दौड़ रहे काले घोड़ों वाले रथ घुमावदार पहाड़ी मार्ग से होते हुए पर्वत की जड़ तक पहुँच गए। यहाँ पर धुँध इतनी घनीभूत थी कि मुख पर धुँध की भारहीन महीन बूँदों का गीलापन स्पष्ट महसूस हो रहा था। दस हाथ आगे का मार्ग देखना संभव नहीं था।

लिक्ष्वी के जाने के पश्चात् मारंग अपनी दिनचर्या के अनुसार उद्यान में बैठा काढ़ा पी रहा था। पीछे एक सैनिक खड़ा था। यह पिछले दिन लिक्ष्वी के लिए भेजी गई सहायता सेना का दलनायक था।

''विस्तार से बता।'' मारंग ने गरजकर आदेश दिया।

दलनायक कुछ देर चुप रहा। वह लिक्ष्वी के निर्देश के बारे में सोच रहा था।

''मेरे कानों को प्रतीक्षा मत करा,'' मारंग चिल्लाया।

दलनायक ने हड़बड़ाकर सारी घटना विस्तार से बता दी। किंतु यह बात छुपा ली कि आरोपी को सीधे लिक्ष्वी को सौंपना है।

पूरी घटना सुनकर मारंग ने दलनायक को जाने का आदेश दिया। धूप सेंकता मारंग धीरे-धीरे पूरा काढ़ा पिया, फिर उत्तेजना के साथ प्याला उद्यान के बाहर फेंक दिया। नेत्रों के आगे जाबाल का चित्र था।

अगले दिन दूसरे प्रहर, जब सूर्य एकदम सिर पर था, लिक्ष्वी घास के एक मैदान को पार कर रहा था। काजीप्रदेश के इन बाहरी क्षेत्रों में असुरों की प्राचीन जनजातियाँ ही रहा करती थीं। ये वह जनजातियाँ थीं, जो आज

भी असुरों के प्राचीन रीति-रिवाजों को पूर्ण श्रद्धा से मानती थीं। इनकी वेशभूषा और भाषा काजीप्रदेश के नगरों से भिन्न थी।

नगर के असुरों का स्वर्ण के प्रति भयंकर लगाव था। किंतु ये जनजातियाँ आज भी श्रृंगार के लिए हड्डियों, पशु-नखों तथा पक्षी-पंखों का बहुतायत से प्रयोग करते थे।

मैदान पारकर लिक्ष्वी के रथ वन में घुसे। घोड़े पूरे उत्साह के साथ दौड़ रहे थे। पर्वत से राजधानी मल्हार तक का मार्ग मारंग ने स्वयं बनवाया था। पूरे मार्ग में पत्थर बिछाए गए थे, ताकि निरंतर होने वाली वर्षा से आवागमन में बाधा न पड़े।

वन में घुसते ही सबसे आगे वाले रथ पर एक ढोल निकाला गया, जिसे एक सैनिक थोड़ी-थोड़ी देर पर पीटता रहता।

ढोल पीटने की यह व्यवस्था इस क्षेत्र में रहने वाले एक विशेष पशु के कारण करनी पड़ती थी। यह विशेष पशु एक वयस्क भैंसे से डेढ़ गुना बड़ा था। इसकी खाल इतनी सख्त थी कि साधारण भाले और तलवार पूरी तरह प्रभावहीन थे। अत्यंत भारी और मोटी खाल वाले इस पशु की नाक पर एक सींग उगी रहती थी। असुर देश में इसे नकसिंघा और जंबूद्वीप में एकसिंघा कहा जाता था। जंबूद्वीप में यह तभी देखने को मिलता था, जब किसी बड़े मेले में दुर्लभ जीव-जंतुओं की प्रदर्शनी लगती थी।

यह पशु पूरे संसार में कुछ ही स्थानों पर पाया जाता था। इस क्षेत्र में बहुतायत से था। वैसे तो यह शाकाहारी पशु मानव जाति से स्वयं ही दूर रहने का प्रयत्न करता था, परंतु अपने क्षेत्र में अतिक्रमण देख, क्रोधित होता और खदेड़ने के लिए दौड़ पड़ता था।

इसी पशु से रक्षा के लिए ढोल बजाया जा रहा था। यदि वह मार्ग के आस-पास कहीं होगा तो ढोल की आवाज से स्वयं ही दूर चला जाएगा।

वन में चलते हुए एक घड़ी से अधिक हो गया था। आगे का मार्ग देखकर रथों की गति कम कर दी गई। अभी वे जिस स्थान पर थे, वहाँ मार्ग के दाईं ओर एक गहरी खंदक थी। गहराई बीस हाथ से अधिक रही होगी। यह खंदक एक वर्ष पूर्व भूमि धँसने के कारण बनी थी। लगातार वर्षा के कारण यह हर समय दलदल से भरी रहती थी। मार्ग के समानांतर खंदक दूर

तक धँसी हुई थी। चारों रथ धीमी गति से बढ़ रहे थे।

तभी अचानक बाईं ओर दूर कहीं पक्षियों का तेज कोलाहल हुआ। वातावरण में एक विचित्र-सी गूँज उत्पन्न हुई। कुछ-कुछ भौंरे की गुंजन समान थी। लगा गूँज बढ़ती जा रही है। लिक्ष्वी और सैनिकों की दृष्टि चौकन्नी होकर बाईं ओर घूमी। दूर एक खड़ी चमकीली रेखा तेजी से आती हुई दिखी। अगले ही क्षण एक साथ कई अन्य चमकीली रेखाएँ प्रकट हुईं। गूँज इन्हीं रेखाओं से आ रही थी। रेखाओं के बढ़ने की गति किसी छूटे तीर से कई गुना अधिक थी।

सोचने-समझने का समय नहीं था। सभी अपने-अपने रथों से कूद पड़े। उनके भूमि स्पर्श करने से पहले ही रेखाएँ रथों तक पहुँच चुकी थीं।

साधारण मनुष्य की ऊँचाई जितना बड़ा एक धातुई चक्र लिक्ष्वी के रथ को बाईं ओर से चीरता हुआ निकल गया। रथ दो भागों में बँट गया। एक अन्य चक्र पिछले रथ के दोनों घोड़ों को एक साथ बीच से काट गया। सबसे आगे वाले रथ के एक सैनिक की कलाई कटकर अलग हो गई। दूसरा रथ भाग्यशाली रहा, चक्र घोड़ों की नाक से छह अंगुल दूर से गुजरा था। आठ चक्रों में से तीन चक्र टकराए थे। जो चक्र टकराए, वे गति में क्षीण होकर खंदक में गिरे और जो नहीं टकराए, वे खंदक को पारकर आगे वन में कहीं किसी वृक्ष के तने में जा धँसे।

'असुरास्त्र!' लिक्ष्वी उठते हुए बुदबुदाया।

सैनिकों की आँखें आश्चर्य और भय से फैली हुई थीं।

कटे घोड़ों का रक्त भूमि पर तेजी से फैलने लगा। पेट से कटी अँतड़ियाँ बाहर निकल आईं। क्षण भर में वातावरण वीभत्स हो गया। घायल सैनिक अपना कटा हाथ पकड़कर दाँत पीसे पीड़ा को सहन कर रहा था। अन्य अपने अस्त्र-शस्त्र के साथ अगले आक्रमण का सामना करने के लिए तैयार थे।

आक्रमण नहीं हुआ। कुछ देर पश्चात् तीस लोगों का समूह आता दिखा। वे अपने बरछों और खड्गों से झाड़-झंखाड़ हटाते, विचित्र भाषा में शोरगुल करते आ रहे थे।

लिक्ष्वी पहचान गया। ये काकासुर गण के लोग थे। असुर जनजातियों में चौथा सबसे बड़ा गण।

काले रंग में पुते हुए और बालों तथा कमर में पक्षियों के रंग-बिरंगे पंख खोंसे, वे तीस असुर सौ पग दूर रुक गए। पैरों के साथ उनका शोरगुल भी थम गया।

एक असुर कंधे पर खड्ग टिकाए आगे बढ़ा। लिक्ष्वी ने इस असुर को पिछले माह मल्हार में देखा था। यह काकासुर गण का प्रतिनिधि खौर था।

असुर जनजातियों के प्रत्येक गण में कुछ-न-कुछ ऐसे सदस्य अवश्य थे, जिन्हें वर्तमान भाषा का ज्ञान था। भाषाई ज्ञान इन सदस्यों को अपने गण में विशिष्ट स्थान दिलाता था। ये अपने गण के लिए मूल्यवान माने जाते थे तथा गण-प्रतिनिधि के रूप में राजधानी के संपर्क में रहते थे। खौर भी उन्हीं में से एक था।

लिक्ष्वी के मन में भाँति-भाँति के समीकरण घूमने लगे। दृष्टि आस-पास के वातावरण का तेजी से निरीक्षण कर रही थी। फिर मन में कुछ निश्चय कर अपनी कमर पट्टिका में हाथ डाला। टटोलकर सात रंगीन अँगूठियाँ निकालीं और अँगुलियों में पहन लीं। अँगूठियाँ साधारण रंगीन छल्ले समान थीं। सभी का रंग भिन्न था।

लिक्ष्वी चार पग आगे बढ़ा और दोनों हाथ पीछे बाँधकर खड़ा हो गया। खौर लापरवाह ढंग से चलता हुआ लिक्ष्वी के सम्मुख पहुँचा।

"यह सब क्या था?" लिक्ष्वी ने सामान्य भाव से पूछा। मानो कुछ विशेष नहीं घटित हुआ।

खौर ने खड्ग कंधे से उतारकर नीचे कर ली। वह भी सामान्य भाव में बोला, "श्रेष्ठी! हम यहाँ नकसिंघे का आखेट करने आए थे। प्रतीत होता है कि नकसिंघे पर चलाया चक्र यहाँ तक पहुँच गया।"

बात समाप्त करते-करते खौर के मुख पर एक मंद मुस्कान आ गई। खौर के इस भाव ने लिक्ष्वी के समीकरण को मन-ही-मन सिद्ध कर दिया।

"असुरास्त्र कहाँ से प्राप्त हुआ?" लिक्ष्वी ने सबसे महत्वपूर्ण प्रश्न किया।

"नकसिंघे की खाल के लिए इस वर्ष का एकाधिकार काकासुर गण को प्राप्त हुआ है।" खौर ने सीधा उत्तर दिया।

नकसिंघे की खाल मुख्यतः ढालों पर मढ़ने के काम आती थी। यह ढालें भार में हल्की और मजबूत होती थीं। इतने कम भार में मजबूत ढालें नकसिंघे की खाल के कारण ही संभव थी। चूँकि पूरे संसार में सबसे अधिक नकसिंघे असुर क्षेत्र में ही पाए जाते थे, अतः ऐसी उच्च गुणवत्ता वाली ढालों को मात्र असुर ही बना सकते थे। यवनों तथा अन्य देशों ने नकसिंघों को अपने देश में पालने का कई बार प्रयास किया, किंतु वहाँ की जलवायु में उनकी संख्या अधिक नहीं बढ़ पाई।

मुंद्रा के अतिरिक्त यवन देश से भी भारी माँग आने के कारण पिछले एक वर्ष से असुरों ने ढालों की उत्पादन-गति बढ़ा दी थी। लिक्ष्वी स्वयं इन ढालों को बनाकर निर्यात करता था। किंतु नकसिंघों की खालों पर राजसत्ता का ही अधिकार रहता था। जिस व्यापारी को ढाल बनानी हो, वह पहले राजसत्ता से नकसिंघों की खाल का क्रय करे, फिर जब उससे बनी ढालों का विक्रय करें, तो उस पर लगने वाला बिक्रीकर भी दें। इस प्रकार राज-परिवार दोहरा लाभ कमाता था। राजभवन प्रत्येक वर्ष नकसिंघों के आखेट के लिए एकाधिकार-पत्र जारी करता था। राज-परिवार यह एकाधिकार व्यापारी वर्ग को न देकर जनजातियों के पाँच प्रमुख गणों को ही देता था जिससे कि खालों का पहला लाभ गणों को मिले और इस मोटे लाभ के लिए गण राज-परिवार पर आश्रित रहें। असुर देश में अपनी चौतरफा पकड़ बनाए रखने और व्यापारी वर्ग के प्रभाव को नियंत्रण में रखने के लिए राज-परिवार की यह साधारण नीति अब तक बड़ी कारगर थी।

काजी प्रदेश की प्रशासनिक व्यवस्था सुदृढ़ थी, किंतु अपने भोगों और दुर्व्यसनों के कारण राज-परिवार पीढ़ी-दर-पीढ़ी शक्तिहीन होता जा रहा था। व्यापारी वर्ग जितना सशक्त होता, राज-परिवार की सत्ता से पकड़ उतनी ढीली होती जाती और मारंग के उदय के साथ राज-परिवार की कमर ही टूट गई थी।

असुरों के शस्त्र व्यापार और काष्ठ उद्योग ने काजी-प्रदेश में धन की नदियाँ बहा दी थीं। किंतु यह सारा धन पूरी तरह व्यापारी वर्ग की ओर

प्रवाहित हो रहा था।

''राजभवन एकाधिकार-पत्र के साथ असुरास्त्र कब से प्रदान करने लगा!'' लिक्ष्वी ने खौर के मुख पर दृष्टि गड़ाकर पूछा।

''हमने माँग नहीं की थी... राजभवन ने स्वयं दिया है। उन्हें तीन माह में चार गुना आपूर्ति चाहिए। असुरास्त्र के बिना संभव नहीं था।'' खौर सपाट भाव से बोला।

असुरास्त्र बनाने का ज्ञान और अधिकार मात्र राजकीय प्रयोगशालाओं के पास आरक्षित था। बड़े युद्धों के अतिरिक्त असुरास्त्रों का प्रयोग कभी नहीं किया जाता था। प्रयोगशालाओं में असुरास्त्र का परीक्षण लिक्ष्वी ने कई बार देखा था, किंतु सार्वजनिक स्थल पर इस प्रकार प्रदर्शन किसी ने नहीं देखा था।

''असुरास्त्र चलाते समय मेरा रथ नहीं दिखा? इसके अतिरिक्त ढोल भी बज रहा था!'' लिक्ष्वी ने संशय दिखाया।

''हम सब यहाँ से पाँच सौ पग दूर थे... और ढोल का ध्यान नहीं।'' खौर लापरवाह बनते हुए बोला और खड्ग उठाकर पुन: कंधे पर टिका लिया।

''...यह तो बड़ी विचित्र बात है।''

''इसमें क्या विचित्रता!'' खौर ने थोड़ी भौंहें सिकोड़ी।

लिक्ष्वी ने कमर-पट्टिका से एक छोटी गोली निकालकर बाईं हथेली पर रखा। फिर दाएँ हाथ के अँगूठे से मसल दिया। भुरभरी गोली चूर्ण में बदल गई। लिक्ष्वी ने हथेली पर फूँक मारी। चूर्ण खौर की ओर उड़ा। एक तीखी गंध खौर की नाक में घुसी। खौर को लिक्ष्वी की यह क्रिया विचित्र लगी और क्रोध भी आया।

हथेली पर नाममात्र का बचा चूर्ण लिक्ष्वी ने अपनी बाँह की खरोचों पर मल लिया।

खौर ने समझा, कोई औषधि होगी।

लिक्ष्वी ने अपने सभी सैनिकों को शेष बचे दो रथों पर चढ़ने का निर्देश दिया, फिर खौर से बोला।

''...विचित्र बात यह है कि पाँच सौ पग दूर से चला दो हाथ व्यास

वाला चक्र वन के किसी वृक्ष से टकराए बिना एक सीध में यहाँ तक पहुँच गया। मात्र एक चक्र ही नहीं, पूरे आठ चक्र बिना किसी अवरोध के चले आए। मानो किसी ने पहले ही सटीक गणना कर सही कोण पर असुरास्त्र स्थापित किया हो।''

खौर एकदम से सकपका गया। बोलने के लिए शब्द ढूँढ़ने लगा।

तभी लिक्ष्वी दोनों हाथों को अपने मुँह के आगे विचित्र ढंग से घुमाने लगा। दीखने में प्रतीत हुआ, जैसे मुँह पर आ रहे किसी कीट–पतंगे को भगा रहा हो। नाचते हाथों के बीच खौर की दृष्टि लिक्ष्वी की रंगीन अँगूठियों की ओर खिंची। देखते ही एक विचित्र–सा आकर्षण जगा। दृष्टि अनायास ही उन अँगुलियों का पीछा करने लगी। दो क्षण पश्चात् खौर की आँखों के आगे रंगीन छल्ले बनने लगे। फिर छल्ले एक–दूसरे में समाने लगे। लिक्ष्वी ने हाथ घुमाने की गति बढ़ा दी। कुछ क्षण पश्चात् एकाएक दाईं हथेली अपने मुख के ठीक आगे रोक ली।

रंगीन छल्ले पूरी तरह एक–दूसरे में समा गए।

क्षण भर रोकने के पश्चात् लिक्ष्वी ने मुट्‌ठी बनाई और एक झटके से हाथ नीचे खींच लिया।

रंगीन छल्लों से श्वेत प्रकाश फूटा और चारों ओर फैल गया। खौर की पुतलियाँ स्तंभित हो गईं। शरीर जड़ हो गया। मानो कोई मूर्ति खड़ी हो।

लिक्ष्वी ने पीछे मुड़कर देखा। सैनिक रथों पर थे और प्रतीक्षा कर रहे थे।

लिक्ष्वी खौर की ओर मुड़ा और आदेशात्मक स्वर में धीरे से बोला, ''आगे बढ़ते रहो।''

आदेश देकर लिक्ष्वी तत्काल रथ की ओर गया। चढ़ा और चलने का संकेत किया।

खौर किसी यंत्र की भाँति आगे बढ़ने लगा। बीस पग में ही खंदक के किनारे तक पहुँच गया।

दूर खड़े काकासुर गण के असुर खौर को विचित्र ढंग से खंदक की ओर जाते देख थोड़ा सशंकित हुए।

किनारे तक पहुँचकर भी खौर के पैर नहीं रुके। वह सामान्य ढंग से

आगे बढ़ा। पग बढ़ाते ही दायाँ पैर खंदक के ऊपर हवा में आ गया। अगले ही क्षण मुँह के बल खंदक में गिरने लगा। शरीर की प्रतिरक्षा-प्रणाली ने खौर के मस्तिष्क को एक झटका दिया। स्तंभित पुतलियों में मानो प्राण लौट आए।

दलदली भूमि बहुत तेजी से उसकी ओर आती दिखी। कुछ समझ में आने से पहले ही उसका मुँह दलदल से टकराया।

खौर को खंदक में पाँव बढ़ाता देख काकासुर गण के असुर चीखते हुए दौड़ पड़े थे।

लिक्ष्वी का रथ अब तक गति पकड़ चुका था। लिक्ष्वी ने पीछे मुड़कर देखा भी नहीं। काकासुर गण की चीख-पुकार के बीच रथ के टापों की ध्वनि दूर होती चली गई।

लाल रहस्य

अंधकार घिरने से एक घड़ी पूर्व ही लिक्ष्वी अगली चौकी तक पहुँच चुका था। पर्वत से मल्हार पहुँचने में रथ द्वारा पूरे चार दिन लगते थे। इस लंबी यात्रा में ठहराव के लिए मार्ग में स्थान-स्थान पर मारंग की व्यक्तिगत चौकियाँ स्थापित थीं। सौ सैनिकों वाली ये चौकियाँ रात्रि विश्राम तथा आपातकालीन सहायता के लिए थीं। चौकी पहुँचते ही लिक्ष्वी ने आज की घटना संदेश-पत्र में लिखकर पत्रवाहक को सौंप दिया।

डेढ़ दिन की यात्रा के पश्चात् पत्रवाहक मारंग के पास पहुँचा। संध्या का समय था। मारंग पौधे सींच रहा था। पत्रवाहक संदेश-पत्र सौंपकर चला गया।

मंडप में बैठकर मारंग ने संदेश पढ़ा। तब तक वज्जी भी मदिरा पीते हुए पहुँचा।

मारंग ने वज्जी को संदेश थमाया। वज्जी ने भी अच्छे से पढ़ा।

''क्या राज-परिवार इतना भयभीत हो गया है?'' मारंग बोला।

''मैं स्वयं काकासुर गण जाऊँगा।'' वज्जी ने गंभीर भाव में अपना

उत्तर दिया।

मारंग ने गरदन मोड़कर वज्जी की ओर देखा। वज्जी का गंभीर होना दुर्लभ घटना थी। मदिरा से लाल हो रहे उसके नेत्रों में एक विचित्र-सी चमक थी। मुख पर इतने मिश्रित भाव थे कि पढ़ना कठिन था। उसके जबड़ों की कसावट किसी निश्चय को दिखा रही थी।

मारंग स्वयं वज्जी को भेजने की सोच रहा था। राज-परिवार के साथ गणों को भी यह स्मरण कराना आवश्यक हो गया था कि मारंग आज भी असुर देश में एक समानांतर सत्ता है।

''मैं भी यही सोच रहा था। तेरा जाना ही ठीक रहेगा,'' कहकर मारंग ने संदेश-पत्र क्षत-विक्षत कर फेंक दिया।

उसने सामने चौकी पर रखी सुराही से दो प्यालों में काढ़ा निकाला। एक वज्जी को दिया और दूसरा स्वयं पीने लगा।

वज्जी के भाव सामान्य हो गए। उसने अपने प्याले का काढ़ा सुराही में वापस उड़ेल दिया और दाँत दिखाते हुए बोला, ''मेरी जिह्वा का स्वाद दूषित हो जाएगा।''

मारंग ने आँखें तिरछी की, ''इतनी मदिरा मत पिया कर, बुड्ढे! अंतड़ियाँ गल जाएँगी।''

वज्जी पुनः एकदम से गंभीर हो गया। मारंग की ओर मुड़ा और सिर झुकाकर कहा, ''ज्ञान देने के लिए धन्यवाद, नवयुवक!''

दोनों एक-दूसरे की पीठ पर धौल जमाते हुए जोर से हँसे।

मारंग ने सुराही से दुबारा काढ़ा उड़ेलकर वज्जी को पकड़ाया। इस बार वज्जी को पीना पड़ा।

वज्जी को आठ-दस प्याले बलपूर्वक पिलाने के पश्चात् मारंग ने दलनायक को बुलाकर राजधानी चलने की तैयारी का आदेश दिया।

अगले दिन की सुबह कोहरे से भरी थी। सूर्योदय हुए काफी समय हो चुका था। पर सूर्य का अता-पता नहीं था। मुख्य द्वार पर बीस रथ मारंग की प्रतीक्षा में खड़े थे। कोहरा इतना घना था कि कतारबद्ध खड़े बीस रथों को एक साथ देख पाना संभव नहीं था।

कुछ देर में मारंग प्रकट हुआ। चलता हुआ दसवें रथ की ओर गया। सभी रथों पर आठ-आठ सैनिक थे। दसवें पर मात्र वज्जी खड़ा था।

वज्जी को देखते ही मारंग ठिठका। वज्जी ने बालों को रंगकर लाल जूड़ा बना रखा था। दोनों हाथ भी कोहनी तक लाल थे। बाईं कमर से दो तलवारें लटक रही थीं। ऐसी पतली और लंबी तलवारें असुर देश तथा जंबूद्वीप में साधारणत: प्रयोग में नहीं आती थीं।

वज्जी का यह रूप देखे दस वर्ष से अधिक हो गया था। यदि मारंग अपने युग का सबसे प्रसिद्ध व्यापारी था, तो वज्जी भी अपने समय का सबसे रहस्यमय असुर था। वह पूरे काजी प्रदेश में लाल-रहस्य के नाम से विख्यात था।

मारंग की वज्जी से प्रथम भेंट पैंतालीस वर्ष पूर्व हुई थी। वज्जी के अतीत के विषय में किसी को कुछ ज्ञात नहीं था, मारंग को भी नहीं। मारंग ने एक बार जानना चाहा, तो वज्जी ने चुप्पी साध ली थी। उसके पश्चात् मारंग ने दोबारा कभी नहीं पूछा।

मारंग बिना कुछ बोले रथ पर चढ़ गया। बीस रथों का यह दल कोहरे को चीरता हुआ राजधानी मल्हार के लिए चल पड़ा।

पहाड़ से उतरते ही वज्जी ने रथ पर रखे संदूक से मदिरा की एक छोटी सुराही निकली और मुँह से लगा लिया।

दूसरे दिन दोपहर के दो घड़ी पश्चात् मारंग का दल एक बड़े सरोवर पर रुका। घोड़ों को रथों से खोलकर जल पिलाया गया। सरोवर के दूसरी ओर महर्षि गाधि का आश्रम था।

वज्जी को विनोद सूझा, मारंग की पीठ ठोककर बोला, "जाओ नवयुवक! जाओ! जो शांति तुझे खुरपी चलाकर नहीं मिली, वह उस आश्रम में अवश्य मिलेगी। बुड्ढा गाधि पूरे संसार में विश्व-शांति के लिए भ्रमण करता रहता है। उस विश्व-शांति से कुछ शांति तुझे भी मिल जाएगी। जाओ! विलंब मत करो... कहीं शांति लकड़ी बीनने वन में न चली जाए, फिर तुम्हें वह नहीं प्राप्त होगी।"

मारंग कुछ न बोला। बस थोड़ा-सा मुस्कुराया।

कुछ देर में रथ चलने के लिए पुनः प्रस्तुत हो गए। किंतु इस बार मारंग

वज्जी के साथ नहीं चढ़ा। वह दूसरे रथ पर अकेला ही विराजमान हुआ।

आगे मार्ग दो भागों में विभक्त था। एक गणों की ओर जाता था तथा दूसरा मल्हार की ओर।

''दो रथ साथ लेकर जा,'' मारंग बोला।

आवश्यकता नहीं! मेरी हड्डियाँ बूढ़ी हुई हैं, शक्ति नहीं।'' वज्जी पूर्ण अहंकार से बोला।

''ठीक है, जैसी तेरी इच्छा, अगली चौकी पर प्रतीक्षा करूँगा।'' कहकर मारंग दल सहित अपने मार्ग पर चला गया। और वज्जी अकेला ही काकासुर गण की ओर।

काकासुर गण की ओर जाते हुए वज्जी के मुख पर एक भयकारी गंभीरता छाने लगी। यह वह भाव थे, जिन्हें मारंग भी देखने से बचा करता था।

सूर्य पूरी तरह डूब चुका था। फिर भी क्षितिज से छिटकते प्रकाश में आस-पास का दृश्य देखा जा सकता था। काकासुर गण के झोपड़ों के बाहर उल्काएँ जलना प्रारंभ हो गई थीं।

गण के दो सहस्त्र झोपड़े एक विशाल वृत्ताकार मैदान को चारों ओर से घेरते हुए एक छल्ले के रूप में बसे थे। मैदान के मध्य में एक छोटा सरोवर था। सरोवर के तट पर गण प्रमुख मांबा का अति विशाल दो मंजिला झोपड़ा था। आज इस झोपड़े के बाहर भीड़ एकत्र थी। गण प्रतिनिधि खौर की रहस्यमय मृत्यु से पूरे गण में भ्रम और भय व्याप्त था।

भीड़ के मध्य में गण-प्रमुख मांबा और उसका अट्ठाईस वर्षीय पुत्र मूर आमने-सामने थे। पिता-पुत्र दोनों एक-दूसरे से चिल्ला-चिल्लाकर झगड़ रहे थे। भीड़ चुपचाप खड़ी दोनों का वाक्-द्वंद देख रही थी। मूर जितना चीखता, पिता मांबा का ताप उतना ही चढ़ जाता। चीखते-चीखते कुछ देर में मांबा इतने क्रोध में आ गया कि अपनी खड्ग खींचकर अपने पुत्र के सामने भूमि पर दे मारा। मूर का भी मस्तिष्क गरम हो गया। जोर से चीखा और पिता की ओर पीठ कर ली। फिर भीड़ को धकियाते हुए मार्ग बनाया और बड़बड़ाते हुए चला गया।

पूरे गण में केवल मूर ही एकमात्र ऐसा सदस्य था, जिसने लिक्ष्वी

की हत्या के षड्यंत्र का विरोध किया था। मूर, खौर का अच्छा मित्र था और उसके साथ पिछले तीन वर्षों से मल्हार आता-जाता रहता था। मूर ने राजधानी और नगरों में मारंग के प्रभाव को अपनी आँखों से देखा था। वह राज-परिवार के झाँसे को अच्छी तरह समझ रहा था। राज-परिवार ने खौर के माध्यम से गण प्रमुख मांबा को यह विश्वास दिलाया था कि मारंग अब बीता हुआ समय है। यदि काकासुर गण मारंग के अंतिम उत्तराधिकारी लिक्ष्वी की हत्या कर देता है, तो आगामी तीन वर्षों तक नकसिंघों के आखेट का एकाधिकार-पत्र काकासुर गण को ही दिया जाएगा। इसके अतिरिक्त नकसिंघों की खालों के लिए राजभवन उन्हें दोगुना भुगतान करेगा।

गण प्रमुख को यह बात समझाकर मनाने के लिए खौर को अलग से लोभ दिखाया गया था—पचास सहस्त्र स्वर्ण मुद्राएँ तथा राजधानी में पाँच उद्यानों एवं तीस दासों से युक्त एक व्यक्तिगत भवन।

मूर ने खौर को राज-परिवार के मूर्खतापूर्ण झाँसे के बारे में बहुत समझाया। खौर स्वयं मारंग के प्रभाव सहित सारी बातें समझ रहा था। किंतु लोभ की चौंध के सामने उसने सभी बातों से आँखें मूँद ली। मन में वैभवपूर्ण भविष्य का स्वप्न कुलाँचे मार रहा था।

फिर षड्यंत्र वाले दिन अप्रत्याशित रूप से खौर की मृत्यु हो गई। पूरे गण को सन्नाटा मार गया। मूर को भान हो गया कि मारंग नाम की विपत्ति शीघ्र ही आएगी। उसने अपने पिता को मारंग के पास जाकर क्षमादान माँगने को कहा। पर मांबा माना नहीं, अपितु क्रोधित हो गया। एक गण प्रमुख किसी व्यापारी के सम्मुख कैसे झुकेगा! व्यापारी क्या... वह किसी के सम्मुख नहीं झुकेगा। उसके पुरखों ने सिर कटा दिया था किंतु अपना अस्तित्व कम नहीं किया था। इसके अतिरिक्त खौर, मांबा के मन में यह बात अच्छी प्रकार बैठा चुका था कि मारंग अब बीता हुआ समय है। वह व्यापारी अब इतने शिखर पर नहीं रहा कि उसकी गरदन न पकड़ी जा सके।

खौर के साथ राजधानी तथा नगरों में जाकर मूर ने बाहर के विस्तृत संसार की जो झलक देखी थी, वह उस पर मुग्ध था। मूर नगरों के वैभव से उतना आकर्षित नहीं हुआ था, जितना नगरों की व्यापार प्रणाली से।

जिन काष्ठ सामग्री और कलाकृतियों को गण वाले नगरों में बेचकर प्रसन्न हो जाते थे, उन्हीं सामानों को नगर के व्यापारी दूसरे देशों को बीस गुना अधिक मूल्य पर निर्यात करते थे, और दूसरी बात जिस पर मूर विशेष रूप से उत्साहित था, वह थी—व्यापारियों की समुद्री मार्ग से दूसरे देशों की यात्राएँ। मूर के लिए यह रोमांच किसी कल्पनालोक की सैर के समान था।

पिता मांबा के गिरते स्वास्थ्य के कारण संभवत: दो-तीन वर्षों में ही मूर काकासुर गण का अगला गण-प्रमुख बनेगा। उसके मन में अपने गण के भविष्य के लिए कई योजनाएँ थीं, जिन्हें वह अधिकार मिलते ही निष्पादित करवाता। किंतु वह यह सब तभी कर पाएगा, जब गण सुरक्षित बचा रहे। खौर और उसके पिता ने जो कृत्य किया था, उसके बाद मूर को अपने गण पर विपत्ति के काले बादल मँडराते दिख रहे थे।

वह अपने पिता को बार-बार समझा रहा था। समझाने के इसी प्रयास में आज बहस बढ़ती चली गई थी। बड़बड़ाता मूर भीड़ को पीछे छोड़कर गण के पश्चिमी छोर की ओर चला गया।

गण के बाहर पश्चिम में एक विशाल पाकड़ वृक्ष था। इस वृक्ष के नीचे पत्थरों का एक चबूतरा था। मूर इस चबूतरे पर अपने मित्रों के साथ बहुधा मदिरापान किया करता था। विशेषकर किसी से झगड़ने के पश्चात् अपने किसी मित्र के साथ मदिरा पीने यहाँ अवश्य आता था। यह स्थान गण से पर्याप्त दूर था अत: मदिरा पीकर किसी के बारे में हृदय खोलकर अनर्गल बका जा सकता था। मूर को यह सुविधा बहुत भाती थी।

चलता हुआ मूर वृत्ताकार मैदान को पारकर अव्यवस्थित ढंग से बसे झोपड़ों के बीच घुस गया। एक झोपड़े के सामने रुका। अपने मित्र को आवाज लगाई। ज्ञात हुआ; मित्र घर पर नहीं है। मूर ने उसके भाई से मदिरा माँगी और घूँट मारते हुए अकेला ही चबूतरे की ओर चल दिया।

पश्चिमी छोर के अंतिम झोपड़े को पारकर वह गण के बाहर तक आ गया। चबूतरा दूर था। उस पर बैठी हुई एक आकृति दिखी। पहले से भनभनाया मूर और तप्त हो गया। मूर स्वभावत: ऐसा नहीं था। किंतु न जाने क्यों इस समय किसी अन्य को उस चबूतरे पर बैठा देख, गुर्रा उठा। लंबे-लंबे पगों से वह चबूतरे की ओर बढ़ा।

समीप पहुँचते-पहुँचते कदमों की गति स्वत: ही मंद पड़ने लगी। यह व्यक्ति वेशभूषा से उसके या किसी अन्य गण का नहीं था। दाईं ओर थोड़ी दूर एक वृक्ष के नीचे एक रथ भी खड़ा दिखा। थोड़ा और समीप जाने पर कदम पूरी तरह ठहर गए।

एक बूढ़ा चबूतरे पर बैठा निश्चिंत भाव से एक छोटी सुराही से मदिरा का घूँट ले रहा था। मूर ने इस व्यक्ति को पहले कभी नहीं देखा था, किंतु उसकी वेशभूषा और विशिष्ट रंग-सज्जा से मस्तिष्क में एक शंका उठी।

लाल जूड़ा, कोहनी तक लाल हाथ, लाल मूठ वाले म्यान रहित दो पतले खड्ग, लाल मुख किंतु मुख तो लाल नहीं है... मूर की शंकित दृष्टि झट से रथ की ओर घूमी। दृष्टि सीधे रथ की छतरी के ऊपर लगे ध्वज पर गई।

आयताकार काले ध्वज के बीच में एक स्वर्ण कटोरा। इस ध्वज को सहज ही पहचाना जा सकता था—मारंग व्यापार गृह।

मूर की देह में सनसनी दौड़ गई। हाथों से मदिरा छूट कर गिर पड़ी। हृदय जोर से धड़धड़ाया। जिस विपत्ति की उसे आशंका थी, वह आन पड़ी। सामने उपस्थित बूढ़ा निश्चित ही असुर देश का सबसे कुख्यात व्यक्ति लाल रहस्य वज्जी था।

लाल रहस्य की आतंकपूर्ण कहानियाँ असुर देश के हर कोने में लोककथाओं की भाँति सुनाई जाती थीं।

मदिरा का घूँट लेने के बाद वज्जी ने एक सहज दृष्टि सामने भयभीत खड़े मूर पर डाली। दृष्टि सामान्य थी, किंतु मूर को लगा, मानो उसके ऊपर वज्रपात हुआ।

मूर मुड़ा और पूरी शक्ति से गण की ओर भागा। झोपड़ों के निकट पहुँचते ही चीखना प्रारंभ कर दिया।

वज्जी चबूतरे पर बैठा मदिरा पीता रहा। जब समाप्त हो गई, तब उठा। रथ के संदूक से एक दूसरी सुराही निकाली और छोटे-छोटे घूँट मारता हुआ गण की ओर चला।

काकासुर गण में संकट की सूचना एक-दूसरे के मुँह से होते हुए तेजी से फैलने लगी। कोलाहल मचना प्रारंभ हो गया।

वज्जी सुराही से घूँट मारते हुए मंद गति से झोपड़ों के बीच से जा रहा था। उसे देखते ही लोगों में भगदड़ मच जाती।

वज्जी बारह वर्ष पूर्व मारंग के साथ यहाँ पहले भी आ चुका था। उस समय एक विशिष्ट शैली की काष्ठ कलाकृतियों के लिए एक वर्ष का व्यापारिक समझौता हुआ था। तब वज्जी अपने सामान्य रूप में आया था। फिर भी गण वाले भय के मारे अपने झोपड़ों में बंद हो गए थे। और आज तो वह लाल रहस्य के रूप में आया था। इस रूप में आने का उद्देश्य स्पष्ट था।

झोपड़ों को पारकर वज्जी बीच के मैदान में पहुँचा। मैदान के मध्य बने दो मंजिला झोपड़े की ओर दृष्टि गई। झोपड़े के बाहर मांबा और मूर एक साथ खड़े थे। उन दोनों के आगे गण के सैकड़ों शस्त्र-सज्जित योद्धा किसी दीवार की भाँति विद्यमान थे।

जैसे-जैसे संकट-संदेश गण में फैल रहा था, वैसे-वैसे मैदान में सशस्त्र योद्धाओं की संख्या बढ़ती जा रही थी।

वज्जी के कदमों के बढ़ने के साथ-साथ रात्रि का अंधकार भी चढ़ता जा रहा था। जब तक वज्जी मैदान की आधी दूरी तय करता, चार सौ गण योद्धा उसके और मांबा के बीच कई परत वाली दीवार की भाँति आकर खड़े हो गए।

परंपरा के अनुसार गण योद्धा वज्जी का सामना करने अवश्य आ गए थे, किंतु सभी का हृदय अपनी उच्च गति पर था। वातावरण में भय पूरी तरह फैला हुआ था। कई खड्ग-धारियों के हाथ काँप रहे थे, तथापि कुछ योद्धाओं को आशा की एक किरण दिख रही थी कि इस वृद्धावस्था में वज्जी अब उतना शक्तिशाली नहीं होगा कि सैकड़ों योद्धाओं की सम्मिलित शक्ति का एकसाथ सामना कर सके।

चीख-पुकार अब पूरे गण से आने लगी थी। लोग जलती उल्काएँ हाथ में लेकर मैदान के चारों ओर एकत्र होने लगे। संकट-सूचक ढोल और नगाड़े लगातार बज रहे थे।

वज्जी दीवार बने गण योद्धाओं से तीस पग दूर रुका। उसके और मांबा के बीच की दूरी डेढ़ सौ पग से अधिक रही होगी।

वज्जी अब तक सुराही की आधी मदिरा पी चुका था। उसने सुराही ऊँची उठाई और शेष बची मदिरा अपने सिर पर उड़ेल ली। गीले बालों से लाल रंग सरककर मुँह पर आ गया। वज्जी ने सुराही छोड़ी, आँखें बंद की और दाईं हथेली से मुँह पोछा। पूरा मुख लाल हो गया। लाल रहस्य अब पूरी तरह प्रकट हो गया था। इस बार जब वज्जी की आँखें खुलीं, तो समाधि में लीन लगीं।

वज्जी का यह रूप देखकर आशा की किरण रखने वाले योद्धाओं के भी मन में भय छाने लगा। वज्जी ने अपनी दोनों तलवारें दोनों हाथो में ले लीं। भूमि को नोंक दिखाती दोनों तलवारें और पीठ सीधी किए वह किसी मूर्ति की भाँति स्थिर खड़ा था।

आकाश में अंधकार घिर चुका था। पूर्णिमा से तीन दिन पहले का चंद्रमा ऊपर से दूधिया प्रकाश फेंक रहा था। इस चंद्रिमा में वज्जी की तलवारों की चमक दूर खड़े गण वालों को भी दिख रही थी।

मूर्तिवत् खड़े वज्जी ने एक लंबी साँस खींची। छोड़ी नहीं, रोक ली। कुछ क्षणों तक ध्यान मग्न-सा अटल खड़ा रहा। फिर नेत्रों में ऐसी हिंसा जागी, मानो मृत्यु नेत्रों से काली अग्नि के रूप में निकलकर भभक रही हो।

वज्जी धीरे-धीरे बढ़ने लगा। उसके प्रत्येक पग के साथ गण वालों की धड़कने बढ़ जातीं। यदि कोई सूक्ष्मता से देखता, तो उसे ज्ञात होता कि दो कदम चलने के पश्चात् वज्जी के तलवों ने भूमि का स्पर्श छोड़ दिया था। वे सतह से एक अंगुल ऊपर हवा में थे। पाँच-छः पग चलकर वज्जी ने दौड़ना प्रारंभ कर दिया। दौड़ते-दौड़ते दाएँ पाँव से भूमि को ढकेला और एक झटके से आगे की ओर तेजी से सरक गया। ऐसे सरका मानो किसी तैलयुक्त चिकनी सतह अथवा हिम-सिल्ली पर किसी ने पीछे से जोर का धक्का दे दिया हो।

सबसे आगे खड्ग लेकर खड़ा गण योद्धा जब तक अपना आश्चर्य सँभालता, वज्जी किसी झोंके की भाँति उसके बगल से गुजरा। योद्धा को प्रतिक्रिया का अवसर ही नहीं मिला। जिस मुद्रा में था, उसी में खड़ा रह गया। दाएँ कंधे, छाती, और उदर के बाईं ओर एकाएक तेज दर्द हुआ। दाएँ कंधे से लेकर उदर के बाईं ओर तक एक तिरछी महीन लाल लकीर प्रकट

हुई। पल भर में लकीर मोटी हुई और उसकी दरारों से रक्त फव्वारे के रूप में फूट पड़ा। लकीर के अंदर चार अंगुल गहरे तक सारे अंग कट चुके थे। वह गण योद्धा खड़े-खड़े मृत हो गया।

यह दृश्य देख रहा पूरा गण क्षण भर में आतंकित हो उठा। अन्य गण योद्धाओं को भी समझने का अवसर नहीं मिला। घर्षणहीन सदृश भूमि पर टेढ़े-मेढ़े ढंग से अति तीव्र गति से फिसल रहा वज्जी योद्धाओं को काटता जा रहा था। किसी का मुंड कटता, किसी का हाथ, किसी की छाती, तो किसी का उदर। एक योद्धा कमर से कटकर दो भागों में विभक्त हो गया। न शस्त्रों के टकराने की ध्वनि आती और न ही हड्डियों के कटने की।

मृत्यु-रात्रि में संघर्ष कर रहे गण योद्धाओं को एक काला साया किसी तीर की गति से आता दिखता। फिर तलवार की महीन चमकीली रेखा दिखती। किंतु जब तक वे अपना शस्त्र अड़ाने के लिए हाथ उठाते, झोंका बगल से गुजरता, चमकीली रेखा शरीर से टकराती और कोई अंग कट कर गिर जाता।

दूर खड़े गण वालों को युद्ध स्थल पर मात्र आड़ी-तिरछी चमकीली रेखाएँ दिख रही थीं। इस क्षण इधर, तो दूसरे क्षण उधर। जहाँ भी चमकीली रेखा दिखती, उस स्थान पर रक्त का फव्वारा छूटता और एक गण योद्धा गिरता।

लगभग सौ योद्धाओं को काटने के पश्चात् वज्जी रुका। अभी तक रोकी हुई साँस छोड़ी। तलवों को पुनः भूमि का स्पर्श मिला। अगल-बगल से फूट रहे रक्त फौव्वारों से वज्जी के पूरे शरीर का स्नान हो गया।

संकट-सूचक ढोल और नगाड़ों की लय परिवर्तित हो गई। लोग गण छोड़कर भागने लगे। गण-प्रमुख मांबा तो जैसे पत्थर का हो गया था। मूर के झकझोरने पर कुछ सजीवता आई। मन में पश्चाताप और धिक्कार उठा। बचे योद्धाओं के पैर स्वतः ही पीछे हटने लगे। मांबा भी मूर के साथ पीछे हटा। पीछे सरोवर था। कुछ सोचकर मांबा मूर के साथ सरोवर की जल-सीमा तक पीछे हट गया।

गण के चारों ओर से स्त्रियों तथा बच्चों का तेज रुदन आ रहा था।

वज्जी ने पुनः साँस खींची। तलवे पुनः एक अंगुल हवा में उठे और

मृत्यु पुनः अपना करतब दिखलाने लगी। मांबा के तो कान मानो बंद से हो गए थे। कुछ सुनाई नहीं पड़ रहा था, बस दिखाई पड़ रहा था—निरंतर प्रकट और विलीन हो रहीं चमकीली रेखाएँ, गिरते शरीर और रक्त की तेज फुहारें।

कटे योद्धाओं का अपरिमित रक्त मांबा और मूर के पैरों को गीला करता हुआ पीछे सरोवर में गिर रहा था। मृत्यु मानवीय रूप धरकर जो नृत्य दिखला रही थी, उसके सम्मोहन में मांबा अभी तक बँधा हुआ था। कितने क्षण बीते, उसे भान ही नहीं हुआ।

वज्जी अब तक तीन बार रुक चुका था। कुछ देर पश्चात् जब चौथी बार रुका, तो कटने के लिए कोई योद्धा नहीं बचा था।

दस क्षण ठहरकर वज्जी ने पुनः साँस खींची। धीरे-धीरे मूर और मांबा की ओर बढ़ा। तिरछे पैर से भूमि को एक धक्का दिया और फिर छूटे तीर की गति पर आ गया।

मांबा के लिए निर्णय की घड़ी थी। उसने अपनी खड्ग छोड़ी और बगल खड़े मूर को पूरी शक्ति से सरोवर की ओर धक्का दे दिया।

मांबा वज्जी की ओर वापस मुड़ा। एक क्षैतिज चमकीली रेखा, और उसके पीछे चंद्र-प्रकाश से चमकती दो आँखें दिखाई पड़ी। अगले ही क्षण मांबा को अपनी गरदन की नसों पर खिंचाव लगा। फिर लगा संसार उल्टा हो गया। सामने एक सिरकटा शरीर खड़ा दिखाई पड़ा। शरीर पहचाना-सा लगा। मांबा दो क्षण से अधिक यह दृश्य नहीं देख पाया। दृष्टि का धुँधलका तेजी से बढ़ा और नेत्रों की ज्योति बुझ गई। मांबा का कटा मुंड भूमि पर गिरा। फिर दो टप्पा खाकर लुढ़कते हुए सरोवर में चला गया।

जिस क्षण मांबा ने मूर को धक्का दिया। मूर स्थिति समझ गया था। उस समय उसके मन में असीमित पितृमोह जागा। सरोवर के जल से टकराने से पहले ही उसने अपने पिता का मुंड कटकर गिरते देखा।

मूर सरोवर में गिरकर जल के नीचे ही बना रहा। बुद्धि और भय दोनों ऊपर जाने से रोक रहे थे।

मांबा का सिर काटकर वज्जी रुका। सरोवर की ओर एक उड़ती दृष्टि डाली और मुड़ गया। सामने मृत्यु-लीला के रक्त-रंजित अवशेषों का ढेर

फैला हुआ था।

वज्जी ने दोनों नंगी तलवारें बाईं कमर पर लटकाईं और अवशेषों के बगल से होता हुआ मंद गति से गण के बाहर चला गया।

व्यापार ज्ञान

अपने अनियमित मौसम व्यवहार के लिए प्रसिद्ध असुर देश में चार दिन निरंतर वर्षा होने के पश्चात् आज आकाश कुछ साफ था।

प्रात:काल राजधानी मल्हार में लिक्ष्वी के भवन के एक कक्ष में, एक बीस वर्षीय असुर नवयुवक अकेला उपस्थित था। बैठने के लिए कक्ष में कई आसन थे। किंतु वह पालथी मारकर भूमि पर बैठा था। कौतूहल और उत्साह से उसकी आँखें चमक रही थीं। बाईं ओर संदूकों पर ग्रंथों का ढेर रखा था। उसकी दृष्टि बहुत देर से उन्हीं ग्रंथों पर टिकी हुई थी। सोच रहा था, बिना पूछे उठाऊँ या नहीं। किंतु पूछे किससे? कोई दूसरा वहाँ उपस्थित ही नहीं था।

वह गया और ग्रंथ उठा लाया। भाषा समझ नहीं आई। चित्रों से ज्ञात हुआ कि जड़ी-बूटियों से संबंधित कोई ग्रंथ है। चित्र बड़ी सूक्ष्मता से बनाए गए थे। वह उन्हें देखने में लग गया। इस उत्साही युवक का नाम मणि था।

लिक्ष्वी युवा व्यापारियों की एक नई पीढ़ी तैयार करना चाहता था, जो

व्यापार के सही अर्थों और वास्तविक कर्तव्यभार को समझ सकें। असुर देश में उच्च वर्ग तथा निम्न वर्ग के बीच आकाश-पाताल का अंतर था। जहाँ एक ओर संभ्रांत-वर्ग इतना धनी था कि उनके भवनों की छतों पर स्वर्ण मढ़े रहते थे, वहीं दूसरी ओर एक वर्ग ऐसा भी था जिसे भोजन जैसी मूलभूत आवश्यकता के लिए प्रतिदिन संघर्ष करना पड़ता था।

असुर देश की अर्थव्यवस्था वर्ग-केंद्रित थी। एक विशेष वर्ग ही वर्षों से व्यापार-तंत्र चला रहा था। यह वर्ग अपने व्यापार-ज्ञान तथा व्यापार-तंत्र पर यथासंभव एकाधिकार बनाए रखने का पूरा प्रयत्न करता था। एक सीमित वर्ग द्वारा शताब्दियों से नियंत्रित किए जाने के कारण व्यापार में नए क्षेत्र, नए विचार और नई पद्धतियों की भारी कमी हो गई थी।

असुर व्यापारी पूर्ण कुशल और संभ्रांत होते हुए भी आज तक परंपरागत युद्धक सामग्री के क्षेत्र में ही व्यापार कर रहे थे। यह परंपरागत व्यापार क्षेत्र पूर्ण रूप से निर्यात पर आधारित था, जिसके कारण असुर देश में कभी भी आंतरिक अर्थव्यवस्था का ढाँचा निर्मित नहीं हो सका।

शस्त्र व्यापार के लिए उनकी अन्य देशों पर पूर्ण निर्भरता थी। इस निर्भरता के लिए इन्हें दूसरे देशों को युद्ध के लिए उकसाना पड़ता था और कभी-कभी आंतरिक षड्यंत्रों को भी प्रायोजित करके युद्ध भड़काने का प्रयास होता था। इस शस्त्र व्यापार से आम जनता को कोई विशेष लाभ नहीं मिलता था।

युद्ध उद्योग के अतिरिक्त असुरों का दूसरा सबसे बड़ा व्यापार काष्ठ-कलाकृतियों का था। मात्र यही वह क्षेत्र था जिसके कारण असुरों का निम्न वर्ग भी व्यापार-तंत्र में एक कड़ी के रूप में अपना अस्तित्व बनाए हुए था। किंतु इस उद्योग में भी व्यापारी वर्ग ही मोटा लाभ लेता था।

लिक्ष्वी खाद्य पदार्थ, चिकित्सा, परिवहन तथा पर्यटन सहित कई अन्य क्षेत्रों में भी विस्तार करना चाहता था। नये क्षेत्रों में विस्तार करके ही आंतरिक अर्थव्यवस्था का पहिया घुमाया जा सकता था। दूसरे देशों पर निर्भरता समाप्त करने के लिए आंतरिक व्यापार का सुदृढ़ होना अति आवश्यक था। परंतु लिक्ष्वी यह कार्य अकेले नहीं कर सकता था। यह एक सामूहिक और पीढ़ीगत कार्य था। अन्य व्यापारियों को भी इन क्षेत्रों की ओर

प्रेरित करना अत्यंत आवश्यक था।

इसी कार्य के प्रथम चरण के लिए उसने छह युवकों को चुना था, जिन्हें वह अपना व्यापारिक ज्ञान और विचार देकर नए युग के लिए तैयार कर रहा था। इन छः युवकों में तीन लिक्ष्वी के अनाथालय में कार्य करने वाले लड़के तथा शेष तीन मारंग व्यापार गृह के साथ मिलकर वर्षों से व्यापार करने वाले अति विश्वसनीय व्यापारियों के पुत्र थे। कक्ष में बैठकर ग्रंथ पलट रहा मणि उन्हीं व्यापारी पुत्रों में से एक था।

लिक्ष्वी के छह शिष्यों में मणि सबसे बड़ा था। लिक्ष्वी से ज्ञान प्राप्त करने के अतिरिक्त मणि व्यापारिक कार्यों में भी सहायता करता था।

पदचापों की आहट पाकर मणि ने ग्रंथ बगल में रखा और सावधान होकर बैठ गया। हाथों में एक पोथी और कुछ सामग्री लिए लिक्ष्वी ने कक्ष में प्रवेश किया। मणि के सामने एक मानचित्र फैलाया और स्वयं भी पालथी मारकर बैठ गया। मानचित्र काजी प्रदेश का था। इस प्रकार का मानचित्र मणि देखता ही रहता था। बस एक हरी पट्टी ध्यान खींच रही थी। मणि ने पट्टी पर अँगुली रखा- ''यह.... ?''

''यह नया व्यापारिक मार्ग है, जिसे मैं निर्मित करना चाहता हूँ।'' लिक्ष्वी ने बताया।

''किंतु... नए व्यापारिक मार्ग की क्या आवश्यकता? हमारे देश में पहले ही कई व्यापारिक मार्ग हैं।'' मानचित्र से दृष्टि हटाए बिना मणि बोला।

''कई मार्ग अवश्य हैं। किंतु कोई केंद्रीय व्यापारिक मार्ग नहीं है... इधर देखो...'' मानचित्र में एक बिंदु की ओर संकेत करते हुए लिक्ष्वी बोला, ''यह किसी व्यापारी की प्रयोगशाला और भंडारण गृह है। इस व्यापारी का सामान भंडारण गृह से समुद्रतट तक जलयानों पर लदने के लिए जाता है। इसी प्रकार अन्य व्यापारी भी अपना सामान भंडारण गृह से तट तक पहुँचाने के लिए समीपवर्ती मार्ग का प्रयोग करते हैं और यही मार्ग व्यापार के लाभ को प्रभावित करने वाले एक बड़े कारक हैं।''

मणि के मुख पर प्रश्नचिह्न बना हुआ था। लिक्ष्वी ने समझाया-

''असमय और अविराम होने वाली वाली वर्षा के कारण हमारे यहाँ

अन्य देशों की भाँति मिट्टी के समतल मार्ग नहीं बनाए जा सकते। हमें पत्थर जड़ित कठोर मार्ग बनाने पड़ते हैं। यह मार्ग टिकाऊ तो अवश्य होते हैं, किंतु पूर्ण रूप से समतल नहीं होते। इन मार्गों पर सामान ढोने वाले वाहन निरंतर हिलते-डुलते रहते हैं। अत्यधिक हिलने-डुलने से लगने वाले आघातों के कारण सामानों में किसी-न-किसी प्रकार की क्षति अवश्य पहुँच जाती है और अंत में जब निर्यात के लिए जलयानों पर लादने का उपक्रम प्रारंभ होता है, तब गुणवत्ता जाँच के समय आधी सामग्री छँट जाती है। विशेषकर काष्ठ कलाकृतियों में यह अधिकांशतः होता है।

इसके अतिरिक्त दूसरी समस्या, लगने वाला अधिक समय है। आघातों को कम करने के लिए इन मार्गों पर भारवाहक वाहनों की गति कम रखी जाती है।

तीसरी समस्या- आघातों के कारण वाहनों में भी टूट-फूट की समस्या अधिक आती है। अर्थात् अतिरिक्त व्यय।

चौथी समस्या- इस मार्गों पर दस्युओं तथा वन्य पशुओं से रक्षा के लिए व्यापारियों को अपनी एक व्यक्तिगत सैन्य टुकड़ी साथ में भेजनी पड़ती है। पुनः अतिरिक्त व्यय। इन मुख्य समस्याओं के अतिरिक्त भी कई अन्य छोटी-छोटी समस्याएँ हैं, जैसे- कई व्यापारिक मार्गों पर रात्रि ठहराव की कोई स्थायी व्यवस्था नहीं है और यदि मार्ग में सर्पदंश तथा वन्य जीवों के कारण किसी प्रकार की आकस्मिक चिकित्सा की आवश्यकता पड़ गई, तो वह इन मार्गों पर असंभव हो जाता है। कहने का तात्पर्य यह है कि इन समस्त कारणों से सामान का मूल्य बढ़ जाता है और इस बढ़े मूल्य का लाभ किसी पक्ष को नहीं मिलता। इस प्रकार की कई समस्याओं का केंद्रीय व्यापार मार्ग द्वारा बहुत सीमा तक समाधान किया जा सकता है।

एक मार्ग, एक व्यवस्था, एक सुरक्षा, अर्थात् एक व्यय...।''

''किंतु... ? यह नया व्यापार मार्ग भी पहले की भाँति पत्थरों से बना ऊबड़-खाबड़ ही होगा। इस प्रकार समस्या तब भी बनी रहेगी।'' मणि ने संशय प्रकट किया।

''हाँ! इसी बाधा के कारण मैं अभी तक ठहरा हुआ था। किंतु तीन वर्षों के शोध के पश्चात् हमारी प्रयोगशालाओं ने एक नया पदार्थ बनाने में

सफलता प्राप्त की है। उच्च गुणवत्ता वाले समतल मार्ग बनाना अब कोई समस्या नहीं रही।'' लिक्ष्वी ने प्रसन्नता से बताया।

मणि के मुख पर भी उल्लास जागा। लिक्ष्वी ने आगे बताया कि किस प्रकार वह इस नये मार्ग को मात्र सामान ढोने के लिए ही नहीं प्रयोग करेगा, अपितु वह मार्ग के दोनों ओर का भाग पर्यटन क्षेत्र के रूप में भी विकसित करना चाहता है।

पर्यटन के लिए असुर देश के पास प्राकृतिक सौंदर्य की भरपूर संपदा थी। इन पर्यटन पट्टियों पर हाट-बाजार बनाकर गण वालों को दुकानें दी जा सकती हैं। निम्न-वर्ग तथा गण वालों को राजधानी व नगरों में सीमित स्थान तथा व्यापारी-वर्ग के एकाधिकार के कारण प्रत्यक्ष व्यापार में सम्मिलित होने का कभी अवसर नहीं मिला था।

लिक्ष्वी ने यह भी समझाया कि किस प्रकार दामासुर गण को, जो जड़ी-बूटियों तथा चिकित्सा के क्षेत्र में पीढ़ियों से पारंगत हैं, इन हाटों में स्थान देकर चिकित्सा-सुविधा के क्षेत्र में व्यापार प्रारंभ करने का प्रयास किया जा सकता है। इसी प्रकार प्रत्येक गण, जो किसी-न-किसी क्षेत्र में विशेष कौशल रखता है, उनके माध्यम से उस क्षेत्र-विशेष में व्यापार का पहला कदम रखा जा सकता है। जैसे; वकासुर गण मधु और फलों से संबंधित विभिन्न प्रकार के खाद्य-पदार्थ बनाता है। चूँकि ये खाद्य सामग्रियाँ लंबे समय तक सुरक्षित नहीं रहतीं, अत: इन सामग्रियों का निर्यात नहीं हो पाता और कोई मोटा लाभ न देखकर व्यापारी वर्ग भी ऐसी वस्तुओं को व्यापार से बाहर रखते हैं। किंतु, यदि इन्हीं खाद्य पदार्थों को हाटों में स्थान मिल सके, तो स्थानीय खपत हो सकती है। देश की आंतरिक अर्थव्यवस्था का पहिया घुमाने के लिए स्थानीय खपत प्रथम और सबसे महत्वपूर्ण बिंदु है।

इसके पश्चात् लिक्ष्वी आंतरिक व्यापार से संबंधित कई नई बातें बताता रहा। मणि पूरा ध्यान लगाकर सुन रहा था। जितना सुनता, अच्छा लगता। विषय से संबंधित मन में कई तार्किक प्रश्न उठे। उन्हीं प्रश्नों में से एक पूछा-

''किंतु... गण वालों को व्यापार व्यवस्था का प्रथम अक्षर भी नहीं आता होगा... क्या वे दूसरे व्यापारियों से ठीक सौदा कर पाएँगे ?''

"हाटों में मूल्य निर्धारण तथा गुणवत्ता नियंत्रण का कार्य असुर व्यापार संघ करेगा। प्रारंभ में उन्हें किसी प्रकार के उच्च व्यापार ज्ञान की आवश्यकता नहीं," लिक्ष्वी ने उत्तर दिया।

"गणों की इन नगण्य भूमिकाओं से क्या वास्तव में नए क्षेत्रों में व्यापार प्रारंभ हो पाएगा? क्योंकि वास्तविक धरातल पर व्यापार में ढेरों व्यावहारिक कठिनाइयाँ आती हैं," मणि ने पुनः प्रश्न किया।

मणि की इस सूक्ष्मता पर लिक्ष्वी प्रसन्न हुआ। समझाया, "विकास और परिवर्तन एक क्रमबद्ध लंबी प्रक्रिया है। विषय यह नहीं है कि गणों को नगण्य भूमिका मिल रही है। मुख्य बात यह है कि इसी कारण से गणों का हमारे व्यापार-तंत्र में प्रत्यक्ष प्रवेश हो जाएगा। जनजातियों के गण हमारे देश की सबसे बड़ी प्रजा हैं और ये गण आज भी अपनी आदिकालीन व्यवस्था अपनाए स्वयं के सीमित संसार में जी रहे हैं। अभी तक इन गणों को मात्र उत्तरजीविता के ही सिद्धांत का ज्ञान है। व्यापार तंत्र से जुड़ने पर उन्हें सहजीविता और सहभागिता के भी सिद्धांत का ज्ञान होगा। अलग-थलग पड़े गण आपस में जुड़ना सीखेंगे। जब ये जुड़ेंगे, तभी आंतरिक व्यापार के पहियों को गति मिलेगी।"

"किंतु... ? क्या वर्तमान व्यापारी वर्ग इतनी सरलता से गणों को अपने व्यापार-तंत्र में प्रवेश करने देगा?" मणि ने पुनः शंका प्रकट की।

इसका उत्तर लिक्ष्वी ने एकदम सपाट भाव से दिया, "प्रारंभ में व्यापारियों को मात्र उनके ही लाभ गिनाऊँगा। गणों को सम्मिलित करना द्वितीय चरण है। उस समय स्थिति देखकर कोई नया प्रस्ताव प्रस्तुत करूँगा।"

इसके बाद लिक्ष्वी मानचित्र पर कुछ नए संकेतों को दिखाकर निर्माण योजना के अन्य पक्षों के विषय में बताता रहा। सारी बातें सुनकर मणि के सामने असुर देश का एक नया रूप घूमने लगा। जो परंपरागत व्यापार ज्ञान उसे अपने पिता से मिला था, यह उसके ठीक विपरीत था।

मणि लिक्ष्वी के पास पिछले दो वर्षों से आ रहा था। हर बार वह लिक्ष्वी से कुछ नया सीखता था, किंतु आज उसे कुछ विशिष्ट अनुभव हो रहा था। कुछ-कुछ नवचेतना के जागरण जैसा।

शताब्दियों से चले आ रहे विनाश आधारित व्यापार को निर्माण

आधारित व्यापार की ओर मोड़ा जा सकता है, यह उसे आज ज्ञात हुआ। जिस परंपरागत ज्ञान में उसे लाभ के लिए दूसरों को दमित करना सिखाया गया था, इस नये ज्ञान में लाभ के लिए सहयोग करना बताया गया है। जिस व्यापार जगत् के विषय में सोचकर उसके सामने आर्थिक संघर्ष से उपजे रक्तपात दीखने लगते थे, आज वहाँ नव-निर्माण का रोमांच दिख रहा था।

मणि पूरी तरह स्फूर्तिवान और रोमांचित हो गया। व्यापार के इस नए तेजवान् रूप में उसे विकास और परिवर्तन की शक्ति दीख रही थी।

मणि कौतूहल से बोला, "श्रेष्ठी! व्यापार के विषय में मेरे पिता ने बताया है कि व्यापार एक ऐसी संस्था है जो विशुद्ध लाभ को केंद्र मानकर संचालित होती है। मैं स्वयं आज तक व्यापार को लाभ का उपकरण मात्र समझता था। किंतु, आपकी दृष्टि में व्यापार क्या है?"

"लाभ? व्यापार?" मणि का प्रश्न सीधा था, किंतु लिक्ष्वी के आगे उसका पूरा जीवन खिंचने लगा। माँ, पिता, मित्र, बहन और न जाने किन-किन की स्मृतियों में गोता-सा लगा दिया। स्मृतियाँ इतनी सजीव हो उठीं कि सामने का दृश्य धुँधला गया। नेत्रों में एक उदासी घिर आई।

मणि चौंका। उसे लगा, वास्तव में श्रेष्ठी की आँखें गीली हो गईं या उसे भ्रम हो रहा है।

लिक्ष्वी के सामने अपने नाना का वर्षों पुराना दृश्य चल रहा था। दृश्य में जो कुछ उसे सुनाई पड़ा, उसके होंठ अनजाने में उन शब्दों को बुदबुदा उठे।

"यदि लाभ के लिए सारे संसार को खड्ग पकड़ा दोगे, तो निश्चय ही किसी दिन उन खड्गों से कटने वाले सिर तुम्हारे ही प्रियजनों के होंगे।"

लिक्ष्वी की बुदबुदाहट अत्यंत मंद थी, किंतु शांत कक्ष में मणि के कानों तक स्पष्ट पहुँच गई। मणि ने कुछ समझा और कुछ नहीं। लिक्ष्वी को इस रूप में देखकर थोड़ा असहज हो गया। दो-तीन बार खाँसा।

व्यवधान उत्पन्न होने से लिक्ष्वी वर्तमान में लौट आया। उसने अपने साथ लाई पोथी मणि को थमाया और बोला, "इसमें मार्ग योजना से संबंधित समस्त करों तथा लाभ-हानि की विस्तारपूर्वक गणनाएँ हैं। इन्हें

दो बार जाँचकर सत्यापित करो और सत्यापित करने के पश्चात् इसकी दो प्रतिलिपियाँ भी बनाओ। यह सारा कार्य चार दिन में पूर्ण कर लेना।''

मणि ने पूरे उल्लास के साथ हामी भरी।

मणि को कार्य सौंपकर लिक्ष्वी चुपचाप जाने लगा। मणि से रहा न गया। पीछे से टोककर पुनः पूछा।

''श्रेष्ठी! आपने बताया नहीं... कि आपकी दृष्टि में व्यापार क्या है?''

लिक्ष्वी जहाँ था, वहीं रुक गया। दो क्षण शांत रहा, फिर पीछे मुड़े बिना धीमे से बोला- ''व्यापार मेरा अध्यात्म है।''

''अध्यात्म?'' मणि स्वयं में बड़बड़ाया।

लिक्ष्वी चला गया।

व्यापार-संघ की बैठक

असुर देश का अधिकांश भाग वन्य-क्षेत्र था। असुरों के नगर तथा जनजातियों के गण इन वनों में छिटके हुए बसे थे। राजधानी मल्हार के भी चारों ओर वनों का विस्तृत फैलाव था।

इन्हीं वनों से गुजरती एक चौड़ी नदी के तट पर लाल पुष्पों से भरा एक उद्यान था। यह उद्यान तट से सटा हुआ लंबाई में बसा था। यहाँ लाल के अतिरिक्त किसी अन्य रंग का कोई पुष्प नहीं था। प्रतीत होता था, मानो नदी किनारे एक लंबी लाल चादर बिछी हो। यह उद्यान मारंग ने वर्षों पूर्व अपनी दूसरी पत्नी के लिए बनवाया था।

आज इस उद्यान में असुर व्यापार-संघ का शिविर लगा हुआ था। एक बड़े मंडप के अंदर एक लंबी चौकी बिछी थी, जिस पर विभिन्न प्रकार की खाद्य-सामग्री और पेय-पदार्थ रखे हुए थे। व्यापार संघ के मुख्य सोलह सदस्य अपने आसनों पर बैठे खा-पी रहे थे।

वहाँ उपस्थित सदस्यों में से कइयों ने वहाँ रखे जल को भी नहीं छुआ था। जो खा-पी रहे थे, वे भी अंदर से थोड़ा शंकित थे।

पाँच दिन पूर्व लाल रहस्य वज्जी द्वारा काकासुर गण में मचाए नरसंहार की सूचना मिलते ही राजधानी में खलबली मच गई थी। व्यापार जगत् को तो मानो साँप सूँघ गया था। संन्यास लेने के पश्चात् मारंग पहली बार गति में आया था।

पूरा घटनाक्रम किसी को ज्ञात नहीं था। फिर भी कुछ बड़े व्यापारियों ने इधर-उधर की कड़ियाँ जोड़कर इस घटना में राजपरिवार की संलिप्तता का अनुमान लगा लिया था।

भ्रम और भय के इस वातावरण में लिक्ष्वी द्वारा व्यापार-संघ की बैठक बुलाए जाने से व्यापारियों के मन में शंका जागी। आज तक सारी बैठकें राजधानी में होती आई थीं। इस बार घने वन में एक व्यक्तिगत स्थान पर बुलाए जाने से मन की शंका और गाढ़ी हो गई।

शिविर में उपस्थित सभी के मन में काले बादल घुमड़ रहे थे, किंतु कोई भी खुले मुख से इस पर चर्चा नहीं कर रहा था। सबसे अधिक विचलित जाबाल था। जाबाल, मारंग के बाद दूसरा सबसे बड़ा व्यापारी अवश्य था, किंतु दोनों के बीच चार गुने का अंतर था। मारंग की भाँति जाबाल को भी अब तक संन्यास ले लेना चाहिए था। पर मारंग को पार करने की इच्छा ने उसे आज तक व्यापार से चिपका कर रखा था। मारंग के संन्यास लेने से जाबाल की आस बढ़ गई थी। अर्थला और मुंद्रा के बीच होने वाले युद्ध में उसे अपने लिए भरपूर अवसर दिख रहा था।

अर्थला-मुंद्रा युद्ध की ओर असुरों का पूरा व्यापार-जगत् अपनी गिद्ध दृष्टि गड़ाए हुए था। ऐसे ही अवसरों पर उन्हें दस वर्षों का लाभ एक बार में ही प्राप्त हो जाता था। कइयों का यह भी अनुमान था कि प्रत्यक्ष और अप्रत्यक्ष मिलाकर बीस से तीस गुने का भी लाभ संभव है। यह सारा लाभ मुंद्रा की विजय पर निर्भर था। असुर व्यापारी पूरी क्षमता से युद्धक सामग्री को आधुनिक बनाने में लगे हुए थे। उनकी शोधशालाएँ पिछले तीन वर्षों से पूरी गति पर थीं।

व्यापार के इस अति संवेदनशील समय में मारंग और राजसत्ता के बीच किसी भी प्रकार का संघर्ष व्यापार जगत् को हानि ही पहुँचाता। सभी इस घटना को यथासंभव बड़ा बनने से रोकना चाहते थे। अतः इस विषय पर

कोई चर्चा न करना, सबसे सीधा और सरल उपाय था।

कोई दूसरा अवसर होता, तो जाबाल का गुट अब तक पूरी मुखरता के साथ राजभवन पहुँच चुका होता। किंतु इस बार उसने भी चुप्पी साध ली थी।

वर्तमान में मुंद्रा को सबसे अधिक युद्धक-सामग्री जाबाल ही बेच रहा था। उसे शंका हो रही थी, कहीं राजभवन अपनी नीति परिवर्तित न कर दे। पहले भी आंतरिक संघर्षों के समय राजभवन ने व्यापार-पत्रों को निरस्त किया था।

मंडप में खुसर-फुसर वाली सामान्य वार्तालाप चल रही थी। इसी बीच प्रतिहारी ने आकर सूचित किया कि श्रेष्ठी ने उन्हें उद्यान के उत्तरी छोर बुलाया है। व्यापरियों ने एक-दूसरे की ओर देखा। फिर बिना कोई विशेष व्यवहार दिखाए वे सभी रथों पर चढ़कर उत्तरी छोर की ओर चल दिए।

उद्यान का उत्तरी छोर दूर था। चौथाई घड़ी लग गई। पहुँचने पर एक श्वेत पट्टी दिखी। पाँच हाथ चौड़ी यह पट्टी उद्यान के छोर से प्रारंभ होकर वन में कहीं दूर चली गई थी।

सभी को विचित्र लगा। जाबाल सहित सारे व्यापारी झुककर उस पट्टी को देखने लगे। प्रतीत होता था; जैसे छोटे-छोटे कंकडों पर जमा हुआ दूध डाल दिया गया हो। किंतु यह जमा हुआ दूध किसी पत्थर की भाँति सख्त था। सभी पट्टी पर अपना नख धँसाकर देख रहे थे। तभी किसी रथ की घरघराहट सुनाई पड़ी। वन की ओर से एक रथ पट्टी पर तेजी से दौड़ता हुआ आ रहा था। पीछे भार ढोने वाली एक घोड़ा-गाड़ी भी थी।

सभी शीघ्रता से पट्टी से दूर हट गए। रथ और गाड़ी, दोनों तीव्र वेग से उनके सामने से गुजरे। दोनों का वेग निःसंदेह सामान्य से दुगुना था। इतना वेग मात्र युद्धों के समय देखने को मिलता था।

दोनों वाहन पट्टी के आखिरी छोर पर रुके। रथ पर लिक्ष्वी था। उतरकर व्यापारियों के पास आया। सभी ने श्रेष्ठी को औपचारिक अभिवादन किया। जाबाल ने नहीं किया। वह कभी नहीं करता था। व्यापारी लिक्ष्वी के मुख के भाव पढ़ने का प्रयास कर रहे थे, पर कुछ पढ़ नहीं पाए।

तीस कदम दूर एक अन्य मंडप बना था। लिक्ष्वी सभी के साथ मंडप में गया और चौकी पर एक मानचित्र फैला दिया। व्यापारियों ने चोरी-छिपे

एक-दूसरे से दृष्टि मिलाई। लिक्ष्वी उनके मनोभाव समझ रहा था। विलंब किए बिना वह केंद्रीय व्यापार-मार्ग योजना बताने लगा।

लिक्ष्वी ने योजना की उन्हीं बातों को बताया जो उनके हित की थीं। करों सहित अन्य गणनाएँ प्रस्तुत करने पर लाभ का चित्र एकदम स्पष्ट हो गया। केंद्रीय मार्ग बनने के पश्चात् वार्षिक व्यय चौथाई से भी कम होता दीख रहा था। सभी को योजना ठीक लगी, किंतु समयानुकूल नहीं। इस कारण से कि जब अर्थला-युद्ध के रूप में बड़ा लाभ सामने रखा हो, तो इस प्रकार के अत्यंत खर्चीले निर्माण में अपना धन क्यों लगाया जाए! प्रत्यक्ष लाभ को कौन छोड़ना चाहेगा!

"इस निर्माण पर व्यय कौन करेगा? मेरा मत है कि इस समय हमें सारा संसाधन अर्थला-युद्ध की ओर केंद्रित करना चाहिए," एक सदस्य ने सभी के मन की बात कही।

"सारा व्यय मारंग व्यापार गृह करेगा। व्यापार-संघ के सदस्यों पर कोई आर्थिक बोझ नहीं डाला जाएगा। मुझे मात्र व्यापार-संघ का स्वीकृति-पत्र चाहिए।" लिक्ष्वी ने सहजता से बताया।

सदस्यों ने पुनः एक-दूसरे की ओर देखा। यह साधारण व्यय नहीं था। इतना धन व्यक्तिगत रूप से खर्च करके कोई तात्कालिक लाभ नहीं मिलेगा। दीर्घकाल में अवश्य ही लाभ की संभावना है, किंतु भविष्य किसने देखा है।

"इस मार्ग की निर्माण सामग्री क्या है? इस प्रकार का पदार्थ हमने पहले कभी नहीं देखा," एक अन्य सदस्य ने पूछा। यही प्रश्न जाबाल के भी मन में था।

"मुख्य सामग्री क्वार वृक्ष की गोंद और दनु बाँस का रस है।"

'दनु बाँस... ?' कइयों के मुख पर प्रश्नवाचक चिह्न बन गया। दनु बाँस को दानवों में पवित्र स्थान प्राप्त था। थोड़ा-बहुत रस प्राप्त करना संभव था, किंतु इतने बड़े निर्माण के लिए भारी मात्रा में रस कौन दानव व्यापारी दे पाएगा। दनु बाँस को मात्र दानव सत्ता अपने प्रयोग में लाती थी। व्यापारिक उपयोगों पर प्रतिबंध था।

सदस्यों को पहले ही इस योजना में रुचि नहीं जागी थी और अब दनु बाँस का नाम सुनकर पूरी तरह विमुख हो गए।

लिक्ष्वी के बगल बैठा व्यापारी बोला– ''एक तो दनु बाँस का रस प्राप्त करना दु:साध्य कार्य है...और दूसरा इतने वृहत् निर्माण के लिए राजभवन से आज्ञा–पत्र प्राप्त करना अत्यंत कठिन होगा। राजभवन भी इस समय सारा ध्यान अर्थला–युद्ध पर लगाए हुए है...''

''दनु बाँस का रस और राजभवन से आज्ञा–पत्र प्राप्त करना मेरा भार है।'' कहकर लिक्ष्वी ने व्यापार–संघ का स्वीकृति–पत्र नक्शे के ऊपर रख दिया।

सदस्यों को अपनी कोई हानि नहीं दिखी। सारा धन और परिश्रम लिक्ष्वी का था। उन्होंने स्वीकृति–पत्र पर अपनी–अपनी मुहरें लगाना प्रारंभ कर दिया।

जाबाल को भी कोई हानि नहीं थी। किंतु लिक्ष्वी की हाँ में हाँ वह इतनी सरलता से कैसे मिला सकता था! मारंग व्यापार गृह के कार्यों में टाँग अड़ाए बिना उसके मन को संतुष्टि कैसे मिलती! बोला, ''मैं करों की गणनाएँ भली–भाँति जाँच लेने के पश्चात् ही अपनी स्वीकृति दूँगा।''

सभी की की दृष्टि जाबाल की ओर गई। कहे गए शब्दों के पीछे का भाव सभी को ज्ञात था। सोलह सदस्यों में से सात सदस्य जाबाल गुट के थे। उन्हें संकेत मिल गया।

जाबाल भले ही लिक्ष्वी से रुक्षता से बात करता हो, किंतु लिक्ष्वी, जाबाल को सदैव एक वरिष्ठ का सम्मान देता था। पूरी विनम्रता से बोला, ''आप पूरी निश्चिंतता से गणनाओं की जाँच करें... और व्यापार–संघ की आगामी बैठक में अपनी इच्छानुसार स्वीकृति दें।'' फिर अन्य व्यापारियों की ओर मुड़कर, ''जिन सदस्यों को सोच–विचार का समय चाहिए, वे भी अगली बैठक में मुहर लगा सकते हैं।''

सभी ने लिक्ष्वी की बात ध्यान से सुनी। कही गई बातों में यह संकेत था कि समय भले ही प्राप्त हो गया हो, किंतु मुहर लगाने के विषय में एक ही विकल्प है। असुर देश में संकेतों की कूटनीति बहुत चलती थी।

किसी ने कोई आपत्ति नहीं दिखाई। इधर–उधर की औपचारिक वार्तालाप के बाद व्यापार–संघ की बैठक समाप्त हो गई।

मारंग और जाबाल

व्यापार-संघ की बैठक के अगले दिन सब सामान्य रहा। हाट-व्यापार साधारण दिनों की भाँति चला। मणि मार्ग-योजना से संबंधित करों की गणनाएँ जाँच चुका था और अब उनकी प्रतिलिपियाँ बना रहा था। लिक्ष्वी के पास तीन प्रतिलिपियाँ पहले से थीं। सैनिक को बुलाकर एक प्रतिलिपि जाबाल के पास भिजवाई। फिर पूरा दिन अपने कार्यालय बैठकर दैनिक कार्यों का निबटारा करता रहा।

संध्या में सूर्य डूबने से ठीक पहले राजधानी के मुख्य द्वार पर एकाएक हलचल बढ़ गई। शोरगुल सुनकर हाटों तथा आस-पास खड़े लोगों का स्वाभाविक कौतूहल जागा। उनकी दृष्टि मुख्य द्वार की ओर मुड़ी और पड़ताल करने लगी।

चार सफेद घोड़ों वाला एक ऊँचा रथ प्रकट हुआ। रथ पर दो व्यक्ति खड़े थे। एक विख्यात, दूसरा कुख्यात। मारंग और वज्जी। उनके पीछे बीस रथ और थे। सारे रथ धड़धड़ाकर धूल उड़ाते लोगों के सामने से गुजर गए।

चर्चाओं का वातावरण गरम होने लगा। रात्रि होते-होते मारंग के

व्यक्तिगत भवन में छोटे-बड़े सभी, यहाँ तक कि विदेशी व्यापारियों का भी जमघट लगना प्रारंभ हो गया। भवन का बैठक कक्ष उपहारों और चाटुकारों से भर गया।

एक घड़ी तक सभी को प्रतीक्षा कराने के पश्चात् मारंग ने एक सेवक के माध्यम से कहला भेजा कि भेंट कल होगी, आज विश्राम होगा।

उपहारों को वहीं छोड़कर सब लौट गए। चर्चाएँ और बढ़ गईं।

जाबाल ने एक कार्यालय अपने निवास पर भी बनवा रखा था। अधिकांश कार्य व बैठकें वहीं करता था। मारंग के आने की सूचना पाकर उसके कुछ व्यापार-सहयोगी उससे मिलने आए हुए थे।

पूरा असुर देश भले ही मारंग के प्रभाव में रहे, पर जाबाल मारंग से तनिक भी भय नहीं खाता था। उसकी ईर्ष्या उसके भय पर सदैव हावी रहती थी। अपने सहयोगियों के भी मुख से मारंग की चर्चा सुनकर जाबाल का ताप बढ़ रहा था। इतनी देर से हाँ-हूँ करके वह किसी प्रकार चर्चा समाप्त करना चाहता था।

तभी बाहर से किसी का तेज स्वर सुनाई पड़ा। लगा, निवास के मुख्य द्वार पर कोई चिल्लाकर डाँट-डपट रहा है। मुख्य द्वार कार्यालय से दूर था। स्वर अस्पष्ट थे। थोड़ी देर में घोड़ों की टापों, रथ के चक्कों और सैनिकों के दौड़ने की ध्वनि समीप आने लगी।

कक्ष में बैठे लोगों में से एक व्यक्ति उठकर बाहर की स्थिति देखने गया। कक्ष से बाहर निकलते ही ठीक सामने खड़े दो व्यक्तियों को देखकर काँप उठा। तत्काल मार्ग छोड़ दिया। मारंग, वज्जी के साथ कक्ष में घुसा।

दोनों को देखते ही सारे व्यक्ति उठकर ऐसे खड़े हुए, जैसे सहसा उनके आसन गर्म तवों में बदल गए हों।

मारंग से अधिक वे वज्जी से भय खाते थे। मारंग तो भी व्यापारी था, व्यापार-संस्कार का पालन करता था और व्यवहार कुशल भी था। किंतु वज्जी तो उच्छृंखल आतंक था। अपनी इच्छानुसार व्यवहार करता था।

सभी खड़े थे। बस जाबाल बैठा था। खड़े लोगों को पता था, ऐसे अवसरों पर क्या करना है। मारंग और जाबाल को औपचारिक अभिवादन

कर सभी ने कक्ष छोड़ दिया।

मारंग और वज्जी, जाबाल के सामने की आसंदी पर बैठे। बैठते ही वज्जी ने जाबाल के सामने रखी छोटी चौकी से सुराही उठाकर मुँह से लगा ली। मदिरा समाप्त थी। नीचे रखता हुआ बोला, "वर्षों बाद भेंट हो रही है... सेवा-सत्कार का आचरण भूल गया क्या?"

"मैं नहीं भूला, किंतु किसी के घर में बलपूर्वक घुसने का आचरण तुमने कहाँ से सीखा?" जाबाल ने मारंग से आँखें मिलाकर रोषपूर्वक कहा।

"जिस प्रकार तूने मेरे घर में घुसने का प्रयास किया," मारंग भी कर्कश स्वर में बोला।

"...?"

जाबाल के मुख पर प्रश्नचिह्न बना देख, मारंग और भड़क उठा। पूरी शक्ति से सामने रखी चौकी पर मुक्का मारा। चौकी से मदिरा के खाली प्याले उछलकर नीचे गिरे। टूटे नहीं। स्वर्ण के थे।

"ढोंग मत कर, जाबाल! तूने लिक्ष्वी पर सर्प फिंकवाया। मैं भी तेरे पुत्रों का सिर काटकर फेंकवा देता हूँ।"

जाबाल का प्रश्नचिह्न बना रहा। कुछ क्षण पश्चात् जैसे कुछ समझते हुए जोर से हँसा।

"हा!..हा!..हा! बुढ़ापे में नए शत्रु बनाने का कौशल बस तुम्हारे ही पास है मारंग! ..हा!...हा!...हा!"

मारंग एकटक जाबाल को घूरता रहा। मारंग के पास कोई प्रमाण नहीं था और वह स्वयं भी आश्वस्त नहीं था कि जाबाल इतना दुस्साहस करेगा। पर यदि जाबाल नहीं, तो और कौन...?

जाबाल के लिए मारंग के भाव पढ़ना कठिन नहीं था। कटुमुस्कान के साथ बोला, "यह आरोप राजभवन जाकर राजपरिवार पर क्यों नहीं लगाते!"

मारंग की भौंहें एकदम से सिकुड़ गईं। गरज पड़ा, "तू राजदंड की शक्ति अधिक मान रहा है या मेरी शक्ति कम तौल रहा है? यदि किसी दिन स्थिति आ ही गई, तो राजभवन में घुसकर सिंहासन भूमि में धँसा

दूँगा। और जिस राजपरिवार के नाम पर तेरे मुख पर मुस्कान आ रही है, क्या तू भूल गया कि अवसर पड़ने पर इन धूर्तों ने शुक्र के साथ क्या किया था!''

क्षण भर में जाबाल की मुस्कान उतर गई। आँखें आश्चर्य से बड़ी हो गईं। मन में एक डर आकर बैठ गया—क्या मारंग को सब ज्ञात है?

राजकीय प्रयोगशालाओं ने चार वर्ष पूर्व अग्निप्रेत बनाने का गुप्त प्रयोग प्रारंभ किया था। शुक्र मुख्य प्रयोगकर्ताओं में से एक था। प्रयोग के लिए निम्न वर्ग और गणों के लोगों का अपहरण कर लाया जाता था। इस अमानवीय प्रयोग का पहला चरण पूरी तरह असफल था। प्रयोग में सैकड़ों मरे। प्रयोगशाला द्वारा अपहरण कार्य जारी रहा। किंतु दो वर्ष पश्चात् कहीं से इस प्रयोग की भनक प्रजा को लग गई। पूरी प्रजा भड़क उठी। गणों में विद्रोह जैसी स्थिति बनने लगी। राजपरिवार के लिए गणों का समर्थन बहुत संवेदनशील था। प्रजा की श्रद्धा बचाए रखने के लिए राजभवन ने शुक्र को बंदी बनाकर मुख्य आरोपी की भाँति प्रस्तुत किया और लोगों को बताया गया कि शुक्र ने राजभवन को अँधेरे में रखकर गुप्तरूप से प्रयोगशाला का दुरूपयोग किया है। लोगों ने मृत्युदंड की माँग की। राजभवन ने यह तर्क फेंका कि जब तक अपहरण किए गए लोग मिल नहीं जाते, पूछताछ के लिए शुक्र को बंदीगृह में रखा जाएगा।

वास्तव में अग्निप्रेत के लिए मुंद्रा से भारी धन लिया गया था। सत्ता किसी भी प्रकार इस प्रयोग को सफल बनाना चाहती थी। उसने राजकीय प्रयोगशालाएँ तो बंद कर दी। किंतु गुप्त रूप से यह कार्य जाबाल को सौंप दिया। प्रारंभ में जाबाल ने टाल-मटोल किया, फिर मोटे लाभ के लालच में स्वीकार कर लिया। दुर्घटना से बचने के लिए इस बार प्रयोगशाला असुर देश के बाहर मुंद्रा में बनाई गई। प्रयोग में शुक्र का ज्ञान एक महत्वपूर्ण कड़ी थी। अतः उसे जीवित रखना आवश्यक था। जाबाल यह कार्य कर तो अवश्य रहा था, किंतु अंदर से थोड़ा डरा भी रहता था।

मारंग की बात सुनकर जाबाल की धड़कनें अचानक से तेज हो गई थीं। वह तेज साँसों पर नियंत्रण पाने का प्रयास कर रहा था, किंतु पूरी तरह सफल नहीं हुआ।

मारंग भी वर्षों से जाबाल को पढ़ रहा था। जाबाल की स्थिति पर आनंद लेने के स्थान पर इस बार शांत स्वर में बोला, ''मैं यहाँ तेरे व्यापार या कार्यों में हस्तक्षेप करने नहीं आया हूँ। मैं मात्र यह समझाना चाहता हूँ कि जो भी पराक्रम दिखाना है, सबके सम्मुख व्यापार के खुले क्षेत्र में दिखा। घात लगाकर प्रहार करने की कल्पना भी मत करना, अन्यथा मेरे हाथों में ऐसे कई सूत्रों के धागे हैं, जिन्हें कभी भी खींच सकता हूँ।''

जाबाल, मारंग का संकेत समझ गया। साँसों पर नियंत्रण पाकर बोला, ''हम दोनों के बीच जो समझौता हुआ था, मैं आज भी उसका पालन कर रहा हूँ। अपना भ्रम दूर करना तुम्हारा भार है... मेरा नहीं।''

मारंग, जाबाल की आँखों में झाँकता रहा। अंत में आसंदी से उठते हुए बोला, ''जो कहना था, कह चुका... अपना भ्रम मैं दूर कर लूँगा... किंतु तुम कोई भ्रम मत पालना... विशेषकर राजपरिवार के बल पर।''

मारंग के साथ वज्जी भी खड़ा हुआ। जाबाल कुछ नहीं बोला, शांत रहा। दोनों बाहर जाने लगे। कक्ष के द्वार पर पहुँचकर वज्जी मुड़ा और एक विचित्र दृष्टि से जाबाल को देखा। न चाहते हुए भी जाबाल में एक सिहरन दौड़ गई।

कालयवन

असुर राजमहल का विशाल स्नानागार। बीच में अगल-बगल बने दो आयताकार कुंड। गहराई इतनी कि खड़े होने पर मुँह न डूबे। एक में स्वच्छ जल तथा दूसरे में काला रंग। कुंड में उतरने के लिए पत्थर की सीढ़ियाँ बनी थीं। पर वे भी जल में पूरी तरह डूबी हुई थीं। दोनों कुंडों के जल में सुगंधित इत्र डाले गए थे।

स्वच्छ जल के कुंड में पचास-पचपन वर्षीय एकदम गौर वर्णीय एक व्यक्ति गरदन तक डूबा खड़ा था। इसकी आँखें नीली थीं। कुछ देर चुपचाप स्थिर खड़े रहने के बाद वह कुंड की जल-मग्न सीढ़ियाँ चढ़ता हुआ बाहर निकला। फिर अपनी अतिविशाल तोंद लिए बगल वाले कुंड में उतर गया। उतरते ही डुबकी लगाई। आँखें छोड़कर रोम-रोम काला हो गया। तीन-चार डुबकियाँ और लगाकर वह काले कुंड से भी बाहर आ गया। उसके बाहर निकलते ही स्नानागार में खड़ी सेविकाएँ वस्त्र, आभूषण तथा साज-सज्जा की सामग्री के साथ आईं और सर्वप्रथम उसका शरीर सुखाने में लग गईं। यह राजसी व्यक्ति असुर देश का असुराधिपति कालयवन था।

व्यापार-शक्ति बनने के फेर में असुर देश जाने-अनजाने व्यापारियों पर ही आश्रित होता चला गया था। और असुर व्यापारी भी अपने लाभ के लिए सत्ता को सदैव अपने मकड़जाल में फँसाए रखते। पीढ़ी-दर-पीढ़ी यह मकड़जाल शक्तिशाली होता गया और सिंहासन की टाँगे शक्तिहीन।

कालयवन का समय आते-आते सिंहासन के चार पैरों में से मात्र एक पैर बचा। उस एक पैर में भी मारंग के उत्थान ने दरार ला दी थी। असुर सत्ता को ढहने में अब बस एक धक्के की आवश्यकता थी।

अतीत में कभी मारंग भी राजपरिवार का चहेता हुआ करता था। अपनी आक्रामक व्यापार नीति से उसने दर्जनों नये देशों के साथ व्यापार संबंध बना लिए थे। राजकोष मारंग के ही करों से भर जाता था। सत्ता को ऐसा व्यापार खिलाड़ी पहली बार मिला था। अत: शासन ने भी उसके व्यापार को बढ़ाने में आँख मूँदकर सहयोग किया। सत्ता का समर्थन पाकर मारंग ने फैलती आग की भाँति अपना प्रभाव क्षेत्र बढ़ा लिया। मारंग ने अकल्पनीय गति से प्रगति की थी।

राजकोष की धनवर्षा में खोई राजसत्ता को पता ही नहीं चला कि मारंग कब उनके पार चला गया। वास्तव में सत्ता दो तरफ से चोट खा रही थी। एक ओर मारंग का प्रभाव व्यापक होता जा रहा था और दूसरी ओर व्यापारियों ने अपने जाल में फँसाए रखने के लिए राजपरिवारों को भिन्न-भिन्न भोगों का व्यसन लगा दिया था। राजकोष का धन दूसरे छिद्र से निकल भी रहा था।

मारंग के प्रभाव से भय खाए शासन ने अपनी भूल सुधारने के लिए गहरी चालें चलनी प्रारंभ कर दीं। इन चालों से असुरों के व्यापार जगत् में रक्त-रंजित युग का आरंभ हो गया। सत्ता ने मारंग के सबसे प्रबल विरोधी जाबाल को पोषित करना प्रारंभ कर दिया। सत्ता की चालों में उलझकर मारंग और जाबाल दोनों के पुत्र कटे।

व्यापारियों को अपनी व्यक्तिगत सेना रखने का अधिकार प्राप्त था। इन सेनाओं को युद्ध में दूसरे देशों को उधार दिया जाता था। अपनी इन व्यक्तिगत सेनाओं के कारण प्रत्येक व्यापारी स्वयं में एक स्वतंत्र सत्ता की भाँति व्यवहार करता था। इसी व्यक्तिगत सेना के अस्तित्व से सत्ता

को सबसे अधिक समस्या हो रही थी। एक तो राजकोष का अधिकांश धन सरक चुका था और दूसरे मारंग ने अपने सैनिकों का वेतन राजकीय सैनिकों से दुगुना कर दिया था। मारंग के पास सिंहासन की बची एकमात्र टाँग पर धक्का मरने का पूरा अवसर था। इसके अतिरिक्त यह भी अफवाह उड़ी हुई थी कि मारंग गुप्त रूप से असुरास्त्रों का निर्माण कर रहा है।

इन सब आगामी संकटों को देखते हुए असुर सत्ता के लिए राजकोष भरना नितांत आवश्यक था। राजकोष को लबालब करने के लिए शासन ने अंत में मुंद्रा की ओर दृष्टि केंद्रित की। महत्वाकांक्षी जयभद्र को भड़काने में उन्हें अधिक प्रयास नहीं करना पड़ा।

पूरे परिधान और स्वर्णाभूषणों से लदा हुआ कालयवन राजसभा में अपने सिंहासन पर पसर कर बैठा था। राजसभा में अभी मात्र चार लोग उपस्थित थे। कालयवन, बाईं ओर अंगरक्षक थांबा, सामने प्रधानमंत्री और एक दुबला-पतला असुर। वह असुर भूमि पर घुटने के बल सिर झुकाकर बैठा हुआ था। उसके मैले-कुचैले और चीथड़े हो चुके कपड़ों से दुर्गंध आ रही थी।

आज प्रातः ही यह असुर प्रधानमंत्री के पास जाकर कोई गुप्त सूचना बताने की बात कह रहा था। किंतु वह सीधे असुराधिपति के सामने ही बताने पर अड़ा था। प्रधानमंत्री समझ गए कि बड़े पुरस्कार की आस में यह जिद्द पाल रहा है। प्रधानमंत्री ने लालच दिखाया, फिर भी वह अड़ा रहा।

"क्या सूचना लाए हो? यदि समय व्यर्थ हुआ, तो सौ कोड़ों का दंड मिलेगा," कालयवन सिंहासन से बोला।

असुर ने झुककर माथे से भूमि छुआ। फिर सीधा होकर अपने चीथड़ों में कुछ टटोलने लगा। इधर-उधर टटोलने के बाद एक टुकड़ा फाड़कर निकाला। यह टुकड़ा उसके फटे कपड़ों में अंदर सिला हुआ था। असुर ने अपने अत्यधिक पीले दाँत दिखाते हुए पूरी प्रसन्नता के साथ प्रधानमंत्री को वह टुकड़ा सौंप दिया।

टुकड़े पर एक बेढंगा मानचित्र बना हुआ था। कुछ क्षण मानचित्र पर दृष्टि फिसलाने के बाद सूचना स्पष्ट हो गई। सूचना आँखें फैलाने वाली

थी। प्रधानमंत्री ने स्वयं पर नियंत्रण रखा। जाकर कालयवन को टुकड़ा थमाया और आकर असुर के बगल खड़े हो गए।

कालयवन को भी मानचित्र समझने में कुछ समय लगा। मानचित्र मुंद्रा में स्थापित अग्निप्रेत की प्रयोगशालाओं का था। दो प्रयोगशालाएँ चिन्हित थीं। दाईं ओर जाबाल व्यापार गृह का चिह्न बनाया गया था।

"...यह तुमने खींचा है?" कालयवन ने आँखें तरेर कर पूछा।

असुर ने सिर हिलाकर हामी भरी।

"क्या यह विषय किसी अन्य के संज्ञान में है?"

असुर ने सिर झटककर मना किया।

कालयवन ने गले से एक मणिमाला निकालकर उसके सामने फेंक दी।

असुर की मुस्कान कानों तक फैल गई। आँखों में चमक जागी। झपटकर माला उठा ली। माला की मणियों को छूकर देख ही रहा था कि गर्दन के पीछे तेज चुभन हुई। फिर गले में भी दर्द हुआ। दृष्टि झुकाई तो धातु का एक लंबा चमकदार टुकड़ा कंठ से निकला हुआ दिखा।

प्रधानमंत्री ने तलवार खींचकर निकाल ली। असुर के गले के आर-पार का छिद्र क्षण भर में रक्त से भर गया। साँसें खींचने का एक कठिन प्रयास और शरीर प्राणहीन हो गया। वह मूर्ख नहीं जानता था कि सत्ता अपना भेद किसी से साझा नहीं करती।

अनाथालय

अगले दो दिनों तक मारंग के पास मिलने वालों का ताँता लगा रहा। वह बस शरीर से बूढ़ा था। गर्जना और ऊर्जा में आज भी उसमें कोई कमी नहीं आई थी। उसकी छाया का विस्तार आज भी उतना ही था।

मारंग की व्यापार में अब कोई विशेष रुचि नहीं बची थी। किंतु अपने हाथों से खड़े किए गए साम्राज्य के प्रति एक स्वाभाविक मोह बना हुआ था। यदा-कदा जब भी उसके साम्राज्य पर किसी प्रकार की आँच आती, वह स्वचालित ढंग से गति में आ जाता। यद्यपि लिक्ष्वी की प्रगति से वह प्रसन्न था, तथापि उसके व्यापार के तौर-तरीकों से कभी-कभी विचलित हो जाता था।

लिक्ष्वी ने सारा व्यापार-ज्ञान अपने नाना से प्राप्त किया था और यह ज्ञान मारंग के व्यापार-ज्ञान के विपरीत था। मारंग लाभ के प्रति पूरी तरह आश्वस्त होने के बाद ही व्यापार का अगला पग धरता था, जबकि लिक्ष्वी नया व्यापार प्रारंभ कर बाद में लाभ प्राप्त करने का मार्ग ढूँढ़ता था। मारंग ने व्यापार क्षेत्र में सदैव एकाधिकार की नीति अपनाई थी जबकि लिक्ष्वी

कई व्यापारियों को मिलाकर संगठनात्मक ढाँचा बनाने का प्रयास करता था। लिक्ष्वी की योजनाएँ दीर्घकालीन प्रतीत होती थीं, जिसका मारंग अभ्यस्त नहीं था।

मारंग को कभी-कभी शंका होने लगती थी कि लिक्ष्वी की कार्य-प्रणाली से उसके धनकोष में छिद्र बन गए हैं, जहाँ से धन रिसना प्रारंभ भी हो गया है। इस कारण से संन्यास लेने बाद भी यदा-कदा व्यापार जगत् के वर्तमान परिदृश्य पर अपनी दृष्टि डाल ही लिया करता था। वह जीते-जी अपने साम्राज्य की ऊँचाई कम होते नहीं देख सकता था।

मारंग के लिए लिक्ष्वी पहले उसके धन का संरक्षक था, पुत्र बाद में।

दूसरे दिन साँझ ढलने पर लिक्ष्वी अपनी एक शोधशाला का दौरा करके लौटा। हल्का जलपान किया, फिर सीधा अपने पिता के कक्ष की ओर चला गया।

मारंग का व्यक्तिगत कक्ष उद्यान पारकर दूसरे भाग में स्थित था। लिक्ष्वी को आशा थी कि भेंट करने वालों का जमघट अभी भी लगा होगा, पर सन्नाटा देखकर आश्चर्य हुआ। उद्यान में कार्य कर रहे एक सेवक से पूछा, तो ज्ञात हुआ कि पिछली दो घड़ी से किसी को भी भेंट करने की मनाही है। लिक्ष्वी को समझ नहीं आया। लंबे-लंबे डग भरता हुआ उद्यान पारकर कक्ष तक पहुँचा। कुछ व्यक्ति मारंग के साथ चर्चा करते दिखे। लिक्ष्वी जैसे ही अंदर घुसा, कानों को कुछ शब्द सुनाई पड़े... यतियों के पा..स..।

लिक्ष्वी को आता देख मारंग ने हाथ से चुप होने का संकेत किया। बोल रहा व्यक्ति बीच में ही रुक गया। कक्ष में पाँच वृद्ध बैठे थे। पाँचों राजधानी के श्रेष्ठ वैद्य थे।

"...क्या? स्वास्थ्य ठीक नहीं?" लिक्ष्वी बैठता हुआ बोला।

"अं...हाँ! ...कंठ में कुछ जलन हो रही थी," मारंग ने टालने के लिए बोल दिया।

लिक्ष्वी को अटपटा लगा। एक छोटी समस्या के लिए पाँच वैद्य?

मारंग ने संकेत किया। पाँचों वृद्ध उठे और अभिवादन कर चले गए।

मारंग ने दो प्यालों में काढ़ा निकाला। एक लिक्ष्वी को पकड़ाया और दूसरा स्वयं पीते हुए पूछा, "अनाथालय कब जाएगा?"

लिक्ष्वी को इस बार और अटपटा लगा। जिस अनाथालय का नाम सुनकर उसका पिता भड़क उठता था, आज वह स्वयं पूछ रहा है।

"कल प्रातः निकलने की सोचा है," लिक्ष्वी अपना आश्चर्य दबाकर सहजता से बोला।

"यह मार्ग योजना क्या है? कल से कोई न कोई बताकर जा रहा है... और यह भी बता रहे हैं कि इस निर्माण से निकट भविष्य में कोई लाभ नहीं मिलने वाला।"

प्रश्न सुनकर लिक्ष्वी ने काढ़ा पिया। फिर प्याला नीचे रखकर समझाने लगा। पूरा नहीं बताया, व्यापारियों की भाँति मात्र प्रथम चरण बताया। मारंग चुपचाप सुनता रहा। सुनकर कोई राय प्रकट नहीं की।

मारंग के पास बैठे-बैठे रात्रि चढ़ गई। कुछ अन्य विषयों पर बातचीत कर लिक्ष्वी चला गया।

मारंग से मिलकर जब लिक्ष्वी अपने कक्ष में पहुँचा, तो एक सैनिक को प्रतीक्षारत पाया।

"एक आरोपी पकड़ में आया है," सैनिक बोला।

लिक्ष्वी कुछ विशेष प्रसन्न नहीं हुआ। सामान्य ही रहा। पूछा, "कुछ बताया उसने?"

"कहता है, कैसे सर्प? उसे कुछ नहीं ज्ञात, उसे झूठ में फँसाया गया है।"

"हूँ... कुछ देर में पीछे वाले कक्ष में ले आना।"

सैनिक ने सिर झुकाया और बाहर चला गया।

कुछ देर बाद वह सैनिक एक अधमरे असुर को पकड़कर लिक्ष्वी के निर्देशित कक्ष में पहुँचा। कक्ष छोटा था। बस एक दीपक जल रहा था। दीपक के मंद प्रकाश में पूरा कक्ष खाली दिखा। इक्का-दुक्का वस्तुएँ इधर-उधर पड़ी थीं। एक तेज मीठी गंध पूरे कक्ष में तैर रही थी। कक्ष के बीच में दो पीढ़े थे। एक पर लिक्ष्वी बैठा था और दूसरे पर सैनिक ने आरोपी को बिठाया।

आरोपी को बिठाकर सैनिक कक्ष से चला गया और बाहर से द्वार बंद

कर प्रहरी की तरह खड़ा हो गया।

बंद कक्ष में लिक्ष्वी ने दो अन्य दिए जलाए। रूना मछली की चर्बी वाले इन दीयों से श्वेत प्रकाश फूटा। लगा दिन हो गया।

कक्ष में तैर रही मीठी गंध से आरोपी की नाक में खुजली होने लगी। तभी लिक्ष्वी के हाथों में दो डंडियाँ प्रकट हुईं। उन डंडियों पर रंगीन पट्टियाँ बनी थीं।

लिक्ष्वी उन डंडियों को विचित्र ढंग से नचाने लगा। आरोपी मूर्खों का भाव लिए यह सब देख रहा था। कुछ क्षण बाद दृष्टि स्वयं ही डंडियों की रंगीन पट्टियों का पीछा करने लगीं। आरोपी को रंगीन रेखाएँ दिखना प्रारंभ हो गईं। रेखाएँ घूमकर छल्लों में बदल गईं। रंगीन छल्ले एक-दूसरे में समाने लगे। लिक्ष्वी ने झटके से दोनों डंडियाँ नीचे कर लीं। छल्ले पूरी तरह एक-दूसरे में समा गए और चौंधवाला तेज श्वेत प्रकाश फैल गया। इसी के साथ पुतलियाँ जड़ हो गईं।

मूर्ति बने आरोपी से लिक्ष्वी ने पूछताछ प्रारंभ की। छोटे-छोटे कई प्रश्न पूछे। जितना पूछता, उतना विचलित हो जाता। कुछ देर में पूछताछ पूरी हो गई। गला भर आया।

लिक्ष्वी ने श्वेत प्रकाश वाले दीपक बुझा दिए। कक्ष में मात्र पीले दिए का हिलता-डुलता प्रकाश बचा।

आरोपी की चेतना लौटी। सिर घूमता हुआ लगा।

लिक्ष्वी ने गला साफकर आवाज लगाई। सैनिक द्वार खोलकर अंदर आया। लिक्ष्वी ने नेत्रों से कुछ संकेत दिया। सैनिक आरोपी को लेकर बाहर चला गया। जाते समय सैनिक के हाथ अपनी तलवार की मूठ पर कस गए।

कक्ष में लिक्ष्वी अकेला बचा। बड़ी देर तक स्वयं को संभालने का प्रयत्न करता रहा, पर कर नहीं पाया। भूमि पर एक काला धब्बा बना। धब्बा फैलकर बड़ा हो गया। बगल में दूसरी बूँद गिरी। वह भी धब्बा बनकर फैल गया। दोनों आँखों में कुछ आँसू ढलक आए थे। रुँधे कंठ से बुदबुदाया... बड़ी माँ...।

लिक्ष्वी रातभर सो नहीं पाया। फिर भी अगले दिन समय से उठकर अनाथालय के लिए चल पड़ा। अनाथालय राजधानी के दक्षिण में नदी तट पर बना था। यह वही नदी थी, जिसके तट पर मारंग ने लाल पुष्पों वाला उद्यान बनवाया था। उद्यान की भाँति अनाथालय भी तट पर लंबाई में बना था। एक ओर नदी, दूसरी ओर वन। लोगों के नियमित आवागमन के कारण वन के इस भाग में वन्य-पशु नहीं दिखते थे।

अनाथालय से थोड़ा हटकर लकड़ी का एक घर था, जो बाँसों की बाड़ से घिरा हुआ था। इस घर में मात्र एक कक्ष था, जिसका द्वार अभी खुला हुआ था।

कक्ष में एक पर्यंक पड़ा था। पर्यंक पर एक सात वर्षीया छोटी लड़की आँखें बंद किए करवट के बल लेटी थी। त्वचा का रंग काला, आँखें कोटरों में धँसी हुई, गाल यथासंभव पिचके और हाथ-पैर किसी डंडे की भाँति पतले थे। दीखने में लगता—हड्डी के ढाँचे पर मात्र त्वचा खींचकर चढ़ा दी गई हो। माँस ढूँढ़ने से भी नहीं मिलता। ऐसे कंकाल शरीर में प्राण होना स्वयं में चमत्कार लगता था।

वह निद्रा में नहीं थी। यूँ ही लेटी हुई थी। एक ठंडी बयार कक्ष में घुसकर उसके सूखे गालों, हाथों, और पैरों से टकराई। लड़की आनंदित हो गई। उसके मन का मौसम हो रहा था। इच्छा हुई बाहर जाकर बैठे।

हल्का पीलापन लिए उसकी निस्तेज आँखें खुली। पर्यंक पर धीरे से उठकर बैठी। फिर भूमि पर पैर रखते ही ऐसे डगमगाई, जैसे- पाँव शरीर का भार संभाल नहीं पा रहे हों। फिर भी वह गिरी नहीं। इन्हीं डगमगाते पैरों से धीरे-धीरे चलकर कक्ष से बाहर निकली।

धूप नहीं आ रही थी। सूर्य किसी बादल की आड़ में छुपा था। लड़की को अच्छा लगा। कुछ पग और चलकर बाड़ के बाहर तक आई। सहसा जी मिचलाने लगा, उल्टी हो गई। संभलने के लिए बाड़ को पकड़ लिया और झुककर उल्टी करती रही। कोई ठोस पदार्थ नहीं निकल रहा था, बस तरल ही गिरा। तरल हल्के हरे रंग का था।

उल्टी के बाद वह समीप ही पत्थर के एक आसन पर बैठ गई। आँखों में अब हरे रंग के महीन डोरे दिख रहे थे।

आस-पास खूब हरियाली थी। भूमि पर घास और चारों ओर वृक्ष ही वृक्ष। लंबे-लंबे वृक्षों की पत्तियाँ हवा से खड़-खड़ कर रही थीं। लड़की ने पुनः अपनी आँखें मूँद ली। पत्तियों की खड़खड़ाहट का संगीत उसे अच्छा लगता था। देर तक सुनती रही। जब निद्रा सताने लगी, तो उसी पत्थर पर उकडू होकर लेट गई।

प्रभा!...बच्ची!...प्रभा!

कोई उसे पुकारकर जगा रहा था। आवाज पहचानती थी। आँखें खोलने में देर नहीं की।

''पिताजी...''

उठकर बैठ गई। सामने लिक्ष्वी था।

लिक्ष्वी ने प्रभा का सिर सहलाया, ''यहाँ क्यों लेटी है?''

''अच्छा लग रहा था।'' प्रभा चहककर बोली।

लिक्ष्वी ने कमर के पीछे से हथेली बराबर लकड़ी का एक खिलौना निकाला।

''घोड़ा...'' प्रभा प्रफुल्लित हो गई। दोनों हाथ बढ़ाकर खिलौना ले लिया। घुमा-घुमाकर देखने लगी। प्रसन्नता से बोली, ''अब मैं इस पर बैठकर घूमा करूँगी।''

''हा! हा! हा!...नहीं बच्ची! ...टूट जाएगा,'' लिक्ष्वी पुचकारते हुए बोला।

प्रभा ने खिलौने को संभालकर गोद में रख लिया, फिर लिक्ष्वी के मुख पर दृष्टि गड़ाकर थोड़ा हिचकते हुए पूछा, ''पिताजी! पितामह ने क्या कहा? मैं भी चलूँ पर्वत पर?''

लिक्ष्वी बैठ गया, दृष्टि झुका ली। उदास स्वर में बोला, ''नहीं बच्ची! उन्होंने आज्ञा नहीं दी।''

प्रभा का उल्लास चला गया। सूखे होंठ ऐसे काँपे, जैसे रो देगी। इधर-उधर देखने लगी। अधिक देर शोकाकुल नहीं रही। शीघ्र ही मुस्कान खींच ली। अपनी दोनों हथेलियों के बीच लिक्ष्वी का मुख पकड़कर बोली, ''पिताजी! दुःखी मत हो...।''

लिक्ष्वी सहज हुआ। प्रभा के दोनों हाथों को सहलाया, ''नहीं बच्ची!

दु:खी नहीं हूँ। तुम्हारे सम्मुख कोई दु:खी हो सकता है भला!''

प्रभा ने अपनी मुस्कान और खींची।

लिक्ष्वी ने प्रभा को उठाकर अपने कंधे पर बिठा लिया। प्रभा की दोनों पतली टाँगें लिक्ष्वी की छाती पर लटक गईं। लिक्ष्वी प्रभा को लेकर उत्तर की ओर चला।

प्रभा लिक्ष्वी के सिर पर घोड़ा चला रही थी।

''चल मेरे घोड़े ...टुक ..टुक...टुक।''

''टुक टुक नहीं बच्ची!...टक...टक।''

''खी...खी...खी...मेरा घोड़ा टुक टुक चलेगा,'' प्रभा खिलखिलाई।

''हा!...हा!...हा! ठीक है,'' लिक्ष्वी भी हँसा।

कुछ दूर चलने पर वृक्ष से टूटकर एक पत्ता प्रभा के सिर पर गिरा। उसने पत्ता उतारकर देखा।

''पिताजी! गोल-गोल पत्ता...'' लिक्ष्वी के मुँह के सामने लाकर दिखाती है।

''हाँ बच्ची! यह तो पूरा गोल है।'

''क्या अपने घोड़े को खिला दूँ?''

''खिला दो... बेचारा भूखा होगा।'

प्रभा ने पत्ते को खिलौने के मुँह से स्पर्श कराया और पीछे उड़ा दिया।

''पूरा पत्ता खा गया, पिताजी! यह देखो... खाकर मोटू हो गया।''

''हा! हा! हा!...यह घोड़ा बहुत खाता है।''

दोनों बातें करते जा रहे थे। चलते-चलते लिक्ष्वी नदी तट पर पहुँचा। यहाँ से अनाथालय दाईं ओर सौ पग दूर था। यहाँ पिछले बीस दिनों से मूर्ति निर्माण का कार्य चल रहा था। पाँच हाथ ऊँची लकड़ी की अर्द्धनिर्मित दर्जनों मूर्तियाँ खड़ी थीं। अपने अनगढ़ स्वरूप में भी वे किसी स्त्री की आभा दे रही थीं।

लिक्ष्वी, प्रभा को एक मूर्ति के समीप ले गया। प्रभा ने अपने कंकाल हाथों से मूर्ति को छुआ। कौतूहल से पूछा, ''पिताजी! यह कौन हैं?''

''तुम मेरे केश नोच रही हो... नहीं बताऊँगा।''

"खी!...खी!...खी!...छोड़ दिया।"

लिक्ष्वी मूर्ति से दूर हटा और नदी की ओर जाने लगा। बताया–

"यह महादेवी हैं।"

"महादेवी! हमारी महादेवी? जिनका जन्मदिवस आने वाला है?"

"हाँ! हम सब की महादेवी।"

"क्या वो मुझसे मिलने आएँगी पिताजी!"

"महादेवी बहुत दूर रहती हैं... बच्ची!"

"क्या मैं उन्हें पुकारूँ?...मेरी पुकार सुनकर आएँगी?"

"हा! हा! हा!...पुकारो ...सुन लिया, तो आ जाएँगी।"

प्रभा जोर से पुकारती है। महादेवी...महादेवी...। दूसरी ओर गरदन घुमाकर। महादेवी...महादेवी।

लिक्ष्वी, प्रभा को कंधे से उतारकर नदी के जल से दो हाथ दूर बैठा देता है और स्वयं भी बगल में बैठ जाता है। दोनों नदी में कंकड़ फेंकते हैं। प्रभा बीच-बीच में महादेवी... महादेवी पुकारती है।

उन दोनों के पीठ पीछे तट से दूर वृक्षों की आड़ में एक रथ आकर खड़ा हुआ। उस पर प्रभा का पितामह मारंग था। वह बड़ी देर तक दोनों को देखता रहा, फिर रथ मोड़कर चला गया।

कुछ समय नदी पर बिताने के बाद लिक्ष्वी, प्रभा को पुनः कंधे पर बिठाकर अनाथालय ले गया। उसे देखते ही वहाँ उपस्थित ढेरों बच्चे दौड़ते हुए आए और पिताजी! पिताजी! करते हुए उसे घेर लिया। प्रभा पूरे गर्व से सब को अपना घोड़ा दिखाती है और बताती है– यह मेरा घोड़ा है... यह पूरा पत्ता खा जाता है... बहुत पेटू है।

कारागार

नदी के स्वच्छ जल में एक मछली बहाव के साथ तैर रही थी। वह जल सतह से बहुत नीचे नहीं थी। सूर्य की झिलमिलाती किरणों से उसके श्वेत शल्क जल के अंदर भी चमक रहे थे।

तैरते-तैरते मछली को सामने से एक जल-कीट आता दिखा। अपने भोजन को देखकर वह ठहर गई। किसी भी क्षण झपट्टा मारने का अवसर देखने लगी। एकदम स्थिर होकर शक्ति एकत्र कर रही थी कि जल-सतह को भेदता हुआ एक बाण आया और उसके शरीर के आर-पार हो गया।

जल-कीट भाग निकला। मछली के घाव से रक्त की कुछ बूँदें निकलकर लाल स्याही की भाँति जल में घुलने लगीं।

बाण की पूँछ से धागा बँधा था। धागा खिंचा और मछली बाण सहित जल से बाहर आ गई।

धागा खींचने वाला ठोस शरीर का एक असुर था। पूरा शरीर काले रंग से पुता होने के बाद भी उसके मुख से तेज झलकता था। वह अब तक तीन मछलियाँ पकड़ चुका था। यह चौथी थी। उसने चारों मछलियाँ एक बाण

में फँसाईं और कंधे पर रखकर अपनी राह चल दिया।

नदी से थोड़ी दूर वन के छोर पर एक पुराना खंडहर था। इतना टूट चुका था कि देखने से मूल ढाँचे का अनुमान लगाना कठिन था। यह स्थान कभी मारंग व्यापार गृह का भंडारण गृह हुआ करता था। एक बार त्यागने के बाद दशकों तक किसी ने इधर की सुध नहीं ली। लोगों का आवागमन नहीं होने से वन के इस भाग में वन्य पशुओं की संख्या बढ़ती चली गई। बंदरों तथा मोरों की चीखें नियमित रूप से सुनाई पड़ जाती थीं।

पूरा खंडहर काई और वनस्पतियों से ढका होने के कारण हरे रंग के आवरण में था। कहीं-कहीं पशुओं के कंकाल भी दिख जाते थे। उन पर भी काई ने अपना अधिकार जमाने का पूरा प्रयास किया था।

खंडहर में एक साफ स्थान पर कुछ सामान पड़ा था। लकड़ी की ढेरों खपच्चियाँ, वृक्षों की गोंद, छुरे, खड्ग और भाँति-भाँति के छोटे उपकरण।

असुर मछलियाँ लेकर इसी स्थान पर पहुँचा। उसने दो पत्थरों के बीच मछलियों वाला बाण टिकाया और नीचे आग जला दी।

मछलियों को भुनता छोड़ वह लकड़ी की खपच्चियों के साथ जुट गया। खपच्चियाँ दो अंगुल से लेकर आधे हाथ तक भिन्न-भिन्न लंबाइयों में थीं। खपच्चियों के अतिरिक्त लकड़ियों के कुछ छोटे टुकड़े भी थे, जो विचित्र आकार-प्रकार के थे। किसी खिलौने के पुर्जे जैसे प्रतीत होते थे।

असुर सामने रखे रेखाचित्र से देखकर उन पुर्जों को आपस में जोड़ रहा था।

''करिया... !'' किसी ने दूर से पुकारा।

''यहाँ हूँ,'' रेखाचित्र से दृष्टि हटाए बिना असुर ने जोर से प्रत्युत्तर दिया।

कुछ देर पश्चात् पुनः ''...करिया!...करिया!'' इस बार पुकारने वाला कहीं समीप था।

''यहाँ! धुआँ देखकर आ जाओ।'' करिया नाम के उस असुर ने पुनः उत्तर दिया।

कुछ क्षणों बाद एक बलिष्ठ असुर बाईं ओर से प्रकट हुआ। इस

बलिष्ठ की ऊँचाई रेखाचित्र देख रहे करिया से बारह अंगुल अधिक थी। कटार और खड्ग के अतिरिक्त उसकी कमर के दोनों ओर दो छोटी मटकियाँ भी बँधी थीं।

पैरों की आहट पाकर करिया ने रेखाचित्र से दृष्टि हटाई और मुड़कर बलिष्ठ असुर की ओर देखा। फिर अपना कार्य छोड़कर उठा और मंद मुस्कान के साथ बोला।

"जावा! तुम्हारा कार्य कहाँ तक पूर्ण हुआ?"

"जाल बाँध दिया और रथ भी बनकर पूर्ण हो चुका है।" बलिष्ठ जावा ने सपाट भाव से उत्तर दिया। अवस्था कोई भी हो, जावा के मुख का यही स्थायी भाव था।

करिया की दृष्टि जावा के हाथ पर गई। दाईं हथेली पर पट्टी बँधी थी। संकेत कर पूछा, "यह कैसे...?"

"जाल बाँधते समय..."

"विष तो नहीं चढ़ा?"

"इस बार विष का प्रयोग नहीं किया... धागों में पर्याप्त धार है।"

"अच्छा किया। अब यहाँ का भी कार्य पूर्ण कर लो।"

"सर्वप्रथम अग्नि बुझानी पड़ेगी। भुने माँस की गंध पाकर वन्य-पशु खिंचे चले आएँगे।" जावा भुन रही मछलियों की ओर जाता हुआ बोला।

"माँस हटा लो... अग्नि मत बुझाना, मुझे आवश्यकता है।"

जावा ने मछलियाँ अग्नि से हटा ली। मछलियाँ अधभुनी थीं। करिया ने एक समुद्री लवण मछलियों पर रगड़कर खाने योग्य बनाया। उनका भोजन सुस्वाद नहीं था, फिर भी दोनों बड़े चाव से खाए। खाते समय गुर्राहट सुनाई पड़ी। किसी पशु को गंध मिल गई होगी। एक मछली बची थी। जावा ने उठाकर ध्वनि की दिशा में फेंक दी। टूटी दीवारों के ऊपर से होते हुए मछली खंडहर के बाहरी हिस्से में गिरी। फिर दो पशुओं के झगड़ने की आवाज आई।

दोपहर हो रही थी। खा-पीकर दोनों अपने कार्यों में जुट गए। करिया रेखाचित्र देखकर लकड़ी के पुर्जे जोड़ने लगा और जावा अपनी कमर से बँधी मटकियों के साथ उलझ गया। बाईं मटकी का मुँह चमड़े से और दाईं

का मुँह छिद्रयुक्त मोटे कपड़े से ढककर बँधा था।

जावा ने बाईं मटकी का मुँह खोला। मटकी में गंधहीन तैल था। उसने बारी-बारी से दोनों हथेलियाँ तैल में डुबो दी। फिर दाईं मटकी का मुँह खोलकर अंदर से एक मेढ़क निकाला। मटकी में छोटे-छोटे कई मेढ़क थे। पीले और लाल चकत्ते वाले ये मेढ़क अँगूठे से थोड़े छोटे थे।

"कितना धागा?" जावा ने पूछा।

"दस हाथ लंबा," रेखाचित्र से दृष्टि हटाए बिना करिया ने स्पष्ट उत्तर दिया।

जावा ने इधर-उधर दृष्टि दौड़ाई। पेड़-पौधे, टूटी दीवारें, टूटे स्तंभ, भूमि पर पड़ा मलबा और उस पर चढ़ी काई- सब देखा। फिर मध्यम ऊँचाई के दो वृक्षों को चुना। एक-दूसरे से बारह हाथ दूर खड़े दोनों वृक्ष अभी शैशवावस्था में थे। उनके तनों की मोटाई जावा की कलाई से अधिक नहीं रही होगी।

जावा एक वृक्ष के समीप पहुँचा और हाथ में पकड़े मेढ़क का उदर दबाया। मेढ़क की जिह्वा बाहर निकल आई। जिह्वा के अग्र भाग से पारदर्शी लार टपकने लगी।

जावा ने मेढ़क की जिह्वा वृक्ष के तने से स्पर्श कराई। लार तने से चिपक गई। फिर मेढ़क को लेकर दूसरे वृक्ष की ओर बढ़ा। तने और मेढ़क की जिह्वा के बीच की लार टूटी नहीं। जावा के बढ़ने के साथ वह लार महीन धागों की भाँति खिंचकर लंबी होती चली गई। जावा ने दूसरे वृक्ष के तने से भी जिह्वा का स्पर्श कराया। इस प्रकार दो वृक्ष तनों के बीच एक महीन धागा खिंच गया। इसी प्रक्रिया को दोहराकर जावा ने तीन और धागे खींचे।

करिया खपच्चियों और लकड़ी के पुर्जे जोड़कर एक बेलनाकार ढाँचा बना रहा था। ढाँचा डेढ़ हथेली लंबा और एक हथेली व्यास वाला था। बेलन का बाहरी ढाँचा खपच्चियों से बना था और अंदर लकड़ी के कुछ पुर्जे लगे थे।

करिया सामानों के बीच एक पुर्जा खोज रहा था कि पुनः गुर्राहट सुनाई पड़ी। एक के बाद कई गुर्राहट हुई, सभी दिशाओं से। गुर्राहट समीप से

आई थी। करिया और जावा की दृष्टि घूमी। चारों ओर से लकड़बग्घे जैसे दीखने वाले वनकुत्तों का घेरा बन रहा था।

''जावा! इन्हें संभालने का कार्यभार तुम्हारा,'' लापरवाही से कहकर करिया अपना पुर्जा ढूँढ़ने लगा।

''दोनों हाथों में तैल लगा है। मेरी पट्टिका से सीटी निकालकर मुझे थमाओ...'' जावा बोला।

करिया ने एक ठंडी साँस छोड़ी। उठकर गया और जावा की कमर पट्टिका में हाथ डालकर टटोलने लगा। कई सीटियाँ थीं। सारी निकालकर हथेली पर रखा। बेलनाकार, चौकोर और टेढ़ी-मेढ़ी भिन्न-भिन्न प्रकार की थीं।

जावा ने एक चपटी सीटी की ओर संकेत किया। करिया ने सीटी जावा के मुँह के अंदर जिह्वा पर रख दी। जावा ने सीटी मुँह के अंदर बंद किया और होंठो को गोलकर गर्जना की। वनकुत्तों का छोटा होता घेरा अपने स्थान पर ठहर गया। जावा ने फेफड़ों में शक्ति भरकर पुनः गर्जना की। गर्जना तेज थी और हल्का कंपन भी उत्पन्न हुआ। मात्र दो गर्जना में वनकुत्तों की गुर्राहट कीं.. कीं.. में परिवर्तित होने लगी। इस बार जावा ने टेढ़ा-मेढ़ा मुँह बनाकर विचित्र-सी ध्वनि निकाली। वनकुत्ते भाग खड़े हुए।

''ऊसर लौटकर यह दैत्य विद्या मुझे भी सिखा देना। बिना खड्ग उठाए कार्य संपन्न हो जाता है,'' करिया मंद मुस्कान के साथ बोला।

जावा ने मुँह खोलकर सीटी दिखाई। करिया की इच्छा नहीं थी, तथापि जावा के मुँह के अंदर से सीटी निकालकर चुपचाप उसकी कमर पट्टिका में डाल दिया।

''पर्याप्त है?'' जावा धागों की ओर देखकर पूछा।

''पर्याप्त है। तुम अपने हाथ स्वच्छ कर लो। मैं भी कर लेता हूँ।'' कहकर करिया ने अपनी अँगुलियाँ जावा के वस्त्रों में पोंछ दी। जावा ने कोई प्रतिक्रिया नहीं दी। उसने मेढ़क को मटकी में रखा और हाथ धोने नदी की ओर चल दिया।

करिया पुनः अपना पुर्जा ढूँढ़ने लगा। कुछ देर में मिल गया। बेलनाकार ढाँचे में हाथ डालकर लगा भी दिया। फिर बेलन को इधर-उधर पटककर

जाँच किया, कहीं कुछ ढीला तो नहीं। जब संतुष्ट हो गया, तब वहाँ फैली सामग्री में से एक बड़ी पोटली उठाई।

पोटली खोलने पर कई छोटी पोटलियाँ निकलीं। सभी पोटलियों का रंग एक-दूसरे से भिन्न था। एक काले रंग की पोटली उठाई। अंदर से एक काला चपटा पत्थर निकला। पत्थर पूर्ण रूप से चिकना था। करिया पत्थर को बाएँ हाथ की त्वचा के समीप ले गया। हाथ के रोएँ खड़े हो गए। उसने सावधानी से पत्थर को बेलन के अंदर एक खाँचे में रख दिया। कुछ अन्य पुर्जे जोड़ने के बाद पत्थर बेलन का ही एक भाग बन गया। करिया ने पुनः बेलन को इधर-उधर पटककर देखा। पत्थर बेलन के अंदर अपने स्थान पर ही बना रहा।

करिया ने एक अन्य पोटली खोली। श्वेत पत्थर निकला। यह भी चिपटा और चिकना था। बिना कोई विशेष निरीक्षण किए इस पत्थर को भी बेलन के एक खाँचे में फँसा दिया। पुनः कुछ पुर्जे जोड़े और यह पत्थर भी बेलन का एक भाग बन गया। अंदर दोनों पत्थर दो अंगुल की दूरी पर एक-दूसरे के ऊपर-नीचे स्थित थे। करिया कुछ अन्य पुर्जे भी जोड़ने में लगा रहा।

जावा अपने हाथ स्वच्छ कर लौट आया। उसे आता देख करिया ने पोटलियों से तीन और चिकने चिपटे पत्थर निकाले। तीनों गाढ़े भूरे रंग के थे। एक पत्थर आकार में अन्य दो से अपेक्षाकृत बड़ा था।

करिया ने तीनों पत्थर जावा को थमाए। जावा को पहले ही ज्ञात था कि इनका क्या करना है। इधर-उधर देखता हुआ खंडहर के दूसरे भाग पहुँचा। वहाँ टूटे स्तंभों के बड़े-बड़े खंड बिखरे पड़े थे।

जावा ने एक बड़े पत्थर की काई साफ कर उस पर तीनों भूरे पत्थर अगल-बगल रखे। फिर एक दूसरा भारी पत्थर उठाकर उन तीनों पर पटक दिया। इसी प्रकार चार-पाँच बार पटकने पर तीनों पत्थरों का रंग थोड़ा पीला होने लगा। यह पत्थर पटकने की क्रिया जावा को तब तक करनी थी, जब तक तीनों पत्थरों का रंग परिवर्तित हो कर पूर्ण पीला न हो जाए।

इधर करिया अपने बेलन यंत्र का कार्य पूर्ण कर चुका था। अब उसने बड़ी खपच्चियाँ उठाई। खपच्चियाँ पाँच अंगुल चौड़ी और आधा हाथ लंबी

थीं। वह जल रही अग्नि के पास गया और कुछ सूखी लकड़ियाँ डालकर अग्नि तेज कर दी। फिर एक खपच्ची अग्नि लौ के ऊपर लेकर खड़ा हो गया। मुख्य उद्देश्य खपची के मध्य भाग का ताप बढ़ाना था। कुछ देर में जब थोड़ा ताप बढ़ा, तब खपच्चियों के दोनों सिरों को एक-दूसरे की ओर दबा दिया। दबाना सरल नहीं था। करिया की बाहों के स्नायु फूलकर उभर आए। खपच्ची धनुष के आकार में टेढ़ी हो गई। किंतु बल हटाते ही पुनः अपनी सीधी अवस्था में लौट गई। कई बार ताप बढ़ाने और बल लगाने के पश्चात् खपच्ची में तनिक-सा स्थायी घुमाव आया। आध घड़ी के परिश्रम के बाद खपच्ची में किसी खिंचे धनुष जैसा स्थायी झुकाव प्राप्त हो गया।

उधर जावा भी निरंतर पत्थर पटक रहा था। पटकते-पटकते जब पत्थर टूट जाता, तो दूसरा भारी पत्थर उठा लाता। चिपटे पत्थरों का रंग पूर्ण रूप से पीला होने में अभी समय था। प्रारंभ में शीघ्रता से रंग परिवर्तित हो रहा था, किंतु अब बहुत मंद गति थी।

जावा को अपना कार्य पूर्ण करने में दो घड़ी लग गए। पूरा शरीर श्वेद से लथपथ हो गया। पूर्ण रूप से पीले हो चुके पत्थरों को उठाया और करिया के पास पहुँचा। करिया भी अब तक चार खपच्चियों में झुकाव प्राप्त कर चुका था।

जावा श्वेद सूखने तक बैठकर सुस्ताता रहा। फिर करिया ने खपच्चियाँ झुकाने का कार्य उसे सौंप दिया और स्वयं झुक चुकी खपच्चियों से नया उपकरण बनाने में लग गया।

करिया ने दो झुकी खपच्चियों को आमने-सामने किया और उनके दोनों जोड़ों पर सफेद गोंद लगा दिया। संरचना कुछ इस प्रकार की हो गई जैसे- दो धनुषों को आमने-सामने करके उनके सिरों को चिपका दिया गया हो। फिर कुछ अन्य खपच्चियों को संरचना के अंदर लगाकर उन्हें भी गोंद से जोड़ दिया।

ध्यानपूर्वक कुछ समायोजन करने के पश्चात् करिया ने इस संरचना को थोड़ी देर अग्नि में घुमाकर तपाया। गोंद सूखकर ठोस हो गई। करिया ने संरचना पटककर देखा। सब ठीक था। फिर उसने संरचना को भूमि पर रखकर पाँव से बल लगाया। संरचना दबने लगी और बल हटाने पर किसी

लचीले बाँस की भाँति झटका दिया।

करिया ने ऊपर वाली खपच्ची पर लकड़ी के कुछ टुकड़े और कुछ पुर्जे जोड़कर पाँव फँसाने के लिए एक खाँचा बनाया।

डेढ़ घड़ी में करिया ने इस प्रकार की दो संरचनाएँ बनाकर तैयार कर लीं। जावा अभी भी खपच्चियाँ मोड़ रहा था।

करिया दोनों संरचनाएँ लेकर खंडहर के बाहर एक खुले स्थान पर आया। आस-पास वृक्ष थे, किंतु सघन नहीं थे। वह दोनों संरचनाओं के खाँचों में पाँव फँसाकर खड़ा हो गया। संतुलन बनाने में कोई विशेष कष्ट नहीं हुआ। ऐसी संरचना पर वह पहले भी दर्जनों बार अभ्यास कर चुका था।

दोनों पैरों में संरचना पहनकर वह किसी गौरैया की भाँति चार पग फुदक-फुदककर चला। फिर पाँचवे पग में पैरों से नीचे की ओर भरपूर बल लगाया। संरचना दबी और फिर एक सीमा के बाद बल समाप्त होते ही संरचना ने अपनी पूर्व अवस्था पाने का प्रयत्न किया। एक झटका मिला और करिया संरचना सहित हवा में पाँच हाथ ऊपर उछल गया। नीचे आया, तो पुनः संरचना दबी। इस बार अधिक दबी थी। अधिक झटका मिला और करिया वृक्ष की ऊँचाई तक उछल गया। आस-पास के वृक्षों पर बैठे पक्षी उड़ गए। करिया को दूर वृक्षों पर बैठे वानर और बगुले भी दिखे।

कुछ देर इधर-उधर उछलकर अपने उछाल-यंत्र की जाँच करने के पश्चात् करिया खंडहर लौट आया।

करिया ने उछाल-यंत्र की एक जोड़ी और बनाई। इस बार जाँच करने जावा गया। जाने से पहले उसने कमर पर बँधी दोनों मटकियाँ उतार दीं। उसने भी कई वृक्षों के पक्षी उड़ाए और दो वानरों की लड़ाई भी देखी।

उछाल-यंत्र की दोनों जोड़ियाँ एक-दूसरे की प्रतिरूप थीं। किंतु पहली जोड़ी में करिया ने लाल तप्त छुरे से कुछ निर्धारित स्थानों पर चीरे लगा दिए।

इसके पश्चात् दोनों अन्य छोटे-छोटे कार्य निबटाते रहे। सूर्य ढलान पर था। उन्होंने अपनी सामग्री बटोरकर बाँध ली। जावा ने वृक्ष तनों के बीच खिंचे धागों की जाँच की। धागे पूरी तरह सूख चुके थे। मकड़ी के जाले जितने महीन ये धागे दृष्टि केंद्रित करने पर ही दिखते थे। जावा ने धागों को लपेटकर रख लिया।

सारी सामग्री को गठरी में बाँधकर दोनों खंडहर से बाहर निकले और राजधानी मल्हार की ओर चल पड़े। इस समय मोर चीख रहा था और कोयल कूक रही थी।

रात्रि गहरा चुकी थी। असुर राजधानी मल्हार की हाटों में दुकानें बंद होना प्रारंभ हो गई थीं। कलाकृतियों की दुकानें और मदिरालय अर्द्धरात्रि के बाद भी खुले रहते थे, किंतु सामान्य दुकानें बंद होने का यही समय था। मार्गों पर आम-जन की संख्या धीरे-धीरे घटती जा रही थी।

हाट के बाहरी छोर पर माँस की दुकानें आवंटित थीं। असुर देश में भैंसा माँस की सर्वाधिक खपत थी। इसके बाद मछलियाँ तथा अन्य समुद्री माँस।

इन माँस दुकानों के पीछे बड़े-बड़े भंडारण गृह थे। इन्हीं में से एक भंडारण गृह के द्वार पर एक व्यापारी खड़ा किसी की प्रतीक्षा कर रहा था।

हाट के मार्गों पर प्रकाश की समुचित व्यवस्था थी, किंतु भंडारण गृह के आस-पास आवश्यकतानुसार ही उल्काएँ जल रही थीं। जहाँ व्यापारी खड़ा था, वहाँ क्षीण प्रकाश था।

उसे अधिक प्रतीक्षा नहीं करनी पड़ी। दो आकृतियाँ आती दिखीं। व्यापारी सतर्क हुआ। अँधेरे में भी दोनों आकृतियों की चाल में गर्व और निर्भीकता झलक रही थी।

करिया और जावा थे। दोनों व्यापारी के समीप पहुँचे। जावा, व्यापारी के पास माहभर से था, करिया पहली बार आया था। व्यापारी ने करिया पर भरपूर दृष्टि डाली, फिर सिर झुकाकर अभिवादन किया। करिया ने मुस्कान के साथ उसके कंधे पर हाथ रखा।

व्यापारी दोनों को अंदर ले गया। जावा ने कंधे पर लदी गठरी उतारकर रख दी। व्यापारी औपचारिक जलपान के लिए सेवक को पुकारने वाला था कि करिया ने संकेत से रोक दिया। वह पहले अपनी योजना के महत्वपूर्ण बिंदुओं को देखना चाहता था। व्यापारी ने सिर झुकाकर आज्ञा मानी और उन्हें भंडारण गृह के पिछले भाग में ले गया।

वहाँ दर्जनों गड्ढों में भाँति-भाँति की छोटी-बड़ी मछलियाँ भरी हुई

थीं। कुछ गड्ढों में अन्य समुद्री जीव भी थे। सभी गड्ढों में जल भरा था। सारे जलीय जंतु जीवित थे। वातावरण पूर्णरूप से दुर्गंधयुक्त था।

इस प्रकार के पाँच हाथ चौड़े वर्गाकार गड्ढे प्रत्येक समुद्री-माँस व्यापारी के भंडारण गृह में थे। राजधानी से समुद्र की दूरी अधिक थी। अत: मछलियों को ताजा रखने के लिए बिक्री तक उनको जीवित रखना आवश्यक था।

व्यापारी, करिया को दाएँ कोने वाले गड्ढों की ओर ले गया। पाँच गड्ढों में काली और सफेद धारियों वाले सहस्त्रों मेढ़क भरे थे। वे फुदक रहे थे, किंतु टर्रा नहीं रहे थे। उनके शरीर से लिपलिपा पारदर्शी द्रव्य निकल रहा था।

''कितने घड़े भर जाएँगे ?'' करिया ने पूछा।

''दस से अधिक,'' जावा ने उत्तर दिया। वह इन मेढ़कों को पिछले एक माह से पाल रहा था।

करिया को जो देखना था, देख लिया। वहाँ की दुर्गंध सहन नहीं हो रही थी। शीघ्र ही तीनों कक्ष में लौट आए।

व्यापारी ने आवाज देकर सेवक को जलपान लाने को कहा और एक मानचित्र फैलाकर करिया के सामने रख दिया। मानचित्र किसी कारागार का था, जहाँ अग्निप्रेत का आरोपी प्रयोगकर्ता शुक्र बंद था। मानचित्र सरल था, किसी बच्चे को भी स्मरण हो जाता।

''शुक्र को संदेश दे दिया है, किंतु वह अपनी पुत्री के लिए चिंतित था,'' व्यापारी ने कहा।

''उसे समझाया नहीं, उसे छुड़ाने के पश्चात् उसकी पुत्री को भी साथ लेकर जाएँगे।'' करिया मानचित्र देखता हुआ बोला।

''समझाने का अवसर नहीं मिला, मात्र एक बार कह दिया था कि उसकी पुत्री भी सुरक्षित साथ जाएगी।'' व्यापारी बोला।

करिया बड़ी देर तक मानचित्र पर दृष्टि दौड़ाता रहा। फिर कुछ लिखी हुई संख्याओं की ओर संकेत कर पूछा, ''दूरियों की गणनाओं में पूरी तरह आश्वस्त हो ?''

''निश्चिंत रहें। पिछले बारह वर्षों से कारागार में भोजन की आपूर्ति

कर रहा हूँ। आँख मूँदकर पूरा कारागार भ्रमण कर लौट सकता हूँ,'' व्यापारी ने जोर देकर कहा।

तभी सेवक जलपान लेकर आ गया। जलपान क्या था, पूरा भोजन था।

करिया, जावा की ओर मुड़ा और पुछा, ''गुलेलों की क्या दशा है?''

''चारों गुलेल बन गई हैं। अपनी आवश्यकतानुसार समायोजित कर सकते हो,'' जावा ने उत्तर दिया।

करिया कुछ देर सोचता रहा, फिर बोला, ''अन्य सामग्री भी उठा लाओ। कार्य निबटाने में रात्रि बीत जाएगी।''

जावा दूसरे कक्ष से ढेरों सामग्री उठा लाया। विभिन्न प्रकार के तैल, चूर्ण, घड़े, खपच्चियाँ और लकड़ी के टुकड़े आदि।

पहले उन्होंने भोजन किया, फिर कार्यों में लग गए। व्यापारी ने पाँच अति विश्वसनीय सेवकों को भी सहायता के लिए बुला लिया था।

अगले दिन अमावस्या थी। इस दिन असुरों में परंपरागत रूप से भैंसा-माँस बाँटकर उत्सव मनाने की प्रथा थी। प्रथा में भैंसा-माँस था, किंतु उच्च वर्ग भैंसा-माँस खा-खाकर ऊब चुका था, अतः वे मँहगे समुद्री जीव का उत्सव मनाते थे।

योजना के अनुसार व्यापारी अगले दिन दोपहर में आठ पैरों वाली समुद्री मछली देने कारागार गया। कारागार के सैनिक उल्लासित हो गए। सामान्यतः हर बार उन्हें भी भैंसा-माँस ही मिलता था, इस बार दुर्लभ समुद्री जीव देखकर प्रसन्न थे। उनकी प्रसन्नता के क्षणों में व्यापारी ने इधर-उधर के प्रश्न पूछकर कई नई सूचनाएँ प्राप्त कर लीं।

वर्तमान स्थिति में मात्र यह परिवर्तन हुआ था कि असुराधिपति कालयवन का अंगरक्षक थांबा बीस सैनिकों के साथ आज संध्या कारावास आएगा। थांबा का कारावास आना कोई नई बात नहीं थी। वह जब भी आता, पूछताछ के बहाने अगले दिन भोर में शुक्र को लेकर राजकीय प्रयोगशाला चला जाता। थांबा का आना पूर्ण निश्चित नहीं था, यदि वह आया, तो उसकी उपस्थिति संकट उत्पन्न कर सकती थी। थांबा का पद अंगरक्षक का अवश्य

था, किंतु स्तर किसी सेनापति जैसा था।

अमावस की काली रात। न्यूनतम आकाशीय प्रकाश की रात। तारों में इतना सामर्थ्य नहीं था कि चंद्रमा की अनुपस्थिति में दो हाथ दूर खड़े व्यक्ति का मुख पहचानने में सहायता कर सकें। पेड़-पौधे सहित प्रत्येक वस्तु मात्र काली आकृति के रूप में अपने अस्तित्व का बोध करा रही थी। बयार शांत थी, पत्ता भी नहीं हिल रहा था।

कारागार से दूर एक वृक्ष की मोटी डाल पर सैनिक वेशभूषा में करिया बैठा हुआ था। उसने दोनों पैरों में उछाल-यंत्र फँसा रखा था और पीठ पर बेलन-यंत्र। कमर पट्टिका मोटी लग रही थी। उसमें भी बहुत कुछ भरा था।

वृक्ष की डाल से कारागार की दीवारें भी काली आकृति के रूप में दिख रही थीं। परकोटे की दीवारें अधिक ऊँची नहीं थीं। आठ हाथ रही होंगी। परकोटे पर एक-दूसरे से दूर तीन स्थानों पर उल्काएँ जल रही थीं। उनके प्रकाश में पंद्रह सैनिक दिखे। व्यापारी की पूर्व सूचना के अनुसार पाँच-पाँच के समूहों में होने चाहिए।

कारावास ऐसा कोई स्थान नहीं था, जहाँ किसी शत्रु-सेना के आक्रमण का भय हो। अतः यहाँ सामान्य स्तर की सुरक्षा मात्र कैदियों को संभालने के लिए रखी जाती थी। चूँकि आज तक कारावास पर आक्रमण की घटना किसी ने नहीं सुनी थी, अतः यहाँ उपस्थित सैनिकों की सतर्कता भी उसी अनुसार थी।

कारावास के अंदर से हो-हल्ले की मंद ध्वनि आ रही थी। आज उत्सव की रात्रि थी। माँस रसोई में नहीं, बाहर खुले में पकाया जाता था। काजी प्रदेश की असामयिक वर्षा यह अवसर कम ही देती थी। इस बार प्राप्त हुआ था, तो सब पूरे उल्लास में थे।

करिया को कारावास के ठीक ऊपर अग्नि की पीली किरणों की छिटकन वाली धुँध आध घड़ी से दिख रही थी। पर्याप्त प्रतीक्षा हो चुकी थी। अब तक सब खाने-पीने में लग चुके होंगे।

कारावास के बाईं ओर वृक्षों के बीच खड़ा एक सेवक पूरे ध्यान से

करिया के वृक्ष की ओर दृष्टि गड़ाए हुए था। उसके समीप लकड़ी के दो लट्ठों वाली एक गुलेल भूमि में गड़ी थी। गुलेल के पास कुछ घड़े भी रखे हुए थे, जिनका मुँह चमड़े से ढ़क कर बाँधा गया था।

सेवक चौकन्ना था। मंद सरसराहट पर भी दृष्टि तत्काल उस दिशा में घुमा देता। तभी करिया के वृक्ष के आस-पास कुछ जुगुनू उड़ते दिखे। सेवक ने पुष्टि करने के लिए आँखें गड़ाई। पुष्टि हो गई कि संकेत है।

सेवक ने एक एक लंबी साँस ली और अपने कार्य में लग गया। उसने एक घड़ा उठाया और गुलेल के पट्टे पर रखकर खींचा। गुलेल खींचने में उसे पूरी शक्ति लगानी पड़ी। भूमि पर कई रेखाएँ बनी थीं। गुलेल को खींचकर पहली रेखा से स्पर्श कराना था। सेवक की साँस छूटने लगी, तथापि रेखा को स्पर्श कराने में सफल रहा। रेखा से स्पर्श कराते ही उसने गुलेल छोड़ दिया। घड़ा उड़ता हुआ कारागार की ओर चला।

कारागार वर्षों पूर्व त्यागे गए एक छोटे दुर्ग को परिवर्तित करके बनाया गया था। अतः मूल संरचना दुर्ग की ही थी। बीच के खुले मैदान में पाँच स्थानों पर अग्नि जलाकर माँस भूना जा रहा था। अधिकांश सैनिक अग्नि के चारों ओर बैठकर मदिरा पीते हुए माँस खींच रहे थे। कारागार में इस समय किसी भी प्रकार का सैन्य अनुशासन नहीं दीख रहा था। जब सारे कैदी अपनी कोठरियों में बंद हों, तो उनके लिए कार्य ही क्या है! वे पूर्ण निश्चिंत थे।

कई सैनिक मदिरा पीकर भूमि पर लेट गए। इन्हीं में से एक सैनिक चुपचाप लेटा हुआ आकाश की ओर ताक रहा था। वह मदिरा के बहुत प्रभाव में नहीं था। दिनभर खड़े रहने की थकान थी, इसलिए लेटा हुआ था।

उसे आकाश में एक काला बिंदु दिखा। बिंदु बहुत तेजी से बड़ा हो रहा था। कुछ समझ में आने से पूर्व ही एक घड़ा उसके मुँह से टकराया। नाक की हड्डी टूटी, सिर को आघात लगा और दर्द के क्षणिक तीव्र आवेग में तत्काल मूर्छित हो गया।

टकराते ही घड़ा किसी जल भरे मटके की भाँति फूटा। अंदर का चिपचिपा द्रव्य छपाके के साथ चारों ओर फैल गया। छपाके की छीटें आस-पास के सैनिकों पर पड़ी। कई सैनिकों को छीटों से हल्की चोटें भी

लगी। घड़े में द्रव्य के साथ अत्यंत छोटे-छोटे गोल कंकड़ भी थे। कंकड़ आकार में अँगुलियों के नखों के आधे रहे होंगे। चिपचिपे कंकड़ दूर खड़े सैनिकों को भी लगे और कई सैनिकों को कंकड़ चिपक गए।

सभी सैनिक भौचक्के थे। एक सैनिक की बाँह में कंकड़ चिपका था। उसने दूसरे हाथ से कंकड़ हटाया। कंकड़ तो दूर हो गया, किंतु चिपचिपे द्रव्य ने उसकी बाँह और कंकड़ के बीच एक महीन धागा बना दिया। उस सैनिक ने कंकड़ फेंक दिया, उसके उस हाथ और कंकड़ के बीच भी एक धागा खिंच गया। सैनिक ने अपने हाथ को इधर-उधर घुमाकर और झटक कर धागा छुड़ाने का प्रयास किया। उसे लगा, चिपचिपा धागा छूट गया। परंतु धागा छूटा नहीं था, बस खींच-तान से महीन होकर लंबा हो गया था।

जिनके मुँह पर मात्र छीटें पड़ी थीं, उनके साथ भी ऐसा ही हुआ। टूटे घड़े के फैले हुए द्रव्य और उनके शरीर के बीच एक धागा बन गया था। धागे इतने महीन थे कि नंगी आँखों से देख पाना अत्यंत दुष्कर था।

चकित सैनिक यही सोच रहे थे कि आकाश से यह क्या गिरा है। उनकी बुद्धि में यह आया ही नहीं कि यह आक्रमण भी हो सकता है।

तभी दूसरे स्थान पर एक और घड़ा गिरा। उसने भी द्रव्य और कंकड़ भरे थे। फिर एक के बाद एक चारों दिशाओं से अलग-अलग स्थानों पर घड़े छपाके के साथ फूटने लगे।

सैनिकों को अभी भी नहीं सूझा कि आक्रमण हो रहा है। कुछ मदिरा के प्रभाव में थे और कुछ भ्रमित थे। मैदान में चारों ओर झपाके हुए।

परकोटे पर खड़े सैनिक ऊपर से कारावास के अंदर झाँककर दृश्य समझने का प्रयास कर रहे थे। तभी एक छपाका उनके पीछे हुआ। कुछ कंकड़ सैनिकों से टकराए और कुछ उछलकर धागा बनाते हुए दीवार से नीचे कारावास के अंदर गिरे।

परकोटे पर कुल तीन छपाके हुए। दो छपाके सैनिकों के पास हुए, किंतु एक छपाका लक्ष्य चूक गया। वह घड़ा कारावास की बाहरी दीवार से टकराकर बाहर ही रह गया।

जब सारे घड़े फेंक लिए गए, तब करिया वृक्ष से कूदा। भूमि पर कूदते ही उछाल-यंत्र की खपच्चियाँ दबीं। फिर उछल गया। कारागार की दिशा

में वृक्ष से भी ऊँचा उछला था। लौटकर भूमि पर आया, खपच्चियाँ और अधिक दबीं। इस बार और अधिक उछाल मिली।

कारागार के अंदर इधर-उधर की भाग-दौड़ में एक सैनिक घड़े के द्रव्य पर फिसलकर गिर गया। उठने का प्रयास कर रहा था कि उसके सामने दस पग दूर आकाश से एक व्यक्ति कूदा।

करिया के कारागार की भूमि पर कूदते ही उछाल-यंत्र की खपच्चियाँ अधिकतम सीमा तक दब गईं। यंत्र की कई खपच्चियों को इतना अधिक बल सहन करने में कठिनाई होने लगी। इसी क्षण करिया ने कमर पर फँसी एक डोरी खींची। डोरी उछाल-यंत्र की एक खपच्ची से जुड़ी थी। पहले ही अपनी अधिकतम सीमा तक तनावग्रस्त खपच्चियों को एक बाह्य बल मिला और वे झटके से टूट गईं। फिर उसके प्रभाव से कई और खपच्चियाँ भी टूटीं। बीच की कई खपच्चियाँ टूटने से, उछाल-यंत्र में समाया बल कम हो गया। फिर भी करिया को पुनः छह हाथ ऊपर उछाल ही दिया।

सैनिक इतने चकित थे कि उन्हें अपने शस्त्र उठाने की भी सुध नहीं थी। करिया पुनः भूमि पर आया और तीन-चार बार फुदककर एक टूटे घड़े के समीप रुक गया।

करिया ने एक उड़ती हुई दृष्टि चारों ओर डाली। फिर आस-पास के वातावरण को महत्व न देते हुए अपनी पीठ से बेलन-यंत्र उतारा और फैले हुए द्रव्य पर खड़ा करके रख दिया। बेलन में ऊपर से हाथ डाला और अँगुली से बल लगाकर एक पुर्जा खिसका दिया। यंत्र के अंदर उमेठी हुई डोरी मुक्त हुई। डोरी की उमेठ में बसी प्रत्यास्थ ऊर्जा से अंदर के पुर्जे चलने लगे।

''कट्ट...'' बेलन-यंत्र में ध्वनि हुई।

दो क्षण पश्चात् पुनः ''कट्ट...'', ''कट्ट...।''

जैसे ही चौथा 'कट्ट'...सुनाई पड़ा, करिया पैरों से बल लगाकर उछल गया। आधे टूट चुके उछाल-यंत्र ने मात्र तीन हाथ की उछाल दी। जब वह हवा में अधिकतम ऊँचाई पर था, पाँचवाँ 'कट्ट' सुनाई पड़ा। कोई महत्वपूर्ण पुर्जा घूमा, कोई अवरोध हटा और बेलन-यंत्र के अंदर दो पत्थर आपस में टकराए।

बेलन के निचले भाग, जहाँ पत्थर टकराए थे, से बिजली कड़कने की तेज ध्वनि आई और क्षणांश में एक तीव्र चौंध के साथ विद्युत-ऊर्जा निकली। ऊर्जा निचले पत्थर की निचली सतह से निकलकर द्रव्य पर गिरी। फिर द्रव्य में फैलकर उससे जुड़े धागों की ओर दौड़ी। धागों पर वह टेढ़ी-मेढ़ी चमकीली रेखाओं के रूप में दौड़ती दिखी। क्षण के सौवें हिस्से में धागों का चमकीला जाल दृश्यमान हुआ। एक जाल, अपने समीप गिरे दूसरे घड़े-द्रव्य के जाल से किसी-न-किसी प्रकार उलझा हुआ था। ऊर्जा एक जाल से फैलकर, दूसरे जाल, दूसरे से तीसरे। इस प्रकार क्षण बीतने से पहले ही पूरे मैदान में असंख्य चमकीले धागों का विस्तृत जाल प्रकट हुआ। कुछ चमकीली रेखाएँ धागों पर चढ़ते हुए परकोटे की ओर भी बढ़ीं।

धागों से जुड़े सैनिकों से विद्युत टकराई। उनके रोएँ और केश आवेशित होकर खड़े हो गए। विद्युत शरीर में प्रवेश कर हृदय से होकर गुजरी। प्राणघातक झटके के साथ सैनिकों के शरीर गिरे।

करिया के उछाल-यंत्र की निचली खपच्चियों से भी कई धागे चिपक गए थे। विद्युत उसकी ओर भी दौड़ी। किंतु शरीर से दूरी अधिक होने के कारण कोई क्षति नहीं हुई। बस धागों के संपर्क बिंदु पर खपच्चियाँ काले धब्बे के साथ थोड़ा जल गईं।

करिया भूमि पर लौटा, तो कुछ खपच्चियाँ और टूटीं। उसने उछाल-यंत्र पैरों से निकालकर फेंक दिया और बेलन-यंत्र उठाकर पीठ पीछे फँसा लिया।

विद्युत-ऊर्जा के संपर्क में आकर द्रव्य सूखकर कड़ा हो गया था। इस विद्युत-प्रहार से मैदान में नब्बे और परकोटे पर दस सैनिक निष्क्रिय हो गए थे। शेष बचे तीस-पैंतीस सैनिकों के लिए यह दृश्य भयावह और अकल्पनीय था। सभी अपने स्थान पर जड़ जैसे खड़े थे। घुसपैठिये की ओर किसी का ध्यान ही नहीं था। वे अपने साथी सैनिकों की दशा देखकर काँप रहे थे।

करिया ने एक सामान्य दृष्टि चारों ओर डाली, फिर बाईं ओर कोठरियों की ओर बढ़ गया। मैदान बहुत बड़ा नहीं था। सौ पग में आर-पार किया

जा सकता था। मानचित्र के अनुसार बाईं ओर सफेद रंग से पुती कोठरियों में पहली कोठरी होनी चाहिए।

करिया दस पग चला होगा कि एक बाण आकर सामने भूमि में धँसा। बाण परकोटे से चलाया गया था। परकोटे के चार अन्य धनुर्धारियों ने भी बाण छोड़े। करिया के लिए इस स्तर की धनुर्विद्या से बचना खेल समान था। उसके पग आगे बढ़ते रहे।

इधर धनुर्धारी तीसरी बार बाण छोड़ने वाले थे कि एक बाण पीछे से आकर एक धनुर्धारी की बाँह के पार हो गया। धनुर्धारियों ने करिया को छोड़कर कारावास के बाहर झाँका। एक बाण और आया। किसी को लगा नहीं। उनके बगल से होकर निकल गया। अँधेरे में बस इतना अनुमान लगा कि वृक्षों के बीच से कोई बाण चला रहा है। धनुर्धारियों ने भी प्रत्युत्तर में बाण चलाए, पर उन्हें आश्चर्य हुआ कि वे ऊँचाई पर थे, तब भी उनके बाण नहीं पहुँच रहे, जबकि आक्रमणकारी नीचे से ही उन तक बाण मार दे रहा है।

वृक्षों के बीच खड़ा जावा एक बड़े धनुष से निरंतर बाण चला रहा था। उसे करिया के बाहर आने तक परकोटे की किसी भी गतिविधि को सँभालना था।

इधर कारागार के अंदर करिया अपने लक्षित कोठरी के सामने पहुँचा। प्रत्येक कोठरी की भाँति इस कोठरी का कैदी भी भय से पीछे अँधेरे कोने में चला गया था। करिया कोठरी की लौह सलाखों के सामने खड़ा हुआ। अंदर अँधेरे से कैदी की आवाज आई, "शुक्र काजी का नहीं, ऊसर का है।"

कैदी की पहचान और इच्छा दोनों का सत्यापन हो गया।

"पीछे ही रहें, श्रीमान् शुक्र!" करिया मंद मुस्कान के साथ बोला। फिर अपनी कमर पट्टिका से कपड़े की गाँठ जैसा कुछ निकाला। जो कुछ निकाला, आकार-प्रकार में कपड़े की एक बड़ी अँगूठी जैसा था। उसने अँगूठी को दाएँ हाथ की चारों अँगुलियों में एक साथ फँसाकर मुट्ठी बनाई। इस प्रकार गाँठ में बँधे दोनों पत्थर मुट्ठी के सामने आ गए। सामने वाले भाग में कपड़े में कुछ छिद्र थे, जिनसे अंदर से पीला पत्थर झाँक रहा था।

करिया ने मुट्ठी तानी, दाँत भींचे और पूरी शक्ति से सलाखों के बगल वाली दीवार पर घूँसा मारा। अँगूठी की गाँठ सीधे दीवार से टकराई। गाँठ के अंदर दो पत्थर भी आपस में टकराए। और पीले पत्थर से अति प्रचंड आघात-ऊर्जा एक झोंक में निकली। भयंकर गर्जना के साथ सोलह अंगुल मोटी पत्थर की दीवार के परखच्चे उड़ गए। थोड़ी धूल उड़ी और फिर सलाखों के बगल एक बड़ा छिद्र सभी को दिखा। गाँठ के अंदर पीले पत्थर का रंग परिवर्तित होकर गाढ़ा भूरा हो गया। साहस बटोर रहे सैनिक पुनः काँप गए।

करिया ने अँगूठी उतारकर कमर पट्टिका में वापस डाल लिया और छिद्र से दूर हो गया। दूर हटा ही था कि कान खड़े हो गए। क्षण गँवाए बिना बगल हटा। एक भाला कमर से दो अंगुल दूर से निकला।

करिया को थोड़ा अचंभा हुआ। भाला फेंकने वाला दूर था। इतनी दूर से, इस तीव्रता से भाला फेंकना साधारण हाथों का कार्य नहीं था। अनुमान लगाया, कालयवन का अंगरक्षक थांबा होगा।

वह थांबा ही था। उसकी जँघा के पास की धोती जली हुई थी और गरदन पर भी जले का काला धब्बा था। दो स्थानों पर विद्युत का प्रहार झेलने के पश्चात् भी थांबा अपनी चेतना बनाए रखने में सफल हुआ था। उसने स्वयं को संभाला ही नहीं, शत्रु पर आक्रमण भी किया। वह थोड़ा लँगड़ाते हुए खड्ग लेकर करिया की ओर बढ़ रहा था। थांबा बीस सैनिकों के साथ कारावास आया था। बारह मूर्च्छित थे, आठ बचे थे। वे आठ भी थांबा के साथ खड्ग लेकर आगे बढ़ रहे थे।

करिया ने एक दीर्घ श्वास छोड़ी और चारों ओर भरपूर दृष्टि डाली। परकोटे के धनुर्धर जावा के बाणों से उलझे हुए थे। कारागार में चारों ओर मूर्च्छित सैनिक बिछे थे और बचे हुए सैनिक भय से दूर ही बने हुए थे। वे युद्ध के लिए प्रशिक्षित सैनिक नहीं थे, साधारण प्रहरी थे, जिन्होंने वर्षों से किसी बड़े संकट का सामना नहीं किया था। ऐसे दुर्लभ और विचित्र आक्रमण पर उनका ऐसा व्यवहार सामान्य था। पाँच स्थानों पर जल रही अग्नि पर माँस अभी भी भुन रहा था। दूसरी ओर थांबा के साथ आठ सैनिक पूरी सतर्कता के साथ उसकी ओर बढ़ रहे थे।

करिया ने कोठरी के टूटे छिद्र की ओर मुँह कर आदेश मिश्रित स्वर में कहा, "श्रीमान् शुक्र! आप अंदर ही बने रहें।"

फिर उसने अपनी कमर पट्टिका से एक अन्य कपड़ों की गाँठ वाली अँगूठी निकाली। इस गाँठ में भी दो पत्थर बँधे थे। किंतु आकार में थोड़े छोटे थे। उसने बाएँ हाथ की चारों अँगुलियों में अँगूठी की भाँति फँसाकर मुट्ठी बना ली और दाएँ हाथ में खड्ग लेकर खड़ा हो गया।

थांबा रह-रहकर अपनी गरदन पर हाथ फेरता। विद्युत ने वहाँ का थोड़ा माँस जला दिया था, जलन हो रही थी।

सैनिकों ने आते ही करिया के चारों ओर घेरा बनाना प्रारंभ कर दिया। किंतु घेरा पूर्ण होने से पहले ही करिया एक सैनिक की ओर लपका। सैनिक को आशा नहीं थी। उसने करिया की खड्ग को अपने सिर के ऊपर रोका। करिया ने चपलता से बाएँ हाथ से सैनिक के पेट पर घूँसा मार दिया। गाँठ के अंदर दो पत्थर आपस में टकराए। और सैनिक को लगा, उसके पेट पर भारी हथौड़ा चला दिया गया हो। आघात से सैनिक उड़ता हुआ चार हाथ पीछे गिरा। आंतरिक अंगों को चोट लगी थी। मुँह से रक्त निकल आया। बिना उपचार पुनः उठने का प्रश्न ही नहीं था।

यह दृश्य देखकर थांबा सहित अन्य सैनिक अपने स्थानों पर क्षण भर के लिए ठहर से गए। करिया ने अवसर गँवाए बिना अपनी खड्ग विचित्र ढंग से घुमाकर दूसरे सैनिक की ओर चलाई। सैनिक ने कमर पर आ रहा प्रहार रोका। किंतु करिया का प्रहार रोकते ही उसकी खड्ग हाथ से छूटकर गिर गई। सैनिक को संभलने का अवसर नहीं मिला। करिया का घूँसा पड़ा और वह भी उड़ते हुए पीछे गिरा।

इसके उपरांत करिया रुका नहीं। तीसरे सैनिक पर भी तत्काल प्रहार किया। उसकी भी खड्ग छूटी और घूँसा खाकर वह भी उड़ता हुआ गिरा।

चौथे और पाँचवें सैनिक के साथ भी यही हुआ। थांबा की तेज और अनुभवी दृष्टि को कुछ समझ आया। करिया एक विशिष्ट कोण से खड्ग का प्रहार कर रहा था। खड्ग हाथों से क्यों छूट रही है, इसका सही कारण नहीं समझ पाया। किंतु विशिष्ट कोण और खड्ग छूटने का संबंध निकाल लिया।

थांबा ने तत्काल निर्णय लिया। बचे-खुचे तीन सैनिकों को कुछ संकेत किया और स्वयं बढ़कर करिया पर आक्रमण कर दिया। अभी तक आक्रामक रहे करिया को सुरक्षात्मक होना पड़ा। थांबा पूरी गति से आक्रमण कर रहा था। करिया को विशिष्ट कोण बनाने का अवसर ही नहीं मिल पाया।

भारी-भरकम शरीर वाले थांबा के प्रहारों में संवेग बहुत अधिक था। करिया को बीच-बीच में दोनों हाथ लगाने पड़ रहे थे। जँघा पर घाव खाने के बाद भी थांबा की फुर्ती देखने योग्य थी।

निरंतर चल रहे आक्रमण और बचाव के बीच करिया को घूँसा मारने का एक अवसर मिल गया। पूरी शक्ति से चलाया घूँसा थांबा की छाती से टकराने ही वाला था कि करिया ने दुगुनी तीव्रता से हाथ वापस खींच लिया। हाथ खींचने में क्षण भर भी विलंब होता, तो बगल से चलाया भाला उसके हाथ को छेद डालता।

दो सैनिक बाईं तथा एक सैनिक दाईं ओर भाला लेकर इसी प्रतीक्षा में थे।

करिया आठ पग पीछे होकर खड़ा हुआ। समझ गया कि परिस्थिति अब उतनी सरल नहीं रही। कारागार के संकट की सूचना संदेश वाहक पक्षियों के माध्यम से भेज दी गई होगी। संभव है, समीपवर्ती सैन्य छावनी से आध घड़ी में सहायता पहुँच जाए। अधिक समय नहीं था। शीघ्रता करनी होगी।

करिया छिद्र के समीप खड़ा था। दीवार के टूटे पत्थर पैरों के पास बिखरे पड़े थे। उसने दो हथेली व्यास का एक बड़ा पत्थर उठाया। सैनिक भाले आगे कर तैयार हो गए। सभी सोचे- पत्थर फेंककर मारेगा? क्या मूर्खता है।

करिया ने अपने मुँह के आगे पत्थर ऊपर उछाला। अधिकतम ऊँचाई प्राप्त कर जब पत्थर पुनः लौटकर मुँह के सामने आया, करिया ने कोण का अनुमान लगाते हुए पत्थर पर घूँसा चलाया।

भम्म्...।

गाँठ के अंदर से आघात-ऊर्जा निकली और पत्थर छूटे तीर की भाँति थांबा की छाती की ओर बढ़ा। थांबा को आते हुए पत्थर की झलक मात्र दिखी। पत्थर उसकी छाती से टकराया। तेज आघात से पीछे उछलकर गिरा।

पसलियों पर ऐसी भीषण चोट लगी थी कि साँस रुक गई। मुँह खोलकर साँस खींचने के लिए छटपटा उठा।

एक सैनिक दौड़कर थांबा को सँभालने लगा। अन्य दो ने भाला फेंककर खड्ग खींच ली। करिया उन पर लपका। चार-पाँच क्षणों का संघर्ष हुआ। दोनों के खड्ग छूटे और बारी-बारी से उनके शरीर उड़कर पीछे गिरे। करिया से संघर्ष करने वाला अब कोई नहीं बचा।

करिया के पुकारने पर शुक्र छिद्र से बाहर निकला। अधेड़ आयु, आधे केश सफेद और शरीर कृशकाय। शुक्र थोड़ा भयभीत था। कारावास से निकलने की तीव्र इच्छा थी, किंतु पुनः पकड़े जाने का भय भी सता रहा था। यदि पकड़ा गया, तो उसकी और उसकी पुत्री का जीवन, मृत्यु समान बना दिया जाएगा।

करिया और शुक्र दोनों एक-दूसरे को पहली बार देख रहे थे। अड़तीस वर्षीय करिया अपनी आयु से कम दिखता था और शुक्र अपनी उम्र से दस वर्ष अधिक। करिया के मुख पर निश्चिंतता और आत्मविश्वास देखकर शुक्र को कुछ बल मिला।

करिया ने मुड़कर थांबा को देखा। थांबा अभी भी कष्ट में था। यदि उसने कवच पहना होता, तो इतनी दयनीय अवस्था में नहीं होता।

करिया शुक्र के साथ कारावास के मुख्य द्वार की ओर बढ़ा। मुख्य द्वार के किवाड़ बहुत भारी थे। धातु के ढाँचे में मढ़े लकड़ी के इन मोटे और भारी किवाड़ों को खोलने-बंद करने के लिए यांत्रिक व्यवस्था थी।

मोटे रस्सों, घिरनियों और उत्तोलकों के मेल से बनी यांत्रिक-प्रणाली को द्वार के ठीक बगल बने एक छोटे कक्ष से संचालित किया जाता था। संचालन कक्ष के बाहर खड़े प्रहरी ने करिया को अपनी ओर आते देखा, तो काँपते हुए खड्ग निकालकर सामना करने के लिए प्रस्तुत हो गया। मन-ही-मन जानता था, क्या परिणाम होगा। फिर भी साहस दिखा रहा था।

करिया के समीप पहुँचने पर प्रहरी भागकर कक्ष में घुस गया और अंदर से द्वार बंद कर लिया।

भम्म्...भम्म्...भम्म्...।

भम्म्...भम्म्...भम्म्...। द्वार पर करिया का घूँसा निरंतर पड़ता रहा।

अँगूठी की गाँठ में बंधे पत्थरों की आघात-ऊर्जा लकड़ी का द्वार कितनी देर सहन कर पाता, आठ-दस प्रहारों में टूट गया।

करिया कक्ष में घुसा नहीं, प्रतीक्षा करता रहा। कुछ देर में भयभीत प्रहरी बाहर निकला किंतु करिया ने उस पर आक्रमण करने का कोई भाव नहीं दिखाया। तेज चल रही साँसों के साथ प्रहरी कुछ क्षण करिया पर टकटकी लगाए रखा और फिर भाग खड़ा हुआ।

करिया संचालन कक्ष में घुसा। अंदर दो उल्काओं का प्रकाश था। कक्ष के मध्य में रथ के पहिये जैसा एक चक्र स्थापित था। उसकी धुरी से लिपटी मोटी रस्सियाँ कक्ष में ही कई लकड़ी की घिरनियों से होते हुए एक छिद्र में समाकर भूमिगत हो गई थीं।

करिया ने शक्ति लगाकर चक्र घुमाने का प्रयास किया। चक्र तनिक-सा घूमा। अधिक बल की आवश्यकता थी। जिस चक्र को चार व्यक्ति मिलकर घुमाते थे, उसे वह अकेले घुमाने का प्रयास कर रहा था।

करिया ने हुंकार भर इस बार पूरी शक्ति लगाई। चक्र और घूमा। शुक्र ने भी सहायता के लिए चक्र पर हाथ लगाया। दस-बारह बार के प्रयास में चक्र का एक चक्कर पूरा हुआ। मुख्य द्वार के कपाट एक व्यक्ति के आर-पार जाने योग्य खुल गए थे।

करिया रुका, तब ध्यान दिया कि थोड़े से शारीरिक परिश्रम से ही शुक्र हाँफ गया और मुँह से थोड़ा रक्त भी निकल आया। करिया ने चिंता से शुक्र की ओर देखा।

"चिंतित न हो, पुराना रोग है," शुक्र सामान्य ढंग से बोला।

दोनों ने शीघ्रता से संचालन कक्ष छोड़ा और मुख्य द्वार के थोड़े खुले कपाटों से बाहर निकल गए।

परकोटे पर जावा के बाणों से बचने का प्रयास कर रहे धनुर्धरों ने दो काले सायों को कारावास से बाहर निकलते देखा। वे उन पर बाण चलाना चाहते थे, किंतु जावा के बाणों ने अवसर नहीं दिया।

दोनों साये कारावास से दूर अँधेरे में समाते चले गए। अब बाण भी रुक गए।

अगले दिन प्रातः जब सूर्य की पीली किरणें वातावरण में प्रकाश भरना प्रारंभ कर रही थीं, असुर देश के एक वन में दक्षिण की ओर क्रमवार से वृक्षों के पक्षी उड़ते जा रहे थे।

एक छोटा और पतला रथ द्रुत गति से भागा जा रहा था। इतना छोटा और पतला रथ साधारणतः देखने में नहीं मिलता। प्रतीत होता था, सोच समझकर विशेष रूप से वन में दौड़ाने के लिए ही बनाया गया था। रथ के पहिये भी चौड़े थे, ताकि कीचड़युक्त स्थानों पर सुविधा रहे।

पिछले तीन घड़ी से निरंतर दौड़ रहे रथ के घोड़ों के मुँह से झाग निकलने लगा था। करिया रथ हाँक रहा था और शुक्र रथ के दोनों छोरों को दृढ़ता से पकड़कर संतुलित खड़े होने का प्रयास कर रहा था। पैरों के पास बने खाँचों में ढेरों अस्त्र-शस्त्र रखे हुए थे।

थांबा के नेतृत्व में बीस घुड़सवार उस रथ के पीछे लगे हुए थे। इस प्रकार भागना करिया की योजना में नहीं था। वह कारागार से निकलने के पश्चात् एक निर्धारित स्थान पर रात्रि बिताने के बाद प्रातः दिन के उजाले में आगे बढ़ता, क्योंकि अमावस्या की रात्रि मार्ग देखना अत्यंत दुष्कर था और यदि प्रकाश के लिए उल्काएँ जलानी पड़ीं, तो खोजी-दल को उन्हें ढूँढ़ने में और अधिक सुविधा मिल जाएगी।

करिया अपनी योजनानुसार, शुक्र के साथ वन के एक निर्धारित स्थान पर विश्राम कर रहा था। यहाँ तक का मार्ग सीधा और सरल था। अँधेरे में भी कोई विशेष समस्या नहीं हुई थी। इस स्थान तक पहुँचने में रथ को तीन घड़ी लगा था। करिया सोच रहा था कि वह कारावास और सैन्य छावनियों से पर्याप्त सुरक्षित दूरी पर है। किंतु विश्राम करते हुए घड़ी भर भी नहीं हुआ था कि खोजी-दल की उल्काएँ दीखना प्रारंभ हो गईं। इतनी त्वरित कार्यवाही की उसे आशा नहीं थी। उसके रथ-चिह्नों को खोजते हुए खोजी-दल समीप आते जा रहे थे। करिया को अँधेरे में ही भागना पड़ा।

पिछले तीन घड़ी से वह उन्हें छकाता आ रहा था। अब जब प्रातः के प्रकाश में उसने खोजी-दल के नायक का मुख देखा, तो घोर आश्चर्य हुआ। उसका अनुमान था कि घातक प्रहार खाने के बाद थांबा दस दिनों तक शय्या पर ही पड़ा रहेगा, किंतु यहाँ वह अपने घावों पर पट्टियाँ

बाँधकर और सैन्य कवच धारण कर रात्रि से ही उसका पीछा कर रहा है।

करिया की दृष्टि अगल-बगल के भू-भागों पर बहुत सूक्ष्मता से पड़ रही थी। उसे शंका हो रही थी, छकाने के फेर में कहीं वह मार्ग न भटक गया हो। सूर्य निकलने से दिशा बोध में कुछ सरलता हुई। तभी दाईं ओर एक पोखरा दिखा। रथ उसी दिशा में मोड़ दिया। पूर्व नियोजित भू-चिह्न मिल गया था। पोखरे के बगल से होता हुआ दक्षिण की ओर बढ़ा।

वन अब सघन होता जा रहा था। वृक्षों के ऊपरी सिरे आपस में गुँथे हुए-से थे। आगे बाईं ओर चार वृक्षों के तनों के कुछ भाग से छालें उतार ली गई थीं।

करिया ने रथ की गति थोड़ी धीमी कर ली। पीछा कर रहे सैनिकों का उत्साह बढ़ गया। उन्होंने अपने घोड़े और तेज कर दिए। थांबा कुछ शंकित हुआ। उसने गति नहीं बढ़ाई। उसके अगल-बगल से अन्य घुड़सवार गति बढ़ाते हुए आगे निकल गए।

करिया ने कुछ वृक्ष गिने। आगे के एक वृक्ष पर दृष्टि टिकी। दृष्टि फिसलते हुए तने के ऊपरी भाग पर गई। फिर नीचे से एक छोटी कुल्हाड़ी उठाई और तैयार हो गया।

रथ जैसे ही उस वृक्ष के समीप पहुँचा, करिया ने लक्ष्य साधकर कुल्हाड़ी ऊपरी भाग पर फेंक मारा। कुल्हाड़ी तने से लिपटी रस्सी को काटकर तने में ही धँस गई।

थांबा को कुछ सरसराहट सुनाई पड़ी। अगले क्षण बाईं ओर से एक कटे वृक्ष का तना, किसी लटके हुए हथौड़े की भाँति झूलता हुआ आया और आगे के चार सैनिकों के बगल से टकराया। मोटे तने का धक्का बहुत तेज था। चारों घुड़सवार घोड़े सहित उछलकर दाईं ओर के वृक्षों से टकराए।

"जाल..." थांबा जोर से चिल्लाया और घोड़े की वल्गा खींचकर घोड़े को तत्काल रोक लिया। अन्य सैनिकों ने भी घोड़े रोक लिए।

प्रहार खाए चार सैनिकों में से दो सैनिक मृत हो गए। वृक्षों से टकराकर उनकी खोपड़ियाँ फट गई थीं। अन्य दो की भी फटी थी, किंतु जीवित थे।

भागते रथ और सैनिक दल के बीच तना अभी भी झूल रहा था। चार-

पाँच दोलन के पश्चात् बीच में स्थिर हो गया।

थांबा सहित शेष सोलह सैनिकों का रक्त क्रोध से खौल उठा। इस खोजी-दल में सभी राजकीय सैनिक थे। युद्ध में पूर्ण प्रशिक्षित और ऊँचे दंभ वाले। एक सैनिक ने आगे बढ़कर तने को लटकाने वाली रस्सी काट दी। तना गिरकर भूमि पर लुढ़क गया। खोजी-दल पुनः पीछा करने लगा।

थांबा सतर्क था, किंतु अन्य सैनिक क्रोध में अपशब्द बके जा रहे थे। करिया के रथ और खोजी-दल के बीच की दूरी बढ़ गई थी। सैनिकों ने घोड़ों को ऐड़ लगा-लगाकर पूरी गति पर पहुँचा दिया। कुछ देर बाद करिया के रथ की गति पुनः कम होने लगी। इस बार सैनिकों ने भी गति कम कर दी और सतर्कता से आस-पास के वृक्षों पर दृष्टि दौड़ाने लगे। करिया ने पुनः एक वृक्ष पर कुल्हाड़ी फेंक कर मारी। रस्सी बँधे दो भारी पत्थर बाईं और दाईं ओर के वृक्षों से गिरे। पत्थर और रस्सियाँ हरे रंग में पुती थीं। सैनिकों ने तत्काल घोड़े रोक लिए। करिया ने भी रथ की गति मंद कर दी।

दो पत्थर गिरने के अतिरिक्त कहीं कोई परिवर्तन नहीं हुआ। करिया ने रथ पूरी तरह रोक लिया और पीछे मुड़कर इधर-उधर के वृक्षों को देखने लगा, जैसे, ढूँढ़ रहा हो कि जाल खुला क्यों नहीं।

उसकी हड़बड़ाहट देखकर एक सैनिक ने चिल्लाकर व्यंग कसा- ''क्या हुआ? जाल बाँधने में कोई त्रुटि रह गई...हा!...हा!...हा!...''

करिया ने तत्काल रथ हाँक दिया। रथ को गति पकड़ने में समय लगता। सैनिकों के लिए यही अवसर था। अपने-अपने घोड़ों को जोरदार ऐड़ लगाई और हुंकार भरते हुए रथ की ओर दौड़ पड़े। कइयों ने भाले भी तान लिए। थांबा सबसे पीछे रह गया।

उसने भी जोरदार ऐड़ लगाई और घोड़े को दौड़ा दिया, पर दस पग बढ़ते ही, जैसे ही उसके घोड़े ने गति पाई, आँखें विस्मय से फट गईं।

आगे जा रहे सैनिक न जाने कैसे खंड-खंड कटकर गिरने लगे। उनके घोड़े तक कट गए। पीछे वाले सैनिकों ने अपने घोड़ों को रोकने का प्रयास किया, किंतु देर हो चुकी थी। वे भी घोड़े सहित क्षैतिज से खंड-खंड हो गए।

थांबा ने वल्गा खींचने में सारी शक्ति लगा दी। घोड़े का मुँह खिंचकर पीछे मुड़ गया और लड़खड़ाकर थांबा सहित गिरा। फिर चार पग तक घिसटता चला गया।

कुछ भान होने से पूर्व ही सारे सैनिक तीन क्षणों में कटकर गिर गए और भूमि ऐसे लाल हुई, मानो रक्त से भरा अतिविशाल गुब्बारा फटा हो।

रक्त से सनी भूमि पर असहाय से पड़े थांबा को हवा में अत्यंत महीन लाल रेखाएँ दिखाई पड़ीं। छोटी-बड़ी रक्त रेखाएँ एक-दूसरे से बारह अंगुल की दूरी पर थीं। दृष्टि बहुत अधिक केंद्रित करने पर दो वृक्षों के बीच पारदर्शी महीन धागे खिंचे हुए दिखे।

उधर करिया का रथ दूर होता चला गया।

मुंद्रा का ठग

मुंद्रा की राजधानी से बीस कोस दूर एक बड़ा नगर था। वस्त्र-परिधान तथा काष्ठ-सामानों के व्यापार के लिए प्रसिद्ध इस नगर में जंबूद्वीप के विभिन्न राज्यों से आए व्यापारियों का जमावड़ा लगा रहता था। किंतु युद्ध की आशंका को देखते हुए अर्थला की भाँति यहाँ भी क्रय-विक्रय मंदा हो गया था। बाहरी व्यक्तियों की संख्या भी कम दिख रही थी।

यौधेय से मिलने के पाँच दिन पश्चात् रक यहाँ पहुँचा था। दोपहर की दो घड़ी बीत चुकी थी। वह दुकानों पर घूम-घूमकर काष्ठ-शिल्पियों के विषय में पूछ रहा था। नगर के जिस उत्तरी क्षेत्र में वह अभी उपस्थित था, वहाँ की अधिकांश दुकानें अमावस्या के कारण बंद थीं। कुछ ने उसे दक्षिणी भाग जाने की सलाह दी।

इधर-उधर देखते हुए वह दक्षिणी क्षेत्र जाने लगा, तभी एक व्यक्ति ने पीछे से पुकारा।

"श्रीमान्!"

रक ठहरकर पीछे मुड़ा। पुकारने वाला अपने वस्त्र-अलंकार से व्यापारी

जान पड़ा। अपनी पगड़ी ठीक करते हुए वह रक के समीप पहुँचा।

''श्रीमान्! आप काष्ठ शिल्पी ढूँढ़ रहे हैं?''

''हाँ! क्या तुम हो?''

''नहीं श्रीमान्! मेरे भाई-बंधु यह कार्य करते हैं। लोगों ने आपको दक्षिण जाने का सुझाव दिया है, किंतु वहाँ भी दुकानें बंद हैं। यदि आपको अति आवश्यक है, तो मैं अपने बंधुओं का घर दिखा सकता हूँ। आप वहाँ चलकर क्रय-विक्रय कर सकते हैं,'' व्यापारी ने पूर्ण विनम्रता से बताया।

''ठीक है, ले चलो।'' रक ने आभार व्यक्त करना नहीं सीखा था।

व्यापारी ने एक बार पुनः अपनी चोर दृष्टि रक के हाथ-पैरों के स्वर्ण-कुंडलों पर डाली। उसकी आँखों में एक चमक थी। रक को मार्ग दिखाते हुए वह नगर के बाहर ले जाने लगा। बीच-बीच में कुछ वार्तालाप भी कर रहा था।

''श्रीमान् कहीं बाहर के जान पड़ते हैं।''

''हाँ! दूर से आया हूँ।''

''किसी अन्य कार्य से यहाँ आए हैं? अथवा मात्र काष्ठ सामग्री के लिए?''

''सुना था, मुंद्रा और काजी प्रदेश में काष्ठ-शिल्पियों की भरमार है। काजी प्रदेश दूर है, अतः मुंद्रा चला आया।''

''सुना तो श्रीमान् ने ठीक है, किंतु युद्ध के त्रास से अधिकांश असुर काष्ठ-शिल्पी मुंद्रा छोड़कर अपने देश लौट गए।''

''इसी नगर से पलायन हुआ है या पूरे मुंद्रा से?''

''हुआ तो सभी नगरों से है, किंतु कुछ-न-कुछ बचे ही रहते हैं। दक्षिण में दुमका नाम का एक गाँव है, जिसके आस-पास का बहुत बड़ा भाग, कुछ वर्ष पूर्व सम्राट ने पूर्ण रूप से असुरों को सौंप दिया था। वहाँ असुरों की संख्या खूब है और वहाँ का प्रत्येक असुर काष्ठ-शिल्पी है।''

''यह दुमका गाँव कितनी दूर है?''

''कभी गया नहीं। सुना है, घोड़ों से पाँच-छह दिनों में पहुँचा जा सकता है। किंतु श्रीमान् को उतनी दूर जाने की आवश्यकता नहीं पड़ेगी। आपका कार्य यहीं मेरे बंधु कर देंगे।''

व्यापारी बातूनी था। बात करते-करते नगर से दूर वन्य छोर तक ले गया। आगे वृक्षों के बीच कुछ झोपड़े दिख रहे थे। वहाँ पहुँचने पर झोपड़े के बाहर एक साथ बैठे हुए दस-बारह सैनिक मिले।

व्यापारी रक की ओर थोड़ा झुककर धीरे से बोला।

"श्रीमान्! अपना व्यापार-पत्र निकालिए।"

"व्यापार-पत्र... ?" रक ने आश्चर्य दिखाया।

"आप यहीं ठहरिए श्रीमान्!" कहकर व्यापारी सैनिकों के पास गया और अत्यंत मंद स्वर में कुछ बात की।

घनी मूँछों वाला एक सैनिक उठा और पूरे रौब में आदेश दिया, "अपना व्यापार-पत्र प्रस्तुत करो।"

रक खीझ गया। चिल्लाकर पूछा, "कैसा व्यापार-पत्र ?" फिर व्यापारी को घूरा।

व्यापारी दौड़कर रक के पास पहुँचा। समझाते हुए बोला, "श्रीमान्! राज्य में आने वाले प्रत्येक विदेशी व्यापारी को सीमा-प्रवेश के समय अधिकारी द्वारा व्यापार-पत्र प्रदान किया जाता है। उसके बिना विदेशी व्यापारी के लिए राज्य में व्यापार करना संभव नहीं।"

"मेरे पास ऐसा कोई पत्र नहीं।" रक ने लापरवाह ढंग से कहा।

"तुम अवश्य ही घुसपैठिए होगे।" मूँछों वाला सैनिक चिल्लाया और अपने साथियों को संकेत किया।

अन्य सैनिकों ने रक के चारों ओर घेरा बना लिया।

रक ने व्यापारी की ओर आँखें तरेरी, "तुम मुझे अपने काष्ठ-शिल्पी बंधुओं के पास ले जा रहे थे। यही तुम्हारे बंधु हैं ?"

"नहीं श्रीमान्! व्यापारी पुनः धीमे स्वर में बोला, "मेरे बंधुओं का गाँव तो आगे है। ये नगर के राजकीय सैनिक हैं। दैनिक चौकसी के लिए इधर आए होंगे। आप तनिक ठहरिए। मैं कुछ स्थिति संभालता हूँ।"

व्यापारी सैनिक के पास पुनः गया और खुसर-फुसर करने लगा। उनकी खुसर-फुसर से रक को चिढ़न होने लगी।

कुछ देर में वह लौटा और रक के कानों के पास धीरे से बताया, "श्रीमान्! बड़ा ढीठ और लोभी सैनिक है। कह रहा है, आपके हाथ-पैरों

के स्वर्ण कुंडल चाहिए, अन्यथा घुसपैठिए का आरोप लगाकर कारागार में डाल देगा।''

रक की भौहें पूरी तरह वक्र हुईं। बोला, ''पूरा जंबूद्वीप चोर और दस्युओं से भरा हुआ है।'' इस बार रक ने जिस दृष्टि से व्यापारी को देखा था, वह अंदर तक सहम गया।

''कारागार में जाकर ही इस घुसपैठिए की हेकड़ी निकलेगी,'' सैनिक ने पुनः रौब दिखाने का प्रयास किया। रक ने उसकी ओर दृष्टि मोड़ी। उस पर भी व्यापारी जैसा प्रभाव पड़ा। नेत्रों में क्रूरता का यह भाव उस सैनिक ने पहले कभी नहीं देखा था।

वृक्ष की पत्तियाँ खड़खड़ा उठीं। घास-फूस, धूल, तिनके सब उड़ने लगे। लगा छोटा-सा बवंडर उत्पन्न हो गया।

रक का शरीर आगे की ओर थोड़ा तिरछा हुआ। पैरों के नीचे हल्के विस्फोट की ध्वनि हुई और अगले ही पल दस पग दूर खड़े रौब वाले सैनिक के ठीक सामने प्रकट हुआ। दोनों के मुख के बीच मात्र आठ अंगुल की दूरी थी। सैनिक की आँखें विस्मय और भय से फट गईं। शरीर में झुरझुरी दौड़ गई। दिन के उजाले में अंधकार लगने लगा। क्षण भर के लिए लगा, समय ठहर गया। फिर पेट में तीव्र पीड़ा उठी। सिर झुकाकर नीचे देखा, तो घुसपैठिए की हथेली कटार की भाँति उसके पेट में घुसी हुई थी।

रक ने पेट चीरते हुए बाईं ओर से हथेली निकाल ली। सैनिक पीठ के बल गिरा।

व्यापारी सहित घेरा बनाए सैनिकों को जैसे पक्षाघात हो गया। भय से शरीर जहाँ खड़ा था, वहीं जड़ हो गया।

धूल भरे वातावरण में रक के पैरों के नीचे कई बार हल्के धमाके हुए। प्रत्येक धमाके के बाद एक शरीर गिरता।

अंतिम सैनिक का पेट चीरकर रक धीरे-धीरे चलता हुआ व्यापारी के पास पहुँचा। व्यापारी का शरीर भयंकर रूप से काँप रहा था। रक के पहुँचते ही लड़खड़ाकर गिर पड़ा। उठा नहीं। गिरे हुए ही घिसट-घिसटकर पीछे हटने का प्रयास करने लगा।

''यह सारी योजना तुम्हारी थी?'' रक ने पूछा। रक का स्वर शांत था,

किंतु नेत्रों में वही हिंसकता बनी हुई थी।

ठग व्यापारी के काँपते होंठों से स्वर फूटना असंभव था। उसकी फटी दृष्टि निरंतर रक की रक्त-रंजित हथेली पर टिकी हुई थी।

ठग ने देखा, मृत्यु बैठ रही है और वह लाल हथेली उसके हृदय का चुंबन करने आ रही है। लाल हथेली चुंबन कर हृदय में ही समाती चली गई। पीड़ा का असहनीय ज्वार उठा। खुले नेत्रों के आगे अंधकार की सत्ता छा गई।

काष्ठ-शिल्पी बिंदा

पीठ पर सामान लादे रक मुंद्रा के एक बड़े नगर के बाहर पहुँचा। अब तक पाँच नगरों में ठहरता हुआ यहाँ पहुँचा था।

पीठ पर लदे सामान को देखकर प्रतीत होता था—लकड़ियों के गट्ठर को कपड़े से लपेटकर बाँधा गया हो।

वह एक कच्ची सड़क पर निश्चिंतता के साथ चलता हुआ जा रहा था। यह कच्चा मार्ग जहाँ समाप्त हुआ वहाँ बीस-पच्चीस फूस की छत वाले घर थे। सभी घर आगे-पीछे, एक-दूसरे से अनियमित दूरी पर टेढ़े-मेढ़े बसे हुए थे। सबसे पहले पड़ने वाले घर के बाहर एक स्त्री बैठकर सरकंडों से डलिया बना रही थी। रक ने उससे पूछा, ''बिंदा यहीं रहता है?''

स्त्री ने सिर उठाकर देखा। थोड़ा चौंकी। किसी विदेशी को इस स्थान पर पहली बार देखा था। सोचा- व्यापारी होगा। किंतु यहाँ क्या कर रहा है? ...और इसका गंजा सिर कितना चमक रहा है!

स्त्री कुछ बोली नहीं, बस ठुड्डी से एक घर की ओर संकेत किया। जिधर संकेत किया था, उधर तीन घर थे। रक समझा नहीं। फिर एक घर

के द्वार पर लकड़ियों का कटा–छँटा ढेर दिखा। अब पूछने की आवश्यकता नहीं थी। उस घर की ओर चला गया।

द्वार पर खड़े होकर पुकारा– ''बिंदा!''

अंदर से ऊँ–आँ सुनाई पड़ा। लगा कोई दुपहरी की नींद ले रहा है। इस बार रक ने जोर से पुकारा। कुछ देर में पैंतीस–चालीस वर्षीय एक अधनंगा आँखें मलता हुआ बाहर निकला।

रक को देखकर कुछ विशेष प्रतिक्रिया नहीं की। वह नगरों में आता–जाता रहता था। ऐसे कई विदेशी व्यापारियों को देख चुका था।

''काठ का कुछ कार्य करवाना है,'' रक बोला।

''अं ?...पहले ही बहुत कार्य पड़ा है, पूर्णिमा के बाद आना।'' कहकर बिंदा घर में वापस जाने को हुआ।

''ठहरो!'' रक ने आदेशात्मक स्वर में रोका। फिर अपनी कमर–पट्टिका से स्वर्ण के कुछ टुकड़े निकालकर दिखाए।

बिंदा के नेत्रों में चमक दौड़ गई। इतने स्वर्ण से वर्ष भर कार्य करने की आवश्यकता नहीं पड़ेगी। नगर–नगर घूमो और मदिरा पीकर पड़े रहो।

अपना उतावलापन दबाकर बोला, ''कार्य तो बहुत है मेरे पास... किंतु सहायता के लिए कर रहा हूँ... अंदर आओ।''

दोनों घर के अंदर गए। अंदर कक्ष में, प्रत्येक कोने पर लकड़ी की खुरचनों का ढेर लगा हुआ था।

''अधिकांश कार्य अंदर ही करता हूँ। स्थान कम पड़ता था, अतः खाट हटा दी। भूमि पर ही बैठना पड़ेगा,'' कहकर बिंदा दूसरे कक्ष में चला गया।

रक ने अपनी पीठ पर लदा सामान उतारा और भूमि पर पालथी मारकर बैठ गया।

बिंदा अंदर से, मिट्टी के एक लोटे में खाँड़ का मीठा रस ले आया। रक के सामने रखा और स्वयं भी भूमि पर बैठ गया। फिर पूछा, ''क्या बनवाना है ?''

रक ने कपड़ों के कुछ टुकड़े निकाले। सभी टुकड़ों को फैलाया। सभी में कल–पुर्जों के भिन्न–भिन्न चित्र बने हुए थे। दो चित्र छाँटकर अलग किया और शेष लपेटकर अपने पास रख लिया। छाँटे हुए दोनों चित्र बिंदा

को पकड़ाया।

बिंदा ने ध्यान से आँखें गड़ाकर देखा। छोटी-बड़ी घिरनियाँ एवं टेढ़ी-मेढ़ी आकृतियाँ थीं। आकार की माप भी लिखी हुई थी।

बिंदा ने चित्र से दृष्टि हटाई और रक की ओर देखते हुए प्रश्न किया, ''यंत्रकार हो?''

रक ने बिना सोचे-समझे हामी में सिर हिलाया।

''किस यंत्र के पुर्जे हैं?'' बिंदा ने पुन: प्रश्न किया।

रक ने एक क्षण सोचा, फिर जो मुँह में आया, बोल दिया, ''रथ का।''

''रथ का?'' बिंदा को आश्चर्य हुआ। ऐसा कौन-सा रथ है, जिसमें इतने छोटे पुर्जे लगते हैं। किंतु पूछा नहीं। आँखों में मिलने वाले स्वर्ण की चमक चौंध रही थी।

''सूक्ष्म और कठिन कार्य है,'' बिंदा बुदबुदाया।

''नगर में मैंने पूछा था। सूक्ष्म कार्य के लिए सभी ने तुम्हारा ही नाम सुझाया,'' रक ने अपने भावहीन मुख से थोड़ी प्रशंसा फेंकी।

बिंदा तत्काल फूल गया। गर्व से बोला, ''मेरे अतिरिक्त यहाँ कर ही कौन सकता है! दो वर्ष पहले तक मैं भी नगर में ही रहता था, किंतु मेरी स्त्री इतना क्लेश करती थी, कि सब छोड़कर यहाँ आ गया। पर मेरे कार्य को लोग आज भी पूछते हैं। मेरी सूक्ष्मता की बराबरी असुरों का श्रेष्ठ शिल्पी भी नहीं कर सकता। तीन दिन में पूर्ण करके दे दूँगा।''

''तुम बनाओ, मैं यहीं ठहरूँगा,'' रक बोला।

बिंदा चौंका, ''यहाँ कहाँ? ...इसी घर में?''

''हाँ!''

बिंदा दो क्षण चुप रहा। फिर सामान्य ढंग से बोला, ''हाँ! हाँ! पूरा घर खाली पड़ा रहता है। नि:संकोच ठहर सकते हो, किंतु भोजन की व्यवस्था स्वयं करनी पड़ेगी। मैं मदिरा और थोड़े-बहुत फल से ही पेट भर लेता हूँ ...और अभी तो मदिरा भी समाप्त हो रही है।''

''उसकी चिंता मुझ पर छोड़ो, तुम कार्य पर ध्यान लगाओ,'' रक बोला।

अगले दो दिनों तक बिंदा मन लगाकर कार्य में जुटा रहा। रक दिन-भर घर के बाहर समीपवर्ती वनों में घुसा रहता और अँधेरा होने पर एक-दो खरहा मारकर ले आता।

बिंदा के लिए तो उत्सव-भोज हो जाता था। मदिरा के साथ माँसाहार किए उसे छः माह बीत गया था। वह प्रसन्न होकर कार्य में अतिरिक्त ध्यान लगाने लगा।

आज तीसरा दिन था। संध्या को रक पुनः एक खरहे के साथ लौटा। कक्ष में जल रहे बारह दीपक सूक्ष्म कार्य के लिए पर्याप्त प्रकाश की पूर्ति कर रहे थे।

बिंदा को आश्चर्य हो रहा था कि इस प्रकार के घुमावदार और एक-दूसरे में फँसने वाले पुर्जे किस यंत्र में लगते होंगे। कल्पना की- जिस भी यंत्र में लगते होंगे, बहुत उन्नत होंगे। यह यंत्रकार बहुत उच्च ज्ञान वाला होगा। जाने किस देश से आया है! हमारी भाषा स्पष्ट बोलता है। जंबूद्वीप के आस-पास का ही होगा। यदि यह मुझे अपना शिष्य बना ले, तो राज्य में बहुत प्रसिद्धि प्राप्त कर लूँगा।

इतना सोचा था कि आलस्य सामने आ गया। पुनः सोचा- यह यंत्रकार बहुत रूखा है। यदि शिष्य बन भी गया, तो इसका ठंडा स्वभाव झेलूँगा कैसे? फिर शिष्य बनकर परिश्रम भी बहुत करना पड़ेगा। अपने देश से घूमता-टहलता यहाँ तक आया है, तो संभव है कि आगे भी यात्रा ही करेगा। यात्रा का संकट और कष्ट मुझसे नहीं सहन होगा। ...यहीं ठीक हूँ। जब यह स्वर्ण देगा, सीधे परिवार के पास जाऊँगा और अपनी स्त्री के सामने फेंक दूँगा। धन के लिए कितना क्लेश करती थी! उसका भी मुँह बंद हो जाएगा। फिर वहीं बच्चों के साथ पूरा वर्ष आनंद से व्यतीत करूँगा...

रक के अभिप्रायपूर्ण खाँसने से उसका स्वप्नलोक टूटा। बिंदा चित्र में पुनः झाँकने लगा। इन तीन दिनों में सारे पुर्जों की माप और सूक्ष्म कटाव, सब-कुछ उसे रट गया था।

अभी थोड़ा कार्य बचा था, परंतु माँस देखकर मुँह से लार टपकने लगी। कार्य छोड़कर माँस पकाने में जुट गया। मन में निश्चय किया- आज मदिरा नहीं पिएगा। आधी रात तक कार्य करके ही सोएगा और कल जब

यंत्रकार जाएगा, तो उसे उपहार में एक सुंदर लाठी देगा। प्रातः शीघ्र उठकर दो घड़ी में लाठी पर ऐसी कलाकृति उकेरेगा कि देखने वाला भी इसके काष्ठ-शिल्पी के विषय में पूछेगा। ...बिना कहे यह यंत्रकार स्वयं ही उसके लिए परिश्रम से शिकार करके लाता है। इतने दिनों पश्चात् उसकी जिह्वा को कुछ अच्छा स्वाद मिला। वह ऐसा भी कृतघ्न नहीं कि भलाई के बदले में थोड़ी-सी भलाई न कर सके। वैसे भी एक अर्द्धनिर्मित लाठी तो पड़ी ही है। प्रातः उसे ही पूरा करके दे देगा।

बिंदा भोजन पकाने में लगा था और रक अब तक बन चुके पुर्जों का चित्र से मिलान करने में। बिंदा ने संतुष्टिदायक कार्य किया था।

भोजन पकने के पश्चात् दोनों ने खाया। खाते समय बिंदा की दृष्टि रह-रहकर रक के गंजे सिर की ओर चली जाती। इतना चिकना और चमकदार सिर उसने पहले कभी नहीं देखा था।

खाकर बिंदा पुनः अपने कार्य पर लग गया। घिसाई कर पुर्जों के कटाव को चिकना बनाना था। रक बैठा चुपचाप देखता रहा।

अर्द्धरात्रि से थोड़ा पहले कार्य पूर्ण हो गया। बिंदा ने गर्व से सारे पुर्जे रक को सौंप दिए। रक ने घुमा-फिराकर अच्छे से सभी पुर्जों को देखा और चित्र से मिलान किया।

तत्पश्चात् अपना लकड़ियों का गट्ठर खोला। ऐसे ही कई काठ के पुर्जे और छोटी-बड़ी खपच्चियाँ गट्ठर में थीं।

''इन्हें किसने बनाया?'' बिंदा ने अचरज से पूछा।

''उत्तर के नगरों में बनवाया था,'' रक बोला।

बिंदा सोचने लगा। कुछ देर बाद बोला, ''क्या और भी बनवाना है?''

''हाँ!''

''लाओ, मैं ही बना दूँ।''

रक ने उत्तर नहीं दिया। नये बने पुर्जों को गट्ठर में बाँधने लगा।

गट्ठर लंबाई में बँधा था। पूरे सामान को अच्छी प्रकार कपड़े से लपेटकर रक ने पीठ पीछे लटका लिया।

बिंदा चौंका, ''अभी प्रस्थान करोगे?''

"हाँ!" रक अपनी धोती कसते हुए बोला।

"अर्द्धरात्रि में? ...कल प्रातः जाना। रात्रि में वन्य पशुओं का घोर संकट रहता है। यहाँ लकड़बग्घे भी रात्रि में सिंह की भाँति घूमते हैं।"

"शीघ्रता में हूँ। तुम उल्का लेकर चलो और मुझे नहर तक छोड़ दो।"

"नहर के आगे कैसे जाओगे? अँधेरे में, अकेले ही?" बिंदा थोड़ा रुष्ट होते हुए बोला।

प्रत्युत्तर में रक ने विचित्र दृष्टि से बिंदा को देखा। बिंदा सहम गया।

"शीघ्रता करो," आदेशात्मक स्वर में कहकर रक घर के बाहर निकल गया।

बिंदा को खीज आई। यहीं पर स्वर्ण दे देता, तो नहर तक कदापि नहीं जाता। रक से अधिक उसे अपनी चिंता हो रही थी। जाते समय तो यंत्रकार साथ रहेगा, किंतु लौटते समय अकेले ही लौटना पड़ेगा।

स्वयं में भुनभुनाते हुए बिंदा एक उल्का जलाकर घर से बाहर निकला। रक प्रतीक्षा में था।

दोनों नहर की ओर चले। हवा तेज थी। उल्का की लौ फड़फड़ाने लगी। अर्द्धचंद्र का आकाशीय प्रकाश मार्ग देखने में सहायता कर रहा था। बीच मार्ग में सियारों की हुँआ-हुँआ सुनाई पड़ी। बिंदा अंदर से भयभीत हो गया। स्वयं से बड़बड़ाया- यदि नहर के पार अकेले ही जा सकता है, तो यहाँ तक भी आ सकता था। मुझे साथ लाने की क्या आवश्यकता!"

बिंदा यह सब बोलना चाहता था, किंतु रक के ठंडे और रूखे स्वभाव के कारण कुछ बोला नहीं। सोचा- चुपचाप अपना स्वर्ण लेकर लौट जाऊँगा।

आध घड़ी की पदयात्रा के पश्चात् नहर दीखने लगी। सियारों की हुँआ-हुँआ तेज और समीप से आती प्रतीत हो रही थी।

रक रुक गया। पूछा, "दुमका कितने कोस है?"

"चालीस-पचास कोस होगा," बिंदा बोला।

रक ने कमर-पट्टिका से स्वर्ण-टुकड़े निकालकर बिंदा को थमाया और बिना कुछ बोले नहर की ओर बढ़ गया।

स्वर्ण प्राप्त होते ही बिंदा भी अविलंब मुड़ा। दृष्टि हथेलियों पर पड़े

स्वर्ण-दुकड़ों पर जम गई। उल्का के प्रकाश में स्वर्ण का पीलापन और भी बढ़ गया था। मन में उल्लास जागा और मुख पर मुस्कान।

उन स्वर्ण-टुकड़ों को बड़ी देर तक देखता रहा। इतना ध्यानमग्न हो गया कि सियारों की हुँआ-हुँआ भी सुनाई पड़ना बंद हो गई।

कुछ देर तक ऐसा ही खड़ा रहा। फिर एक हल्के धमाके की ध्वनि से ध्यान टूटा। इधर-उधर देखकर सुनने-समझने का प्रयास कर रहा था कि लगा कोई पीछे खड़ा है। भय सनसनी की तरह शरीर में दौड़ी। रोंया-रोंया खड़ा हो गया। गरदन मोड़ने ही वाला था कि पीठ पर तीव्र पीड़ा हुई। भान हुआ- कुछ घोंप दिया गया है।

बाएँ हाथ से उल्का छूटकर गिर पड़ी। पर स्वर्ण दाईं मुट्ठी में कस गया। तभी दाएँ कान के पास एक परछाईं प्रकट हुई। फिर रक का ठंडा स्वर सुनाई पड़ा, ''यह व्यक्तिगत नहीं है। गोपनीयता के लिए आवश्यक था।'' कहकर परछाईं ने अपनी हथेली बिंदा की पीठ से बाहर निकाल ली।

बिंदा जैसा था, वैसा ही जड़ हो गया। मन में घोर दुःख उत्पन्न हुआ। परिवार और अपनी स्त्री को देखने की तीव्र अभिलाषा जागी। आँखों से आँसू बह निकले।

कुछ पल जड़ समान खड़ा रहने के पश्चात् शरीर मुँह के बल गिरा। स्वर्ण मुट्ठी में कसा रहा।

पीठ से भारी मात्रा में रक्त निकल रहा था। तेज हवा ने ताजे रक्त की गंध दूर तक पहुँचा दी। कुछ देर में एक लकड़बग्घा आया और बिंदा के शव को खींच ले गया।

मुंद्रा का राजकुमार

मुंद्रा का यह वन विभिन्न प्रकार के पशु–पक्षियों से भरा हुआ था। हाथियों की चिंघाड़ें बहुधा सुनाई पड़ जाती थीं।

इसी वन के दक्षिणी छोर पर एक चौड़ी नदी बहती थी। नदी के किनारे वाले वृक्षों पर बया पक्षी के लटकते हुए सैकड़ों घोसले थे। इन वृक्ष पंक्तियों के पीछे आम, बबूल, पाकड़, नीम, इमली और महुए सहित असंख्य प्रजाति के वृक्ष एवं वनस्पतियों का फैलाव था।

इन्हीं में से एक आम वृक्ष की मोटी डाल पर सिर के पीछे दोनों हाथ बाँधे एक सुदर्शन नवयुवक लेटा हुआ था। गौर वर्ण, लंबा चेहरा, पुष्ट ठोड़ी, गहरी आँखें, घुँघराले बाल और लंबा शरीर, ऐसा कुछ उस युवक की आकृति थी।

मुख पर सौम्यता धारण किए और आँखें मूँदे वह पक्षियों की चहक तथा शीतल पवन के स्पर्श का आनंद ले रहा था।

किसी वृक्ष की डाल पर इस प्रकार निश्चिंत लेटना उस युवक के अभ्यास को बताता था। सिर के पीछे तने से टिकाकर उसका धनुष और

तीरों से भरा तूरीण भी रखा हुआ था। आँखें मूँदे वह कोई गीत गुनगुना रहा था।

अभी-अभी लंबी पूँछ वाली एक काली चिड़िया उसके ऊपर से चीखते हुए उड़ी।

युवक आँखें खोले बिना धीरे से बोला- ''हाँ! हाँ! चिड़िया रानी तुम निश्चिंत रहो। मैं तुम्हारे अंडे नहीं छुऊँगा।''

चिड़िया उसकी बात अनसुना कर उड़ते हुए एक नीम वृक्ष पर जाकर बैठ गई। युवक ने कोई नया गीत गुनगुनाने की सोची। एक गीत तत्काल ही उसके मन में आया, किंतु पूरा नहीं आता था। फिर भी गुनगुनाने लगा। यह युवक मुंद्रा का राजकुमार यज्ञ था।

गीत की तीन-चार पंक्तियों तक ही पहुँच पाया था कि छपाके की ध्वनि हुई। लगा, कोई नदी में कूदा। कोई पशु होगा, यह मानकर उसने नदी की ओर देखने की चेष्टा नहीं की। वह गीत में मगन रहा। कुछ देर बाद पुनः छपाका हुआ और खिलखिलाहट के साथ कोबू... कोबू का मंद स्वर सुनाई पड़ा।

''कोबू?'' यज्ञ को कौतूहल हुआ। उठकर बैठा। देखा, नदी में एक भूरा कुत्ता है और उसके पीछे कोई मनुष्य जल में डूब और उतरा रहा है। थोड़ी और दृष्टि गड़ाने पर ज्ञात हुआ कि कोई बच्चा है। डूबने-उतराने की क्रिया कुछ ही क्षण चली होगी कि बच्चे ने कुत्ते की पूँछ पकड़ ली। कुत्ता जीभ निकाले तैरता हुआ इस पार आ रहा था और बच्चा भी उसकी पूँछ पकड़े खिलखिलाकर हँस रहा था। खिलखिलाते हुए वह कोबू...कोबू... कह रहा था।

यज्ञ ने अपना तूरीण कंधे पर टाँगा और धनुष लेकर वृक्ष से उतर गया। वह नदी तट के समीप पहुँचकर, एक वृक्ष की आड़ से उन दोनों के क्रिया-कलाप देखने लगा।

कुत्ता नदी के बीच पहुँचकर गोल-गोल चक्कर काट रहा था और बच्चा खिलखिलाते हुए कोबू...कोबू की रट लगाए हुए था। तीन-चार गोल चक्कर काटकर कुत्ता नदी के इस पार आने लगा।

पार आकर बच्चे ने पूँछ छोड़ दी और पीठ के बल लेटकर साँस बाँधने

लगा। कुत्ता भी कुछ क्षण बैठा रहा, फिर पूँछ हिलाता हुआ बच्चे का मुँह चाटने लगा। कुत्ता आकार में बड़ा और झब्बेदार था। कुत्ते के चाटने से बच्चा और खिलखिला उठा। वह उसे पकड़कर गिराने का प्रयास करने लगा। कुत्ता भी उसके साथ खेल रहा था। कुत्ते ने पकड़ छुड़ाई और तट की हल्की चढ़ाई चढ़ते हुए वृक्षों की ओर चला गया। बच्चा भी उठकर वृक्षों की ओर दौड़ा। नन्हे-नन्हे पाँव तट की चढ़ाई पर हाँफ गए। हाथ-पैर दोनों का प्रयोग कर किसी प्रकार ऊपर चढ़कर सबसे पहले पड़ने वाले एक पीपल वृक्ष के तने से टिककर बैठ गया और सुस्ताने लगा।

कुत्ता बच्चे के बाईं ओर आठ-दस वृक्ष दूर अपनी प्रवृत्ति के अनुसार धरती सूँघ-सूँघकर खाने की कोई वस्तु ढूँढ़ रहा था।

दाईं ओर पाँच वृक्ष दूर छिपे यज्ञ को विनोद सूझा। वह ओट से बाहर निकला और पदचाप किए बिना धीरे-धीरे बच्चे के समीप पहुँचा। बच्चे को तनिक भी भान नहीं हुआ। वह कुत्ते की ओर देख रहा था।

यज्ञ ने एक झटके से अपना मुँह बच्चे के मुँह के ठीक सामने कर दिया और आँखें बड़ी करके चौंकाते हुए बोला- "हो..."

बच्चा एकदम से डर गया। एक क्षण तो सन्नाटे में रहा, फिर धीरे-धीरे रोना प्रारंभ कर दिया। बच्चा चार या पाँच वर्ष का गोल-मटोल शरीर वाला था। वस्त्र के नाम पर कमर से कसकर बँधा एक छोटा मृग चर्म लटक रहा था।

यज्ञ सीधा खड़ा हुआ और उसे स्नेह की दृष्टि से देखकर मुस्कुराने लगा।

कुत्ते ने रोने की आवाज सुनी, तो भौंकते हुए दौड़ पड़ा। वह यज्ञ के समीप पहुँचकर एक निश्चित दूरी से ललकारने लगा। यज्ञ ने कुत्ते को हथेली दिखाकर कहा, "शांत हो जाओ मित्र! क्या मैं थोड़ा खेल भी नहीं सकता!"

कुत्ता अप्रभावित रहा। दम लगाकर भौंक रहा था और बच्चा भी दम लगाकर रो रहा था। मोटे-मोटे आंसू उसके फूले गालों पर लुढ़क रहे थे।

यज्ञ ने एक ठंडी साँस छोड़ी। झुककर अँगुलियों से उसके मोटे गालों को थोड़ा दबाया। पुचकारकर बोला, "कोबू! कोबू!"

बच्चा शांत हो गया। अश्रुपात बंद। यज्ञ को टुकुर-टुकुर देखने लगा।

यज्ञ ने उसका गाल छोड़ दिया। बच्चे को चुप देखकर कुत्ता भी थोड़ा नरम पड़ा। कुछ क्षणों तक शांत रहने के बाद बच्चा पुनः रुआँसा होने लगा। ऊँआ...ऊँआ करने ही वाला था कि यज्ञ ने अपने दाएँ हाथ को झटककर सीधा किया। कुछ नहीं हुआ।

दुबारा झटका। पुनः कुछ नहीं हुआ।

"अभ्यास तो अच्छे से किया था..." यज्ञ स्वयं से बुदबुदाया।

उसने तीसरा झटका दिया। इस बार हथेली पर कनेर का पीला पुष्प प्रकट हुआ। यह करामात देखकर बच्चे को अच्छा लगा। यज्ञ ने वह पुष्प बच्चे के दाएँ कान के ऊपर लगा दिया। एक और झटका देकर पुनः पुष्प प्रकट किया और इसे बच्चे के दूसरे कान के ऊपर लगा दिया। बच्चा खिलखिला उठा। ताली बजाकर कोबू...कोबू कहने लगा।

"कौन है कोबू? छोटे वीर!" यज्ञ ने थोड़ा पुचकार कर पूछा।

बच्चे ने कुत्ते की ओर उँगली दिखाकर कहा- "कोबू!"

यज्ञ हँसा। "तो ये हैं श्रीमान् कोबू!"

यज्ञ ने अपनी कमर पट्टिका में टटोलकर कुछ जंगली बेरें निकालीं। उनमें से पूरी तरह पकी बेरों को कुचलकर उनका बीज निकाला और बचा हुआ गूदा बच्चे के सामने हथेली पर रखा। बच्चे ने उठाने में देर नहीं की। झट से खा गया। फिर आशावान् दृष्टि से यज्ञ को देखने लगा।

"तो हमारा छोटा वीर भूखा है!" कहकर यज्ञ ने बच्चे को उठाकर दोनों कंधो पर बिठा लिया।

कुत्ता थोड़ा भौंका, पर बच्चे को प्रसन्न देखकर चुप हो गया। बस जिह्वा निकालकर पूँछ हिलाता रहा।

"देखते हैं, इस वन में हमारे वीर के लिए क्या-क्या है।"

यज्ञ बच्चे को लेकर वन में घुस गया। कोबू सूँघते हुए पीछे-पीछे आ रहा था। यज्ञ इधर-उधर फलों के वृक्षों को ढूँढ़ता रहा। अधिकांश फल अभी कच्चे थे। अंत में जंगली बेरें ही पकी हुई मिलीं।

बच्चे को भूमि पर बिठाकर यज्ञ ने कुछ पकी बेरें तोड़ी और उनका बीज हटाकर बच्चे को खिलाया। तब तक कोबू ने भी एक मरा हुआ पक्षी ढूँढ़ निकाला। उसका भी भोजन हो गया।

बेरें खिलाने के पश्चात् यज्ञ ने बच्चे को पुनः कंधे पर बिठाया और नदी की ओर चल दिया। बच्चा बहुत प्रसन्न था। यज्ञ के घुँघराले केशों को नोचकर खेल रहा था। यज्ञ उसे बचपन का एक गीत सुनाने लगा –

''चिड़िया रानी उड़ती जाओ,
खुले गगन में फिरती जाओ।
चिड़िया रानी बरखा बुलाओ,
घर आकर जलपान कराओ।
चिड़िया रानी उड़ती जाओ,
फलों की गठरी लेती जाओ,
मीठे-मीठे बेर खिलाओ,... ।''

बच्चे को गीत अच्छा लगा। अपनी तोतली आवाज में दोहराने का प्रयास किया।

''चिलिया लानी उलती दाओ...., खुले गुगू में फिलती दाओ ...''

यज्ञ हँसा, ''हा !हा !हा ! तुम तो मुझसे भी अच्छा गाते हो।''

बच्चा खिलखिलाया और उल्लसित होकर जोर से उसके केशों को खींचा।

''बस-बस छोटे वीर ! तुम्हारे सामर्थ्य का प्रमाण मिल गया मुझे।''

बच्चे से विनोद करता हुआ यज्ञ नदी तट पर वापस पहुँचा। बच्चे को भूमि पर उतारा और नदी के पार देखने लगा।

उस पार दुमका गाँव था। गाँव सहित दक्षिण के बीस कोस तक का सारा क्षेत्र चार वर्ष पूर्व असुरों को सौंप दिया गया था। आधुनिक शस्त्रों का कुछ मूल्य चुकाने के एवज में इस क्षेत्र की माँग की गई थी। यहाँ की सुरक्षा, प्रबंधन और संचालन पूरी तरह जाबाल व्यापार गृह के हाथ में थी। अनुबंध-पत्र में यह दर्शाया गया था कि जाबाल यहाँ प्रयोगशाला स्थापित कर किसी नई धातु पर शोध और खनन कर रहा है।

प्रारंभ में सब सामान्य था, किंतु वर्ष भर बाद ही आस-पास के लोगों के विलुप्त होने की ढेरों घटनाएँ होने लगीं। जब लोगों ने सत्ता से गुहार लगाई, तब सम्राट जयभद्र ने खाना-पूर्ति के लिए कुछ जाँच करवाकर अपना पल्ला झाड़ लिया।

लोगों का लुप्त होना जारी रहा, किंतु पिछले आठ माह से यह घटनाएँ कुछ अधिक बढ़ गईं, तो सम्राट के भाई और सलाहकार प्रसेनजित ने यह विषय अपने हाथ में लेते हुए राजकुमार यज्ञ को यहाँ का दौरा करने के लिए कहा।

यज्ञ का यह पाँचवाँ दौरा था। वह क्षेत्र के मात्र बाहरी भाग की ही पड़ताल कर पाता था। जब भी आंतरिक भागों में जाने का प्रयास करता, असुर सैनिक कोई-न-कोई बहाना बताकर उसे रोक देते। अनावश्यक संघर्ष से बचने के लिए यज्ञ ने भी कभी बल का प्रयोग नहीं किया।

यज्ञ ने उँगली उठाकर नदी पार संकेत करते हुए कहा, ''छोटे वीर! चलो तुम्हारे घर चलते हैं।''

बच्चे की निर्दोष मुखाकृति पर हल्का दुःख उभरा। यज्ञ की धोती पकड़ कर धीरे से बोला, ''माई, कोबू को मालती है।''

यज्ञ ने मुड़कर कोबू के शरीर को ध्यान से निहारा। कहीं किसी चोट के चिह्न नहीं थे। फिर बच्चे का गाल दबाकर पुचकारते हुए कहा, ''मैं स्वयं चलता हूँ। फिर माई कोबू को कभी नहीं मारेगी।''

यज्ञ ने बच्चे को अपनी पीठ पर उठाया।

''कसकर पकड़ना। छोटे वीर!''

बच्चा यज्ञ की पीठ से चिपक गया।

यज्ञ नदी में उतरा। पीछे-पीछे कोबू भी जिह्वा निकालकर जल में घुसा।

मंद बहाव वाली इस नदी को तैरकर पार करने में नाममात्र की भी कठिनाई नहीं हुई। पार पहुँचकर यज्ञ ने बच्चे को पीठ से हटाकर कंधे पर बिठा लिया और गीले वस्त्रों में ही दुमका गाँव की ओर बढ़ गया।

हवा और धूप पर्याप्त थी। चौथाई घड़ी में वस्त्रों का अधिकांश भाग सूख गया। बच्चे को यज्ञ के घुँघराले केश नोचने में कुछ अधिक आनंद आ रहा था। बच्चे को प्रसन्न देखकर यज्ञ ने भी पूरी छूट दे दी। कोबू भी उल्लसित होकर यज्ञ के चारों ओर चक्कर काटने लगता।

मार्ग पर उग आई घास और खरपतवारों से अनुमान लगाना सरल था कि लोगों का इस मार्ग पर आना-जाना बहुत पहले ही बंद हो चुका था। यज्ञ, बच्चे और कोबू के साथ हास-परिहास अवश्य कर रहा था, किंतु

उसकी समस्त इंद्रियाँ आस-पास के वातावरण के प्रति पूरी तरह सतर्क थीं। हल्की आहट पर भी हाथ धनुष पर कस जाते।

आध घड़ी से अधिक की पैदल-यात्रा के पश्चात् गाँव के झोपड़ों की झलक मिलने लगी। यज्ञ ने जैसे ही गति बढ़ाई, कोबू भौंकने लगा। एक असुर सैनिक झाड़ियों की आड़ से निकलकर सामने खड़ा हुआ। कुछ अन्य आहटें भी हुईं। यज्ञ ने दृष्टि इधर-उधर नहीं घुमाई। आहटों से ही अनुमान लगा लिया कि कुछ सैनिक वृक्षों पर भी उपस्थित हैं। धनुर्धारी होंगे।

यज्ञ ने अपना भाव सामान्य रखा। असुर सैनिक यज्ञ को पहचानता था। सहज सम्मान दिखाते हुए प्रश्न किया- "राजकुमार! आज इधर कैसे आना हुआ ?"

"यह बच्चा भटककर नदी तक पहुँच गया था। संयोग से मुझे दीख गया। इसे इसके घर तक सुरक्षित पहुँचाने आया हूँ।"

"राजकुमार आप कष्ट न करें। हम इसे सुरक्षित पहुँचा देंगे।" असुर बोला।

"इतनी दूर आया हूँ, तो कुछ दूर और चलकर मैं स्वयं ही इसे पहुँचा दूँगा, तुम मार्ग छोड़ो," यज्ञ थोड़ा सख्त हुआ।

सैनिक के मुख पर तनाव की रेखाएँ उभरीं। इधर-उधर देखा। अगल-बगल से पाँच अन्य सैनिक भी आ गए। आपस में खुसर-फुसर करने लगे।

यज्ञ बीच में बोला, "यदि सुरक्षा से संबंधित कोई समस्या है, तो तुम सब भी मेरे साथ चल सकते हो, किंतु इस बच्चे को छोड़ने मैं स्वयं जाऊँगा।"

कोबू गुर्रा रहा था और बच्चा कंधे पर शांत बैठा था। सैनिकों ने आपस में दृष्टि साझा की। फिर पूर्व सैनिक बोला- "राजकुमार! हमारे व्यवहार को अन्यथा न लें। आप आगे बढ़ें, मैं साथ चलता हूँ।"

यज्ञ की दृष्टि सामने थी, किंतु कान वृक्षों की आहट सुनने के लिए खड़े थे। उसे शंका थी कि वृक्षों पर बैठे धनुर्धारी कहीं तीर न चढ़ा रहे हों, किंतु प्रत्यंचा खिंचने की सूक्ष्म आहट उसे सुनाई नहीं पड़ी। वह सहज भाव से आगे बढ़ा।

सौ पग चलते ही वृक्षों की सघनता छँट गई। गाँव के झोपड़े स्पष्ट दीखने लगे। कोबू किसी मार्ग-दर्शक की भाँति आगे-आगे चल रहा था। बच्चा यज्ञ के केश नोंचते-नोंचते ऊब गया, तो कान खींचने लगा।

शीघ्र ही वे झोपड़ों के समीप पहुँचे। लोग घरों के बाहर बैठकर काठ के सामान बनाने में तल्लीन थे। कोई लकड़ी छील रहा था, तो कोई पत्थर की छेनी से काठ पर आकृति उकेर रहा था। यज्ञ और सैनिक को देखकर उनके हाथ रुक गए। गाँव में यज्ञ को कोई नहीं पहचानता था।

पंद्रह-सोलह घरों को पारकर कोबू एक झोपड़े के सामने रुककर भौंकने लगा। कुत्ते की आवाज सुनकर एक स्त्री बाहर निकली।

अपरिचितों को सामने देख थोड़ा हकबकाई। दृष्टि बच्चे पर पड़ी। दौड़कर यज्ञ के समीप गई। बच्चे ने खिलखिलाकर बाँहें फैलाई। स्त्री ने बच्चे को गोद में ले लिया।

"यह भटककर नदी तक पहुँच गया था। बहुत भूखा था। क्या तुम इसे भोजन नहीं खिलाती?" यज्ञ अपना धनुष पीठ पर तिरछा लटकाते हुए बोला।

उत्तर देने के स्थान पर स्त्री ने असुर सैनिक की ओर देखा। सैनिक के हाव-भाव में कोई परिवर्तन नहीं हुआ।

"निर्भय रहो। मैं राजकुमार यज्ञ हूँ। अपनी समस्या स्पष्ट बताओ," यज्ञ स्थिति को भाँपता हुआ बोला।

"राजकुमार!" स्त्री पीछे हटी और आदर से सिर झुका लिया। आस-पास के घरों के लोग भी खड़े हो गए।

"भोजन खिलाती हूँ, राजकुमार! खेलते-खेलते थककर भूख लग गई होगी। यह दूर नहीं जाता। न-जाने कैसे आज नदी तक पहुँच गया," स्त्री सिर झुकाए हुए बोली।

"माई कोबू को मालती है," बच्चा कुत्ते की ओर संकेत कर जोर से चिल्लाया।

"चुप," स्त्री ने बच्चे की पीठ पर थपकी मारी।

"बच्चा मुझसे भी यही कह रहा था," यज्ञ ने पूछा।

"नहीं राजकुमार! घर में भोजन की थोड़ी कमी हो गई थी। कुत्ते को

मारा नहीं था, बस भगा दिया था। वन में रहेगा, तो खाने को कुछ ढूँढ़ ही लेगा,'' स्त्री अभी भी सिर झुकाए हुए थी।

''मुंद्रा में वर्षों से सूखा नहीं पड़ा। एकाएक भोजन की कमी कैसे हो गई ?'' यज्ञ चारों ओर दृष्टि घुमाते हुए बोला।

स्त्री उत्तर देने में विचलित हो गई। कुछ बोली नहीं। बस सिर झुकाए बच्चे की पीठ पर हल्की थपकी देती रही।

यज्ञ ने पीछे खड़े असुर सैनिक पर दृष्टि फेरी। सैनिक के भाव सपाट थे। यज्ञ के लिए कुछ पढ़ पाना संभव नहीं था।

यज्ञ ने एक ठंडी साँस छोड़ी। बच्चे के पास गया। उसका सिर सहलाया। फिर अपनी कमर पट्टिका से दो स्वर्ण मुद्राएँ निकालकर स्त्री को थमाता हुआ निर्देश दिया, ''कुत्ते को भगाना मत। कुत्ते के पीछे-पीछे यह भी दूर निकल गया होगा। इस स्वर्ण से पर्याप्त अन्न मिल जाएगा।''

स्त्री ने कई बार सिर झुकाकर हामी भरी। बच्चा जिद्द करके गोद से उतर गया और कुत्ते के साथ खेलने लगा। यज्ञ ने बच्चे को थोड़ा पुचकारा, फिर असुर सैनिक के साथ वापस चला गया। कुत्ता पूँछ हिलाकर पीछे से भौंकता रहा।

लंबी और सुडौल अँगुलियों वाले हाथों में थमी कूची, सामने चित्र पर बड़ी सरलता से फिसल रही थी।

चित्र एक युवती के मुख का था। बाईं ओर से बनाया गया था, जो आकाश की ओर थोड़ा सिर उठाकर सूर्य को देख रही थी। उसके खुले केश किसी झरने की भाँति पीछे लटक रहे थे। वे मात्र कहने के लिए ही झरने समान नहीं थे, अपितु कूची थामने वाले हाथों ने वास्तव में नीचे लटकते केशों को जल-प्रपात में परिवर्तित कर दिया था। चित्र के केश काले नहीं, सफेद थे, जो नीचे गिरकर धुँध में समा गए थे। उस धुँध से अत्यंत छोटे श्वेत कपोतों का झुंड उड़ता हुआ बाहर आ रहा था।

''ठीक से बैठ, हिल-डुल मत। बस तेरे कान उतार लूँ। ठुड्डी में भी थोड़ा सुधार करना है।'' कूची से चित्रकारी करने वाली मुंद्रा की राजकुमारी नर्मदा थी।

"गर्दन दुःख रही, अब उठती हूँ।"

"नहीं!" नर्मदा डाँटते हुए जोर से बोली, "बैठी रह! अगली बार तुझे आसन से ही बाँध दूँगी।"

"वाह! एक तो सहायता करो, ऊपर से धमकी भी खाओ। अब तो उठ ही जाऊँगी।" कहकर घड़ी भर से मूर्तिवत् बैठी युवती उठने लगी।

"नहीं...!" नर्मदा दौड़कर आई। युवती को बिठाते हुए विनती की, "मेरी प्यारी सखी, मीरा! ठहर जा। मैं तो परिहास कर रही थी। थोड़ा कष्ट और सहन कर ले। फिर तेरी सुंदरता इस चित्र में अमर हो जाएगी।"

"हुँह!" मीरा ने मुँह बनाया, "चापलूसी का कोई प्रभाव नहीं पड़ेगा मुझ पर। यदि मुझे प्रसन्न ही करना है, तो अपना कर्णफूल उपहार में दे दो।"

नर्मदा ने आँखें फैलाकर मीरा को देखा। उसकी लंबी बरौनियाँ भौंहों को छू गईं। आश्चर्य से बोली- "दुष्टा! तेरी दृष्टि पहले से ही मेरे कर्णफूलों पर थी।"

"दे रही हो? या उठकर जाऊँ?" मीरा ढिठाई से बोली और दूसरी ओर मुँह फेर लिया।

नर्मदा ने मीरा के हाथ पर जोर से चिकोटी काटी- "ठीक है, लोभिनी! दे दूँगी। अब चुपचाप बैठ जा," कहकर नर्मदा चित्र की ओर चली गई।

मीरा ने अपना हाथ रगड़ा- "ई.. कितनी निर्दयी हो तुम... लाल पड़ गया।"

मीरा पहले जैसी मुद्रा बनाकर बैठ गई। नर्मदा को मुद्रा पूरी तरह ठीक नहीं लगी। थोड़ा सुधार करवाया, "मुँह तनिक नीचे गिराओ... और मुस्कराओ मत। लोभिनी! डाकिनी!... अपनी ही सखी के आभूषणों पर डाका डाल रही है।"

मीरा धीरे से खी! खी! करके हँसी।

इसके पश्चात् मीरा चुपचाप बैठी रही और नर्मदा बीच-बीच में कुछ-न-कुछ बोलते हुए उसका चित्र उतारती रही।

कुछ देर बाद द्वार पर किसी के प्रकट होने की आहट हुई। नर्मदा ने गरदन मोड़कर देखा और मीरा ने बस पुतली घुमाई। यज्ञ था।

नर्मदा ने कोई प्रतिक्रिया नहीं दी और पुनः चित्र में लग गई। मीरा ने

भी बस हल्की मुस्कान दी।

शांत चित्त यज्ञ धीरे-धीरे चलता हुआ मीरा के सम्मुख पहुँचा। मीरा ने बिना हिले-डुले भौंहों से संकेत कर पूछा।

यज्ञ ने दायाँ हाथ उठाया और झटककर सीधा किया। मीरा को यह विचित्र क्रिया समझ नहीं आई। भौंहों से पुनः प्रश्न किया।

यज्ञ को वांछित सफलता नहीं मिली थी। खाँसकर गला साफ किया, फिर कंधों को थोड़ा हिला-डुलाकर वही क्रिया पुनः करने के लिए प्रस्तुत हो गया।

हाथ उठाकर दुबारा झटका। हथेली पर पीला कनेर पुष्प प्रकट हुआ। मीरा ने आँखें फैलाकर आश्चर्य प्रकट किया। यज्ञ ने पुष्प मीरा के बाएँ कान के ऊपर खोंस दिया। फिर दुबारा झटककर दूसरा पुष्प प्रकट किया और उसे दाएँ कान के ऊपर लगा दिया।

मीरा हिली नहीं, किंतु मुस्कान कानों तक फैल गई।

नर्मदा भी यह सब देख रही थी। बोली, "पुनः कोई नई कलाकारी सीख कर आए हो?"

यज्ञ ने अपनी बहिन की ओर प्रेम से देखा और हामी का सिर हिलाया।

नर्मदा की कूची पुनः चलने लगी। तिरछी मुस्कान के साथ बोली, "चलो अच्छा है। यह डाकिनी कर्णफूल माँग रही थी। अब जब तुमने ही उसे कर्णफूल दे दिया, तो मेरा पिंड छूटा।"

मीरा झट से खड़ी हुई। क्रोध दिखाते हुए नर्मदा की ओर बढ़ी, "झूठी! अपने वचन से पीछे हट रही है, इसने कब मुझे कर्णफूल दिए?"

नर्मदा ने दुष्टतापूर्ण मुस्कान दिखाई, "तेरे कानों के ऊपर स्वर्ण वर्ण का फूल लगा है, इसे कर्णफूल नहीं, तो और क्या कहेंगे?"

"ओहो! तो हमारी राजकुमारी जी अपनी ही सखी से शब्दों का खेल खेलेंगी...।" अब मीरा ने भी दुष्टतापूर्ण मुस्कान चढ़ाई, "कुछ दिन ठहर, जैसे ही तेरी भाभी बनूँगी, पिछले कई वर्षों का गिन-गिनकर प्रतिशोध लूँगी।"

"ओहो! महारानी जी को देखो। अभी तक स्वप्न लोक में जी रही हैं। यज्ञ! किसी दिन इसे वन में ले जाकर छोड़ आ। इस वानरी को वहीं उचित स्थान मिलेगा।" नर्मदा उठते हुए बोली। चित्र पूरा हो गया था।

इसके बाद दोनों के बीच नोंक-झोंक होती रही। दोनों का झगड़ा यज्ञ के लिए नई बात नहीं थी। वह ध्यानपूर्वक चित्र देखने लगा।

तभी द्वार पर किसी के खाँसने की आवाज हुई। मीरा की परिचारिका थी। अब तक तीन बार बुलाने आ चुकी थी।

"अभी जा रही हूँ, किंतु झगड़ा समाप्त नहीं हुआ है। लौटकर पूरा करूँगी," मीरा जाते हुए बोली।

"अरी वानरी! अपने कर्णफूल तो देती जा," नर्मदा ने पीछे से व्यंग किया।

"चुप! इसे मेरे यज्ञ ने दिया है।" मीरा मुड़ी नहीं। कानों से कनेर उतार कर हाथों में रख लिया और परिचारिका के साथ चली गई।

"चित्र सुंदर बना है।" यज्ञ चित्र पर आँखें गड़ाकर प्रशंसात्मक स्वर में बोला।

"हाँ! मीरा का रूप अद्वितीय है। उसकी पूरी सुंदरता उतार नहीं पाई।" कहकर नर्मदा ने यज्ञ का भाव जानने के लिए उसकी ओर देखा।

"मैं मीरा की नहीं, चित्र की बात कह रहा हूँ।" चित्र से दृष्टि हटाए बिना यज्ञ बोला।

"उसी का चित्र है, तो सुंदर बनेगा ही।"

"मीरा तो सुंदरी है ही। किंतु मुझे धुँध से निकलकर उड़ते हुए कपोतों का झुंड बहुत भा रहा है। ऐसी स्वच्छंदता, मुक्त गगन..आ..हा! इसके अतिरिक्त चित्र की पृष्ठभूमि पर कुछ मेघ भी बना दो, जिससे मीरा का मुख मेघों के बीच से उदय होता प्रतीत हो। चित्र की भव्यता बढ़ जाएगी।"

"अच्छा सुझाव है। कल मीरा को पुनः बुलाकर बैठा दूँगी। फिर तुम स्वयं ही उसके चित्र को भव्यता प्रदान करना। सुबह से कूची चलाते-चलाते हाथ दुःख गए। अभी तो तनिक विश्राम करूँगी।"

"यदि इतनी चित्रकारी आती, तो मैं दिन-रात वनों में ही बैठकर, वहाँ का चित्र उतारता रहता।" यज्ञ सहसा उत्साही हो गया, "नर्मदा! क्या तूने नदी में कल-कल बहते जल की छोटी लहरों में पड़ने वाली सूक्ष्म मरोड़ों को देखा है। वे क्षण भर में बनती हैं और अगले ही क्षण नष्ट हो जाती हैं। प्रकृति निर्माण और विनाश कितने सूक्ष्म अंतराल पर करती है! प्रतीत होता

है, दोनों साथ-साथ चलते हैं। पक्षियों के पंखों का रंग-संयोजन कितना उत्कृष्ट होता है! सब-कुछ देखकर लगता है, जैसे यह संसार विधाता का बनाया हुआ एक जीवित चित्र हो।''

सुनकर नर्मदा को अच्छा लगा।

''चाचा प्रसेनजित ने अपना कला-प्रेमी हृदय तुझे भी सौंप दिया।'' कहते हुए वह पर्यंक पर गई और कमर के पीछे तकिये से टेक लेकर बैठ गई।

यज्ञ भी पर्यंक की ओर बढ़ा और नर्मदा की गोद में सिर रखकर लेट गया।

नर्मदा ने स्नेह से यज्ञ के गालों पर एक हल्की चपत लगाई और हौले-हौले उसका सिर दबाने लगी।

''कल कहाँ था?'' नर्मदा ने पूछा।

''चाचा ने दक्षिण की ओर भेजा था, चार दिनों से वहीं था। कल रात्रि लौटा हूँ।''

''कल कुछ विशेष दिन था?'' नर्मदा ने स्मरण कराने का प्रयत्न किया।

यज्ञ सोचता रहा। नर्मदा सिर दबाती रही। बहुत देर सोचने के बाद यज्ञ को कुछ याद आया। उठकर बैठ गया।

''सुभद्रा बुआ की पुण्यतिथि?''

''हाँ!'' नर्मदा थोड़ी उदासी से बोली।

''तू उनका चित्र बनाने वाली थी। बनाया?''

''हाँ! पीछे रखा है।'' नर्मदा ने पीछे संदूक की ओर संकेत किया।

यज्ञ उठकर गया और संदूक से चित्र निकालकर देखने लगा। बुआ सुभद्रा कुछ-कुछ नर्मदा जैसी दीखती थीं। यज्ञ गवाक्ष के पास जाकर उजाले में अच्छे से चित्र देखा।

''सम्राट ने कोई आयोजन करवाया था?'' यज्ञ ने अनायास ही पूछ लिया।

''नहीं! उन्हें तो अपनी बहिन की सुध भी नहीं रही होगी।'' नर्मदा की भौहें कुछ सिकुड़ गईं।

यज्ञ ने एक ठंडी साँस छोड़ी। धीरे से चित्र को समेट लिया और गवाक्ष

के बाहर देखने लगा। कुछ स्मरण करने का प्रयत्न किया। कर नहीं पाया, तो पूछा, ‘‘बुआ के पुत्र का नाम मैं भूल रहा हूँ, क्या नाम था?’’

नर्मदा को यज्ञ का इस प्रकार नाम भूलना अच्छा नहीं लगा। उदासी से उत्तर दिया, ‘‘धीरा।’’

एक बड़ी चौकी पर ढेरों पत्र पड़े हुए थे। चौकी के सामने रखे एकमात्र आसन पर जयभद्र बैठा हुआ था। पिछले एक घड़ी से वह इन पत्रों को ध्यानपूर्वक दुबारा-तिबारा पढ़ रहा था। यह सभी पत्र मुंद्रा द्वारा अधिकृत राजाओं के थे।

कुछ समय पूर्व जयभद्र ने सभी राजाओं को एक जटिल-सा पत्र लिखा था। प्रथम दृष्टया, पत्र पढ़ने में सामान्य लगता, किंतु थोड़ा ध्यान देने पर शब्दों का सही अर्थ निकाला जा सकता था। पत्र में अर्थला युद्ध से संबंधित समयकाल और सहयोग की सूचना थी। इस प्रकार का पत्र लिखने की मंशा यह थी कि पत्र को सभी समझ लेंगे। किंतु जो पक्ष में होंगे, वे वास्तविक अर्थ का सीधा उत्तर देंगे और जो विमुख हो रहे होंगे, वे पत्र का अर्थ न समझने का ढोंग करके साधारण औपचारिक उत्तर देंगे।

जयभद्र को अब तक तीन औपचारिक उत्तर मिल चुके थे। उसने उन पत्रों को अलग रख लिया। पत्र पढ़ते-पढ़ते जयभद्र की दृष्टि बीच-बीच में द्वार की ओर मुड़ जाती। उसने वासुकी को बुलावा भेजा था।

वासुकी के पिता वज्जी ने जयभद्र की कूटनीतिक स्तर पर बहुत सहायता की थी। दोनों के बीच घनिष्ठता भी अच्छी थी। किंतु एक बात से जयभद्र सदैव रुष्ट रहता था। वह थी वज्जी की प्रतिज्ञा- जंबूद्वीप के किसी राज्य के विरुद्ध शस्त्र न उठाने की प्रतिज्ञा। वज्जी ने यह प्रतिज्ञा क्यों ली, यह किसी को नहीं ज्ञात। किंतु जयभद्र को लगता था कि यदि वज्जी युद्ध में अपनी वास्तविक शक्ति के साथ उतरता, तो वह वर्षों पहले पृथ्वीपति बन चुका होता। वज्जी के प्रति यह रोष जयभद्र कभी-कभी वासुकी पर उतार देता।

वासुकी ने आने में देर लगाई। जयभद्र को क्रोध आया, पर संयत रहा। वासुकी भी भाँप गया। जयभद्र के कुछ बोलने से पहले ही स्वयं बोला-

"बाणों और ढालों की नई खेप आ गई है, सम्राट! राजकुमार यज्ञ ने अपनी टंकार वाहिनी के लिए, जिन घूर्णन बाणों की स्वीकारोक्ति दी थी, वे भी दस सहस्त्र की संख्या में आए हैं। युद्धक रथों और सैनिक कवचों का भी मूल्य कम कराने में, मैं सफल रहा..।"

वासुकी ने एक व्यापार-पत्र खोलकर जयभद्र के सामने रखा। पत्र में नए परिवर्तित मूल्य की विस्तारपूर्वक गणना लिखी थी। सभी के मूल्य में पंद्रह से बीस हिस्से तक की कटौती थी।

जयभद्र थोड़ा ठंडा हुआ। वासुकी ने दूसरा पत्र निकालकर प्रस्तुत करना चाहा। जयभद्र ने संकेत से मना कर दिया। आसन पर अपनी बैठक बदलता हुआ बोला, "मैंने तुम्हें वज्जी के विषय में बात करने के लिए बुलाया है।"

वासुकी को अचंभा हुआ। वर्षों बाद सहसा उसके पिता की बात कैसे उठ गई। पर आश्चर्य का भाव मुख पर आने नहीं दिया। सावधानी से बोला, "आज्ञा करें, सम्राट!"

"एक कठिन कार्य सौंपना चाहता हूँ। तुम्हारे अतिरिक्त किसी अन्य के लिए संभव नहीं।"

"आज्ञा करें, सम्राट!" वासुकी तोते की भाँति दोहराया।

सम्राट ने आँखें गड़ाकर अपना मंतव्य प्रकट किया- "लाल-रहस्य को युद्ध-भूमि में प्रकट करो।"

सुनते ही वासुकी को सन्नाटा मार गया। कई क्षण यूँ ही खड़ा रहा। फिर पूर्ण कुशलता से भावहीन होने का अभिनय करते हुए कहा, "पूर्ण प्रयास करूँगा, सम्राट!"

"मात्र प्रयास ही करना होता, तो किसी अन्य को भी भेज सकता था।"

वासुकी जानता था, असंभव कार्य है। फिर भी तत्काल शब्द-सुधार किया- "यह कार्य मुझ पर छोड़ दें।"

सम्राट संतुष्ट नहीं हुआ। वह होता भी नहीं था। उसने वासुकी से दृष्टि हटाई और चौकी पर रखे स्वर्ण प्याले से मदिरा का घूँट पिया।

तभी द्वार पर यज्ञ प्रकट हुआ। सम्राट ने वासुकी को जाने का संकेत किया। औपचारिक अभिवादन कर वासुकी चला गया।

यज्ञ के मुख पर सामान्यत: एक महीन मुस्कान सदैव बनी रहती थी, जो देखने वाले के हृदय को शांति प्रदान करती थी। किंतु जयभद्र के सामने उसका मुख भावहीन होकर सपाट हो जाता था।

आते ही बिना किसी अभिवादन के एक पत्र खोलकर जयभद्र के सम्मुख रख दिया।

पत्र देखकर जयभद्र की भौंहें चढ़ गईं– असुर अधिकृत–क्षेत्र में प्रवेश के लिए राजकीय अनुमति–पत्र था।

"सम्राट के हस्ताक्षर और मुहर चाहिए," यज्ञ बोला।

बोला गया वाक्य सामान्य था। पर यज्ञ के मुँह से सम्राट शब्द सुनकर जयभद्र चिढ़ गया। इस बार ही नहीं, हर बार चिढ़ता था। चढ़ी हुई भौंहों के साथ बोला, "राजसभा में उपस्थित होना, तुम पाप समझते हो... इस प्रकार के राजनैतिक विषयों में रुचि कैसे जाग गई?"

यज्ञ ने एक दीर्घ श्वास छोड़ी। बोला, "चाचा ने जाँच के लिए भेजा था। वहाँ की प्रजा कष्ट में जान पड़ती है। एक बार असुरों की शोधशालाओं तक जाकर देखना चाहता हूँ।"

"प्रजा का कष्ट मैं स्वयं दूर लूँगा। तुम्हारे हस्तक्षेप की कोई आवश्यकता नहीं," कहकर जयभद्र ने सामने रखा पत्र हटा दिया।

यज्ञ की प्रशांति अंदर से थोड़ी हिल गई। अशांत स्वर में कहा, "क्या सम्राट वास्तव में वहाँ की स्थिति से अनभिज्ञ हैं... या किसी विशेष लाभ के लिए आँखें मूँद रहे हैं?"

ऐसे धृष्टतापूर्ण शब्द किसी और ने कहे होते, तो जयभद्र ने क्षण गँवाए बिना उसकी गरदन काट दी होती। किंतु उसने आगे के शब्दों को जैसे सुना ही नहीं। उसका मस्तिष्क 'सम्राट' शब्द सुनकर ही तप्त हो गया।

वह झटके से खड़ा हुआ। पीछे आसन डगमगाया। ऊँचे स्वर में पूरे रोष के साथ बोला, "पिता बोलने में तुम्हारी जिह्वा चिपक जाती है?"

यज्ञ तनिक भी उत्तेजित नहीं हुआ। लगा अंदर हिली हुई शांति अब कुछ स्थिर हो गई। वह कुछ बोला नहीं। चुपचाप खड़ा रहा।

जयभद्र विषय से पूरी तरह हट चुका था। क्रोध से छातियाँ उठ–बैठ रही थीं।

उन्माद में पुनः चिल्लाया, "तुम दोनों भाई-बहन अपना नाट्य बंद कर दो। मेरी सहनशीलता अब और नहीं खिंचेगी।"

यज्ञ अभी भी चुप रहा। पिता की जलती आँखें देखने में असहज हो गया, तो दृष्टि नीचे कर ली।

दृष्टि नीचे तो की, किंतु कुछ देखकर चौंक गया। जयभद्र की धोती थोड़ी उघड़ गई थी। खुले हिस्से से पैरों का कुछ भाग दीख रहा था। पैर काले चकत्ते से भरा हुआ था। प्रतीत होता था मानो पैरों पर सर्प की केंचुली चढ़ी हो।

यज्ञ विचलित हुआ, मन में सोचा- क्या कोई रोग है? दृष्टि उठाकर पुनः पिता का मुख देखा। जयभद्र का क्रोध उफान पर था। यज्ञ ने कक्ष छोड़ देना ही उचित समझा। मुड़ा और चला गया।

सम्राट ने चौकी से प्याला उठाकर भूमि पर पटक दिया। कक्ष में प्याले की टन-टनाहट गूँज उठी।

पिता का कक्ष छोड़कर यज्ञ सीधे टंकार वाहिनी की छावनी पहुँचा। चकत्ते को लेकर मन में भाँति-भाँति के विचार उठ रहे थे। इस विषय में चाचा प्रसेनजित से बात करने का निश्चय किया।

टंकार वाहिनी के धनुर्धर धनुष-बाण के साथ दैनिक अभ्यास में जुटे हुए थे। यज्ञ अपने कार्यालय कक्ष की ओर मुड़ा, तभी एक चर सैनिक घोड़ा दौड़ाते हुए छावनी में आया। उतरकर सीधे यज्ञ के पास पहुँचा और दुमका गाँव से संबंधित कुछ अशुभ सूचना दी।

यज्ञ का मस्तिष्क ठनका। दो दिन पूर्व ही तो वहाँ से लौटा है। क्या असुरों ने प्रत्यक्ष उद्दंडता दिखानी प्रारंभ कर दी! नेत्रों के सामने बच्चे और कोबू का चित्र घूमा।

कुछ देर मनन करता रहा। फिर चर को कुछ निर्देश दिए और स्वयं कार्यालय कक्ष चला गया।

चौथाई घड़ी उपरांत यज्ञ अकेले ही शस्त्र-सज्जित होकर छावनी से बाहर निकला।

असुर-अधिकृत क्षेत्र

आकाश स्वच्छ था। सूर्य की किरणें धरती को कुछ अधिक सेंकने लगी थीं। धरती के साथ रक का गंजा सिर भी सिंक रहा था। धूप से बचने के लिए वह घने वनों वाला मार्ग चुनता था। किंतु अभी जहाँ उपस्थित था, वहाँ वृक्ष-कुंजों की सघनता कम थी।

जब चिकने सिर को सूर्य ताप विचलित करने लगा, तो कमर से लटकी चमड़े की छोटी मशक उतारकर खोली और बचा हुआ थोड़ा जल सिर पर उड़ेल लिया। कुछ सुख मिला। पीठ पर सामान लटकाए वह आगे बढ़ा।

चलते हुए आध घड़ी बीता था कि आगे बाईं ओर मृगों का एक झुंड दिखा। जल-स्रोत यहीं कहीं समीप होगा, मानकर वह मृगों की ओर बढ़ा।

रक को देखते ही मृग चौकड़ी मारकर भाग खड़े हुए। वह अनुमान के आधार पर आगे बढ़ता रहा। तभी किसी कुत्ते के भौंकने की ध्वनि सुनाई पड़ी। उसने ध्वनि-स्रोत की ओर उचककर देखा। समीप पहुँचा, तो एक बच्चा बेसुध-सा भूमि पर पड़ा हुआ था। और भूरा झब्बेदार कुत्ता उसका

मुँह चाट-चाटकर भौंक रहा था।

रक को देखकर कुत्ता और जोर से भौंकने लगा। कुत्ते को महत्व न देते हुए रक बच्चे के एकदम समीप पहुँचा और झुककर देखने लगा। रक को बच्चे के इतना समीप देखकर कुत्ता आक्रामक हो गया। गुर्राते हुए रक पर झपटा। रक ने घूमकर आँखें दिखाईं। कुत्ता अंदर से हिल गया। थोड़ा पीछे हटा। गुर्राहट तनिक कम हुई, पर बनी रही।

रक ने बच्चे के गाल पर थपकी मारकर सुध में लाने का प्रयास किया। तीन-चार थपकी के पश्चात् बच्चे के मुख से अत्यंत मंद स्वर फूटा-कोबू... माई...।

रक ने अपनी मशक टटोली, खाली थी। कुत्ता अभी भी भौंक रहा था। रक ने उस पर ध्यान नहीं दिया। अगल-बगल एक सहज दृष्टि दौड़ाई और उठकर आगे बढ़ गया। अपरिचित के दूर जाते ही कुत्ता पुनः बच्चे के सूखे होंठ चाटने लगा।

कुछ दूर चलते ही रक को कल-कल सुनाई पड़ी। आगे नदी थी। नदी पर गया। जल पिया और मशक पूरी भर ली। कुछ जल अपने चिकने सिर पर भी उछाला। फिर बच्चे की ओर लौटा।

रक को वापस आता देख कुत्ता पुनः गुर्राया। रक ने आकर मशक से थोड़ा जल बच्चे के मुँह पर गिराया और गालों पर तीन-चार थपकी लगाई। बच्चे ने धीरे से आँखें खोलीं और मशक पकड़ ली। रक ने उसके सिर को सहारा देकर, उठाकर बैठाया। बच्चे ने पाँच-छः घूँट जल पिया।

पीकर बच्चा रोने लगा। विलाप किया- "माई !..माई !"

रक ने यथासंभव अपने स्वर को मृदु बनाने का प्रयास किया और बच्चे का सिर सहलाते हुए पुचकारा- "माई कहाँ है ? तुम्हें घर छोड़ दूँ ?"

बच्चे ने बढ़कर रक की धोती पकड़ ली। अपना सिर धोती में धँसाते हुए रोया- "माई को पकल ले गये... 'माई को पकल ले गए..."

बच्चे के धोती पकड़कर सिर धँसाने से रक एकदम स्तंभित हो गया। न जाने किस लोक में पहुँच गया। आँखों की सतर्कता शिथिल हो गई। भौंहें भी तनावमुक्त होने लगीं। कुत्ते ने परिवर्तित होते भाव स्पष्ट देखे। वह रक पर एकटक दृष्टि गड़ाए हुए था। गुर्राना बंद कर दिया। कुछ देर

पश्चात् पुनः जोर से भौंका।

रक वर्तमान में लौटा। स्नेह दिखाने का पुनः प्रयास करते हुए पूछा, "माई कहाँ चली गई?... कौन पकड़ ले गया... ?"

"कालू ले गया..." बच्चे ने रोते हुए उत्तर दिया।

"कालू?" रक को ध्यान आया; प्रारंभ में बच्चा कोबू जैसा कुछ बुदबुदाया था। प्रेम से पूछा, "कोबू... ?"

बच्चे ने नाहीं में सिर हिलाया। आँसू बहाते हुए पुनः बोला- "कालू..."

"कहाँ है कालू, मुझे ले चलो। कालू को खूब पीटूँगा और माई को छुड़ा लाऊँगा," रक बोला।

बच्चे को जैसे रक की बातों पर विश्वास हो गया। एक ओर उँगली दिखाकर संकेत किया।

रक ने बच्चे को उठाकर कंधों पर बैठा लिया। संतुलन बनाए रखने के लिए बच्चे ने सहज ही रक का सिर पकड़ने का प्रयास किया। चिकना सिर छोटी हथेली की पकड़ में नहीं आ रहा था। बच्चे ने सिर छोड़कर दोनों कान पकड़ लिए।

रक, बच्चे द्वारा निर्देशित दिशा में आगे बढ़ा। कुत्ता भी भौंकना बंद कर सूँघता हुआ आगे-आगे चलने लगा।

जिस मार्ग से रक बढ़ रहा था, उधर नदी की कल-कल स्पष्ट सुनाई पड़ रही थी। बच्चा स्वयं से रोता और स्वयं ही चुप हो जाता। जब आध घड़ी से भी अधिक हो गया, रक को लगा- 'बच्चा सही मार्ग बता रहा है? अथवा भटक गया है?' शंका हुई, किंतु आगे बढ़ता रहा।

कुछ देर बाद एक बात खटकी, बड़ी देर से कोई पशु नहीं दिखा। अन्यथा वानर, लोमड़ी, सियार, मृग, बिलार कुछ-न-कुछ इस वन में दीख ही जाता था। एकाएक बच्चे ने रक के दोनों कान जोर से खींचे। जैसे-घोड़ा रोकने के लिए वल्गा खींची जाती है।

रक रुक गया। बच्चा तेजी से गरदन मोड़कर अगल-बगल देखने लगा। कुत्ता भी भूमि सूँघते हुए शीघ्रता से चक्कर काट रहा था। बच्चा पुनः रुआँसा हुआ- माई...माई...।

वहाँ कुचली हुई घास पर कई पद-चिह्न दिखे। पतली रस्सी के दो-

तीन छोटे टुकड़े और कुछ टूटी लकड़ियाँ भी थीं। रक ने भूमि पर ध्यान से दृष्टि दौड़ाई। मात्र मनुष्यों के पद-चिह्न थे, घोड़े तथा किसी प्रकार की गाड़ी के पहियों के कोई चिह्न नहीं थे। अनुमान लगाया- यहाँ कई लोग थे, जो पैदल ही यहाँ से गए।

कुत्ता सूँघता हुआ आगे बढ़ने लगा। आस-पास के चिह्न देखकर रक की भी अटकल उसी दिशा में थी। अतः कुत्ते के पीछे चला।

कुछ दूर चलने के पश्चात् रक ने आस-पास के चिह्न ढूँढ़ना छोड़ दिया। कुत्ते पर पूर्ण विश्वास हो गया था। जैसे-जैसे आगे बढ़ता, झाड़-झंखाड़ तथा सरपतें कुछ अधिक मिलने लगीं। वृक्षों की सघनता भी पहले से अधिक होती जा रही थी।

सहसा रक को कुछ आभास हुआ। बच्चा धीरे-धीरे विलाप कर रहा था। रक ने हाथ उठाकर बच्चे के मुख पर रखा। बच्चा चुप हो गया। कुत्ता भी भूमि सूँघना छोड़कर दोनों कान खड़े किए आगे देख रहा था। सरपतों से सामने का मार्ग अवरुद्ध था। आगे बढ़ने के लिए घूमकर जाना पड़ता। रक चुपचाप खड़ा ध्वनि सुनने का प्रयत्न कर रहा था। कराहने के कई अत्यंत मंद स्वर सुनाई पड़े।

रक सरपतों के दाईं ओर से घूमकर आगे बढ़ा। आगे भी झाड़-झाड़ियाँ थीं, किंतु कम उँचाई के कारण दूर उपस्थित लोगों का समूह दिख गया।

रक की भौंहें टेढ़ी हुईं। कुछ आगे बढ़ा, तो दृश्य स्पष्टता से समझ आया। कई लोग पीड़ित की भाँति भूमि पर घुटने के बल सिर झुकाकर बैठे थे और उनके सामने सिर के ऊपर से नीचे तक काला लबादा ओढ़े एक लंबा व्यक्ति खड़ा था। लबादे के बगल, काले रंग में पुता एक असुर सैनिक सिर झुकाए लोगों को डरा-धमका रहा था और इन सभी को कुछ अन्य सशस्त्र असुर सैनिकों ने घेर रखा था।

बच्चे के मुँह से काँपते हुए निकला- 'कालू!' और रक के दोनों कानों को जोर से भींचा।

"भयभीत मत हो। माई मिलने वाली है।" रक बोला।

बच्चे पर कोई प्रभाव नहीं पड़ा। मुट्ठी भींचे रहा।

रक मुख पर निश्चिंत भाव लिए झाड़-झंखाड़ों से बचता हुआ टेढ़े-

मेढ़े मार्ग से उनकी ओर बढ़ा। ऊँची सरपतों तथा वन्य वनस्पतियों के कारण असुर उसे देख नहीं पा रहे थे। झाड़ियों की आड़ से पूरी तरह बाहर निकलने पर रक उनके सम्मुख प्रकट हुआ।

घेराबंदी किए सैनिकों ने मुड़कर भालों की नोंक रक की ओर कर ली। जो काला असुर लोगों को डरा-धमका रहा था, उसने सैनिकों को आदेश दिया- "भोजन चलकर स्वयं आ रहा है। इसे भी पकड़कर बिठाओ। यह भी महाप्रभु की शरण में आएगा।"

दो सैनिक भाले दिखाते हुए रक की ओर बढ़े। बगल से कोबू गुर्राने लगा। रक अविचलित बोला- "एक भी पग आगे बढ़ाया, तो तुम्हारे मुंड रुंड से अलग पड़े मिलेंगे।"

ऐसा सर्द स्वर उन असुरों ने पहली बार सुना था। किसी अज्ञात भय से उनके बढ़ रहे पग थम गए। भय तो आदेश देने वाले असुर को भी लगा था, किंतु गरजकर बोला- "अच्छा अवसर मिला है। अब तुम सब भी महाप्रभु का वास्तविक प्रकोप देख लो।"

राजकुमार यज्ञ दुमका से सटे चिनार गाँव की ओर बढ़ रहा था। राजसत्ता को, जिसमें उसे कोई विशेष रुचि नहीं थी, किसी प्रकार की राजनैतिक असहजता से बचाने के लिए उसने अपना भेष परिवर्तित कर रखा था। एक यायावर लड़ाके का रूप धरे, घोड़ा दौड़ाते हुए वह अपने लक्ष्य की ओर बढ़ रहा था कि चिनार से थोड़ा पहले ही रुक जाना पड़ा।

पाँच पुरुषों को असुर सैनिक बंदी के रूप हाँकते हुए दक्षिण की ओर से ले जा रहे थे। लोगों के हाथ पीछे से बँधे और सिर झुके हुए थे। पाँच असुर आगे और पाँच असुर पीछे भाले लेकर चल रहे थे।

टापों की आवाज सुनकर वे सतर्क हुए। यज्ञ का घोड़ा उस बंदी समूह के दाईं ओर रुका। उसने धनुष कंधे से उतारकर हाथ में ले लिया। स्वर कर्कश बनाकर पूछा, "यहाँ क्या चल रहा है? इन्हें बंदी क्यों बनाया है?"

पीछे खड़ा एक असुर भाले की नोंक दिखाता हुआ रुष्ट हुआ, "तुम कौन हो, प्रश्न पूछने वाले?"

"मैं घुमक्कड़ हूँ... मुझे छोड़ो। इन्हें बंदी क्यों बनाया है? ऐसा कौन-

सा अपराध हुआ है, जो इनके हाथ बाँधने पड़े?"

"ओ घुमक्कड़!" आगे से एक सैनिक, जिसका बायाँ कान कटा हुआ था, ऊँचे स्वर में पूरे दंभ के साथ बोला, "यदि अपने प्राणों से तनिक भी मोह है, तो अविलंब यहाँ से दूर चला जा। अन्यथा तेरे शरीर में भाले घुसाने में हमें तनिक भी संकोच नहीं होगा।"

यज्ञ ने एक बार बोलने वाले पर तिरछी दृष्टि डाली और धनुष पर हाथ कस लिए। जानता था; असुर क्षेत्र के आस-पास लोगों के लुप्त होने की घटनाएँ इसी प्रकार हुई होंगी।

हाथ बँधे लोग भयभीत प्रतीत हो रहे थे, कइयों के शरीर पर स्पष्ट चोटें थीं।

यज्ञ ने जोर से घोषणा की, "यदि इन असुरों ने तुम्हें प्रताड़ित किया है, तो कोई भी अपना सिर ऊपर करे। विश्वास दिलाता हूँ, तुम लोगों को कष्ट मुक्त किए बिना यहाँ से नहीं जाऊँगा।"

"ओ दयावान्!" आगे वाला सैनिक पुनः बोला। इस बार स्थिति संभालने के लिए उसने थोड़ी समझदारी दिखाई। धीरता के साथ बोला, "झगड़ने की आवश्यकता नहीं है। ये हमारी खानों में कार्य करने वाले कर्मकार हैं। दस दिन पूर्व ये सभी चोरी करके भाग निकले। हम इन्हें पकड़कर दंडनायक के पास ले जा रहे हैं... मात्र इतनी-सी बात है... अब तुम हमारे कार्य में अनावश्यक हस्तक्षेप मत करो।"

तभी एक बंदी सिर उठाकर जोर से चीखा, "यह झूठ बोल रहा है। हम वन में लकड़ी काटने गए थे... ये हमें ..." पीछे से एक असुर ने अपने भाले की नोंक उसकी पीठ में धँसा दिया और दाँत पीसकर बोला, "चोर, तुझे यहीं दंड देना पड़ेगा।"

एक क्षण के अंदर यज्ञ ने कमर से लटकती तूरीण से बाण खींचा, धनुष पर चढ़ाया और छोड़ दिया।

बाण उस असुर के कंठ के आर-पार हो गया। वह भाला छोड़, अपने दोनों हाथों से कंठ पकड़कर तड़पते हुआ गिरा। अन्य असुरों को इस धृष्टता पर विश्वास नहीं हुआ।

दो असुर, समूह के आगे से और दो पीछे से पूरे क्रोध और उत्तेजना

से चीखते हुए यज्ञ की ओर दौड़े।

"वु...श!...ठक्क!"

"वु...श!...ठक्क!"

असुरों के तीन पग पूरा करने से पहले ही यज्ञ के धनुष से छूटे दो बाण, दो असुरों के हृदय में उतर गए। बढ़ रहे अन्य दो असुरों के पग स्वयं ही ठिठक गए।

इतना तीव्र और सटीक धनुष-संचालन उन्होंने पहले कभी नहीं देखा था। उन दो असुरों ने अपने स्थान से ही भाले फेंक कर मारे। यज्ञ को अपने लचीले शरीर को झुकाकर और बगलकर बचने में कोई विशेष कष्ट नहीं हुआ।

झुकने-बचने की प्रक्रिया के बीच एक बाण और छूटा। बाण एक असुर की हथेली के पार हो गया। दूसरा असुर भागकर बंदियों के पीछे जाना चाहता था, किंतु यज्ञ का एक अन्य बाण पीछे से उसकी जंघा में जा धँसा। दोनों असुर थोड़ी देर के लिए निष्क्रिय हो गए।

यज्ञ का प्रदर्शन देखकर बंदी बनाए गए लोगों में आशा का संचार हुआ। सभी ने एक साथ गुहार लगाई- "हमारी रक्षा करो।"

असुरों को भी समझ आ गया; विकट शत्रु है। किंतु ऐसी किसी कठिन परिस्थिति के बारे में सोचा नहीं था। पिछले कई वर्षों से वे अपनी मनमानी से कार्य संपन्न करते आए थे, अत: ऐसी स्थिति के लिए तैयार नहीं थे।

जब तक वे अपने भाले उस पर फेंकेगे, निश्चय ही इस घुमक्कड़ के बाण उनके शरीर के पार होंगे।

समूह के आगे खड़ा असुर सैनिक, जिसका कान कटा था, बड़ी चपलता से एक बंदी को अपनी ओर खींचा और कमर से छुरा निकालकर उसकी कंठ नलिका पर रख दिया। अन्य असुरों ने भी झपट कर दूसरे बंदियों के साथ यही किया।

कान कटा असुर चेतावनी देता हुआ बोला, "यदि इन पर इतनी ही दया आ रही है, तो अपना धनुष त्याग दो। अन्यथा छुड़ाने के लिए एक भी जीवित नहीं बचेगा।"

असुर ने सोचा; यदि शत्रु ने बाण चलाया, तो बंदी की आड़ रहेगी,

और यदि अपना धनुष फेंक दिया, तो समीप जाकर सरलता से भाले घुसाए जा सकते हैं।

यज्ञ ने एक ठंडी साँस छोड़ी। मानो असुरों के इस कृत्य से तनिक भी विचलित नहीं हुआ हो। शांत किंतु चेतावनी वाले स्वर में बोला, "अभी भी अवसर है। इन्हें छोड़कर चले जाओ... मैं पीठ पर बाण नहीं चलाऊँगा।'

यज्ञ ने जिस आत्मविश्वास के साथ बोला था, असुरों पर उसका तत्काल प्रभाव पड़ा। मन में विचलित करने वाला भय जागा। पर अविश्वास और दंभ आगे आ गया।

कान कटे असुर का हाथ छुरे की मूठ पर कस गया। और बंदी के कंठ पर धार को थोड़ा रगड़ दिया। गरदन पर लाल लकीर प्रकट हुई। लकीर से रक्त की कई बूंदों ने सरककर कुछ अन्य लकीरें भी खींच दी।

बंदी की धड़धड़ाती हृदय गति और मुख से भय के भाव स्पष्ट देखे जा सकते थे।

यज्ञ ने पूर्ण शांत भाव से तूरीण की ओर हाथ बढ़ाया। इधर-उधर टटोला और एक बाण, जिसकी पूँछ पर लगा पर अत्यंत कड़ा था- को निकाला।

यज्ञ ने तीर की नोंक पर दृष्टि गड़ाई। तीर की नोंक ठोस शंक्वाकार थी। शंकु पर किसी लिपटे सर्प की भाँति गहरी नाली बनी थी। शंकु के ठीक नीचे एक महीन धागा निकला था। यज्ञ ने धागे के छोर को दाँतों से दबाया और एक झटके से तीर को मुँह से दूर कर दिया। धागा खुलकर लंबा हो गया और तीर की शंक्वाकार नोंक अपनी धुरी पर लट्टू की भाँति तीव्र घूर्णन करने लगी।

यज्ञ ने दृष्टि असुरों की ओर मोड़ी। धनुष पर तीर चढ़ाया और प्रत्यंचा खींची।

तीव्र गति से घूम रही बाण की नोंक को असुर पहचानते थे। यह असुर व्यापारियों द्वारा ही बनाया गया उन्नत बाण था। यद्यपि इन असुरों ने इस बाण का कभी स्वयं प्रयोग नहीं किया था, किंतु इतना अवश्य जानते थे कि इस बाण की भेदन क्षमता सामान्य बाण से आठ गुना अधिक थी।

यज्ञ ने बाण का लक्ष्य कान कटे असुर के बाईं ओर खड़े असुर की

ओर किया।

असुर ने बंदी को सामने कर रखा था, फिर भी भय से काँप गया। वह धनुर्धारी शत्रु की योजना समझ गया, शत्रु उन्नत बाण चलाएगा, बाण बंदी के शरीर को भेदकर उसके शरीर में घुसेगा, किंतु क्या इस धनुर्धारी को बंदी की तनिक भी चिंता नहीं! इन्हीं के लिए तो हमसे लड़ रहा है!

असुर के पास सोचने का अधिक अवसर नहीं था। झट से छुरा हटाया और दो पग पीछे हुआ, फिर भाले की नोंक बंदी की पीठ से स्पर्श कर दी।

यज्ञ का दुस्साहस असुरों सहित बंदियों को भी समझ नहीं आया। जिस बंदी की ओर उसके बाण का लक्ष्य था, उसके नेत्रों में याचना का भाव उमड़ा।

घोड़े पर स्थिर बैठा यज्ञ धनुष पर बाण चढ़ाकर कुछ क्षण के लिए जड़ हो गया। नेत्रों से ही दूरी की गणना कर बाण के पथ का समीकरण बनाया। संयोग से पवन में वेग नहीं था। अतः समीकरण सरलता से बन गया। फिर प्रत्यंचा खींचे हाथों का बल कुछ कम किया और एक उँगली से बाण की पूँछ पर लगा कड़ा पर एक दिशा में टेढ़ा कर दिया। अग्र भाग पर शंक्वाकार नोंक अभी भी तीव्र घूर्णन पर थी। बाण छूटा, धनुष की टंकार हुई। बंदी ने याचना पूर्ण नेत्र बंद कर लिए।

हवा को चीरता बाण बंदी की ओर सीधा बढ़ा, किंतु छाती से एक हाथ पहले ही दाईं ओर घूम गया।

कान कटे असुर की आँखें फैलीं, पर पूरी तरह फैलने से पहले ही घूर्णन करता शंक्वाकार नोंक उसकी कनपटी को भेदता हुआ मस्तिष्क में जा धँसा।

असुर के हाथ से छुरा छूटा और शरीर निर्जीव माँस के लोंदे की भाँति गिरा।

असुरों सहित बंदियों का भी मुँह खुला रह गया। याचना पूर्ण नेत्र बंद किए बंदी ने भी आँखें खोलीं। वह मन में भय का भाव लिए अपने शरीर पर बाण की चुभन की प्रतीक्षा कर रहा था। चुभन हुई नहीं और बाईं ओर कुछ गिरने की ध्वनि हुई, तो नेत्र स्वतः खुल गए। मृत असुर की कनपटी में धँसा बाण देखकर भौचक्का रह गया। उसकी पीठ पर भाला धँसाकर खड़े

असुर का भय अधिकतम सीमा पर पहुँच गया। अति तीव्र गति के कारण बाण का स्पष्ट पथ उसे नहीं दिखा था। किंतु दिशा-परिवर्तन की झलक दिख गई थी, मन में भय उठा; यह धनुर्विद्या है या कोई माया। मृत्यु पीछा करके प्राण हर रही है।

अन्य असुरों की भी कुछ ऐसी ही मनोदशा थी। यज्ञ ने दुबारा चेतावनी दी- "पुन: अवसर देता हूँ... अविलंब चले जाओ... पीठ पर बाण नहीं चलाऊँगा।"

असुरों के लिए यह चेतावनी नहीं कृपा थी। बंदियों के गले से छुरे हटाए और दक्षिण की ओर भाग गए। निष्क्रिय पड़े अन्य दो असुर भी यथासंभव शक्ति जुटाकर उनके पीछे दौड़े।

बंदियों ने स्वयं को भाग्यशाली समझा। यज्ञ घोड़े से उतरा और जाकर उनके बंधन खोले। फिर कर्कश स्वर में पूछा- "इन असुरों ने तुम्हें बंदी क्यों बनाया?"

एक अधेड़ व्यक्ति बोला- "हम यहाँ काठ के लिए वृक्ष काटने आए थे। ये असुर न जाने कहाँ से प्रकट हो गए... कहने लगे, उनकी खानों में कार्य करने के लिए श्रमिकों की आवश्यकता है। उन्हें देखकर हम सभी भयभीत हो गए थे। हमने अस्वीकार कर दिया। उन्होंने बड़े-बड़े लोभ दिखाए। हम लोगों ने पुन: अस्वीकार किया। फिर वे हमें मारने-पीटने लगे और भालों की नोंक पर बंदी बना लिया। तुमने हमारे प्राणों की रक्षा की है... हम सभी जीवन भर तुम्हारे ऋणी रहेंगे।" सभी ने सिर झुकाकर आभार व्यक्त किया।

यज्ञ का ध्यान दक्षिण की ओर था। बंधन मुक्त हुए लोग उसे अपने गाँव ले जाकर उचित सत्कार करना चाहते थे। किंतु यज्ञ शीघ्रता में था। वह घोड़े पर बैठा और वन में विलीन हो गया। लोग इस घुमक्कड़ रक्षक के विषय में बातें करते हुए गाँव लौट पड़े। उनके भी पग शीघ्रता में थे।

यज्ञ को दक्षिण की ओर चलते आधा घड़ी हो गई थी। यह स्थान गड्ढों, नालों, झाड़-झंखाड़ और सरपतों से अटा पड़ा था।

चलते-चलते यज्ञ ने घोड़े की वल्गा खींचकर वेग कम किया। दूर एक

वृक्ष की डाल से चमक दिखी थी। अनुमानतः कोई धातुई चमक थी। यज्ञ ने घोड़े को पूरी तरह रोक लिया। उतरा और घोड़े की गरदन सहलाकर पैदल ही आगे बढ़ा। हाथ में धनुष और पीठ पर तूणीर था।

सावधान होकर सरपतों और झाड़ियों की आड़ लेकर आगे बढ़ने लगा। समीप पहुँचा, तो कुछ ध्वनियाँ सुनाई पड़ीं। समझ गया कि सावधानी बनाए रखनी पड़ेगी। झुककर स्वयं को छिपाते हुए सरपतों के अगल-बगल से आगे बढ़ा।

चमक वाले वृक्ष पर दृष्टि गड़ाई, तो वृक्ष की डाल पर संतुलन बनाकर बैठा एक असुर धनुर्धारी दिखाई पड़ा। यज्ञ ने समीपवर्ती अन्य वृक्षों पर भी ध्यानपूर्वक दृष्टिपात किया। दो अन्य वृक्षों पर भी धनुर्धारी बैठे दिखे।

सभी धनुर्धारी नीचे बीच के स्थान पर कुछ देख रहे थे। तभी कई लोगों के कराहने की सामूहिक ध्वनियाँ आईं। ऊँची सरपतों और झाड़ियों के कारण कुछ देख पाना संभव नहीं था। यज्ञ अति सावधानी से बढ़ा, और एक झाड़ी के पीछे से बीच के खुले स्थान का स्पष्ट चित्र देखा।

लोगों का समूह सिर लटकाए घुटनों के बल बैठा कराह रहा था। काला मुखौटा लगाए और काला लबादा ओढ़े एक लंबा व्यक्ति किसी डरावनी आकृति की भाँति उनके सामने खड़ा था। उसके बगल एक अत्यधिक हृष्ट-पुष्ट असुर सैनिक चिल्लाकर कह रहा था- "देख लिया महाप्रभु की शक्ति! अभी भी अवसर है। महाप्रभु की शरण में चले आओ... प्राण भी सुरक्षित रहेंगे और तुम्हारे परिजन भी।"

समूह से एक व्यक्ति ने सिर उठाकर भयपूर्वक श्रद्धा प्रकट की- "...महाप्रभु की जय!"

समूह को चारों ओर से घेरकर खड़े दस-बारह सैनिकों में से एक ने आगे बढ़कर उस व्यक्ति को उठाया और घेरे के बाहर खड़ी एक घोड़ागाड़ी पर चढ़ा दिया। गाड़ी पिंजड़ेनुमा थी। बासों से बने पिंजड़े में पहले ही चार भयभीत व्यक्ति बैठे थे। इस पिंजड़ा-गाड़ी को खींचने के लिए दो काले घोड़े आगे जुते हुए थे।

लबादे के समीप खड़ा असुर पुनः चिल्लाया- "क्या तुम सभी की बुद्धि जड़ हो गई है... मूर्खों! यदि तुम्हें महाप्रभु के प्रकोप का भाजन बनने

की इतनी इच्छा है, तो यही सही...।''

उस असुर के कहने साथ ही समूह में बैठे लोग भयंकर पीड़ा से कराह उठे। भूमि पर गिरकर तड़पने लगे।

यज्ञ के लिए यह विचित्र दृश्य था। हाथ धनुष संचालन के लिए व्याकुल हो उठे। किंतु जानता था, यह प्रत्यक्ष रूप से अकेले संभालने वाली स्थिति नहीं है। अगल-बगल की वनस्पतियों और भू-स्थिति को देखकर मन-ही-मन कुछ योजना बनाने लगा।

तभी वहाँ एक अन्य व्यक्ति प्रकट हुआ। उसके कंधे पर एक बच्चा और साथ में एक भूरा कुत्ता था।

यज्ञ चौंका- कोबू?

लबादे के समीप वाले असुर ने उस व्यक्ति को पकड़कर बिठाने का आदेश दिया।

दो सैनिक भाले चमकाते हुए आगे बढ़े, किंतु उस अज्ञात व्यक्ति की सर्द आवाज कानों में पड़ी- ''एक भी पग आगे बढ़ाया, तो तुम्हारे मुंड रुंड से अलग पड़े मिलेंगे।''

यज्ञ को स्वर की निर्दयता का स्पष्ट अनुभव हुआ।

आज्ञा देने वाला असुर लोगों को संबोधित कर पुनः चिल्लाया- ''अच्छा अवसर मिला है। अब तुम सब भी महाप्रभु का वास्तविक प्रकोप देख लो।''

आगे बढ़ रहे दोनों सैनिक अगल-बगल हो गए। रक ने बच्चे को कंधे से उतारकर भूमि पर खड़ा किया। बच्चा भय से रक की धोती पकड़े रहा।

तभी सहसा एक झटके से रक की गरदन झुक गई। यज्ञ के लिए यहाँ का दृश्य और भी विचित्र होता जा रहा था।

रक दाँत भींचे अपना सिर उठाने का प्रयास करने लगा। प्रतीत होता था कि कोई अदृश्य शक्ति उसके सिर पर बल लगाकर नीचे झुका रही हो। सिर उठाने का प्रयास करते हुए रक स्वयं से बुदबुदाया- 'मुझे सूचनाएँ कम दी गईं हैं या वास्तव में जंबूद्वीप परिवर्तित हो गया है?'

तत्पश्चात् बल लगाकर एक झटके से सिर उठाया और आँखें दिखाते हुए रोष से गर्जना की- ''यह खिलवाड़ मेरे ऊपर व्यर्थ है।''

रक के आस-पास की झाड़ियाँ और सरपतें हवा के झोकों से लहरा उठीं। रक के वस्त्र भी फड़फड़ा उठे। दो हाथ दूर तक की धूल किसी चक्रवात की भाँति घूमी।

काले लबादे के मुँह से आश्चर्य से फूटा- 'वायुसिद्धि!'

उसकी फुसफुसाहट अत्यंत समीप खड़े आदेश देने वाले असुर ने भी सुनी। वह कुछ समझा नहीं। पर जिस भाव से ये शब्द कहे गए थे, भान हो गया कि यह अज्ञात गंजा साधारण व्यक्ति नहीं है।

हवा के यह झोंके यज्ञ को भी असामान्य लगे। समीप के वृक्षों पर दृष्टि डाली। सारे वृक्ष शांत थे। तभी दृष्टि वृक्ष पर बैठे धनुर्धरों पर पड़ी।

धनुर्धर धनुष पर बाण खींच रहे थे। अभी तक विचित्रता का अनुभव कर रहा उसका मन विचलित हो उठा- निश्चय ही उन धनुर्धरों का लक्ष्य वह गंजा होगा। किंतु कोई न कोई बाण बच्चे को भी अवश्य हानि पहुँचाएगा।

यज्ञ ने अविलंब निश्चय किया। तीन साधारण बाण और एक घूर्णन करने वाला भेदक बाण तूरीण से निकालकर भूमि पर रखा।

घुटने के बल खड़ा होकर पहला बाण चढ़ाया और समीपवर्ती वृक्ष के धनुर्धर पर लक्ष्य साधा। झाड़ियों की मोटी-पतली, आड़ी-तिरछी शाखाओं के बीच से सीधे बाण चलने के लिए बहुत कम स्थान था। पर यज्ञ जैसे अद्वितीय धनुर्धर के लिए इतना पर्याप्त था। हिलती-डुलती झाड़ियों के बीच से बाण छूटा और असुर धनुर्धारी के पैर के पार हो गया। धनुर्धारी के धनुष पर खिंचा बाण स्वत: ही छूट गया। लक्ष्य भटका बाण रक के दो हाथ आगे भूमि पर धँसा। पीड़ा और अप्रत्याशित आक्रमण से धनुर्धारी का डाल पर संतुलन डोला और वह पके आम की भाँति नीचे गिरा।

सभी की दृष्टि उस ओर घूमी। वृक्षों पर छिपकर बैठे अन्य दो धनुर्धारियों के बाणों का लक्ष्य रक से हटकर अज्ञात शत्रु को खोजने लगा।

झाड़ियों से एक और बाण छूटा। दूसरे धनुर्धर को आते बाण की झलक मिल गई। परंतु बच नहीं पाया। बाण उसके हृदय को लक्ष्य कर चलाया गया था।

तीसरे धनुर्धारी को शत्रु के स्थान का भान हो गया। झाड़ियों की ओर

लक्ष्य साध कर बाण छोड़ा। जब तक उसका बाण धनुष से छूटकर कुछ दूरी तय करता; एक अन्य बाण को अपनी ओर आते देखा। बाण की गति अप्रत्याशित रूप से तीव्र थी। बाण उसकी बाईं आँख को भेद गया।

एक के बाद एक, दो शरीर भिन्न-भिन्न वृक्षों से गिरे।

इधर, झाड़ियों के पीछे यज्ञ ने तत्काल भेदक बाण उठाया। दाँतों से धागा खींचा। शंक्वाकार नोंक धुरी पर तीव्र घूर्णन करने लगी। फिर धनुष पर चढ़ाकर प्रत्यंचा पूरी शक्ति से खींची और खड़ा हो गया। लोगों को अब छुपा हुआ शत्रु दिखा। बाण का लक्ष्य लबादे की ओर था।

यज्ञ को न जाने क्यों, यह रहस्यमय काला लबादा संकटपूर्ण प्रतीत हो रहा था। अत: उसने सर्वश्रेष्ठ बाण का प्रयोग करने का निश्चय किया था। अन्य कोई असुर धनुर्धर बचा नहीं था। अत: प्रकट होने में कोई हानि नहीं थी और खड़े होकर बाण खींचने में पूरी शक्ति प्राप्त हो जाती थी।

यज्ञ ने जिस क्षण बाण का लक्ष्य लबादे की ओर किया; एक तीव्र झटके से उसकी गरदन नीचे झुक गई। लगा किसी ने सिर पकड़कर झुका दिया हो। मन में एकाएक असीम भय उमड़ा। उदर में मरोड़ें पड़ने लगीं। हाथ काँपा और बाण छूट गया।

पूरी शक्ति से खिंचा बाण सन्न् से पीड़ित लोगों के ऊपर से होता हुआ काले लबादे की ओर बढ़ा और उसकी बाँह से चार अंगुल दूर से गुजरता हुआ पीछे सरपतों में समा गया।

यज्ञ को लगा साँस फूल रही है। हाथ से धनुष छूट गया। सहसा सिर पर पड़ रहा दबाव कई गुना बढ़ गया। एक झटके से घुटने के बल गिरा। भूमि अत्यधिक नमी युक्त थी, अन्यथा घुटने फूट जाते।

तभी मंद विस्फोट जैसी ध्वनि हुई। हवा के झोंके तेज हो गए और दूर घोड़ों की चीत्कारपूर्ण हिनहिनाहट भी सुनाई पड़ी।

दो लड़ाके

करिया को रथ हाँकते हुए चार दिन बीत गया था। काजी प्रदेश की असमय वर्षा ने उसके रथ के चिह्नों को बड़ी सरलता से धो दिया था। खोजी दल को उसे ढूँढ़ पाना अब अत्यंत दुष्कर था। अपनी योजनानुसार करिया ने बीहड़ मार्ग से काजी प्रदेश की सीमा पार कर मुंद्रा में प्रवेश किया था। दुमका से सटे एक छोटे गाँव से शुक्र की पुत्री देव्यानी को साथ लेना था, तत्पश्चात् ऊषा खंड की सीमा से चिपकते हुए समुद्र तट पहुँचना था।

देव्यानी को असुर सत्ता ने शुक्र से दूर दुमका भेज दिया था, जहाँ वह एक प्रयोगकर्ता के यहाँ गृहकैद में थी। पिता-पुत्री को एक-दूसरे से विलग करके तथा एक-दूसरे की सुरक्षा का भय दिखाकर असुर सत्ता दोनों से अपना कार्य निकलवा रही थी।

योजनानुसार करिया के एक गुप्तचर ने दुमका में तैनात एक असुर सैनिक को उत्कोच दिया। उस असुर सैनिक को देव्यानी को गुप्त रूप से असुर-अधिकृत क्षेत्र के बाहर एक गाँव में पहुँचाना था।

अब जब करिया शुक्र के साथ उस गाँव पहुँचा, तो वहाँ रुदन और

विलाप का वातावरण मिला।

करिया और शुक्र ने अपने शरीर का काला रंग धोकर एक व्यापारी का भेष बना रखा था। आँखों में मोटे काजल की लकीर थी और एक रंगीन पट्टिका से आधा मुँह ढका हुआ था।

मार्ग में यदा-कदा कोई पूछता, तो स्वयं को दक्षिण का व्यापारी बताते, जो वन्य जड़ी-बूटियों की खोज कर रहे हैं। वनों में बसे गाँव वालों ने दक्षिण के व्यापारियों को कभी देखा नहीं था। सभी सोचते- दक्षिण के व्यापारी ऐसे ही होते होंगे।

विलाप कर रहे लोगों से ज्ञात हुआ कि कल साँझ ढले नदी पर जल भरने गईं तीन स्त्रियाँ और साथ गए चार पुरुष न जाने कहाँ लुप्त हो गए। पूरी रात्रि उल्काएँ जलाकर चारों ओर खोजने पर भी कोई नहीं मिला।

घटना सुनकर करिया तो सहज रहा, किंतु शुक्र थोड़ा चिंतित हो गया।

पूर्व योजना के अनुसार करिया के गुप्तचर को देव्यानी के साथ आज नदी तट पर उपस्थित रहना था। करिया पहले वहीं पहुँचा था, किंतु वहाँ नहीं मिलने पर रथ को गाँव के अंदर तक हाँक लाया।

करिया रथ से उतरकर एक वृद्ध के पास पहुँचा। विनम्रता से पूछा- "बाबा! क्या पिछले दिनों पड़ोसी गाँव से कोई आया था?"

बूढ़ा खाँसकर बोला, "यहाँ कौन आता है...बच्चा!..खों..खों...हाँ! कल दो पगड़ी वाले आए थे। मुँह पर मिट्टी और सिर में धूल भरा हुआ था। दीखने से रोगी लग रहे थे। हमने गाँव में ठहरने नहीं दिया। ...खों..खों... नदी तट पर एक पुराना झोपड़ा है, वहीं भेज दिया था।...खों..खों ...क्या करें बच्चा! अगल-बगल के गावों में महामारी सुनाई पड़ती है...क्या पता? कौन-सा रोग लेकर आए थे..खों..खों...।"

करिया को स्मरण आया; नदी तट से यहाँ आते समय दूर एक टूटा झोपड़ा दिखा था। करिया रथ पर चढ़ा और तट की ओर चला गया। झोपड़ा दूर नहीं था। शीघ्र ही पहुँच गया।

झोपड़े का छप्पर आधा टूटा हुआ था और किवाड़ का अस्तित्व नहीं था। अंदर घुसकर देखा, तो एक भैंस कोने में बैठकर जुगाली कर रही थी।

करिया तट पर पहुँचा और आस-पास चिह्न ढूँढ़ने लगा। शुक्र अब

अधिक चिंतित होने लगा था। आध घड़ी के परिश्रम के बाद तट से दूर पश्चिम की ओर कुछ चिह्न मिले।

करिया रथ लेकर अनुमान के आधार पर बढ़ने लगा। आगे सरपतों और झाड़ियों की अधिकता थी। रथ दौड़ाने में थोड़ी कठिनाई अवश्य थी, किंतु अब घोड़ों की लीद जैसे स्पष्ट चिह्न मिलने लगे थे। हटाई गई झाड़ियाँ और खुले हाथों से काटे गए सरपत अनुमान को पुष्ट कर रहे थे।

दो घड़ी पश्चात् एक बड़ा प्राकृतिक गड्ढा मिला। वहाँ की नम भूमि पर कई लोगों के स्पष्ट पद-चिह्न थे। घोड़ों के खुरों और पहियों के भी छाप दिखे। अधजली लकड़ियाँ भी मिलीं, जिन्हें समीप की झाड़ियों में लापरवाही से फेंक दिया गया था।

शुक्र की आस और चिंता दोनों बढ़ गई। एक घड़ी और चलने पर अत्यधिक ऊँची सरपतें मिलने लगीं।

रथ अभी एक पगडंडी पर मंद गति से दौड़ रहा था। दाईं ओर सरपतों की दीवार थी और बाईं ओर गड्ढे।

चलते-चलते करिया को मानव स्वर सुनाई पड़ने का भ्रम हुआ। कान चौकन्ने हो गए। हवा में एक अबूझ-सी सरसराहट का भान हुआ। तभी दाईं ओर सरपतों के बीच से एक घूर्णन बाण आया और रथ के दोनों घोड़ों की गरदन छेदता हुआ पार निकल गया।

घोड़ों ने चीत्कारपूर्ण हिनहिनाहट की और लड़खड़ाकर एक साथ गिर पड़े। पूरा रथ जोर से डगमगाया और उलटते-पलटते बचा। करिया और शुक्र ने समय रहते रथ के दोनों छोर हाथों से जकड़ लिए थे।

करिया की समस्त इंद्रियाँ सतर्क हो गईं। नेत्रों ने क्षण गँवाए बिना आस-पास के वातावरण की जाँच कर ली। रथ के इस एकाएक झटके से शुक्र के रुग्ण शरीर को चक्कर आ गया। करिया ने सहायता देकर उसे रथ से नीचे उतारा।

सरपतों के उस पार से मंद धमाकों और कराहने की ध्वनियाँ आने लगीं।

करिया ने शीघ्रता से रथ से दो कुल्हाड़ी उठाई और पूर्ण सतर्कता से सरपतों के बीच दीख रहे एक पतले स्थान में घुस गया।

इधर रक आगे झुककर थोड़ा तिरछा हुआ फिर तलवों के नीचे हल्का विस्फोट हुआ। शरीर बाण की भाँति छूटा और दूसरे ही क्षण पंद्रह पग दूर खड़े असुर के मुँह के ठीक सामने प्रकट हुआ।

असुर के शरीर में झुरझुरी दौड़ गई। उदर में कुछ घुसा और वापस बाहर निकल गया। गंजे भयावह शत्रु का शरीर दूसरी दिशा में झुका। पुनः मंद विस्फोट हुआ और अगले क्षण शत्रु पुनः बाण की गति से उसके सामने से विलीन हो गया।

यह सारी घटना मात्र दो क्षणों में संपन्न हुई थी। रक के इस प्रकार एक झटके से दूर जाने से बच्चे के हाथ से रक की धोती फिसलकर छूट गई थी। बच्चे के लिए यह दृश्य भयभीत कर देने वाला था। भय से वहीं गिरकर बैठ गया। मुँह पर रोने का पूर्ण भाव था, किंतु होंठों को मुँह के अंदर कसकर दबा लिया। समीप खड़ा कोबू दौड़कर आया और उसका मुँह चाटने लगा।

घुटने के बल बैठे पीड़ित लोगों में भी आशा के साथ भय का संचार हो गया था। यह अज्ञात रक्षक असुरों का भले ही संहार कर रहा हो, किंतु उन पीड़ित लोगों में कदाचित् ही उसकी रुचि होगी। लोगों ने भूमि पर बैठे रहने में ही अधिक सुरक्षा समझी।

झाड़ियों के पीछे भूमि पर गिरे यज्ञ को स्वयं के ऊपर पड़ रहा दबाव विलीन होता प्रतीत हुआ। कुछ ही क्षणों में लगा, सब सामान्य हो गया। उदर में पड़ रही मरोड़ों का कष्ट दूर हो गया और मन में उत्पन्न भय का ज्वार भी शांत हो गया।

तत्काल उठकर झाड़ियों के पीछे से ही स्थिति का अवलोकन किया।

यह नया दृश्य विचित्रता की पराकाष्ठा थी। अज्ञात गंजा व्यक्ति किसी मायावी की भाँति एक स्थान से दूसरे स्थान तीर की गति से प्रकट हो रहा था। जिस स्थान को वह छोड़ता, वहाँ एक असुर अपना उदर पकड़कर गिर जाता।

यज्ञ ने अपनी बुद्धि पर अधिक जोर नहीं डाला। सीधे भावनाओं की ओर ध्यान लगाया। वह अभी मात्र बच्चे के लिए चिंतित था। मन में निश्चय किया– वह बच्चे को लेकर यहाँ से यथाशीघ्र दूर चला जाएगा।

सामने तथा दाएँ–बाएँ कंटीली झाड़ियों की अधिकता थी। बगल से घूमकर बच्चे तक पहुँचने में समय लगता। तूरीण से दो मोटे बाण निकाले। बाण कई अत्यंत पतली डंडियों को एक साथ बाँधकर बनाया गया था। घूर्णन बाण की भाँति यह भी असुर व्यापारियों द्वारा निर्मित उन्नत बाण था।

यज्ञ ने दोनों बाण एक साथ सामने की भूमि पर मारा। फिर बाण की पूँछ पर दायाँ पैर रखकर पूरी शक्ति से नीचे दबाया। बाण लचककर झुक गया। यज्ञ ने स्वयं को उछाला। बाण की प्रत्यास्थता ने उसे अधिक बल प्रदान किया और वह उछलकर कँटीली झाड़ियों के ऊपर से होता हुआ उस पार कूदा।

चीत्कार और पुकार के वातावरण में उसके कूदने की धमक किसी को सुनाई नहीं पड़ी। यज्ञ दौड़कर बच्चे के सामने पहुँचा। उसके यायावर घुमक्कड़ भेष के कारण बच्चा उसे पहचान नहीं पाया। अज्ञात व्यक्ति को ठीक सम्मुख देखकर भय से रोने ही वाला था कि यज्ञ ने धीरे से पुचकारा– कोबू !...कोबू !

बच्चे के रुआँसे मुख पर कोई विशेष प्रभाव नहीं पड़ा। कुत्ता भौंका।

यज्ञ ने हाथ को झटका देकर हथेली पर कनेर का पुष्प प्रकट किया और बच्चे के कान पर लगा दिया। बच्चे ने यज्ञ की आँखों में झाँका। फिर हाथ बढ़ाकर यज्ञ की धोती पकड़ने का प्रयास करने लगा। कुत्ते ने भी भौंकना बंद कर पूँछ हिलाते हुए यज्ञ को सूँघा।

कुत्ते के भौंकने से रक की एक उड़ती दृष्टि बच्चे की ओर गई। किसी अज्ञात को वहाँ सहसा उपस्थित देखकर उसकी हत्यारी सहज वृत्ति ने एक नए शत्रु का संकेत दिया।

बच्चा यज्ञ को पहचान गया था। यज्ञ ने बच्चे को उठाने के लिए झुककर जैसे ही दोनों हाथ आगे बढ़ाए; शरीर के रोएँ एकदम से खड़े हो गए। समस्त इंद्रियाँ सक्रिय होकर उच्चतम स्तर पर चली गईं। रीढ़ में एक सनसनाहट नीचे से ऊपर की ओर मस्तिष्क तक गई। किसी अति भयंकर संकट की सूचना मिली। शरीर की प्रतिरक्षा प्रणाली स्वत: आरंभ हो गई।

क्षणांश में पैरों में शक्ति समाई। और जिस मुद्रा में झुका था, उसी में बाईं ओर कूदकर लुढ़क गया।

वह स्थान छोड़ते-छोड़ते भी पीठ पीछे प्रकट हुए रक की हथेली उसकी कमर से रगड़ गई। क्षण भर का विलंब होता, तो रक की हथेली पीछे कमर में समा गई होती।

यज्ञ के कूदकर लुढ़कने से तूरीण के बाण निकलकर भूमि पर गिरने लगे। यज्ञ चार बार लुढ़का होगा। किंतु लुढ़कते समय ही भूमि पर गिर रहे बाणों को हाथ से उठा लिया और स्थिर होते ही चपला की गति से धनुष पर चढ़ाकर रक की ओर छोड़ दिया।

रक ने भी विद्युत् की गति से हथेली आगे कर प्रहार रोका। हथेली से टकराकर बाण की दिशा परिवर्तित हो गई।

यज्ञ ने मन-ही-मन एक आह निकाली और स्वयं को समझाया; यह चमत्कृत होने का सही समय नहीं है। तत्पश्चात् वह किसी यंत्र की भाँति भूमि से बाण उठाकर छोड़ने लगा। रक जब तक अपनी हथेली से बाँह बचाता, एक नया बाण कमर पर आता दिखता।

भूमि पर भाँति-भाँति के बाण पड़े थे। यज्ञ के हाथ में जो आता, वही छोड़ता। तीन घूर्णन बाण भी बिना धागा खींचे छोड़ चुका था।

रक अब कुपित होने लगा। यह प्रथम बार हुआ था, जब किसी साधारण मनुष्य ने उसे सुरक्षात्मक होने के लिए विवश किया था।

बाण चलाते हुए यज्ञ के हाथ में एक मोटा बाण आया। रक पर चलाने के स्थान पर उसने अपनी बाईं ओर भूमि पर मारा।

रक ने देखा- बाण समाप्त होने वाले हैं। कुछ क्षणों में बाण वर्षा रुकने पर, आगे बढ़कर इस अविश्वसनीय धनुर्धर को एक झटके से समाप्त करने का निश्चय किया।

यज्ञ भी अपनी स्थिति समझ रहा था। भूमि पर मात्र पाँच बाण शेष थे। दो बाण उठाया। एक मुँह में दबाया और दूसरा रक पर छोड़कर, बाईं ओर भूमि पर गड़े मोटे बाण की पूँछ को पैर से बलपूर्वक दबाया। फिर तत्काल दूसरा बाण मुँह से लेकर छोड़ा। लक्ष्य रक की गर्दन थी। रक पीछे की ओर झुककर बचा। उधर रक पीछे झुका, इधर यज्ञ ने स्वयं को उछाला। लचीले

बाण ने बल प्रदान किया। यज्ञ झटके से उछलकर बाईं ओर सरपतों के झुंड के ऊपर पहुँच गया। एक बाण में उतनी शक्ति नहीं थी, अतः पूरा झुंड नहीं पार कर पाया। सरपतों के बीच में ही गिर गया।

रक को यौधेय का स्मरण आया। लड़ते-लड़ते सहसा विलीन हो जाना, यौधेय का पुराना व्यवहार था। रक ने दोनों हथेलियाँ पूरी तरह खोलीं। आस-पास हवा के झोंके तीव्र हो गए। लंबी सरपतें भी झूमने लगीं।

तभी बच्चा जोर से रोया। कुत्ता भी रक पर गुर्राने लगा।

रक और यज्ञ में संघर्ष का लाभ उठाकर असुर भागने लगे। मृत्यु से भागने का इससे अच्छा अवसर उन्हें नहीं मिलता। उनके हो-हल्ले ने रक का ध्यान उनकी ओर खींचा। कई असुर भाग गए थे, कई भागने की तैयारी में थे। काला लबादा भी नहीं था। रक की भौंहें चढ़ गईं। काले लबादे को अनुपस्थित देख उसकी चिढ़न बढ़ गई। वह उसे पीटकर पूछ-ताछ करना चाहता था। भागते असुरों पर उसे तीव्र क्रोध आया।

रक का मन धनुर्धर से हटा और तलवों के नीचे विस्फोट कर एक भागते असुर के सम्मुख पहुँचा।

सरपतों की दीवार करिया के अनुमान से अधिक मोटी थी। बीच में महीन काँटों वाली झाड़ियाँ भी मिलीं। दोनों कुल्हाड़ियों से सरपतों को हटाते हुए वह आगे बढ़ता गया। उस पार से हो-हल्ला सुनाई पड़ रहा था।

कुछ ही देर में करिया सरपतों को पारकर संघर्ष-स्थल पर प्रकट हुआ। जैसे ही उसने सरपतों के बाहर पग रखा, एक काला लबादा तीव्र गति से बीस हाथ दूर बाईं ओर सरपतों की दीवार में समाता दिखा। करिया ने गरदन मोड़कर सीधी की। बीच में सिर झुकाकर दयनीय अवस्था में लोग बैठे थे और इधर-उधर कई असुर सैनिक चीख-पुकार कर रहे थे।

दूर एक धनुर्धर एक गंजे व्यक्ति को बाण मार रहा था और देखते ही देखते भूमि पर धँसे एक बाण पर उछलकर सरपतों के बीच कूद गया। तत्पश्चात् एकाएक तीव्र पवन के झोंकों ने सरपतों को लहरा दिया। करिया के नेत्र सिकुड़े। आस-पास के वृक्षों और वनस्पतियों पर दृष्टि डाली। सभी शांत थे, मात्र गंजे व्यक्ति के आस-पास ही पवन के झोंके दिख रहे थे।

यह झोंका कुछ क्षणों में ही विलीन हो गया और गंजे व्यक्ति ने असुरों की ओर मुँह फेरा। पैरों के नीचे से विस्फोट की ध्वनि हुई और गंजा किसी छूटे बाण की भाँति एक असुर के ठीक सामने पहुँच गया।

करिया के मुख पर एक क्षीण मुस्कान और नेत्रों में शिकारी चमक आई। मन में बुदबुदाया– 'सिद्धिधारक...!'

करिया ने दोनों हाथों की कुल्हाड़ियाँ भूमि पर गिरा दीं।

कमर पट्टिका में हाथ डालकर एक छोटी पोटली निकाली। पोटली की गाँठ से एक पतली डोरी पट्टिका के अंदर कहीं बँधी थी। पोटली करिया की कमर पर लटक गई।

करिया ने पुनः पट्टिका में हाथ डालकर दो चपटे काले पत्थर निकाले। पत्थरों को दोनों हाथों में लेकर सहजता से आगे बढ़ने लगा।

रक एक के पश्चात् एक असुर को गिराता जा रहा था। आदेश देने वाला हृष्ट-पुष्ट असुर अंतिम बचा।

रक उसके सम्मुख पहुँचा। असुर भय से जड़वत् था। रक ने उसके मुख पर अपना पंजा रखा। असुर के फेफड़े की वायु श्वास-नलिका से होते हुए रक की हथेली की ओर खिंचने लगी। असुर छटपटाया। वायु हथेली की ओर खिंचकर अँगुलियों के बीच से बाहर निकल रही थी। नेत्र फाड़े असुर पंजे की पकड़ छुड़ाने का पूरा प्रयास कर रहा था। छुड़ाने के उपक्रम में उसका हाथ अपनी कमर पर खुँसे छुरे पर गया। छुरा निकालकर रक पर प्रहार करने जा रहा था कि रक ने झटके से अपना पंजा पीछे हटा लिया। फेफड़े की समस्त वायु भी एक झटके के साथ बाहर निकल गई। निर्वात बनने से दोनों फेफड़े शरीर के अंदर पिचक गए। दो क्षण छटपटाकर असुर ढह गया। उसके नेत्र अभी भी ऐसे खुले थे, मानो उबलकर बाहर आ जाएँगे।

रक की दृष्टि बीस पग पीछे खड़े नये आगंतुक पर गई। यह भी धनुर्धर की भाँति संघर्ष-स्थल पर सहसा प्रकट हुआ था। आगंतुक जो भी हो, उसकी आँखों की निर्भीकता ने रक को अप्रसन्न कर दिया। निर्भीकता के अतिरिक्त काजल लगी उन आँखों में द्वेष भी झलक रहा था।

असुरों के समाप्त होते ही, सिर झुकाकर बैठे पीड़ित लोगों में पूर्ण

साहस आ गया। बाईं ओर झाड़ियाँ नगण्य थीं। सभी बिना ध्वनि किए उस ओर दौड़ पड़े। किनारे खड़ी पिंजड़ेनुमा घोड़ागाड़ी में बैठे पाँच अन्य पीड़ित भी धीरे से उतरकर भाग गए।

दस-बारह क्षणों पश्चात् रक और करिया के अतिरिक्त वहाँ कोई नहीं बचा। बच्चा और कुत्ता भी विलुप्त था। रक द्वारा असुरों के संहार के समय यज्ञ कब सरपतों से निकलकर बच्चे को खींच ले गया, किसी ने नहीं देखा।

करिया और रक आमने-सामने थे। करिया के नेत्रों से जो द्वेष झलक रहा था, वह रक का करिया को शत्रु समझने के लिए पर्याप्त था।

करिया ने रक को घूरते हुए कमर से लटकी पोटली पर हाथ मारा। पोटली से धूल उड़ी, मानो पूरी पोटली ही धूल से भरी हो। चार-पाँच बार निरंतर हाथ मारा। धूल का मंद गुबार उसके चारों ओर फैल गया।

करिया के घूरने ने रक को उत्तेजित कर दिया। आगे बढ़ने के लिए रक ने जैसे ही शरीर को आगे झुकाया, करिया ने अपनी बाँहें फैलाई और दोनों हाथों में पकड़े पत्थर पूरी शक्ति से आपस में टकरा दिए।

एक तीखी ध्वनि निकली। अदृश्य ध्वनि-तरंग रक से टकराई। रक के वक्ष ने तेज झटका खाया।

वर्षों पश्चात् रक ने आश्चर्य से नेत्र फाड़े थे। एक हाथ से वक्ष को भींचकर पीड़ा सहते हुए पूछा- ''कौन हो तुम ?''

उत्तर में करिया ने दुबारा पत्थर टकराए। रक ने पुनः झटका खाया। घोर पीड़ा हुई। होंठों को दाँतों से दबा लिया।

करिया ने तीसरी बार पत्थर टकराने के लिए बाँहें फैलाई। रक अब और अवसर नहीं देना चाहता था। बिना क्षण गँवाए तलवों के नीचे विस्फोट किया और करिया के ठीक सामने पहुँचा। फिर पूरी शक्ति से अपनी हथेली करिया के पेट में घुसाने के लिए चलाई। किंतु हथेली वस्त्रों के नीचे पहने चमड़े के कवच से टकराकर रुक गई।

यज्ञ की भाँति रक के लिए भी आज विस्मय भरा दिन था। उसके शरीर के आस-पास से विद्युत की अत्यंत मंद कड़कड़ाहट सुनाई पड़ रही थी। अपनी हथेली की ओर देखा। वहाँ भी विद्युत की छोटी-छोटी सर्प रेखाएँ

रेंगती दिखीं।

रक ने झट से दृष्टि उठाकर आस-पास उड़ रहे धूल के मंद गुबार पर दृष्टि गड़ाई। बड़ी कठिनाई से दीख पड़ने वाले अत्यंत महीन, भारहीन, पीले और नीले कण वातावरण में तैर रहे थे। मन में अचंभा और अविश्वास दोनों हुआ- स्वर्ण भष्म!

रक ने करिया की ओर दृष्टि मोड़ी। उसी क्षण करिया ने अपना सिर रक के मुँह पर पटक दिया। नाक पर जोरदार आघात हुआ था। रक बिलबिलाकर पीछे लड़खड़ाया। स्थिर होने से पहले ही उसकी छाती पर करिया ने पाद-प्रहार किया। रक दो पग और लड़खड़ाया। क्रोध से उसके माथे की नसें फूल गईं।

करिया ने अविलंब पुनः पत्थर टकराए। इस बार तरंग स्रोत समीप था। रक के वक्ष पर बलशाली आघात पड़ा। उछलकर पाँच पग पीछे पीठ के बल गिरा और घिसट गया।

रक के गिरने से पीठ पर बँधी कपड़े की गठरी पर तीव्र दबाव पड़ा और अंदर बँधे काठ के कुछ पुर्जे टूट गए।

रक पर इतना क्रोध चढ़ गया कि मुँह से गुर्राहट निकलने लगी। हाथ के बल उठकर बैठा। गाँठ खोलकर पीठ से गठरी को उतारा और बगल भूमि पर रख दिया।

करिया बढ़कर रक के सम्मुख पहुँचा। रक के उठने से पहले ही पत्थर पुनः बजा दिए। तरंग प्रहार से रक की पीठ भूमि से टकराई। आघात तीव्र था। मुँह से रक्त निकल गया।

करिया निर्दयतापूर्वक पुनः पत्थर टकराने जा रहा था कि रक की दाईं हथेली के चारों ओर हवा घूमने लगी और क्षणांश में तीव्र घूर्णन वाले अदृश्य वायु-चक्र में परिवर्तित हो गई। रक ने बाएँ हाथ की हथेली भूमि से चिपकाकर ऊर्जा विस्फोट किया। उसका शरीर विद्युत की गति से उठा और दाईं हथेली किसी खड्ग की भाँति करिया की गरदन पर चला दिया।

विस्फोट की आवाज सुनते ही करिया सचेत हो गया था। रक की कटार रूपी हथेली अपनी ओर आती दिखी। इसी के साथ उसके घुटने मुड़ते चले गए और शरीर पीछे झुक गया। रक की हथेली उसके ऊपर से निकल गई।

रक, करिया के पीछे तीन पग दूर रुका। करिया को अपनी असावधानी का तत्काल भान हो गया- वह स्वर्ण-भष्म के गुबार के बाहर खड़ा था। पोटली पर तीव्रता से चार-पाँच बार हाथ मारा। धूल का गुबार आस-पास पुनः फैल गया। उसके पश्चात्- ठक्क्! ठक्क्!

एक के बाद एक, दो बार करिया ने पत्थर टकराए। रक का शरीर धक्का खाकर चार पग आगे तक लड़खड़ाया। मुँह से रक्त उछला और अंधकार-सा छाने लगा।

उधर सरपतों की दीवार के पार शुक्र तेजी से चलते हुए पार जाने का साफ-सुथरा मार्ग ढूँढ़ रहा था कि आगे से कई लोग सरपतों से बाहर निकलते दिखे। दीखने में ग्रामीण प्रतीत होते थे। शुक्र दौड़कर उनकी ओर बढ़ा। कइयों ने उसे देखा, पर वे इतने भयभीत थे कि रुके नहीं। भागते चले गए। उन्हीं में से रुग्ण दीखने वाला, मैले-कुचैले वस्त्र पहने एक पुरुष तेजी से शुक्र की ओर आया और पतले स्वर में धीरे से बोला- पिताजी!

रूप-रंग से शुक्र ने नहीं पहचाना, किंतु स्वर पहचानता था। शंकित स्वर में पूछा, "देव्यानी?"

उत्तर मिला- "हाँ पिताजी!"

"यह भेष? यहाँ कैसे पहुँची?"

"पिताजी! अभी यहाँ से अतिशीघ्र दूर चलिए। बाद में सब बताऊँगी।"

"मेरे साथ इधर चल," कहकर शुक्र देव्यानी का हाथ पकड़कर अपने पलटे हुए रथ की ओर ले जाने लगा।

इधर रक को लगा कि उस पर मूर्छा छा रही है। करिया ने दोनों पत्थर अपनी कमर पट्टिका में डाले और कपड़े की गाँठ वाली एक बड़ी अँगूठी निकाली। फिर दाएँ हाथ की चारों अँगुलियों में एक-साथ फँसाकर मुट्ठी बनाई। अँगूठी की गाँठ से अंदर का पीला पत्थर झाँक रहा था।

आ-जा रही मूर्छा को हटाने के लिए रक ने सिर झटका, तो करिया को अपने ठीक सामने खड़ा पाया। रक अभी भी चेतना सँभालने का प्रयास कर रहा था।

करिया ने मुट्ठी तानी और आँखों में घृणा भरकर दंभ के साथ बोला, "सिद्धिधारकों का युग बीत चुका।"

इसी के साथ उसने दाँत भींचे और अपनी वज्र-मुष्टिका रक के वक्ष पर दे मारी।

अँगूठी की गाँठ के अंदर दो पत्थर आपस में टकराए और पीले पत्थर से भयंकर आघात ऊर्जा निकली।

भम्म ...!

प्रचंड आघात था। रक के शरीर को धक्का लगा और पाँव भूमि से उखड़ गए। वह हवा में उड़ता हुआ तीस पग दूर सरपतों के कई झुंडों को पारकर एक गड्ढे में गिरा। उसकी चेतना को मात्र आघात की ध्वनि सुनाई पड़ी थी। तत्पश्चात् आँखों के आगे अंधकार छा गया था।

न जाने कितना समय बिता। आकाश में विद्यमान सूर्य की ऊष्मा अब कम होने लगी थी। कौओं के झुंड आने-जाने लगे।

काँव...काँव...काँव...काँव..।

रक के कानों में मात्र यही ध्वनि सुनाई पड़ रही थी। नेत्र खुले, तो स्वयं को गड्ढे में पाया। कुछ क्षणों के लिए शून्य रहा। फिर जब, सबकुछ स्मरण आया तो क्रोध और रहस्य दोनों भाव से भर गया। जंबूद्वीप में इस प्रकार के शत्रु की उसने कल्पना भी न की थी। फिर स्वयं पर क्षुब्ध हुआ, कि वह मूर्खों की तरह क्यों लड़ रहा था? क्या अचंभे के कारण वह साधारण दाँव भी भूल गया था?

स्वयं पर भुनभुनाते हुए वह उठा और संघर्ष स्थल पर पहुँचा। असुरों के शवों को नोंच रहे कौओं के अतिरिक्त वहाँ कोई नहीं था। पिंजड़ेनुमा गाड़ी के दोनों घोड़े भी अनुपस्थित थे।

रक ने अपनी कल-पुर्जों वाली गठरी ढूँढ़ी, उठाया और पीठ पर बाँध ली। क्रोध से माथे पर कई नसें उभर आईं थीं। उसने जोर से हुंकार भरी। हवा का बवंडर उत्पन्न हुआ। आस-पास के वृक्षों की पत्तियाँ खड़खड़ा उठीं। शवों को नोंच रहे कौवे भयभीत होकर उड़ गए।

जल-दस्यु संधि

संध्या के इस समय कुलपति इंद्रजीत प्राय: अपने कार्यालय में ही मिल जाते थे। किंतु आज अभी तक आए नहीं थे। कक्ष में धनंजय आध घड़ी से उनकी प्रतीक्षा कर रहे थे। सामने जलपान रखा था, पर ध्यान में ऐसे खोए थे कि किसी वस्तु को हाथ तक नहीं लगाया।

अमरखंड पहुँचते ही वे सीधे महर्षि गौतम से मिलने गए थे। उन्होंने महर्षि को दानव देश के अभियान के विषय में विस्तारपूर्वक बताया। समस्त बातें सुनकर महर्षि ने गू के विषय में विशेष टिप्पणी की कि अगिन जाति से संबंध बढ़ाए जाएँ। वे इतिहास की महत्वपूर्ण कड़ी थीं और कदाचित् भविष्य में भी ठोस योगदान दें। इसके अतिरिक्त मातरम के विषय में उनका उत्तर उलझाऊ और थोड़ा विचलित कर देने वाला था। अंत में धनंजय ने वह प्रश्न पूछा, जो उनके मन में वर्षों से था- ''महर्षि! आप सदैव इस दुष्कर वन में गुप्त रूप से निवास करते हैं... कभी बाहर नहीं जाते... फिर आपको सूचनाएँ कैसे प्राप्त होती हैं?''

उत्तर में महर्षि लंबे क्षणों तक शांत थे, तत्पश्चात् मात्र इतना कहा-

"इस प्रश्न का उत्तर बहुत महत्वपूर्ण नहीं है, किंतु उचित अवसर आने पर उन्हें ज्ञात हो जाएगा।"

सूचनाओं की बाढ़ इस समय धनंजय के मस्तिष्क में घूम रही थी। तभी कुलपति के आने की आहट हुई।

"नागश्रेष्ठ! जलपान तो ग्रहण करें," कुलपति सामने आसन पर बैठते हुए बोले।

धनंजय ने अभिवादन कर जल उठाया। पूछे, "किसी गोष्ठी में थे?"

"नहीं! गोष्ठी नहीं थी। दक्षिण से वर्मा का प्रधानमंत्री आया है। उसी से वार्तालाप चल रही थी।"

"राजा वर्मा को प्रधानमंत्री भेजने की क्या आवश्यकता पड़ गई!" धनंजय जल का प्याला नीचे रखते हुए बोले।

"कोई विशेष बात नहीं बताई उसने। अभी तक औपचारिक वार्तालाप ही हुई... आगे देखते हैं, उसका मुख्य प्रयोजन क्या है," कुलपति ने कहा।

इसके पश्चात् धनंजय उन्हें दानव देश के अभियान और महर्षि गौतम से भेंट का वर्णन करने लगे। सारी बातें ध्यानपूर्वक सुनकर कुलपति ने एक ठंडी साँस छोड़ी। धीरे से बोले, "अंततः विनाश की घड़ी आ ही गई... किंतु भभूतों की प्रगति संतोषजनक नहीं है।"

"इसका अनुमान मुझे भी है, कुलपति! इसी को संतुलित करने के लिए ऊसर का साथ माँगने जा रहा हूँ।"

कुलपति थोड़ा चौंके, पर अगले ही क्षण सहज हो गए। अपने प्रिय शिष्य की बुद्धिमत्ता और निर्णयों के विषय में उन्हें पूर्ण विश्वास था। फिर भी मन की शंका को प्रकट किया– 'कलिय तो बूढ़ा होकर जर्जर हो चुका है। क्या वह असुर प्रत्यक्ष रूप से सहयोग करने का साहस दिखा पाएगा।'

धनंजय ने थाल से गुड़ उठाकर खाया। फिर बोले, "उसे प्रत्यक्ष रूप से या असुर सत्ता के विरुद्ध सहयोग करने की आवश्यकता नहीं पड़ेगी... वैसे भी ऊसर का संचालन अब कलिय के पुत्र करिया ने अपने हाथों में ले लिया है। कलिय ने अमर खंड को सदैव मान दिया है। आशा करता हूँ, कि छोटे से सहयोग के लिए मुझे उसे मनाना नहीं पड़ेगा।"

इसके उपरांत धनंजय एक मानचित्र खोलकर कुलपति को दिखाने और समझाने लगे। एक घड़ी तक योजना सुनने के पश्चात् कुलपति को यह समझ आया कि अर्थला के साथ अब सौराष्ट्र भी घोर संकट में है।

कुछ अन्य बातें बताकर धनंजय जाने लगे। कुलपति ने बहुत रोका कि रात्रि विश्राम के पश्चात् कल प्रातः यात्रा पर निकलें, किंतु धनंजय इसी समय सौराष्ट्र जाने का निश्चय किए हुए थे।

वे कार्यालय से बाहर निकले। यात्रा की कुछ आवश्यक सामग्री मँगाकर घोड़े पर लादी और डूबते सूर्य की अंतिम किरण पकड़कर अपने घर सौराष्ट्र की ओर चल दिए।

सौराष्ट्र का तटीय क्षेत्र वन्य बाहुल्य था। व्यापारिक गतिविधियों के अतिरिक्त तटों पर आम-जन का आना-जाना नगण्य था। कभी इन तटों पर मछुआरों के सैकड़ों गाँव हुआ करते थे। किंतु दशकों पूर्व आए एक समुद्री प्रलय के पश्चात् यहाँ बसने का साहस किसी में नहीं आया। तथापि इतने वर्षों बाद कुछ गाँव छिटके हुए बस गए थे, जो जलपोतों के व्यापारियों को भोजन उपलब्ध कराते थे।

प्रभात किरणों को फूटे हुए घड़ी भर से अधिक हो गया था। घास और पत्तियों की ओस अभी वाष्पित नहीं हुई थी। ऐसे ही नमीयुक्त झुरमुटों और वृक्षों के बीच से रविदास चार नागवंशी योद्धाओं के साथ घोड़े दौड़ाते हुए सागर तट की ओर जा रहा था।

वृक्ष-कुंजों की कसावट के कारण तट तो नहीं दीख रहा था, किंतु लहरों की गर्जना स्पष्ट सुनाई पड़ रही थी।

अमरखंड जाते समय धनंजय ने रविदास को एक आदेश-पत्र देकर सौराष्ट्र भेज दिया था। पत्र में प्रशासनिक और सैन्य गतिविधियों का विस्तृत निर्देश था। सैन्य टुकड़ियों को भिन्न-भिन्न स्थानों पर भेजकर मोर्चा बाँधना और युद्धकाल के लिए रसद की व्यवस्था करना, उच्च प्राथमिकता के निर्देश थे।

रविदास का मुख्य कार्य कुंभ जाति को युद्ध में सम्मिलित होने के लिए मनाना था। कुंभ उन गिनी-चुनी जंगली जातियों में से एक थी, जो

नागवंश में अपनी इच्छानुसार सम्मिलित नहीं हुई थीं। ये सभी अनिच्छा वाली जातियाँ सौराष्ट्र की बाहरी सीमा पर बसती थीं। रविदास की पत्नी सुदेष्णा कुंभ जाति की थी। अतः इस मान-मनौवल के लिए रविदास ही सबसे उचित व्यक्ति था।

कुंभ जाति पहले तो नहीं मानी, किंतु अंत में रसद के रूप में सहायता देने के लिए सहमत हो गई।

लहरों की गर्जना समीप आती गई। आगे वृक्षों के बीच से रेतीला तट झाँकने लगा था। तट पर दूर एक छोटी नौका को कुछ लोग मिलकर जल में उतार रहे थे। पूर्व सूचना के अनुसार वहाँ धनंजय भी खड़े थे।

नमीयुक्त रेत पर घोड़ों के खुरों से चिह्न बनाते हुए रविदास उन लोगों तक पहुँचा। घोड़े से उतरकर धनंजय के समीप पहुँचा। रविदास के साथ आए चार नागवंशी योद्धा नौका उतारने में सहायता करने लगे।

"आज नौका-विहार की कैसे सूझी?" रविदास चुलबुलेपन से पूछा।

"जल-दस्यु दुर्ग से भेंट करने जा रहे हैं," धनंजय सहजता से बोले।

रविदास कुछ देर एकटक धनंजय को देखता रहा। फिर संशयात्मक स्वर में पुष्टि करने के लिए पूछा, "तुमने कहा था, दानव जल-दस्युओं की सहायता से सौराष्ट्र पर आक्रमण करेंगे?"

धनंजय मंद मुस्कराए, "हाँ! एकदम ठीक! यही कहा था। तुम्हारी स्मरण-शक्ति तो दिनों-दिन तीव्र होती जा रही है।"

रविदास के भी मुख पर मुस्कान आ गई। धनंजय की पीठ पर धौला जमाते हुए बोला, "तो, अब तुम भी जल-दस्युओं की सहायता से दानवों पर आक्रमण करोगे।"

"नहीं! मैं आक्रमण नहीं, मात्र बचाव करना चाहता हूँ।" धनंजय सागर में दूर कहीं दृष्टि जमाने का प्रयास करते हुए बोले, "जल-दस्युओं का साम्राज्य दो भागों में विभक्त है। एक ओर भील है, तो दूसरी ओर दुर्ग। दोनों गुटों के बीच वर्चस्व को लेकर वर्षों से संघर्ष चलता आ रहा है। भील की सहायता दानव ले रहे हैं। मैं दुर्ग की लूँगा...।"

''और... कितनी संभावना है कि यह जल-दस्यु हमारी सहायता के लिए मानेगा?'' रविदास ने बीच में टोका।

धनंजय ने दूर बिंदु पर टिकी अपनी दृष्टि हटाई और पुनः मुस्कराकर बोले, ''लाभ-हानि की समस्त गणनाएँ कर ली हैं। कहो तो विस्तार से बताऊँ।''

रविदास ने धनंजय के कंधे से हाथ हटा लिया।

''क्षमा करें नागश्रेष्ठ! आपके दाँव-पेंच में घुसकर अपना सिर नहीं धुनना... मैं यही समझकर साथ चल रहा हूँ कि बहुत दिनों बाद आनंददायक नौका-विहार का अवसर मिला है।''

धनंजय हँसे, 'ठीक है, किंतु मार्ग में योजना की थोड़ी रूपरेखा बता दूँगा।''

''हूँ...वहाँ एक नौका है।'' रविदास ने समुद्र में एक बिंदु की ओर संकेत करते हुए कहा।

''किधर दिखी?'' धनंजय ने संकेत की दिशा में दृष्टि दौड़ाई। समुद्री लहरों के कारण बिंदु उगता और डूबता-सा प्रतीत हो रहा था।

''भेंट का समय आ गया,'' कहकर धनंजय नौका की ओर बढ़े। उनकी छोटी नौका अब भली-भाँति जल में उतर चुकी थी।

रविदास और धनंजय दोनों नौका पर चढ़े। शेष लोग तट पर ही खड़े रहे।

''इस नौका-विहार में स्वयं ही व्यायाम करना पड़ेगा क्या?'' किसी अन्य को नौका पर न चढ़ता देखकर रविदास ने पूछा।

''हाँ! राजा रविदास! मात्र हमें ही जाना होगा... वह पतवार उठाओ और खेना प्रारंभ करो... मैं भी उठाता हूँ।''

धनंजय को नौका खेने का कोई विशेष अनुभव नहीं था, किंतु रविदास को अच्छा अभ्यास था। राजा बनने से पहले नौका पर सामान लादकर आवागमन करना उसका दैनिक कार्य था।

धीरे-धीरे पतवारों के छपाके की ध्वनि तट पर खड़े लोगों से दूर होती चली गई। प्रातः काल की किरणें आकाश को नीला कर, सागर के जल से परावर्तित होकर असंख्य चमक उत्पन्न कर रही थीं। लहरों पर सवार नौका

दूर से किसी सूखे पत्ते की भाँति डोलती प्रतीत हो रही थी।

धनंजय पतवार चलाते हुए रविदास को योजना की रूपरेखा बताने लगे। रविदास के कान धनंजय की बातों पर थे, किंतु आँखें जल सतह के नीचे तैर रहीं मछलियों पर थी। छोटी-बड़ी, भिन्न-भिन्न रंगों की मछलियाँ कभी इधर छिटकतीं, तो कभी उधर। रंगों के इस जीवित संसार ने रविदास का मन मोह लिया। ऐसे दुर्लभ प्राकृतिक सौंदर्य में उसे असीम आनंद मिलता था।

धीरे-धीरे उनकी नौका गंतव्य बिंदु के समीप पहुँची। धनंजय के हाथ रुक गए।

"क्या हुआ नाग? थक गए?" रविदास ने लापरवाही से पूछा।

"उस नौका पर मगर-ध्वज दिखाई नहीं पड़ रहा।" धनंजय ने संशय प्रकट किया।

रविदास ने भी पतवार रोकी, पीछे मुड़कर देखा। बड़ी नौका थी। किंतु जल-दस्युओं के बेड़े में प्रचलित नौकाओं की तुलना में छोटी थी।

रविदास और धनंजय को अब अपनी नौका खेने की आवश्यकता नहीं थी। वह बड़ी नौका स्वयं उनकी ओर आ रही थी। अत्यंत समीप आने पर उस नौका का वास्तविक आकार-प्रकार ज्ञात हुआ। दोनों नौकाओं के आकार में किसी गाय और खरहे जितना अंतर था।

नौका के पाल खिंचे हुए थे, जो बहते पवन की शक्ति से उस विशाल नौका को आगे ढकेल रहे थे। समीप आने पर उस नौका से आठ-दस सिर ऊपर से झाँकते दिखे।

रविदास ने पतवार चलाकर अपनी छोटी नौका को उस बड़ी नौका के बगल चिपकाया।

दस्यु-नौका के ऊपर से रस्सियों वाली सीढ़ी लटकाई गई। धनंजय ने खड्ग उठाकर कमर से बाँधी और रविदास ने भी अपना बड़ा हँसिया उठाया।

सीढ़ियों के सहारे वे ऊपर पहुँचे। वहाँ बीस-पच्चीस दस्यु थे। तैलयुक्त चिपचिपी त्वचा, मदिरा के निरंतर सेवन से स्थायी लाल हो चुकी आँखें, बेढंगे से कटी दाढ़ी-मूँछें और खरोचों युक्त मुख पर क्रूरता का स्वाभाविक

भाव; यह सब धरातल पर रहने वाले किसी भी सामान्य मनुष्य को अंदर तक भयभीत कर सकता था।

उनके मैले-कुचैले कई परतों वाले मोटे वस्त्रों से तेज दुर्गंध आ रही थी। उनके हाथों में विचित्र आकार-प्रकार के अस्त्र-शस्त्र थे। जलयान के जिस ऊपरी तल पर वे खड़े थे, वहाँ भी आस-पास सड़ी मछलियाँ और गंदगी फैली हुई थी।

धनंजय पहले भी कई बार जल-दस्युओं के साथ भेंट कर चुके थे। रविदास के लिए यह पहला अवसर था। यद्यपि जल-दस्युओं से संबंधित सूचनाएँ धनंजय के माध्यम से यदा-कदा उसे भी मिलती रहती थीं, किंतु भेंट कभी नहीं हुई थी।

उन्हें घेरकर खड़े दस्युओं में से एक, जिसकी कूबड़ निकली हुई थी, आगे आया और धनंजय से अकड़कर बोला, ''अपने शस्त्र यहीं छोड़ो और यह दूसरा कौन है? मात्र नागवंशी के आने की बात हुई थी।''

उत्तर देने के स्थान पर धनंजय ने प्रखरता से प्रति-प्रश्न किया, ''तुम्हारा नेता दुर्ग कहाँ है?''

कुबड़ा थोड़ा नर्म हुआ। ढंग से बोला, ''मैं दुर्ग का प्रतिनिधि हूँ। समझौते की सारी बातें मैं ही निश्चित करूँगा। संधि-पत्र लाए हो?''

''लाया हूँ, किंतु मैं दुर्ग से ही बात करना चाहता हूँ।'' धनंजय दृढ़ता से बोले।

''जैसी तुम्हारी इच्छा।'' कुबड़े ने तिरस्कार से कहा, ''दुर्ग स्वयं नहीं आएगा। यदि स्वीकार है, तो मुझसे ही समझौते की बात करो, अन्यथा लौट जाओ।'

धनंजय ने मुँह का भाव परिवर्तित किए बिना चारों ओर घेरकर खड़े दस्युओं पर सूक्ष्म दृष्टि डाली। उनके खड़े होने का ढंग, उनकी आँखों के भाव और शस्त्र पर उनकी मुट्ठियों का कसाव; इन सबकी गणना उन्होंने एक दृष्टि में कर ली।

कुछ सोचकर बोले, ''मुझे स्वीकार है, अपना परिचय दो।''

''पहले इसका परिचय दो,'' कुबड़े ने रविदास की ओर संकेत कर कहा, ''नाव खेने वाला हमारे सम्मुख इतनी ढीठता से नहीं खड़ा रहता...

कौन है यह?"

धनंजय ने बड़ी सरलता से उत्तर दिया, "यह दासपुत्र रविदास है।"

घेरकर खड़े दस्युओं की मुद्रा थोड़ी हिली। सब एक-दूसरे की ओर चोर दृष्टि से देखे। फिर उनकी दृष्टि रविदास के मुख से फिसलती हुई उसके हाथों में पकड़ी बड़ी हँसिया पर गई।

दास-प्रथा के विरुद्ध क्रांति करने के कारण रविदास का नाम जंबूद्वीप के बाहर यवन देश तक फैला हुआ था। नाम के साथ-साथ उनकी वीरता और सामर्थ्य की भी कई भ्रांतियाँ लोगों के बीच सुनी जाती थीं। एक भ्रांति, जो सबसे अधिक सुनी जाती थी, वह यह थी कि एक बार वन में हाथियों से मुठभेड़ होने पर रविदास ने अकेले ही अपनी हँसिया से दो हाथी काट डाले थे।

परिचय जानकार कुबड़े ने विचित्र दृष्टि से रविदास को देखा। फिर अपना संक्षिप्त परिचय दिया, "मेरा नाम गरारा है। ...अब अपने शस्त्र छोड़ो।"

रविदास जोर से हँसा, "हा! हा! हा!...क्या करारा नाम है। सुनकर ही मन में गर्जना होने लगी। हा! हा! हा!..."

कुबड़े को अपना उपहास अच्छा नहीं लगा। दाँत पीसकर दुबारा आदेश देने का प्रयास किया, "शस्त्र छोड़ो!"

रविदास ने बड़ी कठिनाई से हँसी रोकी और अपनी हँसिया उठाकर कंधे पर टिका ली। जोर से बोला, "कैसी मूर्खतापूर्ण बात कर रहे हो, करारा! तुम पच्चीस हो और हम मात्र दो, इसके पश्चात् भी तुम हमसे ही शस्त्र त्यागने की बात कह रहे हो। क्या तुम्हें भय लग रहा है?"

कुबड़ा मन-ही-मन गुर्राया। किंतु पुनः शस्त्र त्यागने की बात नहीं कही। उसने पश्चिम के खुले समुद्र की ओर कनखियों से देखा। अब तक वह कई बार चोर दृष्टि से उधर देख चुका था। उसने चिल्लाकर चौकी लगाने को कहा।

थोड़ी देर में एक चौकी लग गई और चारों ओर बैठने के लिए काठ के ऊँचे पीढ़े। एक ओर धनंजय तथा रविदास बैठे, दूसरी ओर कुबड़ा अकेले।

बीच की चौकी पर कुछ भुनी हुई मछलियाँ और मदिरा की सुराही थी। मदिरा का एक-एक प्याला भी तीनों के सामने रखा था।

धनंजय ने पतला चर्म-पत्र निकाला, जिस पर संधि की शर्तें लिखी थीं। कुबड़ा पत्र लेकर पढ़ने लगा।

रविदास लापरवाही से इधर-उधर देख रहा था। समुद्री लहरों में शक्ति की कमी थी, अत: पूरी नौका स्थिर-सी थी।

कुबड़े ने शीघ्रता से पत्र पढ़कर वापस चौकी पर रख दिया। तत्पश्चात् मदिरा का प्याला उठाकर उन्हें दिखाया, ''अच्छा समझौता है, स्वीकार करता हूँ,'' कहकर प्याले की मदिरा गटक गया।

धनंजय, कुबड़े को ध्यान से देख रहे थे। इतनी शीघ्रता से वह भी नहीं पढ़ सकते थे।

कुबड़े ने उन दोनों को अपना-अपना प्याला उठाने का संकेत किया।

जल-दस्युओं की प्राचीन परंपरा के अनुसार संधि सदैव सौगंध-प्याला पीकर स्वीकार की जाती थी। सौगंध प्याले की मदिरा में आधा समुद्री-जल मिलाया जाता था। यह इस बात का प्रतीक था कि सौगंध तोड़ने पर महान् सागर का क्रोध उसे डुबोकर सागर तल तक ले जाएगा।

धनंजय चार क्षणों तक प्याले को ताकते रहे। फिर परिहास करते हुए बोले, ''रविदास! निश्चित ही यह मदिरा तुम्हारे श्वसुर की मदिरा से अधिक अच्छी होगी। तुम्हारी समुद्री मदिरा पीने की इच्छा आज पूरी हो गई।''

रविदास के कान खड़े हो गए। एक क्षण के लिए उसने भी सामने रखे प्याले को घूरा, फिर हँसते हुए प्याला उठा लिया, ''ठीक कहते हो नाग! यह उतनी कड़वी नहीं होगी,'' कहकर रविदास ने प्याले की मदिरा मुँह में डाल ली। उसी समय धनंजय ने भी प्याला उठाकर मुँह से लगा लिया।

मदिरा पीकर दोनों ने एक-दूसरे की ओर देखा और सहसा अपने-अपने सिर झटकने लगे। तीन-चार बार झटककर दोनों चौकी पर मुँह के बल गिर गए।

कुबड़ा एक झटके से उठा और मुँह फाड़कर हँसने लगा। घेरकर खड़े दस्युओं ने भी अपनी मुद्रा ढीली कर ली। सभी के मुख पर दुष्टतापूर्ण लंबी मुस्कान खिंच गई।

कुबड़ा अपने बाईं ओर खड़े एक साथी से पूछा, ''कितना विष मिला दिया था, बेचारे कुछ पलों में ही ढह गए!''

वह दस्यु थोड़ा भ्रम में था। शीघ्रता से रविदास के पास गया और गरदन पर अँगुली रखकर जाँच की। बोला, ''अभी मरा नहीं है, बस मूर्च्छित है।''

''उठाकर जल में फेंक दो, मर जाएगा,'' कुबड़े ने आदेश दिया।

चट्ट...

उस दस्यु के मुँह पर एक झन्नाटेदार थप्पड़ पड़ा। कुबड़ा सहित सारे दस्यु सकते में आ गए।

थप्पड़ वाला हाथ रविदास का था। दस्यु हड़बड़ाकर दो पग पीछे हटा। रविदास ने सहजता से सिर उठाया और मुँह में भरी मदिरा की पिचकारी उस दस्यु पर छोड़ी। धनंजय भी मुँह से पिचकारी मारते हुए उठे।

किसी के कुछ समझ आने से पहले, रविदास का हाथ बगल रखी हँसिया पर गया। वह विद्युत की गति से झपटा। हँसिया चली और दस्यु का सिर कट गया। इससे पहले कि कटे धड़ से रक्त का फौव्वारा पूरी तरह फूट पाता, रविदास के जोरदार पाद-प्रहार से धड़ उड़ता हुआ नौका के बाहर चला गया।

छप्प्!

छपाके की ध्वनि से सकते में आए दस्युओं को वर्तमान का भान हुआ। कुबड़ा मुँह खोले देखता रहा। वह अभी भी जड़वत् था।

अन्य दस्यु अपने शस्त्र लेकर झपटे। धनंजय ने भी खड्ग उठा ली थी।

जल-दस्यु अच्छे लड़ाके थे। लड़ना उनके लिए दैनिक कार्य समान था। किंतु रविदास के अप्रत्याशित आक्रमण से उनका आत्मविश्वास थोड़ा डिग गया।

रविदास तीन तथा धनंजय दो दस्युओं से एक साथ लड़ रहे थे। नौका के दूसरे छोर पर एक दस्यु ने एक भाड उठाकर पटका, फिर अपनी गदा मारकर चकनाचूर कर दिया। भांड में हरा चूर्ण भरा हुआ था। तत्पश्चात् उसने एक दूसरा भांड उठाकर चूर्ण के ऊपर रखा और गदा मारकर उसे भी

तोड़ दिया। भांड में द्रव्य भरा था। हरे चूर्ण और द्रव्य के मिलते ही गाढ़ा श्वेत धुआँ उठा।

धुआँ तीव्र गति से चारों ओर फैला और कुछ ही क्षणों में पूरी नौका धुएँ से भर गई।

धुआँ दमघोंटू नहीं था। किंतु रविदास और धनंजय के लिए धुएँ में लड़ना दुष्कर हो रहा था। सामने एक हाथ दूर कुछ नहीं दिख रहा था।

धुआँ फैलते ही दस्युओं ने अपनी चालें परिवर्तित कर लीं। वे सभी धुएँ युक्त वातावरण में घुल-से गए। मात्र उनके शस्त्र ही कभी इधर से, तो कभी उधर से प्रकट होते।

इस छद्म युद्ध-कला में जल-दस्यु बहुत प्रवीण थे पर रविदास और धनंजय के लिए नया अनुभव था।

इस स्थिति में दोनों एक-दूसरे से पीठ चिपकाकर खड़े हो गए। आगे-पीछे, दाएँ-बाएँ चारों ओर से प्रहार हो रहा था। फिर धीरे-धीरे शस्त्रों के प्रकट होने की गति कम होती चली गई। कुछ समय पश्चात् एक भी शस्त्र प्रकट नहीं हुआ।

पवन के तेज झोंकों से धुआँ छटने लगा था।

दोनों अभी भी पीठ चिपकाए खड़े थे। कुछ देर में जब और धुआँ छँटा, तो नौका पर उन दोनों के अतिरिक्त अन्य कोई उपस्थित नहीं था। दूसरे कोने पर धुएँ का स्रोत भी अब शक्तिहीन हो गया था।

रविदास ने सतर्कता से नीचे झाँका। उनकी नौका वहाँ नहीं थी। दस्यु-नौका के चारों ओर का धुआँ पूरी तरह छँटा नहीं था। अत: दूर का दृश्य नहीं दिखा। उन्हें प्रतीक्षा करनी पड़ी। दृश्य साफ होने में चौथाई घड़ी लग गई। हिलोरें मारते समुद्र में उन्होंने स्वयं को अकेला पाया।

धनंजय दक्षिण की ओर मुँह करके खड़े थे। रविदास ने चौकी पर पड़ा संधि-पत्र उठाकर धनंजय को दिया और बोला, "यह दुर्ग तो ठग निकला। दस्यु अंतत: दस्यु ही होते हैं।"

"इस कुबड़े को पहले भी देखा है," धनंजय स्मरण करते हुए बोले।

"अब आगे की योजना क्या है? इस पाल वाली नौका का संचालन मुझे नहीं आता और तैरकर तट तक जाना संभव नहीं।"

"कदाचित् उसकी आवश्यकता न पड़े," धनंजय दूर कुछ देखने का प्रयास करते हुए बोले।

रविदास ने भी दक्षिण की ओर आँखें गड़ाई। कुछ दिखा नहीं। पूछा, "इतनी देर से उधर क्या ढूँढ़ रहे हो? कोई आ रहा है?"

"मुझे विश्वास नहीं होता कि दुर्ग ऐसा व्यवहार करेगा। वह कुबड़ा बार-बार उस ओर देख रहा था। यदि मेरा अनुमान सही है, तो वास्तविक पक्ष उसी ओर से आ रहा है," धनंजय पूरे आत्मविश्वास के साथ बोले।

धनंजय का वाक्य पूरा होते-होते क्षितिज पर कई काले बिंदु प्रकट होने लगे।

"हूँ... बहुत दूर की दृष्टि रखते हो," रविदास बोला, "मैं यह स्थान अतिशीघ्र छोड़ देना चाहता हूँ... दुर्गंध से नासिका सड़ी जा रही है। तुमने मेरे नौका-विहार का सौंदर्य नष्ट कर दिया।"

धीरे-धीरे वे सभी काले बिंदु जलपोतों की आकृति में परिवर्तित होते चले गए। उन पर फड़फड़ाते मगर-ध्वज दूर से ही देखे जा सकते थे।

आगे-पीछे बीस-पच्चीस विशाल जलपोत थे। सबसे आगे चल रहा जलपोत अन्य की तुलना में तीन गुना विशाल था। उस पर ढोल, नगाड़े पीटे जा रहे थे। उसकी विशालता और चलने से पैदा हुई गर्जना देखने वाले के मन में रोमांच और भय दोनों एक साथ उत्पन्न करता था।

वह महाविशाल काला जलपोत किसी पर्वत की भाँति समीप आकर रुका। लकड़ी के ढेरों पैबंदों और लंबी-लंबी गहरी खरोचों ने उस जलपोत की आयु और अनुभव दोनों दर्शा दिए।

यह जलपोत कुबड़े की नौका से आठ गुना बड़ी थी। उसके चलने से उत्पन्न हुई लहरों से नौका डगमगाने लगी।

रविदास और धनंजय को सिर उठाकर जलपोत की ओर देखना पड़ रहा था। ढोल-नगाड़ों की आवाज बंद हो गई। पीछे आ रहे अन्य जलपोत भी एक-दूसरे से उचित दूरी पर रुक गए।

जलपोत के ऊपर से कई दस्युओं ने झाँका। फिर किसी के आने से वे अगल-बगल हटते चले गए।

कुछ-कुछ रविदास जैसा दीखने वाला एक पुरुष प्रकट हुआ। धनंजय

पहचानते थे। वह मगर जल–दस्युओं का नया नेता दुर्ग था।

जलपोत और नौका के बीच कुछ दूरी थी। धनंजय अपनी नौका को जलपोत के बगल चिपकाने में असमर्थ थे। अत: जलपोत से एक छोटी नौका नीचे उतारी गई। धनंजय और रविदास कुबड़े की नौका से नीचे उतरे और उस छोटी नौका के सहारे जलपोत तक पहुँचे। फिर लटकती सीढ़ियों पर चढ़े।

अपनी विशालता के अनुसार ऊपरी तल पर तीन सौ से अधिक दस्यु थे। यहाँ दुर्गंध अपेक्षाकृत कम थी।

जो दस्यु जहाँ था, वहीं खड़े होकर उन दोनों को देखने लगा। ऊपर पालों पर भी कई दस्यु चढ़े हुए थे। मस्तूलों पर भी सतर्क धनुर्धर उपस्थित थे।

''तुम्हारा प्रतिनिधि तो भगोड़ा निकला या तुम दस्यु स्वागत ही इसी प्रकार करते हो!'' जलपोत पर पग रखते ही रविदास ने दुर्ग की ओर मुँह करके कहा। वह दुर्ग को पहली बार देख रहा था। अन्य दस्युओं की भाँति उसके नेत्रों से लालसा का कण मात्र भी नहीं झलक रहा था। मुख की प्रशांति भी प्रभावशाली थी।

दुर्ग ने कोई औपचारिक अभिवादन नहीं किया। बस अपने पीछे आने का संकेत किया।

जलपोत के दोनों छोर पर लकड़ी के कक्ष बने थे। दुर्ग उन्हें पृष्ठ भाग के कक्ष की ओर ले गया।

कम प्रकाश वाले कक्ष में तीनों ने प्रवेश किया। कक्ष पर्याप्त बड़ा था, किंतु हवादार नहीं था। सामने ही कुछ ऊँचाई बनाते हुए एक आसन पर एक बूढ़ा बैठा था। बूढ़े के मुख पर अनगिनत झुर्रियाँ थीं। कक्ष में जल रही एकमात्र उल्का के प्रकाश में बूढ़े के मुख का मरणासन्न भाव स्पष्ट दीख पड़ रहा था।

लकड़ियों के जिस आसन पर वह बैठा था, उसकी संरचना किसी सिंहासन समान थी। हत्थे पर काठ के मुँह फाड़े सिंहों का सिर गढ़ा हुआ था।

बूढ़े का संपूर्ण शरीर वस्त्रों की असंख्य परतों से ढका था। दीखने

में प्रतीत होता, मानो वस्त्रों के ढेर के ऊपर किसी का सिर रख दिया गया हो। शरीर के अन्य अंगों की झलक भी नहीं मिलती थी। बूढ़े की आँखें बंद थीं।

दुर्ग ने धनंजय से धीरे से कहा, ''बाबा प्रतीक्षा में थे।''

धनंजय बूढ़े का परिचय स्वयं ही जान गए। वह मगर-ध्वज का भूतपूर्व दस्यु-नेता जटायु था।

जटायु ने पिछले चालीस वर्षों से सागर के सबसे बड़े जल-भाग पर शासन किया था। दर्जनों द्वीप उसके अधिकार में थे। दस्यु उसे जल-सम्राट कहते थे।

जटायु एक असुर था। वह करिया का चाचा था। जटायु से पहले सागर पर यवन जल-दस्युओं का वर्चस्व था। वर्तमान में दो सबसे बड़े गिरोह थे। पहला मगर-ध्वज और दूसरा कर्क-ध्वज। मगर-ध्वज का वर्तमान नेता दुर्ग था और कर्क-ध्वज का भील। इन दोनों गुटों में प्रभुत्व को लेकर समय-समय पर रक्त-रंजित युद्ध होते ही रहते थे।

आहट सुनकर बूढ़े ने धीरे से आँखें खोली। बाईं आँख खराब थी। काली पुतली पर सफेद झिल्ली पड़ चुकी थी। बूढ़े का मुँह खुला और गर्जना हुई- 'नागवंशी!'

स्वर में इतनी प्रचंडता थी कि लकड़ी का कक्ष भी प्रतिध्वनित होता हुआ महसूस हुआ। धनंजय और रविदास दोनों आश्चर्यचकित थे क्या इस मरणासन्न शरीर के फेफड़े में इतनी शक्ति बची है कि ऐसी गर्जना उत्पन्न कर सके।

बूढ़ा धीरे से मुस्कुराया। इस बार सामान्य, किंतु भारी स्वर में बोला, ''बड़ी प्रसिद्धि सुन रखी है तुम्हारी!''

धनंजय पर प्रशंसा का तनिक भी प्रभाव नहीं पड़ा। वह शिष्टता से बोले, ''मैं मात्र अपनी भूमिका निभाता हूँ। आशा करता हूँ जल-सम्राट से यह प्रथम भेंट नए संबंधों का द्वार खोलेगी।''

'हा! हा!' जटायु का अट्टहास कक्ष में पुनः प्रतिध्वनित हुआ। ''दस्युओं के साथ संबंध बढ़ाना कब से सम्मानित हो गया, नागवंशी!''

धनंजय ने उत्तर देने के स्थान पर संधि-पत्र निकालकर दुर्ग को

थमाया।

दुर्ग ने पढ़ा। इस वैधानिक संधि-पत्र में वही बातें-शर्तें थीं, जो धनंजय का दूत पहले लेकर आया था।

पत्र पढ़कर दुर्ग ने जटायु की ओर हामी का संकेत दिया।

"तेरी शर्तें पहले ही जान चुका हूँ, नागवंशी!, किंतु कुछ पर संदेह है" जटायु बोला।

"किन शर्तों पर?" धनंजय ने पूछा।

"सौराष्ट्र के तट और ऊसर के विषय में।"

जटायु का संदेह सुनकर धनंजय चुप रहे। जटायु के कान लंबे क्षणों तक धनंजय का स्वर सुनने की प्रतीक्षा करते रहे। धनंजय जटायु की ओर देखते हुए अभी भी मौन थे।

"इस मौन का क्या अर्थ है नागवंशी?" जटायु ने गरजकर प्रश्न किया।

"यही कि विश्वास दिलाने के लिए मुझे प्रमाण देने की आवश्यकता नहीं" धनंजय पूरे आत्मविश्वास के साथ बोले।

"हा! हा! हा! बड़ा कूटनीतिज्ञ है तू! विश्वास की बड़ी-बड़ी बातें करता है।" जटायु हँसा।

"विश्वास देकर ही विश्वास प्राप्त होता है," धनंजय पुनः प्रखर हुए।

जटायु का भाव एकदम शांत हो गया। फिर रहस्यमय वाणी में बोला, "हर्णपुत्र धनंजय! मेरे समीप आ, मैं भी तुझे कुछ विश्वास दूँगा।"

शब्द-चयन के इस परिवर्तन से धनंजय तत्काल असहज हुए। मन में सचेत होने का संकेत मिलने लगा।

रविदास को भी कुछ ऐसा ही अनुभव हुआ। हाथ हँसिया की मूठ पर कस गया और दृष्टि चौकन्नी हो गई।

धनंजय पूरी सतर्कता से आठ पग आगे बढ़कर जटायु के पास पहुँचे।

जटायु की कोटरों से झाँकती बूढ़ी आँखों का भाव पढ़ पाने में धनंजय असमर्थ थे।

जटायु बहुत देर तक धनंजय के मुख को निहारता रहा। फिर ठंडे स्वर में बोला, "तेरे पिता का सिर मैंने ही काटा था।"

धनंजय पर जैसे आकाशीय बिजली गिरी। निमिष भर में चारों ओर अंधकार-सा छा गया। वर्षों से शांत रक्त क्षणभर में खौल उठा। मुख पर सदैव रहने वाला स्वाभाविक तेज विलीन हो गया। नेत्रों में क्रोध का पदार्पण होने लगा।

पीछे रविदास की भी यही अवस्था थी। जटायु के शब्द कानों में पड़ते ही क्षणभर के लिए वह जड़ हो गया। शब्द क्रोध में परिवर्तित हुए और पूरी उत्तेजना के साथ हँसिया सामने तल पर पटक मारा। हँसिया लकड़ी के तल में धँस गई। वह पूरी शक्ति से चिल्लाया- "नाग!"

इधर धनंजय उत्तर देने की अवस्था में नहीं थे। नेत्रों में उतरा क्रोध पूरे शरीर में फैलने लगा था। मुट्ठियाँ पूरे बल से भिंची थीं। साँसें इतनी लंबी होने लगीं कि अटकने-सी लगीं। मन ऐसी भावनाओं में गोते लगाने लगा, जो वर्षों में कभी नहीं उपजी थीं। चारों ओर का अंधकार गहराता जा रहा था।

जटायु, धनंजय से नेत्र जोड़े हुए था। सूखे होंठों पर मंद मुस्कान लाकर बोला, "क्या अब भी संधि चाहते हो, या दस्युओं के विषय में धारणा परिवर्तित हो गई?"

रविदास से संभला नहीं जा रहा था। पुनः चिल्लाया- 'नाग!'

समीप खड़ा दुर्ग शांत था, पर दृष्टि चौकन्नी।

धनंजय ने दाएँ हाथ से अपनी छाती भींची। साँसे नियंत्रित करने में प्रबल इच्छाशक्ति लग गई। उबल रही आँखों से महाक्रोध धीरे-धीरे उतरने लगा। देह का कंपन भी थोड़ा कम हुआ। उन्होंने आकाश की ओर सिर ऊपर कर नेत्र मूँद लिए।

रविदास को भी स्वयं को थामने में परिश्रम करना पड़ गया।

दीर्घ क्षणों पश्चात् धनंजय ने सिर सीधा किया। नेत्र खोले। मुख पर तेज पुनः प्रकट होने लगा। दृढ़ता और नियंत्रण ने उस तेज को और बढ़ा दिया। वे शांत और निर्मल वाणी में बोले, "जल-सम्राट तुम दस्यु हो, तुमने अपना व्यवहार दिखाया। मैं धनंजय हूँ, मैं अपना व्यवहार दिखाऊँगा... तुम सौगंध प्याला प्रस्तुत करो।"

जटायु ने भयानक अट्टहास किया- "हा! हा! हा! युगप्रवर्तक! तू तो

अपनी प्रसिद्धि के अनुरूप निकला।'' फिर दुर्ग को संबोधित कर, ''बच्चा! नागवंशी का सत्कार कर।''

दुर्ग आदेश देने बाहर चला गया। धनंजय पीछे मुड़े और चलकर रविदास के समीप पहुँचे। रविदास की साँसें अभी भी धौंकनी की गति पर थीं।

धनंजय ने रविदास के कंधे पर हाथ रखा। रविदास के अंदर, हँसिया लेकर जटायु पर झपट पड़ने की प्रबल उत्कंठा हिलोरें मार रहीं थी। बड़ी कठिनाई से स्वयं पर नियंत्रण पाया।

दुर्ग के साथ एक दस्यु अंदर आया और सौगंध प्याला रखकर चला गया। कक्ष में बैठने के लिए कोई आसन नहीं था। धनंजय, रविदास और दुर्ग तीनों नीचे बैठे। सामने भरे हुए प्याले रखे थे।

''वह कुबड़ा कौन था? स्वयं को तुम्हारा प्रतिनिधि बता रहा था।'' धनंजय ने प्याला उठाते हुए प्रश्न किया।

दुर्ग ने भी प्याला उठाया और बताया, ''वह गरारा था। दो वर्ष पहले उत्तराधिकारी के चयन के समय से ही भड़का हुआ था। वह स्वयं नेता बनना चाहता था। समय-समय पर सदस्यों को भड़काता रहता था। तीन दिन पूर्व उसने मर्यादा लाँघ दी। सबसे पुराना सदस्य था, अत: प्राणदान देकर मगर-ध्वज से निष्कासित कर दिया गया। ...कदाचित् कटुता में आकर उसने आपको हानि पहुँचाने का प्रयास किया होगा।''

''उसने संधि-पत्र पढ़ लिया है,'' धनंजय ने सूचना दी।

दुर्ग का उठा हुआ प्याला हवा में ही रुक गया। सोचकर बोला, ''संभव है, यह उपयोगी सूचना देकर वह कर्क-ध्वज में सम्मिलित हो जाए...।''

तभी रविदास ने अपना प्याला पीकर सामने जोर से पटक दिया। उसके अंदर की उत्तेजना अभी भी पूरी तरह शांत नहीं हो पाई थी। प्याला पटककर रविदास ने गरदन घुमाकर जटायु की ओर देखा। जटायु भी उसे देख रहा था। रविदास को नहीं ज्ञात कि जटायु उसका परिचय जानता है अथवा नहीं। किंतु उसका रोम-रोम जल रहा था। वह उठा और हँसिया कंधे पर रखकर कक्ष से बाहर चला गया। बाहर निकलकर जलपोत के किनारे खड़ा हुआ और दूर समुद्र में देखने लगा।

धनंजय, दुर्ग के साथ योजना पर लंबी चर्चा करते रहे। रविदास यूँ ही मूर्तिवत् खड़ा रहा।

घड़ी उपरांत धनंजय निकले। रविदास ने कुछ नहीं बोला। दोनों जलपोत से उतरकर छोटी नौका पर गए। दुर्ग पतवार चलाने के लिए दो दस्यु साथ में भेज रहा था, पर धनंजय ने मना कर दिया।

दोनों अकेले ही नाव खेते हुए तट की ओर चले गए।

ऊसर

ऊसर जंबूद्वीप के दक्षिण में स्थित था। यह कभी असुर राजसत्ता के अधिकार में हुआ करता था। कालांतर में राजवंश के कलिय ने विद्रोह करके अपनी स्वतंत्र सत्ता स्थापित कर ली। वर्तमान में उसका पुत्र करिया यहाँ का शासन संभालता था।

राजमहल से एक कोस दूर झाड़-झंखाड़ वाले वन्य-क्षेत्र में कई श्रमिक मिलकर लकड़ी के एक स्तंभ को खड़ा कर रहे थे। स्तंभ वृक्ष के तने को खोखला करके बनाया गया था। यदि स्तंभ के ऊपर ढेर-सारी टहनियाँ जोड़ दी जाएँ, तो दीखने में एक वयस्क वृक्ष प्रतीत होगा।

जहाँ कार्य हो रहा था, वहीं पीछे एक रथ पर करिया खड़ा था। असुर देश से प्रयोगकर्ता शुक्र को छुड़ाकर लाए हुए बीस दिन बीत गए थे। एक लाल जंगली फल खाते हुए वह श्रमिकों को कार्य-निर्देश दे रहा था।

तभी एक अन्य रथ दौड़ता हुआ आकर समीप रुका। उस पर जावा था। रथ रुकते ही, उसने सूचना दी- ''सौराष्ट्र से नागश्रेष्ठ धनंजय का दूत आया है।''

नाम सुनते ही करिया के मुख पर प्रसन्नता चढ़ गई। मन उल्लसित हो गया। मुख पर एक लंबी मुस्कान खींचकर पूछा- "क्या संदेश लाया है?"

जावा पर करिया की प्रसन्नता का कोई प्रभाव नहीं पड़ा। सपाट भाव से उत्तर दिया- "परसों आगमन है।"

करिया चौंका, किंतु प्रसन्नता दुगुनी हो गई, "वे स्वयं आ रहे हैं?"

"हाँ! दासपुत्र रविदास के साथ परसों मध्याह्न तक आ जाएँगे।" जावा ने उत्तर दिया।

करिया हँसा और स्वागत की तैयारी करने का आदेश दिया।

दो दिन पश्चात् ऊसर की सीमा के अंदर आठ रथ एक कतार में दौड़ रहे थे। चौथे पर रविदास और धनंजय थे। वे अपने साथ तीन रथ लेकर आए थे। ऊसर की सीमा में प्रवेश करते ही, पहले से प्रतीक्षारत, करिया द्वारा भेजे गए पाँच अन्य रथ भी उनके साथ सम्मिलित हो गए।

जल-सम्राट जटायु से मिलकर आने के पश्चात् धनंजय और रविदास पूरे दिन शांत थे। न आपस में बात की, न अन्य किसी से। रात्रि-निद्रा के पश्चात् दोनों सहज हुए। धनंजय थोड़े गंभीर रहे, पर रविदास पूर्णरूप से पहले जैसा स्वच्छंद हो गया। आज चौथा दिन था। अब धनंजय भी पूर्ण रूप से स्वस्थ हो चुके थे।

पाँच घड़ी की यात्रा के पश्चात् वे राजधानी के द्वार पर पहुँचे। द्वार पर उनके स्वागत की जो भव्य तैयारी थी, उसकी धनंजय ने कभी कल्पना न की थी।

राजधानी के मुख्य द्वार की ओर जाने वाले मार्ग के दोनों ओर सौ-सौ स्वर्ण-सज्जित हाथी खड़े किए गए थे। हाथियों की पीठ पर बँधे हौदे में ढोल, नगाड़े, मृदंग और न जाने कौन-कौन से वाद्य-यंत्र लिए असुर खड़े थे। इनके साथ पुष्प फेंकने वाली असुर स्त्रियाँ भी हौदे में बैठी हुई थीं। यद्यपि ऊसर की अधिकांश प्रजा असुर थी, तथापि वे शरीर पर काला रंग नहीं लगाते थे।

धनंजय का रथ पहुँचते ही वाद्य-यंत्र लयबद्ध बजने लगे। जिन स्थानों

से उनका रथ गुजरता, स्त्रियाँ हौदे से पुष्प बरसातीं। ढोल-नगाड़ों की ध्वनि से आकाश गूँजने लगा। हाथियों के पीछे बासों की बाड़ लगाई गई थी। बाड़ के पीछे देखने वालों की भीड़ थी। लोग उचक-उचककर धनंजय और रविदास को देखते।

हाथियों को सज्जित करने में लगे स्वर्ण सूर्य-किरणों से चमक उत्पन्न कर रहे थे। वाद्य बजाने वाले पुरुष और पुष्प फेंकने वाली स्त्रियाँ भी स्वर्णाभूषणों से लदी हुई थीं।

हाथियों के कानों में कपास के ठोस गोले ठूँसे गए थे। अन्यथा ढोल-नगाड़ों की सामूहिक प्रचंड ध्वनि से विचलित होकर वे भड़क भी सकते थे।

पुष्प-वर्षा के बीच धनंजय का रथ मुख्य द्वार पर पहुँचा। द्वार के दोनों ओर दो अति विशाल तबले जैसा वाद्य रखा हुआ था, जिस पर चार-चार असुर खड़े होकर लकड़ी की गदा से उसे पीट-पीटकर बजा रहे थे।

द्वार पर पहुँचकर उनका रथ रुक गया। दोनों रथ से उतरे। सामने अपने मंत्रीगणों के साथ करिया उपस्थित था।

करिया ने हाथ जोड़कर और सिर झुकाकर अभिवादन किया, "नागश्रेष्ठ! आपके आगमन से, ऊसर की धरती आज धन्य हुई। ऊसर का सेवक कलियपुत्र करिया आपका अभिनंदन करता है।" फिर रविदास की ओर देखकर, "दासपुत्र! मैं आपका भी अभिनंदन करता हूँ।"

तत्पश्चात् करिया ने शंख निकालकर बजाया। मंत्री गणों के पीछे लँगोट पहनकर खड़े बारह मल्ल-योद्धाओं ने भी सामूहिक शंखनाद किया।

धनंजय की करिया से एकमात्र भेंट चार वर्ष पूर्व अमरखंड में हुई थी। उन्हें ज्ञात था कि करिया उनका प्रशंसक है, किंतु उनके आगमन पर इतना भव्य स्वागत होगा, उन्होंने सोचा नहीं था।

यह सब देखकर रविदास बहुत प्रसन्न था। धनंजय पर उसे सदैव गर्व हुआ करता था। आज पुनः वक्ष फुलाने का अवसर मिल गया। नेत्रों में चमक लिए धनंजय की ओर देखा। धनंजय भी मुस्कुराए।

स्वागत कार्यक्रम के उपरांत करिया उन्हें अपने महालय ले गया। महालय के भवनों में चारों ओर जड़े स्वर्ण को देखकर धनंजय और

रविदास दोनों चकित थे। महलों के प्रत्येक स्तंभ पर स्वर्ण मढ़े थे। कक्षों के द्वार भी स्वर्ण-मंडित थे। वहाँ के सेवक-सेविकाओं का शरीर राजा-रानियों की भाँति स्वर्ण से लदा हुआ था। इतना स्वर्ण-वैभव धनंजय ने कुंडार में भी नहीं देखा था।

करिया उन्हें अपने महालय में टिकाकर खूब सत्कार करना चाहता था। पर धनंजय शीघ्रता में थे। थोड़ी नहीं, बहुत शीघ्रता में। वे आज ही कार्य निबटाकर लौटना चाहते थे।

उनके आग्रह पर करिया उन्हें एक उद्यान में ले गया। इस खुले स्थान पर उनकी बातों पर किसी गुप्तचर द्वारा कान लगाना कठिन था।

करिया के आदेश पर वहाँ एकांत हो गया। मात्र चार लोग बचे। धनंजय, रविदास, करिया और जावा। जावा का परिचय करिया ने अपने अतिविश्वसनीय सहयोगी के रूप में कराया।

तत्पश्चात् धनंजय ने एक पत्र निकालकर करिया को पकड़ाया। करिया ने पत्र पढ़ा। पत्र छोटा था, पढ़ने में अधिक समय नहीं लगा। पत्र में थोड़े से सहयोग की माँग की गई थी। पत्र पढ़कर करिया के होंठों के कोने थोड़ा ऊपर उठे। मानो उसे इस प्रकार के प्रस्ताव, संधि या आग्रह के आने का पूर्वभान था। तथापि जिस प्रकार का छोटा सहयोग इस पत्र में माँगा गया था, उसे ऐसी आशा नहीं थी।

पिछले पंद्रह वर्षों से ऊसर जंबूद्वीप का सबसे रहस्यमय स्थान बना हुआ था। वहाँ की राजनैतिक स्थिति, उसकी वास्तविक रण-शक्ति और वर्तमान स्थिति के विषय में बहुत कम सूचनाएँ बाहर पहुँच पाती थीं।

करिया ने प्रश्न किया, ''नागश्रेष्ठ! आप भली-भाँति जानते हैं कि ऊसर दानव महामहिम दक्षान की ससुराल है। इसके पश्चात् भी आप दानवों के विरुद्ध ऊसर से सहयोग माँगने आए हैं।''

धनंजय ने सहज मुस्कान के साथ सीधा और संक्षिप्त उत्तर दिया- ''हाँ!''

करिया के मुख पर अनायास ही मुस्कान खिंच गई। आग्रह से बोला, ''नागश्रेष्ठ! यदि आप अवसर दें, तो मैं आपको कुछ विशिष्ट स्थानों का भ्रमण कराना चाहता हूँ।''

“भ्रमण?” धनंजय को समझ नहीं आया।

“इसमें अवसर की क्या बात है!” रविदास आगे आकर बोला, “मैं भ्रमण करने ही तो आया हूँ।”

करिया ने असुरी लोक-भाषा में जावा से कुछ कहा। जावा व्यवस्था करने चला गया।

धनंजय और रविदास ने एक घड़ी तक जलपान और विश्राम किया। तदुपरांत करिया उन्हें महालय के पिछले भाग ले गया।

यहाँ एक विस्तृत मैदानी भाग था, जो ऊँचे परकोटों से घिरा हुआ था। मैदान का अंत दृष्टि सीमा से परे था। मैदान में छोटे-बड़े भवननुमा कई संरचनाएँ यत्र-तत्र बनी हुई थीं।

आगे बढ़ने के लिए रथ की व्यवस्था थी। दो रथों पर सवार होकर चारों बढ़े।

कुछ देर चलने के पश्चात् वे अर्द्ध-चंद्राकार आकृति में बने एक विशाल भवन पर रुके। भवन के बीच में एक छोटा पोखरा भी था।

यह भवन सैनिकों की कड़ी सुरक्षा में था। वृक्षों पर सतर्क धनुर्धर बैठे थे और समीप ही एक सैन्य छावनी भी उपस्थित थी।

रथ से उतारकर करिया उन्हें अंदर ले गया। वहाँ दर्जनों कक्ष थे। सभी कक्ष बारह हाथ ऊँचे और आपस में सटे हुए थे। वातावरण में एक असामान्य-सी गंध तैर रही थी।

भवन का एक सिरा टूटकर खंडहर बना हुआ था। ध्यान से देखने पर पूरे भवन में सैकड़ों पैबंद दीख रहे थे। जैसे किसी टूटे भवन का यथासंभव जीर्णोद्धार किया गया हो।

करिया उन्हें लेकर एक कक्ष में घुसा। कक्ष इतना विशाल था कि पूरी राजसभा बैठ जाए। प्रकाश और वायु-गमन के लिए ऊपर दर्जनों वातायन खुले थे।

कक्ष के अंदर छोटी-बड़ी ढेरों सुराहियाँ और मटकियाँ एक के ऊपर एक टिकाकर रखी हुई थीं। कई सुराहियों के मुख से हल्का धुआँ निकल रहा था। कुछ मटकियाँ ऐसी भी थीं, जिनके पेंदे आपस में, मिट्टी की पतली नलियों द्वारा जुड़े हुए थे। कक्ष में चार वृद्ध व्यक्ति मटकियों के

द्रव्य का परीक्षण कर रहे थे। वे मटकियों में लकड़ी की डंडी डालकर बाहर निकालते, फिर डंडी का सूक्ष्म रंग-परिवर्तन जाँचते।

करिया ने संक्षिप्त रूप में बताया कि यह रसायन-शाला है।

इसके उपरांत वह उन्हें यंत्र-शाला ले गया। वहाँ लकड़ी तथा धातु की घिरनिया, चक्र तथा भिन्न-भिन्न आकृतियों के टुकड़ों का ढेर था। भाँति-भाँति के ढाँचे वाले छोटे-बड़े अबूझ से कई अर्द्धनिर्मित यंत्र रखे हुए थे। यहाँ भी चार वृद्ध व्यक्ति उन यंत्रों के साथ लगे हुए थे।

धनंजय का मस्तिष्क तेजी से चलने लगा। कई नई शंकाएँ और नए समीकरण दीखने लगे।

यंत्र-शाला के पश्चात् करिया उन्हें भूगर्भ, औषधि, पदार्थ और ऊर्जा सहित अन्य विषयों की शोधशालाओं में ले गया।

धनंजय पूरी तरह चकित थे। इस स्तर की शोधशालाएँ अमरखंड में भी नहीं थीं। इसके अतिरिक्त ऊर्जा से संबंधित शोधशालाएँ जंबूद्वीप में कदाचित् ही कभी बनी होंगी।

"यह शोधशाला तुमने स्थापित की है?" धनंजय ने संदेह मिश्रित स्वर में पूछा।

करिया मन-ही-मन मुस्कुराया। सरलता से बोला, "यह देवों की पुरातन शोधशाला थी। मैंने तो मात्र इसका जीर्णोद्धार किया है।"

धनंजय के कान खड़े हो गए। पिछले देवासुर-संग्राम में देवों ने जंबूद्वीप की सारी शोधशालाएँ पूरी तरह नष्ट कर दी थीं। क्या यह शोधशाला किसी कारण से बची रह गई?

धनंजय मनन करते रहे। फिर बहुत सोच-समझकर प्रश्न किया- "क्या पांडुलिपियाँ सुरक्षित थीं?"

करिया की मुस्कान रहस्यमय हो गई। धीरे से हामी भरी।

इस बार धनंजय ने अपना आश्चर्य दबा लिया, पर रविदास अपने खिलंदड़े स्वभाव में बोला, "तो तुम यहाँ देवों का माया-ज्ञान चुराते हो!"

करिया हँसा। समझाते हुए बोला, "नहीं दासपुत्र! इसमें चुराने की क्या बात! ज्ञान पर किसी का एकाधिकार कैसे हो सकता है! लोगों के मन में यह

भ्रम है कि इसे माया-ज्ञान कहते हैं, जिसकी सहायता से देव परालौकिक लगने वाले कार्य करते हैं। वास्तव में यह आकाश, पाताल, धरती, द्रव्य, वायु, पदार्थ-अपदार्थ, ऊर्जा, भौतिक, गुण-धर्म, गणनाओं, माप-परिमाप, नक्षत्र सहित समस्त विश्व का ज्ञान है। संपूर्ण विश्व के इस विश्व-ज्ञान को देव 'विज्ञान' कहते हैं।''

'विज्ञान ?...यह शब्द कहीं सुना है,' रविदास सोचने लगा।

तभी एक सैनिक आया और करिया को धनुष-बाण थमा गया। करिया ने बाण चढ़ाकर बीस हाथ दूर भूमि पर मारा। टकराते ही विस्फोट हुआ।

करिया धनंजय की ओर मुड़ा और बोला, ''यह दानव निर्मित नहीं है।''

धनंजय की भौहें तत्काल वक्र हुईं। जिस विस्फोटक चूर्ण को बनाने में अमरखंड भी वर्षों की शोध के पश्चात् पूर्ण रूप से सफल नहीं हुआ, उसे इस असुर ने प्राप्त कर लिया।

धनंजय ने यथासंभव अपने भाव दबाने का प्रयास करते हुए पूछा- ''अपने गुप्त-रहस्य मेरे सम्मुख उद्‌घाटित करने का क्या औचित्य है ?''

करिया मधुरता से बोला, ''नागश्रेष्ठ! मात्र यह दिखाना चाहता था कि मैं आपकी कितनी सहायता कर सकता हूँ।''

''और इस सहायता के एवज में तुम्हारी क्या माँग है ?'' धनंजय ठंडे भाव से पूछे।

करिया का मुख गंभीर हो गया। ललाट का तेज बढ़ने लगा। उद्‌घोषणापूर्ण वाणी में उत्तर दिया- ''आगामी देवासुर-संग्राम में नेतृत्व।''

यह सुनकर धनंजय के भी मुख पर गांभीर्य छा गया। अपलक करिया को देखते रहे। मन में चिंतन-मनन, गणना, समीकरण, कूटनीति सब घूमा और अंत में कोई भी उत्तर न देने का निश्चय किया। सहज वाणी में बोले- ''समय हमारी भूमिकाएँ स्वयं तय कर देगा।''

करिया बस मुस्कुराया और कुछ न बोला।

हास्य नाटक

पिछले कई दिनों की भाँति आज भी विधान देर से उठा। मेघयुक्त आकाश में सूर्य चढ़ आया था और कोयल कूक रही थी। घर में वह और काकी कंसा ही बचे थे। सत्तू, काका, बसंत और मयूरी सब चले गए थे।

खाट पर लेटे-लेटे ध्यान आया कि आज सत्तू का नाटक मंचित होगा। देखने जाना है। वह झट से उठा और नित्य-कर्म निबटाकर आँगन में पहुँचा।

पिछले चार दिनों से वह मिट्टी के दीये बनाने में जुटा हुआ था। दीये बनकर तैयार थे। उनकी बनावट सामान्य दीये जैसी नहीं थी। वे हंस-युगल की आकृति में थे। दो हंस आपस में अपनी गरदन लपेटकर आकाश की ओर मुँह किए थे और उनकी चोंच खुली हुई थी।

कुल बीस-पच्चीस दीये होंगे। सभी आग में पक चुके थे। आज उन्हें रंगकर सजाना था।

आवश्यक सामग्री लेकर वह रँगने बैठ गया। काकी कंसा उसके लिए कलेवा ले आईं। वे भी रँगने में सहायता करना चाहती थीं, पर विधान ने

मना कर दिया। वह अपने हाथों से सारे दीये रंगना चाहता था। मात्र रंगना ही नहीं, अपितु उसने स्वयं मिट्टी खोदी, उसे गूँथा और पूरा दिन जुटकर इस आकृति में सावधानी से बनाया। उसने सत्तू की भी सहायता नहीं ली।

जब काकी और मयूरी उससे पूछती, तो कह देता कि बस बनाने की इच्छा हो रही थी। यदि अच्छे बन गए तो हाट में जाकर बेच आऊँगा।

दोपहर से पहले ही सारे दीये रंग-सज्जित हो गए। हंसों का शरीर सफेद, चोंच लाल और आँखें काली, मात्र इन्हीं तीन रंगों से उन्हें सजाया गया था।

विधान हल्के नीले रंग से धारियाँ बनाकर पंखों को उकेरना चाहता था, किंतु उतनी महीन कूची उसके पास नहीं थी। सत्तू के पास थी, किंतु उसका चित्रकारी-सामान एकांश ले गया था।

कार्य पूर्ण कर विधान ने हाथ-मुँह धोया और अपनी धोती कसी। तभी रुद्रबाला का भेजा एक सैनिक आया और उसे एक छोटी पोटली थमाकर चला गया।

पोटली में दो स्वर्ण-कुंडल और एक पत्र था। पत्र में इन स्वर्ण-कुंडलों के साथ अतिशीघ्र अभ्यास प्रारंभ करने को कहा गया था।

विधान ने कुंडलों को घुमा-फिराकर देखा। अंदर के भाग पर वटवृक्ष जैसा एक चिह्न था। इसके अतिरिक्त ऐसा कुछ भी विशिष्ट नहीं दिखा, जो उसे दूसरे सामान्य कुंडलों से भिन्न करता।

विधान ने अपने दोनों हाथों में पहनकर देखा। कुछ विशेष अनुभव नहीं हुआ। उसने निकालकर अपनी कमर पट्टिका में रख लिया। सोचा-बाद में गुप्त स्थान देखकर अभ्यास करूँगा, अभी तो सत्तू का नाट्य देखने चलता हूँ।

नाटक का मंचन, अर्थ-महल के बाईं ओर खड़ी विराट् मूर्ति के पैरों के समीप हो रहा था। युद्ध-काल आने पर प्रजा के अंदर राष्ट्र-भक्ति जगाए रखने के लिए, नाटकों का मंचन प्रतिदिन किया जाता था। वीरता के कई नाटक दिखाए जाते थे। इन्हीं नाटकों के बीच कुछ हास्य के भी नाटक रखे जाते थे ताकि थोड़ी विविधता हो जाए और दर्शकों को ऊब भी न लगे।

यद्यपि सत्तू को स्वयं वीर-रस के नाटक अत्यधिक प्रिय थे, पर कुछ भिन्न करने की चाह में उसने एक हास्य नाटक को चुना।

विधान शीघ्रता से वहाँ पहुँचा। नाटक का मंच, विशाल मूर्ति के अँगूठे के ठीक सामने बनाया गया था। स्त्री, पुरुष, बच्चे, बूढ़े सभी भूमि पर बैठे बड़े चाव से देख रहे थे।

अभी-अभी एक नाटक समाप्त हुआ था। लोगों ने उत्साह से तालियाँ बजाई। लोगों की भीड़ में विधान की दृष्टि मयूरी को खोज रही थी।

सत्तू ने बहुत बल देकर बसंत-मयूरी को बुलाया था। बसंत ने असमर्थता जताई, पर मयूरी ने कहा था कि वह राजकुमारी धरा से आज्ञा लेकर समय पर अवश्य आ जाएगी।

विधान की दृष्टि को अधिक खोजना नहीं पड़ा। मयूरी के परिधान को अच्छे से पहचानता था। आगे, मध्य में बैठ थी।

"भाभी! सत्तू का नाटक छूट तो नहीं गया?" विधान मयूरी के बगल बैठता हुआ बोला।

मयूरी ने मधुरता के साथ उसका स्वागत किया- "नहीं देवर! सही समय पर आए हो। अभी तक छोटे देवर का मंचतोड़ प्रदर्शन नहीं हुआ है।"

दोनों हँसे। विधान ने मयूरी को खाने के लिए गुड़ और चटनी दी। घर से निकलते समय काकी कंसा ने मयूरी के लिए यह खाद्य-सामग्री बाँधकर उसे दे दिया था।

काकी भी सत्तू का नाटक देखना चाहती थीं, पर आजकल पैरों में दर्द रहता था और यह स्थान भी उनके लिए दूर पड़ता। सो, वह नहीं आईं। विधान ने उन्हें अपनी पीठ पर लादकर ले चलने का प्रस्ताव भी दिया था। पर उन्होंने हँसकर मना कर दिया।

दोनों गुड़ खाने में व्यस्त थे कि मंच संचालक ने एक अन्य नाटक की घोषणा की। कुछ देर में नया नाटक प्रारंभ हुआ। नाटक दस वर्ष के एक बच्चे के विषय में था, जो अपने पिता के युद्ध में वीरगति पाने के पश्चात् अपनी रोती-बिलखती माँ को सांत्वना दे रहा था।

नाटक का प्रारंभ मार्मिक था। विधान, मयूरी सहित समस्त दर्शकों की

दृष्टि मंच पर चिपक गई थी। सारे दर्शक एकदम चुपचाप थे। यह नाटक अनुभवी और गुणी कलाकारों द्वारा खेला जा रहा था। भाव-भंगिमाओं और संवादों द्वारा उन्होंने देखने वालों को सम्मोहित-सा कर रखा था।

जैसे-जैसे नाटक आगे बढ़ता गया, दर्शकों की भावनाओं का ज्वार भी चढ़ता गया।

नाटक देखते-देखते एकाएक विधान को निद्रा-सी आने लगी। निद्रा भी ऐसी, जो रोके न रुके। संघर्ष करने से पहले ही आँखें बंद हो गईं। लगा, किसी गाढ़े अंधकार में खड़ा है। तभी एक अट्टहास सुनाई पड़ा।

इसी अट्टहास के साथ उसकी आँखें खुल गईं। देखा, नाटक समाप्त हो गया और कलाकार शीश झुकाकर लोगों की तालियाँ स्वीकार कर रहे हैं।

उसका हाथ सहज ही अपनी छाती पर गया। हृदय पूरे वेग से धड़धड़ा रहा था, मानो अभी-अभी कोई कठिन शारीरिक श्रम किया हो।

सभी का ध्यान मंच की ओर खिंचा हुआ था। उसे कोई नहीं देख रहा था। मयूरी भी कलाकारों को तालियाँ देने में व्यस्त थी।

विधान को तनिक भी समझ नहीं आया कि अभी उसके साथ क्या हुआ था। किंतु फिर यह सोचकर छोड़ दिया कि ऐसी अबूझ घटनाएँ उसके साथ होती ही रही हैं। पर एक बात अभी भी खटक रही थी कि उसे नाटक के प्रारंभ में झपकी आई थी, उसे अच्छे से स्मरण है कि वह कुछ ही पल अंधकार में था, फिर इतने कम क्षणों में पूरा नाटक समाप्त कैसे हो गया? क्या वह पूरे नाटक सोता रहा?

"इतना हृदय-स्पर्शी नाटक पहले कभी नहीं देखा," मयूरी बचा हुआ गुड़ खाते हुए बोली।

"अं!..हाँ! बहुत अच्छा था," विधान गला साफ करते हुए कहा।

मंच संचालक ने अगले नाटक के विषय में सूचित किया। अब सत्तू की बारी थी।

आवरण उठता है। मयूरी ने तालियाँ बजाकर स्वागत किया। मंच पर सत्तू दिखा। वह साधु के भेष में ध्यानमग्न बैठा था।

(दो लड़कियाँ एक लड़के के साथ प्रवेश करती हैं। एक लड़की की गोद में गुड़िया है।)

लड़की- क्या आप ही सत्तू मुनि हैं?

सत्तू (धीरे से आँखें खोलता है)- हाँ बच्चा! तुमने ठीक पहचाना। क्या मैं इतना प्रसिद्ध हो गया हूँ, कि लोग मुझे खोजते हुए आ रहे हैं।

दूसरी लड़की- नहीं मुनिवर! हमें आपके विषय में कुछ नहीं ज्ञात था, अपितु आपका नाम सुनकर हँसी आ रही थी। मार्ग में स्थान-स्थान पर आपके नाम की तख्तियाँ लगी हुई थीं। सो, हम पढ़ते हुए चले आए।

सत्तू- तुम दूर से आई होगी, अन्यथा मेरा नाम अवश्य सुना होता।

लड़की- नहीं मुनिवर! हमारा गाँव तो एक कोस से भी कम दूर है। हमने जीवन में एक बार भी आपका नाम नहीं सुना।

सत्तू (खाँसते हुए)- खों! खों! जो भी हो। यह तो तुम्हारा अज्ञान है। पहले अपना परिचय दो।

लड़की (उत्साह दिखाते हुए)- मुनिवर! मैं सीता, यह गीता और यह मेरा भाई पपीता।

सत्तू (हँसते हुए)- हा! हा! हा!...पपीता! यह कैसा नाम हुआ!

लड़की (चिढ़ते हुए)- क्यों मुनिवर! जब आपका नाम सत्तू हो सकता है, तो मेरे भाई का नाम पपीता क्यों नहीं?

सत्तू (हँसी दबाते हुए)- अच्छा! अच्छा! ठीक है! यह बताओ, मेरे दर्शन करने क्यों आई हो?

लड़की- नहीं मुनिवर! आपके दर्शन करने की हमें तनिक भी इच्छा नहीं थी। मुझे तो बस अपनी बच्ची का नाम रखना था। आपके नाम की तख्ती देखी, तो सोचा मुनिवर से अच्छा नाम भला और कौन रखेगा! सो, मैं आपको ढूँढ़ते हुए चली आई।

सत्तू- लाओ!लाओ! यह शुभ कार्य करने में मुझे बड़ी प्रसन्नता होगी।

(लड़की गुड़िया को सत्तू की गोद में रखती है।)

लड़की- मुनिवर! कोई सुंदर-सा नाम रखिएगा। अपने जैसा नहीं।

सत्तू (स्नेह से गुड़िया को पुचकारता है)- इसके मुख पर कितनी सौम्यता छाई है। इसका नाम सौम्या होना चाहिए।

लड़की- सौम्या! आहा! कितना सुंदर नाम है! सुनकर ही मन को

ठंडक मिल गई। (फिर हाथ जोड़कर) मुनिवर, आप बहुत गुणी लगते हैं। हमारे घर चलिए। मेरे पिता के पास बहुत धन है। वह आपके रहने के लिए गौशाला बनवा देंगे।

सत्तू (आश्चर्य से)– गौशाला?...मैं गौशाला में रहूँगा?

लड़की– हाँ मुनिवर! आप गाय की भाँति एकदम सीधे लगते हैं। आपके रहने के लिए गौशाला ही उचित स्थान है।

सत्तू (जोर से डाँटते हुए)– चुप! अशिष्टता की भी कोई सीमा होती है। यदि और जिह्वा चलाई, तो मुँह से अग्नि निकालकर भष्म कर दूँगा।

(दोनों लड़कियाँ और लड़का घुटने के बल गिरकर गिड़गिड़ाते हैं।)

तीनों एक साथ– क्षमा करें मुनिवर! हम पर कुपित न हों। हमें तनिक भी भान नहीं था कि आप मुँह में चूल्हा जलाकर बैठे हैं।

नाटक मनोरंजक ढंग से प्रारंभ हुआ था। लोग रस ले रहे थे। तभी विधान को आभास हुआ कि कोई उसे देख रहा है। उसने नाटक से ध्यान हटाकर आगे-पीछे, अगल-बगल दृष्टि दौड़ाई। भीड़ में कुछ समझ नहीं आया। कोई भी संदेहास्पद नहीं मिला। फिर भी थोड़ा-सा विचलित हो गया।

मशक से थोड़ा जल पिया और नाटक देखने लगा। उसका सिर सीधा था, पर दृष्टि अभी भी इधर-उधर दौड़ रही थी।

नाटक आगे बढ़ता गया। पर विधान ध्यान नहीं लगा पाया। बीच-बीच में लोगों की हँसी फूटती, तो मुड़कर उस ओर देखने लगता। ऐसा पूरे नाटक भर चलता रहा।

नाटक लंबा था। तालियों की गड़गड़ाहट और हँसी के साथ समाप्त हुआ। विधान और मयूरी ने हाथ उठाकर तालियाँ बजाईं ताकि सत्तू उन्हें देख सके।

मंच पर आवरण गिरता है।

मयूरी ने नाटक का खूब आनंद लिया। तालियाँ पीटने में उसने कोई कमी नहीं की थी। उठते हुए बोली– "छोटे देवर तो बड़े प्रतिभावान् हैं। चित्रकला के साथ अभिनय में भी निपुण हैं।"

"और लट्टू में भी महारथी है।" कहते हुए विधान भी उठ गया।

"अरे हाँ! लट्टू के विषय में तो भूल ही गई। बसंत उसके लिए भाँति-भाँति के लट्टू बना रहा है। अच्छा! अभी अर्थ-महल चलती हूँ। अवकाश देने में राजकुमारी बड़ी कठोर है। चाहती है, दिन-रात उससे चिपककर रहूँ। काकी से कह देना, रात्रि देर से लौटूँगी।"

"ठीक है भाभी! सीधे घर ही जा रहा हूँ। काकी से कह दूँगा।"

दोनों ने विदा ली। विधान ने पुनः चोरी से चारों ओर दृष्टि दौड़ाई। फिर सहजता दिखाते हुए घर की ओर चला गया।

भीड़ में सबसे पीछे यौधेय खड़ा था। उसकी दृष्टि पूरे समय मयूरी पर टिकी थी। आज वर्षों की खोज पूरी हो गई।

अज्ञात अट्टहास

मन में तरह-तरह की शंका और दुविधा लिए विधान घर लौटा। आँगन में जाकर दीयों का रंग जाँचा। रंग लगभग सूख चूका था। फिर भी संध्या तक के लिए वैसे ही छोड़ दिया।

तत्पश्चात् काकी के पास जाकर बैठा और देखे हुए नाटकों का संक्षिप्त वर्णन करने लगा।

संध्या को उसने दीये बटोरे और पुआल के बीच सावधानी से रखकर एक गठरी में बाँध लिया।

रात्रि चढ़ने पर बसंत, मयूरी, रागा और काका लौट आए। पर सत्तू नहीं लौटा। पूछने पर काकी ने बताया कि वह आज एकांश के घर रुकने की बात कह रहा था। विधान समझ गया- सत्तू एकांश के लिए नहीं गू के लिए गया होगा। रुद्रबाला ने गू को एकांश और शतायु के साथ रखवाया था। जब से सत्तू, गू से मिला है, उसकी भाषा सीखने के लिए उतावला है।

रात्रि भोजन कर विधान सोने के लिए लेट गया। मन में माँ के विषय में सोच रहा था। पहले सोचा कि माँ को यहीं अर्थला ले आऊँ, साथ रहेगी।

किंतु फिर सोचा कि अर्थला में युद्ध का संकट चढ़ आया है, वह गाँव में ही अधिक सुरक्षित रहेगी। फिर उसका मन सत्तू की ओर घूमा। गाँव छोड़ने के बाद से सत्तू ने यहाँ आकर ढेरों चीजें सीखीं। प्रत्येक दिन वह पूरे उत्साह के साथ जीता था। सत्तू के विषय में सोचकर विधान को स्वयं बहुत ऊर्जा मिलती थी। उसके पास दो ही तो संपदा थी। पहली माँ और दूसरा सत्तू। किंतु अब इंद्राणी के रूप में एक और संपदा मिलने वाली थी। इंद्राणी के साथ भावी जीवन के विषय में सोचकर वह बच्चों की भाँति खिलखिलाकर हँसने लगा। कुछ दूर काका-काकी भी लेटे थे। काकी चौंककर पूछी-
"क्या हुआ पुत्र?"

विधान आँखें बंद किए चुपचाप लेटा रहा। कुछ बोला नहीं ताकि उन्हें लगे कि वह स्वप्न में कुछ बड़बड़ा रहा है।

अगले दिन सविता-नारायण के दर्शन होते ही विधान अपने नियत कार्यक्रम के अनुसार अमरखंड के लिए निकल पड़ा। खाने-पीने तथा अन्य वस्तुओं के साथ दीयों वाली गठरी भी थी।

निकलने से पहले वह सत्तू से भेंट करना चाहता था, पर उसके आने का कोई निश्चित समय नहीं था। अधिक संभावना रात्रि में आने की थी। सो, वह रुका नहीं।

दर्जनों गावों और नगरों में रुकते तथा वन्य-क्षेत्र को पार करते हुए तीसरे दिन वह संध्या से दो-तीन घड़ी पहले अमरखंड पहुँचा। पहुँचकर किसी से मिला नहीं, सीधे अपनी कुटिया गया।

इस स्थान पर वह कई माह पश्चात् लौटा था। कुटिया के अंदर और बाहर कोई विशेष गंदगी नहीं थी। लगता था, समय-समय पर देखभाल कर दी जाती थी। कुएँ में झाँककर देखा, वह भी साफ-सुथरा मिला।

उसने घोड़े से सामान उतारकर कुटिया में रखा और शीघ्रता से कूची उठाकर अंदर-बाहर की सूखी पत्तियाँ साफ करने लगा। तीन दिन की लंबी यात्रा से शरीर थक गया था, पर मन में इंद्राणी से मिलने का उत्साह जोर मार रहा था। उसके हाथ फुर्ती से चल रहे थे।

वह आस-पास की सफाई कर कुएँ पर गया और स्नान कर स्वच्छ

वस्त्र पहन लिए। जोरों की भूख लगी थी, किंतु सोचा, इंद्राणी के साथ ही कुछ खाएगा।

मन में सोची एक योजना के अनुसार वह सीधे लड़कियों की रंगशाला गया। अनुमान के अनुसार वहाँ लड़कियों को धनुर्विद्या का अभ्यास कराती मेघना मिल गई। विधान को देखते ही वह प्रसन्न हो गई।

''शिला! कब आए तुम? और यह कट-फट कैसे गए?''

''अभी-अभी पहुँचा हूँ। बाद में बैठकर विस्तार से बात करूँगा। अभी तो बस छोटी-सी सहायता माँगने आया हूँ।''

''सहायता? आदेश करो शिला! आदेश!'' मेघना हँसकर बोली।

विधान ने समझाया, ''इंद्राणी को सूचित कर देना कि मैं आया हूँ, और कहना कि रात्रि चढ़ने पर मुझसे मिलने आए। ध्यान रहे, पहले नहीं, रात्रि चढ़ने पर ही।''

''तुम स्वयं क्यों नहीं सूचित कर देते?'' मेघना आश्चर्य से पूछी।

''यदि स्वयं कर सकता, तो तुम्हें क्यों कहता? सुंदरी!''

''सुंदरी! खी! खी! खी!'' मेघना खुलकर हँसी, ''अच्छा! अच्छा! कह दूँगी। ...चाटुकार बनने की आवश्यकता नहीं। रात्रि चढ़ते ही उसको लेकर आ जाऊँगी।''

''नहीं!'' विधान थोड़ा हड़बड़ाया, ''बस, इंद्राणी को भेज देना। तुम आने का कष्ट क्यों करोगी!''

मेघना ने भौंहों को बनावटी वक्र किया। तिरछे नेत्रों से देखा और बोली, ''यह कष्ट तो मैं अवश्य करूँगी। सोच रही हूँ, इन लड़कियों को भी साथ ले आऊँ।''

''अं?'' विधान थोड़ा विचलित हुआ।

मेघना जोर से हँसी, ''मैं तो तंग कर रही थी। अब मुँह मत लटकाओ, इंद्राणी को भेज दूँगी।''

विधान के मुख पर तत्क्षण कान-फाड़ मुस्कान आ गई। दाँत दिखाते हुए वह वहाँ से चला गया।

रंगशाला से निकलकर वह सीधे मुख्य रसोई-घर पहुँचा। वहाँ की स्त्रियाँ भी उसे देखकर प्रसन्न हुईं। कुछ आवश्यक सामग्री लेकर वह

शीघ्रता से अपनी कुटिया लौट आया।

सूर्य पश्चिम में डूब गया था। विधान उत्साह से अपने कार्यक्रम में जुट गया।

उसने गठरी खोलकर हंस-युगल वाले दीये निकाले। हंसों की खुली चोंच में तैल उड़ेला और कपास की लंबी बत्ती डाली। फिर कुछ दीयों को उठाकर कुटिया के अंदर चारों कोनों पर सजा दिया।

इसके पश्चात् उसने रसोई-घर से लाई सामग्री से धातु का एक बड़ा थाल निकाला। उसे कुटिया के ठीक मध्य में रखा। थाल चमचमा रहा था। उसने थाल के बीच कुछ फल रखे और फिर पूरे थाल को जल से भर दिया।

यह सारे कार्य करते समय वह न जाने कौन-सी कल्पना करके अनायास ही खिलखिलाकर हँसने लगता था।

पुष्प-पंखुड़ियों को जल में तैराने के पश्चात् उसने हंस-दीयों को थाल के चारों ओर गोलाई में सजा दिया।

बाहर अँधेरा गाढ़ा होने लगा था। विधान ने सारे दीपक जला दिए। कुटिया में तेज पीला प्रकाश भर गया। थाल के जल में, चारों ओर जल रहे दीयों की लौ का सुंदर प्रतिबिंब बन रहा था।

सारा कार्य निपट गया था। अब विधान को बस प्रतीक्षा करनी थी।

थाल में रखे फलों पर बार-बार दृष्टि जा रही थी। पर मन को संतोष दिलाया। वह थाल के पास बैठा बड़ी देर तक प्रतीक्षा करता रहा। रात्रि चढ़ चुकी थी। मुस्कराते हुए मन में सोच रहा था, इंद्राणी किसी भी क्षण कुटिया के द्वार पर प्रकट होगी। जब वह उसे और यहाँ का प्रकाश-सौंदर्य देखेगी, तो कितना प्रसन्न होगी! पीले प्रकाश में उसका खिला मुख किसी स्वर्ण की भाँति दमकेगा। वह अंक में भरकर उसका स्वागत करेगा। फिर दोनों मिलकर फल खाएँगे और बीते दिनों की सारी बातें रात-भर एक-दूसरे से साझा करेंगे।

सोचते-सोचते थके शरीर को थोड़ी झपकी आ गई। न जाने कितनी देर बाद आँख खुली। आधे दीये तैल समाप्त होने से बुझ गए थे। वह उठा और सारे दीयों में पुनः तैल भर दिया।

वह कुटिया से बाहर निकला और आकाश में चंद्रमा की स्थिति देखकर अनुमान लगाया कि रात्रि बहुत अधिक चढ़ चुकी है। इंद्राणी अभी तक आई क्यों नहीं ?

वह कुटिया में आकर पुनः बैठा। बैठे-बैठे दोनों पाँव हिलाने लगा। फिर उठकर खड़ा हुआ और विचलित मन से कुटिया के अंदर ही थाल का चक्कर काटने लगा। कान बार-बार द्वार पर किसी आहट को सुनने के लिए उतावले हो जाते थे।

चक्कर काट कर पुनः बैठ गया। जैसे-जैसे समय बीतता गया, उसका मुँह उतरता गया। अब तो अर्द्धरात्रि होने वाली थी। मन का सारा उत्साह जाता रहा। सोचा, इतने दिनों पश्चात् आया है, इंद्राणी को तो सुनते ही दौड़े चला आना चाहिए था।

आधे दीये पुनः अपना तैल समाप्त कर चुके थे। पर इस बार विधान ने पुनः उसमें तैल नहीं भरा।

वह थाल से फल उठाकर खाने लगा और खाकर बचा टुकड़ा द्वार पर फेंक दिया। इसी प्रकार तीन फल और खाकर उन्हें भी द्वार पर फेंक दिया। दुबारा उठा और थाल का चक्कर काटने लगा। लगभग घड़ी भर चक्कर काटा होगा। अब तक और भी दीये बुझ चुके थे। मन में उदासी लिए वह बैठ गया। इतनी देर बैठा रहा कि थाल के किनारे मात्र दो दीये ही जलते बचे।

उसने एक लंबी साँस छोड़ी। पता नहीं लंबी यात्रा से अथवा अभी सोच-सोचकर उसका सिर दुखने लगा था। उसने जल रहे अंतिम दो दीयों को बुझाया। उनका तैल हथेली पर गिराया और सिर पर लगा लिया। हथेली से सिर को थोड़ा ठोंका और फिर थाल के बगल भूमि पर लेट गया।

आँखें मूदते ही घात लगाकर बैठी निद्रा ने उसे जकड़ लिया। झींगुरों और रात्रि-कीटों का गुंजन प्रत्येक रात्रि की भाँति इस रात्रि भी जारी रहा।

प्रातः पक्षियों के तेज कलरव और घोड़े की हिनहिनाहट से विधान की आँख खुली। सूर्य अभी उग ही रहा था। वह उठा और कुटिया से बाहर निकला। ठंडी पवन ने देह को छुआ, तो कुछ अच्छा लगा। मन में निश्चय किया कि

नहा-धोकर वह स्वयं इंद्राणी से मिलने जाएगा।

उसने शीघ्रता से नित्य-कर्म निबटाया, घोड़े को जल पिलाया, द्वार पर फेंके फलों के शेष टुकड़ों को साफ किया और स्नान कर नए वस्त्र पहन लिए।

जब वह अपने गीले वस्त्रों को सुखाने के लिए समीप की झाड़ पर डाल रहा था, इंद्राणी आती दिखी। वह मंद मुस्कान के साथ उस पर दृष्टि गड़ाए आ रही थी। विधान के भी मुख पर सहज मुस्कान खिंचने ही वाली थी कि उसने रोक ली और दूसरी ओर मुँह फेर लिया।

इंद्राणी हँसी। पर विधान अनजान बनते हुए अपनी कुटिया में चला गया।

इंद्राणी भी पीछे से पहुँची। थाल और दीये अभी भी अपने पूर्व स्थान पर रखे हुए थे। पहले तो अबूझ-सी देखती रही, फिर समझ गई। प्रसन्नता से मुख दमक गया। आगे बढ़कर विधान के वक्ष से लग गई।

विधान को अच्छा लग रहा था। किंतु बनावटी रोष दिखाते हुए बोला, ''समय पर न आने वाले लोगों को मैं महत्व नहीं देता। मुझसे दूर हटो।''

इंद्राणी तत्काल दूर हट गई। घबराकर बोली, ''क्षमा करें, सिद्धिधारक! आगे से ऐसी धृष्टता नहीं होगी। आपसे पूछकर ही आपके समीप आऊँगी।''

विधान इस बार वास्तविक रुष्टता से बोला, ''तुम बहुत दुष्ट हो।''

इंद्राणी खुलकर हँसी। उसे कंधों से पकड़कर बिठाते हुए बोली, ''पहले शांत होकर बैठो, सारी बात बताती हूँ।''

दोनों आमने-सामने बैठे। इंद्राणी ने बताया, ''पिछले छः दिनों से राजा वर्मा का प्रधानमंत्री यहीं रुका हुआ है।''

''दक्षिण वाला राजा वर्मा?'' विधान ने बीच में टोका।

''हाँ! वही.. राजा वर्मा अमरखंड की सेना की दो टुकड़ियों का खर्च वहन करता है और वस्त्र तथा फल भी भारी मात्रा में देता है... पहले लगा इन्हीं विषयों पर कोई औपचारिक बात-चीत के लिए आया होगा। किंतु कल संध्या उसने हिचकते हुए अपना वास्तविक मंतव्य प्रकट किया। वह मेरे लिए राजकुमार सूर्यवर्मा के विवाह का प्रस्ताव लाया था।''

''सूर्यवर्मा? सूर्या? ...वह राजा वर्मा का पुत्र है?'' विधान ने पुनः बीच में टोका, ''मुझे तो ज्ञात ही नहीं था। पिछले वर्ष रथ-दौड़ प्रतियोगिता में उसने मुझे परास्त कर दिया था और मल्ल-युद्ध में भी मात्र चार दाँव में ही मुझे दबा दिया था। स्वभाव और प्रतिभा दोनों में बहुत अच्छा है।''

इंद्राणी मुँह खोलकर उसे देखती रही। अचंभे से पूछी- ''मैं किस विषय पर बात कर रही हूँ, ध्यान है न?''

''हाँ! यही कि तुम्हारे लिए विवाह-प्रस्ताव आया है।'' विधान निश्चिंतता से बोला, ''किंतु, तुमने तो अस्वीकार कर दिया होगा।''

''नहीं किया,'' इंद्राणी ढिठाई से बोली।

''हैं!'' अब विधान अचंभे में था, ''क्या कह रही हो!''

इंद्राणी मुस्कराई। बोली, ''आँखें मत फैलाओ। बस तंग कर रही थी। अच्छा, अब ध्यान से सुनो। जब पिताजी ने मुझसे पूछा, तो मैंने अस्वीकार कर दिया और तुम्हारे विषय में बताया। ...सुनकर पिताजी थोड़े चकित थे। बहुत सोच-विचारकर उन्होंने कहा कि इस विषय में अर्थला युद्ध के पश्चात् कुछ कहेंगे।''

''तब तुमने क्या कहा?''

''मैंने कहा ठीक है। मुझे क्या आपत्ति थी! कुछ ही समय की बात है। उनकी भी बात रह जाएगी।''

''वे.. वे बाद में अस्वीकार तो नहीं कर देंगे?'' विधान थोड़ी शंका से पूछा।

इंद्राणी हँसी। उसका गाल खींचकर बोली, ''सिद्धिधारक को भला कौन अस्वीकार करेगा!''

विधान को अच्छा लगा। उत्साह से बोला- ''अब तो कुंडल भी हाथ में हैं। अपनी शक्ति बढ़ाकर शीघ्र ही युद्ध समाप्त कर दूँगा। फिर तुम्हारे...''

''कुंडल?'' इंद्राणी ने टोका।

''बताता हूँ! बताता हूँ! बहुत कुछ है, बताने-सुनाने के लिए।''

इसके उपरांत विधान उसे दानव देश के अभियान के विषय में बताने लगा। अभियान के अतिरिक्त, सत्तू सहित अन्य घटनाएँ भी बताई। फिर इंद्राणी ने भी बीते दिनों की बात सुनाई। दोनों बीच-बीच में एक-दूसरे

का गाल खींचते हुए बतियाते रहे। लगभग दो घड़ी पश्चात् दोनों की बात रुकी।

सूर्य आकाश में चढ़ गया था। इंद्राणी को विद्यार्थियों की कक्षा लेने जाना था। विधान के वक्ष से लगकर वह चली गई।

कुटिया में अकेला खड़ा विधान पूरे उमंग में था। पर एक बात का थोड़ा दु:ख हो रहा था, इंद्राणी ने उसके बनाए दीयों के विषय में न तो बात की और न ही प्रशंसा की। फिर सोचा, अगली बार जब वह इन दीयों को जलता हुआ देखेगी, तब इनके आकर्षण में अवश्य बँधेगी।

वह फुर्ती से दीयों और थाल को हटाकर कुटिया साफ करने लगा। मन में एक ही निश्चय बार-बार दृढ़ हो रहा था; वह कुंडलों के साथ अभ्यास कर अपनी शक्ति इतना बढ़ा लेगा कि युद्ध अतिशीघ्र समाप्त हो सके। जितनी शीघ्रता से युद्ध समाप्त होगा, उतनी ही शीघ्रता से वह इंद्राणी से विवाह कर संसार घूमने निकल पड़ेगा।

कुछ ही देर में कुटिया अच्छी प्रकार साफ हो गई। वह भूमि पर पालथी मारकर बैठा और ध्यान करने लगा। ध्यान लगाए कुछ ही क्षण बीते होंगे कि निद्रा उसे खींचती-सी लगी। उसने प्रतिरोध नहीं किया।

न जाने वह निद्रा में था, या ध्यान में। ऐसा भान हुआ, जैसे किसी अँधेरे कुएँ में गिर रहा है। निरंतर गिरता ही जा रहा है। कुछ देर पश्चात् कुएँ की अंतहीन तली पर एक श्वेत बिंदु दिखा। बिंदु धीरे-धीरे बड़ा होने लगा। तभी एक तेज अट्टहास सुनाई पड़ा।

विधान की आँखें झटके से खुलीं। धड़कने तीव्र वेग पर थीं। नाटक देखते हुए भी यह अट्टहास सुनाई पड़ा था, और अब उसे यह भी याद आ रहा था कि अगिन क्षेत्र में चेतना खोने से पहले भी कुछ इसी प्रकार का अनुभव हुआ था। मन में एक अनहोनी शंका उठी। उसने भूमि पर हाथ मारकर भूमि ऊर्जा छोड़नी चाही, किंतु ऊर्जा नहीं निकली। दो-तीन बार और प्रयास किया। कोई अंतर नहीं।

विधान का हृदय डूबता चला गया। पागलों की भाँति भूमि पर हाथ मारता रहा। सोचा, यहाँ की भूमि में कोई समस्या उत्पन्न हो गई होगी। कुटिया से बाहर निकलकर प्रयास किया। पुनः वही परिणाम। हाथों से वक्ष

भींचकर बैठ गया। अपने ही शरीर को विचित्र ढंग से देखने लगा। जिस शक्ति के बल पर इस संसार में उसका महत्व बना था, वह शक्ति अब नहीं रही।

सिद्धिधारक की सिद्धि चली गई। मन का अँधेरा आँखों के भी आगे छाने लगा। अट्टहास पुनः सुनाई पड़ा।

पितामह त्रेता

संध्या के बुलावे पर सूर्य-किरणों ने अपना तापमान कुछ कम किया, तो आँधी बीच में अपनी प्रखरता दिखाने आ गई। हवा के तीव्र झोंकों से दानव राजमहल के वृक्ष झूम-झूम जाते थे।

राजमहल के उत्तरी कोने पर दक्षान का कार्यालय था। कार्यालय कक्ष के गवाक्ष पूरी तरह खुले हुए थे। कक्ष में अकेला बैठा दक्षान अपनी मूँछों के सिरों को मसल कर ताव दे रहा था।

हर बार की तरह इस बार भी वह अपना माथा सिकोड़कर इतना ध्यान-मग्न था कि कक्ष में घुस रही उद्दंड हवा के करतबों पर कोई ध्यान ही नहीं जा रहा था।

वह धनंजय की बुद्धि पर चमत्कृत था। यद्यपि उसने जल-दस्युओं से संपर्क को यथासंभव गुप्त रखने का पूरा प्रयास किया था तथापि वह जानता था कि गुप्तचरों की गिद्ध-दृष्टि इस विषय को अवश्य देख लेगी। किंतु इसके बाद भी उसकी योजनाओं का सटीक अनुमान लगाना असंभव समान है। उस नाग ने मात्र अनुमान ही नहीं लगाया, अपितु उस पर पूर्ण विश्वास

दिखाते हुए रक्षात्मक गति भी दिखाई।

यदि मगर-ध्वज के उस विद्रोही-दस्यु कुबड़ा गरारा ने आकर सौराष्ट्र और मगर-ध्वज के बीच समझौते की सूचना न दी होती, तो उसका यह अभियान आकस्मिक संकट में भी पड़ सकता था।

धनंजय पर चमत्कृत होने के अतिरिक्त दक्षान के पास कुछ अन्य समस्याएँ भी थीं। जैसे- इस अभियान का नेतृत्व कौन करेगा। दारा एक श्रेष्ठ सेनाध्यक्ष था। किंतु जल-युद्ध का अनुभव, दारा सहित दानव देश में किसी भी सैन्य अधिकारी के पास नहीं था। इसके अलावा सौराष्ट्र की भूमि, जहाँ, वह तीक्ष्ण बुद्धि वाला नाग रहता है, पर न जाने कैसी स्थिति बने। यदि कूटनीति का दाँव खेलना पड़ा, तो दारा उसके लिए उचित व्यक्ति नहीं होगा। हर बात में वह अपना योद्धा-धर्म आगे कर देता है।

बहुत सोच-विचारकर दक्षान ने यह तय किया कि प्रत्येक स्थिति के लिए सबसे सही व्यक्ति वह स्वयं रहेगा। पर उसके अभियान पर चले जाने से राजधानी अकेली पड़ जाएगी। उसके साथ दारा भी जाएगा, तो राजधानी की सुरक्षा भी निम्न-स्तर पर चली जाएगी। अभी जो विद्रोही दारा का नाम सुनकर ही भूमिगत हो जाते हैं, वे तो उत्पात मचा डालेंगे।

कुछ समस्याओं के समाधान उसके पास थे, और कुछ के नहीं।

दक्षान ने एक पत्र लिखा। पत्र-लेखन के समय उद्दंड हवा ने खूब तंग किया। पर वह प्रकृति की इस शक्ति के प्रति ऐसा उदासीन रहा, मानो स्वयं के अतिरिक्त किसी अन्य को कोई महत्व न देता हो।

दक्षान ने ताली मारकर सेवक को बुलाया और पत्र थमाकर दारा के पास पहुँचाने के लिए कहा।

दारा अभी-अभी दक्षिण का दौरा करके लौटा था। सेवक पत्र लेकर कार्यालय पहुँचा। पत्र मिलते ही दारा रथ पर चढ़कर उत्तर की ओर निकल पड़ा। दक्षान की भाँति वह भी प्रकृति की सीमाओं को अधिक महत्व नहीं देता था। आँधी के बीच में ही अपना रथ हाँक दिया। उसके साथ आठ अन्य सैन्य-रथ भी थे।

दानव देश की उत्तरी-सीमा, जो यवन-देश से मिलती थी, पर एक चौड़ी नदी बहती थी। नदी किनारे पत्थरों की एक विशाल कुटिया थी। इस कुटिया के बाहर सिंह जैसा एक तेजस्वी व्यक्ति बैठा था। वह बहुत देर से चुपचाप नदी की कल-कल सुन रहा था। वय में साठ वर्ष का और शरीर से महाबली लगता था। उसके सिर के सफेद बाल स्त्रियों की भाँति एक मोटी और लंबी चोटी के रूप में गुँथे थे।

जिस जमीन पर यह बूढ़ा सिंह अभी बैठा हुआ था, वह भूमि कभी यवनों की थी। किंतु पिछले दानव-यवन संग्राम में दानवों ने यह भूमि छीन ली।

जिस समय जंबूद्वीप में अर्थला और मुंद्रा के बीच रक्त-गंगा संग्राम चल रहा था, उसी समय दानवों और यवनों के बीच दानव-यवन संग्राम छिड़ा हुआ था।

उस भीषण संग्राम का नेतृत्व दक्षान के पितामह महामहिम त्रेता ने किया था। जिन यवनों को पराजित करना देवों के लिए भी दुष्कर था, उन्हें त्रेता ने अपने योद्धाओं के साथ अच्छे से पछाड़ा। दानवों ने यवनों को मात्र पराजित ही नहीं किया, अपितु उनकी सीमावर्ती भूमि भी छीन ली।

उस दानव-यवन संग्राम में सात मुख्य विजेता घोषित हुए थे। उन सातों में दारा सबसे बड़ा विजेता था। वर्तमान में सात में से मात्र तीन ही जीवित बचे थे। पहला दारा, दूसरा अटारी और तीसरा गंधमान।

कुटिया के बाहर बैठा यह बूढ़ा सिंह अटारी था। संग्राम की समाप्ति पर विजित भूमि को सातों विजेताओं में बाँट दिया गया। सभी ने अपनी-अपनी भूमि ले ली, पर दारा ने नहीं लिया। उसने अपने भाग की भूमि गंधमान को दे दी और राजधानी लौट गया। सारे विजेता अपनी भूमि पर ही जीवन व्यतीत करते थे। राजधानी का कूटनीतिक वातावरण उन्हें कुछ विशेष पसंद नहीं था। अटारी को राजधानी के दर्शन किए चार वर्ष से अधिक हो गए थे।

यद्यपि उसका पद और सुविधाएँ सेनापति की थीं, तथापि वह सैन्य-छावनी से दूर इस एकांत कुटिया में ही अपना अधिकांश समय बिताता था।

अटारी को किसी के आने का आभास हुआ। धीरे से गरदन पीछे मोड़ी। आने वाले व्यक्ति को देखकर हृदय में उमंग और उत्तेजना दोनों

जागी। उठकर खड़ा हुआ और मुँह फाड़कर हर्ष-गर्जना की- "दारा..!"

प्रत्युत्तर में दारा ने भी गर्जना की- "अटारी..!"

दोनों सिंह बाँहें फैलाए एक-दूसरे की ओर बढ़े। किंतु निकट पहुँचकर किसी ने भी दूसरे को अंक में नहीं भरा। बाँहें यूँ ही फैली रहीं और छाती से छाती पूरे जोर से टकराई।

"तू तो बूढ़ा हो गया दारा," अटारी चिल्लाकर बोला।

"और तू तो अभी किशोरावस्था में प्रवेश कर रहा है," दारा भी चीखकर बोला।

दोनों सिंह जोर से हँसे। वर्षों पश्चात् दोनों ने एक-दूसरे का मुख देखा था।

अटारी, दारा को नदी के बलुआ तट पर ले गया। बहते जल से एक हाथ दूर नदी की ओर मुँह करके दोनों बैठ गए। अतीत में दोनों कभी घोर प्रतिस्पर्धी हुआ करते थे। पर आज वैमनस्य की कोई झलक नहीं दिख रही थी।

"गंध की क्या दशा है?" दारा ने गंधमान के विषय में पूछा।

"दो वर्ष पूर्व मिला था। अभी भी रुग्ण शरीर के साथ चल रहा है," अटारी ने उत्तर दिया।

"अपना उत्तराधिकारी चुने बिना वह हठी मरेगा नहीं।" दारा दूर कहीं देखते हुए बोला।

"राजकुमार हर्षमान की मृत्यु से अवसाद में था। अब पुनः नया उत्तराधिकारी खोजने में जुटा है...।" अटारी ने दारा की ओर नेत्र तिरछे किये, "दारा! तूने अभी तक अपना उत्तराधिकारी क्यों नहीं चुना?"

"प्रतीक्षा कर अटारी," दारा गर्व से बोला, "काण ने अपनी शक्ति का उत्तराधिकारी चुन लिया है। मैं भी चुन लूँगा। योद्धा-धर्म पूर्ण किए बिना महाकाल को अपना कंठ थामने नहीं दूँगा।"

अटारी की दृष्टि अभी भी तिरछी थी, "तू अपने पुत्र धीरा को क्यों नहीं चुनता?"

"मेरे पुत्र में वह ज्वाला नहीं है। यदि वह योग्य होता, तो पहले ही चुन लेता।" कहकर दारा ने अटारी की ओर दृष्टि मोड़ी और पूछा, "तूने अभी

तक क्यों नहीं चुना? तुझे क्या समस्या है?''

अटारी सीधा मुँह करके जोर से हँसा। बोला- ''मैंने तो पहले ही घोषणा कर रखी है, दारा! जिसे तू अपना उत्तराधिकारी चुनेगा, मैं भी उसी को चुनूँगा।''

दारा भी जोर से हँसा, ''तू तो बड़ा आलसी है, अटारी!''

इसी बीच सैन्य-छावनी से एक सैनिक आकर दोनों के पास जलपान रखकर चला गया। दारा ने मदिरा का त्याग कर रखा था। सो फल, माँस, छाछ और खाँड़ आई थी।

''तुझे महामहिम ने बुलावा भेजा है।'' दारा छाछ का पात्र उठाते हुए बोला।

अटारी थोड़ा उत्तेजित हो गया, जोर से बोला, ''क्या वह लड़का भूल गया कि अटारी अपनी माँद किसी और से साझा नहीं करता!''

''तुझे साझा करने की आवश्यकता भी नहीं पड़ेगी।'' दारा सामान्य ढंग से बोला, ''अगली पूर्णिमा से जंबूद्वीप अभियान प्रारंभ हो रहा है। मैं काण की भूमि जा रहा हूँ। माँद खाली रहेगी।''

अटारी ने अपनी केश-चोटी पकड़कर आगे कर ली और धीरे-धीरे सहलाने लगा। लंबे क्षणों उपरांत बोला, ''विचार करूँगा।''

दारा के मुख पर एक विचित्र-सी मुस्कान चढ़ गई। धीरे से पूछा, ''क्या अभी भी तेरे मन में मेरे प्रति वैर है?''

अटारी ने चोटी को सहलाना रोक दिया। एक दीर्घ साँस छोड़ी और चुप रहा। सामने रखा खरहे का माँस उठाया और दाँतों से खींचने लगा। दारा ने पुनः प्रश्न नहीं किया। उसने भी माँस का एक टुकड़ा उठाया और खींचने लगा।

नदी का जल अभी भी कल-कल कर रहा था। पर दोनों सिंह शांत थे।

जलपोतों को दानव सैन्य अधिकारी गुप्त रूप से तैयार करते रहे। वास्तव में तैयारियाँ वे नहीं, कर्क-ध्वज के जल-दस्यु कर रहे थे। अधिकारी तो मात्र सुविधाएँ दे रहे थे। अभियान प्रारंभ करने के लिए पूर्णिमा का दिन निश्चित था। पूरी राजसभा को अभी चार दिन पूर्व इस जल-अभियान की सूचना दी

गई। सूचना मिलते ही पूरी राजसभा में प्रबल विरोध उठा। जिस सागर में वे पीढ़ियों से अपनी श्रद्धा रखते आए हैं, प्रत्येक वर्ष उसके सम्मान में शस्त्र-अनुष्ठान करते हैं; उसी परम-पिता सागर के वक्ष पर जलपोत कैसे चलाए जा सकते हैं! यह तो सागर और दनु माता दोनों का अपमान है।

दक्षान इस विरोध के लिए पहले से ही तैयार था। कुछ को तर्क देकर और कुछ को बलपूर्वक उसने शांत किया। प्रधानमंत्री सुबाहु को पहले ही अपने पक्ष में कर लिया था। यद्यपि वह जानता था कि प्रधानमंत्री उसे पसंद नहीं करता और पूर्व महामहिम का सबसे बड़ा चाटुकार था, तथापि उस बूढ़े ने दानव देश का अहित कभी नहीं सोचा। साथ ही सुबाहु की पूरे राजसभा पर गहरी पकड़ थी। कदाचित् इन्हीं कारणों से उसने महामहिम बनने के पश्चात्, सुबाहु को पदच्युत नहीं किया।

पूर्णिमा के आठ दिन पहले रात्रि में जब दक्षान अपने शयन-कक्ष में अकेला सो रहा था, एक सेवक ने आकर उसे जगाया। इस प्रकार अर्द्धरात्रि में झकझोर कर जगाने से दक्षान का क्रोध शिखर तक पहुँच गया, पर जगाने का कारण सुनकर सन्न रह गया। नंगे पाँव राजसभा की ओर भागा।

गलियारों में तीव्र गति से चलते हुए उसे सेवक की सूचना पर विश्वास नहीं हो रहा था। पितामह त्रेता लौट आए? ...कैसे?.. कहाँ थे अभी तक? ...दानव-यवन संग्राम के पश्चात् महामहिम का पद त्यागकर वे एकांत में चले गए थे ...ऐसा एकांत, जिसे गुप्तचर भी वर्षों तक नहीं खोज पाए। ...फिर आज? दशकों पश्चात् कैसे? और यदि वे राजधानी तक आए, तो मार्ग में गुप्तचरों को भनक कैसे नहीं लगी? ...यह कैसे संभव है कि वे संथार में विचरण करते हुए राजधानी तक चले आए और किसी ने देखा भी नहीं।

अविश्वास से भरा दक्षान राजसभा में पहुँचते ही और विस्मित हो गया। तीन-चार जलती उल्काओं के बाद भी अँधेरे में घिरी राजसभा में महामहिम के आसन पर पितामह त्रेता की विकराल आकृति बैठी हुई थी। सामने प्रधानमंत्री सुबाहु काँपते शरीर के साथ घुटने के बल झुका गिड़गिड़ा रहा था, ''मैंने सब सत्य कहा, महामहिम! मैं कोई भेद नहीं छुपा रहा।''

राजसभा के द्वार पर खड़े दक्षान के शरीर में एक झुरझुरी दौड़ गई।

कौतूहल और भय के मिश्रित भाव में पग स्वयं धीरे-धीरे आगे बढ़ने लगे। दो-तीन पग बढ़ते ही लगा, वातावरण भारी हो रहा है। पहले सोचा, भ्रम होगा। किंतु जब साँस लेने में कठिनाई-सी होने लगी, तो छाती पर हाथ रख लिया।

"बच्चा!" खाली राजसभा में पितामह की गर्जना गूँजी।

दक्षान को आया देख प्रधानमंत्री भय से काँपता खड़ा हुआ और पितामह को अभिवादन कर चला गया। जाते हुए उसके पाँव लड़खड़ाकर गिरते-गिरते बचे।

दक्षान को साँस खींचने में बल लगाना पड़ रहा था। पर यह स्थिति दो क्षणों पश्चात् ही सामान्य हो गई। मन में विचित्रता और शंका का तूफान उमड़ रहा था। अभी-अभी जिस माया का अनुभव हुआ, वह क्या था? और यह सामने बैठा व्यक्ति क्या वास्तव में उसका पितामह है? उसके अनुमान से पितामह की वय नब्बे पार होगी। पर सामने बैठे व्यक्ति का शरीर दारा से भी अधिक माँसल था। यद्यपि पितामह विकराल शरीर के स्वामी थे, किंतु इस वय में ऐसा शरीर-सौष्ठव? क्या कोई यौवन-बूटी मिल गई? ...पूरा दानव देश आज तक यही मानता रहा कि पितामह वर्षों पूर्व किसी एकांत में देह छोड़ चुके होंगे।

"बच्चा...! समीप आ।" दक्षान की विचार-श्रृंखला के बीच पितामह की गर्जना पुनः गूँजी।

आदेश में बँधे दक्षान के पग आगे बढ़ने लगे। उसकी आश्चर्य दृष्टि पूरी तरह त्रेता के मुख पर चिपकी हुई थी। ...पीठ पीछे खुले हुए श्वेत केश, वही मुख, वही नेत्र, वही ललाट, हाँ! पितामह ही तो हैं।

दक्षान के भान होने से पहले ही उसके पैरों ने उसे त्रेता के सामने लाकर खड़ा कर दिया।

त्रेता ने सिंहासन पर बैठे-बैठे ही दायाँ हाथ बढ़ाकर दक्षान को अपनी छाती से लगा लिया। छाती इतनी चौड़ी थी कि दक्षान जैसे दो व्यक्ति एक साथ भेंट कर लें।

कोई अन्य अवसर होता, तो दक्षान प्रसन्नता से फूला नहीं समाता। पितामह त्रेता ने ही तो दानव-देश में सुधारों की बयार आरंभ की थी। उन्हीं

से प्रभावित होकर भइया हर्षमान भी उन्हीं के जैसा बनना चाहते थे। और अप्रत्यक्ष रूप से वह भी तो पितामह से प्रभावित हुआ करता था।

किंतु अभी छाती से लगकर दक्षान को तनिक भी प्रसन्नता नहीं मिल रही थी। मन में शंका ही शंका भरी हुई थी।

छाती से लगाकर जब पितामह ने उसे स्वयं से अलग किया, तो दक्षान का शरीर स्वचालित ढंग से दो पग पीछे हट गया।

"भयभीत मत हो, बच्चा! मैं ही हूँ।"

दक्षान को स्वयं लगा, वह व्यर्थ ही भयभीत हो रहा है। स्वयं पर नियंत्रण कर पितामह को प्रणाम किया।

पितामह ने प्रणाम का प्रत्युत्तर नहीं दिया। सीधा प्रश्न किया, "तू सिंहासन शून्य छोड़कर जा रहा है?"

दो क्षण के लिए दक्षान अबूझ-सा खड़ा रहा। फिर समझ में आया कि पितामह ने आते ही प्रधानमंत्री से यहाँ की सारी वस्तु-स्थिति जानी होगी। उसने स्वयं को संयत किया और ढूँढ़कर एक सरल उत्तर देने का प्रयास किया, "पितामह! आप लौट आए हैं, अब शून्य कैसा!"

"उरीमा कष्ट में क्यों है?" उत्तर सुनकर त्रेता ने बिना क्षण गँवाए दूसरा प्रश्न किया।

दक्षान चौंका। पितामह उरी के विषय में पूछ रहे हैं। उसके विवाह के समय तो पितामह उपस्थित भी नहीं थे।

दक्षान की बुद्धि चकरा रही थी। वाणी को यथासंभव प्रेमपूर्ण बनाकर बोला, "पितामह! बताने-सुनाने को बहुत कुछ है। पूरी रात्रि बीत जाएगी। आप..."

"यहीं बैठ और पूरी रात्रि बताता रह," पितामह ने बीच में टोककर आदेश दिया।

दक्षान कुछ क्षण स्तब्ध रहा। फिर बिना प्रतिवाद किए चुपचाप भूमि पर बैठ गया।

अगले दिन राजधानी में भ्राँतियों और शंकाओं का वातावरण गर्म रहा। प्रधानमंत्री ने यथाशीघ्र सन्देशवाहक गरूड़ों के माध्यम से पूर्व महामहिम

त्रेता के जीवित लौटने की सूचना पूरे संथार में प्रसारित करवा दी।

पिछली रात्रि पितामह और पौत्र दोनों की आँखें खुली-खुली बीती। त्रेता ने दक्षान से सब कुछ पूछा। दक्षान ने बिना कोई भेद छुपाए सब बताया। अंत में जब दक्षान ने उनके विषय में जानना चाहा, तो त्रेता ने मात्र इतना बताया, कि वे शक्ति-संतुलन साधने गए हुए थे। किंतु, कहाँ गए थे.. ? और किस प्रकार संतुलन साधने का प्रयास किया.. ? उन्होंने कुछ नहीं बताया। दक्षान में जानने की तीव्र उत्कंठा थी, पर दुबारा पूछ नहीं पाया।

त्रेता के लौटने से दक्षान की कई वर्तमान समस्याएँ दूर हो गईं। दो दिन पश्चात् ही उसने पितामह को कार्यवाहक प्रशासक नियुक्त कर दिया और स्वयं सागर तट की ओर चला गया। राजधानी में संथार के प्रभावशाली परिवारों का दौरा लगा रहा।

फिर पूर्णिमा की वह रात्रि आई, जो दानव-इतिहास में अमिट छाप छोड़ने वाली थी। पूर्ण चंद्र के उज्ज्वल प्रकाश में सागर तट पर लगभग दो सहस्र जलपोत खड़े थे। उन जलपोतों पर दक्षान अपने आठ सेनापतियों और पचास सहस्र सैनिकों के साथ उपस्थित था। उसका जलपोत कतार से बाहर निकलकर सबसे आगे खड़ा था। पोत के अग्र भाग पर सेनाध्यक्ष दारा, उसके पीछे दक्षान और उसके भी पीछे धीरा तथा अन्य अंगरक्षक थे।

अनुशासन के बाद भी सैनिकों की हुंकारें रुक नहीं रही थीं। तीव्र शोर के बीच न जाने किस मोह में बँधकर दक्षान ने पीछे मुड़कर एक बार तट की ओर देखा। उरी का चित्र सामने घूम गया। उसने झट से गरदन सीधी की और पूरी शक्ति से चीखा- ''धीरा..!''

धीरा एक बड़े धनुष पर जलता हुआ बाण चढ़ाकर, दक्षान और दारा को पार करता हुआ सबसे आगे आया, कानों तक प्रत्यंचा खींची और बाण छोड़ दिया।

बाण अग्नि लकीर बनाता हुआ आकाश की ओर बढ़ा। दूसरे ही पल प्रत्येक जलपोत से अग्नि बाण छूटे। आकाश सहस्रों अग्नि लकीरों की चमक से चौंधिया गया।

नगाड़े, ढोल और पखावज पूरी शक्ति से बजने लगे। सैनिकों की प्रचंड हुंकार से आकाश चिर-सा गया। दारा का भी उत्तेजनापूर्ण अट्टहास

गूँजा। दक्षान के मुख पर गर्व की एक मंद मुस्कान आ गई और हाथ मूछों के कोने मसलने लगे।

दानवों ने सागर के वक्ष पर अपने जलपोत बढ़ा दिए।

महाकाल का अखंड महाभोज प्रारंभ होने जा रहा था।

...क्रमशः